T0270169

Al final de la noche

Nir Baram

Al final de la noche

Traducción del hebreo de Ayeleth Nirpaz

ALFAGUARA

Papel certificado por el Forest Stewardship Council®

Penguin
Random House
Grupo Editorial

Printed in Spain – Impreso en España

ISBN: 978-84-204-5553-2
Depósito legal: B-19356-2023

Compuesto en MT Color & Diseño, S. L.
Impreso en Unigraf, Móstoles (Madrid)

AL 55532

En recuerdo de Uri

Primera parte

Se dio la vuelta en aquella cama amplia; varias capas de sábanas envolvían sus hombros, costillas, rodillas y pies, hasta parecerle que no le quedaba un músculo que pudiera mover a excepción de los faciales. Cuando quiso tocarse la cara, recordar la sensación del contacto, no pudo encontrar las manos en el revoltijo de telas. Miró las cortinas negras como para saber si era de día o de noche, recordó haber visto granos de luz reptando por el suelo, franjas doradas trepidando en las paredes, destellos de sol, faros de coches, luces de rascacielos. Sobre la cama se amontonaban bolígrafos, revistas, un bol y dos tazas de café; las sábanas tenían manchas de tinta, lamparones de sopa amarillenta y restos de saliva, chocolate y algo que le recordó a la salsa negra y violácea de un plato de carne que había comido allí o en otro lugar. De vez en cuando se topaba con su rostro sonriente en una revista, una vieja foto en blanco y negro: la mirada seria frente a la cámara, pero los labios curvados en una enigmática sonrisa que podía interpretarse como astuta o socarrona. A los diseñadores de catálogos les gustaba el vigor juvenil de esa imagen y cada vez que pensaba en enviarles otra más actual cambiaba de idea; de todas formas, la mayoría del público no lo veía nunca en persona y era mejor que imaginaran al hombre de la foto, que envidiaran su lozanía. A veces sentía que esa foto lo anclaba en tierra, fiel testimonio de que su cuerpo seguía existiendo aunque todas las otras certezas se hubieran evaporado.

No sabía a ciencia cierta cuánto tiempo había pasado allí, cuántos días había transitado entre el sueño y la vigilia a través del sopor crepuscular intermedio, sin ver nada claro en los sueños ni estando despierto. Figuras y sucesos nebulosos irrumpían de tanto en tanto en su consciencia, desplazándose en un resplandor blanco que lo abarcaba todo. Lo asaltaban el hambre, o bien la sed, o la náusea, para desaparecer inmediatamente, como si una noria gigante de sensaciones girara ante sus ojos, y en cada giro brillara en lo alto una impresión para enseguida dar lugar a otra, dejando tras ella una pálida estela evanescente.

El festival había terminado y los invitados —escritores, editores, periodistas y publicistas— ya se habían ido del hotel y, probablemente, de la ciudad. En estas ocasiones, Yonatán se preparaba siempre para afrontar el momento en que se disipara el bullicio que reinaba en la ciudad, siguiendo el rastro de las etapas de la desbandada: primero desaparecía la gente, después los carteles en la plaza, las barreras, las luces, los voluntarios que lucían todos la misma amable sonrisa, las coctelerías y los restaurantes, que habían sido el corazón palpitante del festival. Todo se vaciaba, he aquí un lugar que existió pero ya no está. A veces se preguntaba por qué los otros escritores aceptaban ecuánimes la despedida, mientras él volvía a visitar los sitios de la algarabía del festival, dolorido por la pérdida. Buscaba la ocasión de compartir su duelo con otros participantes, pero siempre era incomprendido. Le aseguraban que habría otros festivales en lugares distintos, o exactamente este mismo al año siguiente, incapaces de comprender su tristeza por la plenitud que había dejado de existir. Reconocía el paso del tiempo que relega todo acontecimiento al pasado, pero también una parte de sí mismo se quedaba allí contra su voluntad: algo aparentemente acabado seguía cobrando vida en su mente.

Recordó una noche en particular, tal vez la última antes de desplomarse sobre la cama del hotel. Había llegado a una fiesta en casa de alguien; cuatro desconocidos bailaban en la sala. Se los quedó mirando y le parecieron hermosos. Una embarazada bailaba con una mano sobre el vientre y, en la otra, una vela de plástico, cuya llama de un color rojo anaranjado se movía como si fuese verdadera. Todos lo saludaron cordialmente pero sin mucho interés. Bebió un poco de vodka y buscó a Carlos, era él quien lo había invitado. Le sorprendió que nadie le preguntara quién era. Luego se sentó en el suelo frío. Con la piel erizada por el viento, se ajustó la bufanda roja al cuello y observó las luces de colores que pendían del techo y la polilla parduzca que aleteaba a su alrededor; tal vez se quedara dormido, no recordaba nada más de esa casa.

Después había estado en un club lleno de gente oyendo melodías locales y, como todo el mundo, compró una botella grande de tequila para beberla en el centro de la pista de baile. Otros hombres y mujeres se acercaban a cogerle la botella, beber unos sorbos y pasarla de mano en mano hasta finalmente devolvérsela. En ese momento sintió un dolor sordo en las rodillas y la espalda; ya hacía un año que sentía esas molestias, junto con un recurrente espasmo en las costillas; solo últimamente, por primera vez en su vida, se había percatado del esfuerzo que le costaba ponerse de pie después de estar sentado o acostado. Cada día aparecían nuevos dolores y achaques. A veces se imaginaba lanzando un ojo al interior de su organismo para explorar el hígado, el corazón, los pulmones y los riñones, que tenían el color de la ceniza del cigarrillo, y ver cómo todas sus vísceras se retorcían.

Una joven de cabellos negros cogió la botella y en un gesto juguetón le tocó la frente con los dedos mojados. Después vertió un poco de tequila en la palma de la mano; Yonatán cerró los ojos y bebió, ella le puso un dedo mojado sobre la lengua, él lamió el alcohol y saboreó la piel de la muchacha, que sonrió y se apretó contra él antes de retirar el dedo de su boca y pasárselo por la cara. Apoyó una mano en la cadera de ella y mientras bailaban sintió un aroma de perfume, kétchup y arena, pero cuando abrió los ojos ella ya se alejaba con la botella y desaparecía entre la muchedumbre. Se sintió reanimado, tal vez había salido por fin del adormecimiento al percatarse de que estaba totalmente allí, que respiraba y no se había derrumbado, como temía; se había aferrado a la vida y ahora podía ver las posibilidades latentes en la gente que lo rodeaba, en el calor de sus cuerpos. Tal vez el contacto disipara la soledad y todo el resto fueran tonterías; dirigió la mirada hacia las mujeres, sus rostros, senos y piernas desnudas, al sudor que brillaba en sus hombros tersos, a la levedad de sus movimientos mientras bailaban y agitaban las manos en el aire, se acariciaban las caderas y se abrazaban el pecho. Buscó a la muchacha con la que había bailado; ¿iba descalza o era solo su imaginación?

Le asaltó el impulso de disfrutar de esa noche y se abrió paso entre la multitud hasta llegar al bar y comprar otra botella que también desapareció después de los primeros sorbos. De pronto Carlos estaba a su lado, salieron juntos a un patio donde la gente se apiñaba junto a un puesto de venta de salchichas y olió los aromas de la mostaza y el kétchup. Carlos, que en esos momentos hablaba con unos jóvenes de una investigación relacionada con la desaparición de un grupo de estudiantes universitarios, que él mismo dirigía para un organismo oficial, le tendió un botellín y una navaja. Con cuidado, Yonatán vertió un poco de polvo en la hoja plateada, la acercó a su nariz y aspiró. Enseguida preparó una raya más gruesa que también esnifó, y, mientras le devolvía el botellín a Carlos, pensó que le habría gustado hacer una más. Cuando la muchedumbre fue creciendo y tuvo que abrirse paso a duras penas, perdió de vista a Carlos y a la gente que recordaba de la fiesta anterior en aquel piso.

Una chica robusta con gafas le dio un abrazo —le parecía conocida de unos momentos antes o del festival— y le dijo que lo lamentaba mucho. Recordó entonces unas líneas que había escrito cuando era más joven: «Hemos estudiado la muerte. No la que no nos pertenece, esa no nos interesa, no somos filósofos», una frase que repite en cada una de sus obras, como un talismán que lo protege o le recuerda el principio de las cosas, y supo que tenía que despertar a esa persona que había estado adormecida en su cuerpo durante años. Siempre le pareció que la gente a su alrededor poseía una personalidad más claramente definida que la suya y que actuaba en función de procedimientos y obligaciones, restricciones y normas, como si para ellos fuera obvia la clase de personas que eran o al menos lo que podían o no podían lograr, mientras él creía ser capaz de adoptar cualquier forma de vida, que nada en su mente le vedaba o imponía cosa alguna. Su respiración se hizo pesada, las rodillas le temblaban y la masa de caras risueñas se fundía en una sonrisa gigantesca. Nuevamente sintió la tentación de creer en un momento conciliador capaz de derramar su bondad sobre el futuro. Una ola de emoción desde el presente para el futuro, nunca hacia el pasado.

Luego se encontró tendido en un sofá, en una sala larga y estrecha que parecía un vagón de tren, mirando una barra llena de botellas e imágenes que le salpicaban los ojos con sus colores hasta que los cerró y oyó que alguien gritaba que tenía frío; solo entonces cayó en la cuenta de que quien gritaba era él. Lo cubrieron con una manta de lana cuyo contacto era como el de la frazada anaranjada de su casa, y en cuanto sintió el calor en la piel dejó que su cuerpo se deslizara al suelo, sin saber por qué, tal vez deseara sentir dolor. Alguien dijo algo en español, por la voz parecía ser Carlos, esperaba que fuera él, y otro contestó; hablaban con ternura, como compadeciéndose de él. Unos minutos más tarde estaba en la más absoluta oscuridad, con la cabeza en el regazo de la chica de las gafas, oyendo el latido de su corazón mientras ella le acariciaba el cuello y la cara; el contacto de los dedos con su piel era fuerte y profundo y se sintió protegido. La chica dijo que antes no había entendido y tal vez se había ofendido un poco, pero que ahora lo entendía todo: el mejor amigo de Yonatán había muerto.

En el hotel, en otro momento de letargo, la vio flotando en el aire del restaurante boliviano donde las paredes de las tres salas se curvaban y abultaban siguiendo el contorno de los continentes: América, Europa y Asia. Estaba en la sala de Asia, con sus extraños ángulos y protuberancias. Había sido durante el festival, compartiendo una larga mesa con uno de los propietarios de revistas más conspicuos de la ciudad, que también era uno de los dueños del restaurante. Tendría unos sesenta y cinco años, una barba blanca como de peluche que se mesaba con frecuencia y una expresión que transmitía pesimismo y hastío. Los pequeños ojos azules, sin rastro de cejas, evaluaban a los otros comensales con la mirada reservada a los abrigos en las perchas de una tienda. Todos murmuraban horrorizados, pero incapaces de disimular su regocijo por poder compartir el sensacional secreto: el año pasado habían secuestrado al editor y lo habían mantenido como rehén en un sótano oscuro y húmedo, a pan y agua, algunas verduras y tal vez cucarachas o gusanos como único alimento. Dijeron que lo habían obligado a comerse los cordones de los zapatos y la bufanda con el nombre de su mujer bordado en hilo de oro, y que él había suplicado a los captores que les pusieran sal. Lo soltaron al cabo de un mes, espantosamente enflaquecido, a cambio de un rescate, algunos hablaban de un millón de dólares, otros de cinco millones. Incluso ahora, susurraban, sus facciones son cadavéricas y su espíritu melancólico, lo que explica que esté tan demacrado y que no disfrute de nada. Tal vez en las mazmorras enmohecidas del mundo había llegado a entender que todos sus éxitos, todas las cosas que codiciaba, no eran más que castillos en el aire. Los invitados también se preguntaban si era posible comprender a un hombre que sale de un sótano después de vivir bajo la amenaza diaria de una bala en la cabeza.

Yonatán se preguntó si todos estos asuntos realmente tenían algo que ver con el hombre sentado frente a él, puesto que el editor parecía estar gozando de la velada y de la libertad de expresar su impaciencia y menosprecio por los demás comensales, sobre todo por los escritores e intelectuales. Recordó que Carlos ni siquiera creía que el magnate hubiera sido secuestrado, tal vez solo lo habían retenido unas horas, y el resto no eran más que patrañas que las corporaciones editoriales mexicanas contaban a los extranjeros para venderles más novelas piojosas de narco-cultura.

Hacia el fin de la velada, el editor midió con los ojos a Yonatán y le preguntó de qué trataba su novela, a lo que este respondió: «Le enviaré un ejemplar», sin añadir nada acerca del argumento, los personajes o los interrogantes que planteaba el libro. Pero, si había supuesto que el editor apreciaría que no lo aburriera con esos detalles, se desilusionó muy pronto, porque el tipo se sintió claramente frustrado por una respuesta que no le permitía mofarse de los tópicos del argumento y de los endebles personajes, o mencionar obras que Yonatán probablemente había estado imitando. Mesándose la barba, dijo que los artistas verdaderamente peligrosos son los carentes de talento a los que les sobra creatividad, y no volvió a dirigirle la palabra. Yonatán no podía decidir si la chica de las gafas tenía algo que ver con ese restaurante o si se trataba de recuerdos de varios días en la ciudad que se habían mezclado.

Empezó a zafarse de las sábanas. Contó como mínimo cuatro, arrugadas y empapadas en sudor, y las arrojó al suelo. Ahora descubrió que todavía tenía puestos los pantalones, negros y brillantes, el jersey a cuadros y los calcetines grises, y que sostenía entre los pies los zapatos negros y embarrados. Se desvistió y se metió en la ducha. El agua caliente que se escurría de su cuerpo ya formaba charcos en el suelo. Vació sobre sí todos los botes que encontró en el estante y cuando la mezcolanza de aromas le provocó náuseas se enjuagó una y otra vez. El agua casi hirviente sobre la nuca le hacía bien. Al emerger de la ducha su mirada se detuvo en los charcos que se iban expandiendo y que ya habían mojado las patas de la cama. Cogió unas toallas de varios tamaños y las tendió en el suelo, después hizo un fardo con las sábanas para enjugar el agua que reptaba hacia las paredes. Se acercó a la ventana para mirar a través de las cortinas el cielo nocturno sobre la ciudad, moteado de luces titilantes. Se puso rápidamente la ropa que juzgó menos arrugada, sopesó por un instante la posibilidad de afeitarse la barba de los últimos días, decidió que no y se fue de la habitación.

Un empleado del hotel le sonrió al verlo salir del ascensor y las dos recepcionistas lo miraron expectantes, pero Yonatán se dirigió a la puerta giratoria. Una vez fuera, hizo señas a un taxi que pasaba y pronunció el nombre del restaurante; lo recordaba perfectamente porque así se llamaban la redactora de la editorial y la mujer del editor de la revista. «Sabe que el mundillo literario se burla de él, que les parece una vulgaridad dar a un restaurante el nombre de la esposa, pero le importa un bledo», le había dicho Carlos, que traducía al castellano las obras de poetas norteamericanos y aborrecía al editor porque en una ocasión le había pedido que se encargara de la edición de una nueva versión en inglés de la revista. «Te llama un millonario para decirte que serás un gran personaje, pero antes tienes que conseguir medio millón de dólares. Nunca en mi vida he conocido a un bellaco semejante».

Yonatán recordaba una burbuja de luz, pero a medida que avanzaba por el sendero de grava, en un pequeño jardín con macizos de flores en amarillo y violeta que circundaban dos limoneros, las luces se atenuaron. A través de las ventanas del restaurante se veían las mesas vacías. Dos camareras con trajes de chaqueta y pajaritas seguían circulando en el interior. Golpeó suavemente el cristal de la puerta cerrada. Una de las camareras se acercó, la recordaba pero ahora parecía mayor, con las ojeras más grises, y el cabello rubio y un poco desteñido, que antes llevaba recogido en un moño, le caía desgreñado sobre los hombros. Preguntó a quién buscaba, él le dio el nombre del editor. Preguntó si lo conocía y respondió que sí, habían cenado juntos hacía dos o tres días. Ella lo examinó con recelo y dijo que el editor había viajado a Buenos Aires y que había regresado la noche anterior; él musitó que tal vez había sido la semana pasada. La camarera lo miró con los ojos entrecerrados, sus rasgos eran toscos, como si aún no supiera dominar su gama de expresiones. Se quedaron frente a frente contemplándose en silencio, hasta que él se dio la vuelta y salió del jardín. En la calle lateral había solo dos hombres con chaquetas de piel que lo miraron y él bajó la vista. No sintió temor, y eso era raro, porque en general era cauteloso y evitaba las calles secundarias. Por la noche, a veces incluso lo era demasiado.

Caminó alrededor del restaurante hasta llegar a una barrera y a un terreno sin asfaltar en el que había dos coches negros aparcados. Dos hombres con delantales mugrientos arrastraban enormes bolsas de basura que arrojaban en un contenedor situado al extremo del solar. Yonatán observaba la repetida maniobra; la cuarta vez, una de las bolsas golpeó el borde del contenedor y cayó en tierra. Los empleados la miraron por un instante y luego volvieron al restaurante. Pasaron unos minutos, pero no regresaron. Yonatán cruzó la barrera, se acercó a la bolsa y la levantó; no era particularmente pesada, y hedía a huevos podridos y cebolla. Flexionó las rodillas, izó la bolsa en el aire y la arrojó a la boca del contenedor. Se quedó allí un momento, satisfecho de la altura a la que había logrado lanzarla. Un ruido a sus espaldas le hizo mirar atrás; uno de los empleados lo observaba desde la puerta del restaurante, cigarrillo en mano. Yonatán lo saludó inclinando la cabeza con una afable sonrisa. El empleado siguió fumando muy concentrado y escrutándolo.

En la ventana de la segunda planta se encendió una luz, levantó la mirada y vio una estantería que llegaba casi al techo, repleta de grandes volúmenes como los que se ven en los museos o bibliotecas públicas. El empleado aplastó la colilla y se acercó. Por un instante Yonatán pensó en volver corriendo a la calle, pero le pareció un acto de cobardía y se preguntó cuántos habrían muerto en circunstancias semejantes, temiendo parecer pusilánimes ante sus propios ojos, que siempre los están observando y juzgando.

El empleado se detuvo a unos pasos de Yonatán y le señaló la puerta trasera del establecimiento. Entraron en la cocina, escasamente iluminada y más pequeña de lo que esperaba. Giró a la izquierda y oyó al hombre a su espalda; cuando se dio la vuelta vio que le indicaba una puerta negra, que al abrirse revelaba una estrecha escalera cubierta con una moqueta de color burdeos llena de manchas, como las de los hoteles londinenses baratos. Subió por ella y las rodillas volvieron a dolerle. Se tranquilizó al ver el rellano, tal vez porque el revestimiento de madera se le antojaba conocido, posiblemente de los sueños o de sus recuerdos. Palpó las paredes y el contacto le produjo una sensación que no fue capaz de identificar.

El rellano conducía a una habitación en la que el propietario de la revista, de pie ante un antiguo atril, firmaba unos formularios, alisando y deslizando cada hoja firmada con movimientos bruscos. A cada lado del atril había un sofá negro tapizado en piel y al fondo de la habitación una cama individual con una manta de lana. Las paredes estaban totalmente cubiertas por estanterías abarrotadas de libros. Los estantes superiores contenían pesados volúmenes viejos y polvorientos, encuadernados en azul y negro, algunos de ellos ostentaban adornos o sellos grabados, pero no pudo descifrar los nombres de las obras o de sus autores.

El editor lo miró fríamente sin decir palabra hasta que finalmente dejó la pluma y levantó la vista.

—¿Cómo es que está usted aquí?

—Quería verlo.

—No aquí, quiero decir en la ciudad. ¿No se suponía que debía marcharse hace dos días?

—Sí —respondió Yonatán.

—Y, aun así, se ha quedado en nuestra bella ciudad.

—Sí.

—¿Algún motivo en particular?

—No me he dado cuenta de que me quedaba.

Una vez comprendido lo que había estado retorciéndose en los recovecos de su consciencia desde que se despertara, se asustó. Pero en esta ocasión no le asaltó la quemante sensación en el cuero cabelludo que generalmente se expandía por el resto de su cuerpo. Este pánico no tenía manifestaciones físicas, simplemente sabía que era alarmante.

—No se ha dado cuenta de que se quedaba —repitió el hombre, saboreando cada palabra.

—Cierto. No exactamente.

—¿Por dónde anduvo? —preguntó el editor, mientras desenroscaba algo con la mano derecha y finalmente se quitaba la prótesis del antebrazo izquierdo para arrojarla como si nada al sofá negro que tenía enfrente, a la vez que invitaba a Yonatán, con un gesto del muñón, a tomar asiento, aunque él no se movió, se quedó mirando alternadamente la mano en el sofá y el muñón.

—He estado en la cama.

—¿Cuántos días?

—No recuerdo.

Tenía sed, pero no se animaba a pedir agua y tragó su amarga saliva. Últimamente le costaba tragar, la saliva se le atascaba en la garganta y temía que algo funcionara mal.

—¿Entonces a qué ha venido? —preguntó el editor, sentándose junto a la mano postiza.

—Estoy buscando a alguien —hablaba ahora con rapidez—. Una chica que conocí en un club cerca de la universidad, en una fiesta de estudiantes o algo así. Usted me habló de la fiesta cuando cenamos en su restaurante y yo lo comenté con Carlos y sus amigos...

—El pasado está aún por llegar —dijo el hombre con una carcajada.

—No entiendo.

—Así se llama la fiesta —explicó—. En realidad, es una serie de fiestas. Así que la conoció y luego se fue a la cama solo. ¿Es que no sabe follar?

—No se trata de eso.

—No se trata de eso... —En un instante su tono se tornó serio, afilado por una nota hostil—. Como ha visto, ya no me interesa la gente, y menos los escritores y poetas como usted, todos han sido diseñados en categorías profesionalizadas. Los excéntricos existencialistas de los setenta también eran aburridos, incluso más, pero al menos podías pasar con ellos una noche entera mirando en silencio las estrellas, ¿me entiende?

Yonatán no respondió.

—Ahora todo tiene un propósito. Casi todas las noches duermo aquí —le dijo señalando con el muñón las estanterías de libros a su derecha y pasándolo por varios de ellos hasta hacer caer al suelo una cajetilla de tabaco que levantó con la otra mano—. Me interesa el pasado, antes de que todo se jodiera. En la cena dijo que también a usted, ¿verdad? «El principio de las cosas» o algo así.

—No exactamente. No el principio de las cosas sino la elasticidad, cuando no hay límites ni barreras. Uno se despierta por la mañana y la mente galopa entre las imágenes del pasado y del presente, todo al mismo tiempo y en el mismo espacio. Como el primer día de un bebé, cuando todavía no existe el pasado. Hay gente que posee una consciencia como esa, sin barreras, todos los episodios de todos los tiempos gritando a la vez.

—Tal vez «el principio de las cosas» no sea un buen nombre.

—Tal vez, pero eso no es verdaderamente interesante.

—¿No es interesante?

—Su comentario.

El editor se puso la mano detrás de la cabeza, tal vez con la intención de disimular la sorpresa; parecía que lo habían regañado.

—¿Le interesa una lección sobre el tiempo? —preguntó, señalando un desteñido plano de Ciudad de México en el que habían dibujado unos recuadros rojos—. Usted compra una propiedad en la que no hay nada, solo unos cuantos viejos en chabolas, y luego vienen los artistas con todos sus acólitos; detrás de los artistas llegan los abogados y los contables y esos que fingen ser millonarios, a los que siguen los banqueros y los ricos de verdad con sus hijos gordos, entonces sobreviene una guerra o un terremoto y todo vuelve a empezar.

—Entiendo —dijo Yonatán.

—Usted quiere dinero —dictaminó el editor.

—No.

—No mienta —replicó enfadado—. Eso es lo que pasa con los tipos de su ralea, los escritores; están convencidos de que todos son tan despreciables como ustedes y de que quien no lo admita se engaña a sí mismo o engaña al mundo.

—Algo de eso hay —admitió Yonatán.

—Entonces es verdad que busca a esa chica, pero ¿por qué?

—Porque le dije algo que no entiendo —decidió finalmente articular lo que no había osado expresar hasta entonces, ni siquiera a sí mismo. De algún modo se había impuesto ofuscar el motivo de la búsqueda—. Ella declaró que ahora lo entendía todo, que si mi mejor amigo había muerto mi dolor debía ser inconmensurable. —Hizo una pausa y vio aparecer una expresión de ácida curiosidad en la mirada del editor; tal vez todavía esperaba sentirse frustrado—. Pero nadie..., ahora tengo que averiguar qué es lo que dije exactamente, ¿entiende?

—¿Nadie?... —trató de imitar el acento de Yonatán, pero fue incapaz de ocultar la huella de su propia pronunciación en inglés—. No estamos hablando de ningún misterio ni de nada frívolo como eso, ¿verdad? —afirmó sonriendo y mesándose la barba.

Y de pronto todo pareció tan lógico, la secuencia de sus actos tenía sentido, como si finalmente se fusionaran la mente y el movimiento.

—Pero es que aún no ha muerto.

Las torres
(Finales de la década de 1980)

Atraparon a Yoel en la espesura del *vadi*. Iba vestido con la ropa blanca que sus padres le pedían que usara los sábados, aun cuando ellos nunca iban a la sinagoga ni recitaban las bendiciones. Yoel reconoció vagamente a sus atacantes —siempre eran unos cuantos que se fundían en un solo rostro—, que seguro que venían de las torres, edificadas sobre la colina que dominaba el paisaje al extremo de la calle en que vivían y que a veces ocultaba el cielo. No había hecho nada para provocarlos, simplemente pasó tarareando «Purple Rain» y fingiendo indiferencia, pero ellos sabían, Dios sabe cómo, que les deseaba una amarga derrota. Y ahora estaba solo en el *vadi*, sin Yonatán. Cuando entendió que se aprestaban a asaltarlo, le sorprendió descubrir que, más que temerlos, se alegraba de confirmar que Yonatán y él no habían estado imaginando su hostilidad durante todos esos años. Sintió un cosquilleo en la piel y una extraña tibieza en el cuero cabelludo.

Lo atraparon y lo derribaron. Con los pies hicieron rodar su cuerpo en el barro y sobre las piedras, también sobre los espinos a ambos lados del sendero. Lo pisotearon y le patearon las costillas y la cintura. Uno de ellos le oprimió el cuello con la suela de la bota hasta que Yoel gritó que no podía respirar. Solo cuando vieron la sangre en el brazo y que también la mejilla le sangraba lo soltaron y se marcharon con calma, burlándose de él y de sus gritos, imitando sus lloriqueos y amenazas. «¿Cómo vais a matarnos?», se reían.

Yoel le contó que se había quedado tumbado oyendo sus voces que se alejaban hasta que empezó a llover y se hizo el silencio. Entonces pensó por primera vez en el precio que pagaría en casa cuando vieran que la tierra del *vadi* había teñido sus blancas prendas de un color pardo rojizo y gris en las mangas. Se levantó sin sacudirse la suciedad. Sentía las espinas clavadas en la piel; era curioso que el dolor no fuera constante sino intermitente. Contó que quería salir del barrio, coger el autobús 14 e ir a otro sitio, tal vez al club municipal de tenis en Katamón, donde solían jugar si encontraban una pista libre. Era invierno, los días eran fríos y las noches aún más, sin embargo imaginaba que podría tumbarse en una de las pistas y pasar allí la noche. Pero en el fondo sabía que, cuando se coagulara la sangre de la cara, iría a casa de sus padres y que cada minuto que malgastara haciendo planes para ir a otro lugar no haría más que prolongar su padecimiento. Todavía no tenían ese otro sitio del que habían hablado durante años, uno que no estaba dentro del barrio en apariencia amenazante de Beit Ha-Kérem ni totalmente fuera de él. Aún no lo habían creado, la imaginación de ambos no se había unido en una visión cohesiva, en la que cada uno trataría de imponer al otro sus sueños.

Estaban sentados en el *vadi*, a unos cincuenta metros de los edificios en que vivían, el uno frente al otro al final de la calle. Desde un montículo de tierra observaban el promontorio rocoso; por un sendero enfangado y serpenteante se subía a la cima, en la que se erguían las torres. Les gustaba ese punto; desde allí podían contemplar el mundo entero sin ser vistos.

Yoel jugaba a las cartas y hablaba de los animales que en invierno desaparecían del *vadi*: ardillas, gatos, damanes y zorros. Yonatán respondió impaciente que tampoco en verano había visto ninguno, excepto algunos gatos. ¿Zorros? ¿De qué hablaba Yoel? Lo siguiente sería que echara de menos a los leopardos de primavera. Yoel se concentraba en las cartas, pero Yonatán detestaba los juegos que Yoel se inventaba, basados en reglas arbitrarias que carecían de sentido. Cuando vio que se inclinaba a recoger el hueso de albaricoque que usaban como canica, Yonatán se le adelantó y lo arrojó lejos.

—¿Eres idiota? —gritó Yoel lanzándole una mirada cargada de furia—. Estaba en medio del juego.

—Ya no.

—Vete al infierno —dijo Yoel—. Me vuelvo a casa.

—¿Va todo bien? —dijo sujetando a Yoel por un hombro; él era el más fuerte, ambos lo sabían.

—Todo bien —asintió Yoel impaciente.

—¿Bien cómo?

Yoel desoyó la pregunta. Se sentó en el suelo, alisó las arrugas de su camisa abotonada y empezó a hablar de los cohetes soviéticos que salen disparados al espacio y vuelven a la Tierra. Estaba investigando si eso era realmente posible; si los cohetes viajaban por el espacio a enormes velocidades, tendrían que retornar a un planeta mucho más viejo que ellos. Su padre estaba leyendo un libro llamado *El espía perfecto* y decía que en la Unión Soviética y en Estados Unidos todos eran espías, que la Guerra Fría servía solo para que la gente pudiera mantener sus salarios.

Yonatán comentó que esa era más o menos la explicación del padre de Yoel siempre. Volvió a preguntarle:

—¿Todo bien?

Y, cuando Yoel asintió, repitió:

—¿Bien cómo?

Había pasado una semana desde aquel sábado, pero Yoel no había dicho ni una palabra acerca de cómo los chavales de las torres lo habían hecho rodar sobre el lodo y los espinos. Perdiendo la paciencia, Yonatán metió la mano en un charco, levantó una hoja y se la acercó a la nariz, pero no olió nada, luego la pasó por el cuello del abrigo de Yoel, que, como era de esperar, hizo una mueca y se echó atrás.

—Mira para arriba —dijo Yonatán señalando el promontorio—. No podemos llegar a las torres sin que nos vean, ¿verdad? —Ya habían debatido el tema muchas veces: solo un sendero conducía a la cima, y quien caminaba por él era visible desde cualquier punto de los edificios.

—Pues treparemos de noche —dijo Yoel.

—No seas imbécil —respondió Yonatán enfadado—, ya hemos hablado de eso: de noche duermen en sus casas, ni siquiera sabemos dónde viven, y, si lo averiguáramos, ¿qué?, ¿los atacaríamos en sus casas?, ¿a ellos y a sus padres?

Le sorprendió tener que volver a explicarlo todo: solo era posible ajustar esta cuenta a la luz del día.

—Tenemos que hallar la manera de ir allí durante el día, ¿entiendes?

Con el tronco inclinado hacia delante, aspiró feliz el aroma de la tierra mojada después de la lluvia. Arrancó con los dedos unas hierbas empapadas y se dio cuenta de que las estaba desmenuzando. Se acercó las uñas embarradas a la nariz y aspiró; al levantar la vista vio que Yoel lo miraba con los ojos desorbitados. Se preguntó si él había adivinado cuál era su idea, y supo entonces que ambos habían comprendido que algo grande se había posado entre ellos, tal vez aquello que estaban buscando desde el día en que se conocieron.

Un año y después otro, ya estaban en primero de primaria, luego en tercero, ahora ya en sexto y seguían buscando su punto de unión. A veces, cuando a uno le surgía una idea que al otro le parecía aburrida se preguntaban por qué diablos eran amigos y qué tenían en común. Pero eran plenamente conscientes de la respuesta. Yonatán vivía en el edificio número 7 y Yoel al otro lado de la calle, en el 10. En los partidos de fútbol se empujaban, pateaban y provocaban mutuamente, en el colegio no se demostraban ningún afecto ni jugaban juntos en los recreos. El mundo que les pertenecía estaba en el extremo inferior de su calle —que era la más empinada del barrio—, existía entre sus dos edificios, el *vadi*, el bosque que marcaba el límite occidental, y la fábrica de las Industrias Militares, delimitada al este por las torres. Año tras año urdían toda clase de planes grandiosos que les regalaban momentos de exaltación —¿habrían hallado por fin la idea brillante que los uniría?—, hasta que se estrellaban en un nuevo fracaso.

Pero ahora tal vez algo hubiera cambiado. Era prematuro hablar de la idea, no estaban preparados. Si hablaran de ella, podría disiparse. De momento tenían que protegerla, salir de ese lugar y no mencionarla para nada.

Se levantaron al mismo tiempo y corrieron por el fango. El aire frío les azotaba la piel y se sentían casi desnudos. Lagrimeaban y no podían ver nada, pero no dejaban de trotar sobre la tierra blanda rumbo a los dos últimos edificios de la calle, que eran capaces de encontrar con los ojos vendados. Cuando llegaron sin aliento al terreno que los circundaba, se separaron sin decir palabra y Yonatán subió por las escaleras hasta la tercera planta.

Fue un alivio encontrar el piso a oscuras y en silencio, con las ventanas y las persianas cerradas. Desde el vestíbulo vislumbró el sillón redondo situado al lado del teléfono; entre tinieblas siempre emitía un extraño fulgor negro. Sobre la mesa de la cocina vio una bolsa de plástico con restos ennegrecidos de aguacate y dos mitades de pan de pita. Salió a la terraza y arrojó la bolsa a la franja de tierra aledaña a la cerca que separaba su edificio de los de la calle Hashájar.

Desde la terraza observó el edificio que estaba más a la izquierda, en gran parte escondido entre los árboles; allí vivía su amada niñera Ahúva, cuya casa cobijaba sus recuerdos más tempranos a excepción del primero: tenía dos años y medio y la espalda pegada a la puerta de la habitación del hospital en la que yacía su abuela Sara. Ella le sonríe, sus cabellos están envueltos en un pañuelo y gruesas mantas le cubren el cuerpo cuando Yonatán, al menos en el recuerdo, la ve por primera vez en su vida. La anciana tiende la mano hacia la mesilla, parece buscar algo, y enseguida otras manos, lisas y jóvenes, hurgan en el cajón y finalmente le acercan una tableta de chocolate. Él no quiere aproximarse, aunque todos insisten en que lo haga. La amplia sonrisa sigue estando en la cara de la abuela, pero algo se tuerce, tal vez en los labios. Cuando la enterraron él tenía siete años; un hombre que llevaba un sombrero negro y le parecía levemente conocido pasó frente a él, se plantó delante de una lejana hilera de sepulturas y dijo algo. Le preguntó a su padre qué decía el hombre, y el padre contestó que era el abuelo Albert, que había venido desde Haifa.

—¿Ese es el abuelo? —quiso saber.

—Sí, y dice que hoy le pesa el corazón.

Sentía la idea en el centro mismo de su consciencia como una tremenda roca inamovible. Sabía que era necesario revitalizarla y perfeccionarla, escribir su argumento. Para ambos estaba muy claro que ese invierno tenía que suceder algo decisivo.

* * *

Los muchachos mayores del número 10 se enteraron del asunto y declararon que eso era inadmisible en su calle: ¿una pandilla entera atacando a un chaval en el *vadi*? ¿Ya no hay decencia en este mundo? Había una sola manera de dirimir la cuestión: los chicos de las torres enviarían a dos representantes al patio del jardín de infancia de Rivka, al que habían asistido todos los niños de su calle, y en el cajón de arena se enfrentarían ambas partes en una lucha limpia. Los de las torres deberían ser de la misma edad que sus contendientes, más o menos de sexto.

Los muchachos mayores —Shimon, David Tsivoni y Tómer Fainaru— los encontraron en el sótano sin ventanas del edificio de Yonatán, sentados bajo la polvorienta mesa de ping-pong —siempre les habían encantado las leyendas de los lejanos días en que sus hermanos mayores jugaban allí juntos— y rodeados por un sofá con cojines andrajosos, un cuadro de bicicleta BMX con el manillar envuelto en gomaespuma amarilla, una pila de vetustos libros en ruso, una manguera y otros cachivaches que los vecinos no osaban desechar pero tampoco querían volver a ver. Yonatán y Yoel deliberaban sobre el trazado de la zanja, demasiado cercana a la valla electrificada de las Industrias Militares. Bosquejaron rutas posibles en un cuaderno, considerando cada giro, y delinearon la trayectoria en una gran hoja de cartulina blanca que compraron. Avanzaban a buen ritmo y de vez en cuando reposaban con los ojos cerrados sobre un viejo colchón, pero sin dejar de hablar de la zanja ni de la represalia contra las torres, tampoco de la niña que en un año o dos la madre de Yoel planeaba traer al mundo después de dos varones. Los invadió una placentera sensación, hablaban en voz alta y se hacían cumplidos mutuos por las cosas que decían.

Tan pronto como vieron a los mayores voltearon la hoja de cartulina, la cubrieron con sus abrigos y se pusieron de pie. Súbitamente sintieron frío. Los muchachos ofrecieron palabras de consuelo a Yoel por el terrible incidente en el *vadi* y declararon que, si alguien volvía a atacarlo, debía acudir a ellos. Querían saber más de las heridas y de la reacción de sus padres mientras Yoel repetía: «No ha sido nada». Era obvio que la gentileza con que lo trataban enmascaraba una amenaza, y también sorprendente que Yoel no se diera cuenta, ebrio por la atención de que era objeto, alardeando de los rasguños que ya se iban desvaneciendo de sus brazos y mejillas. Cuando se aburrieron de Yoel fueron hacia la puerta.

—Pues hablaremos con los de las torres, les explicaremos cómo son las cosas, y os diremos cuándo ocurrirá —resumió Shimon.

—Pensamos en algún viernes por la tarde —añadió David Tsivoni, que siempre insistía en decir la última palabra.

A Yonatán le temblaban las piernas. Tratando de aquietarlas afirmó los pies en el suelo.

—Quisiéramos hablar de eso primero —dijo Yoel—, tal vez no nos interese vengarnos de ellos.

Shimon y sus camaradas lo observaron callados, les asombraba que pensara que algo dependía de su voluntad. Yoel miró a Yonatán, que le devolvió una mirada de aliento; tuvo ganas de hacerle un guiño, pero temía que lo pescaran. Ninguno de los dos quería pelear, siempre habían tenido miedo de los combates sin reglas que terminaban cuando alguien se rendía. Habían visto a Shimon pateando la cara de Itai, y a David Tsivoni a horcajadas sobre Amir, que gritaba: «¡No puedo respirar, no puedo respirar!», una frase imitada después por cada chaval del barrio durante meses. Estos no eran como los perdedores de su clase, que lo detestaban pero también lo temían, y solo osarían pelear con él si estuvieran seguros de que alguien los separaría en un minuto. Además, los dos estaban forjando un plan que iba a dejar patitiesos a los chavales de las torres.

En los rostros de los mayores se borraron las sonrisas.

—Hablad cuanto queráis, siempre y cuando lleguéis a tiempo a la pelea —dijo Shimon, vestido con sus habituales tejanos bien planchados y el cinturón negro con la hebilla triangular plateada y reluciente.

Tómer Fainaru, apodado «Benz» —así llamaban en Israel a Blas, de *Barrio Sésamo*— por la forma de su cabeza y que se ponía furioso cuando alguien tarareaba a su lado la melodía del programa, se quitó las gafas, cosa que hacía siempre antes de proferir una amenaza:

—Vamos a machacar al que no venga, y, si no viene nadie, os mataremos a todos.

Oyeron golpes en la puerta. Yonatán supo enseguida que era alguna chica, nadie más que las chicas golpeaba esa puerta. Corrían rumores de que por las noches algunas parejas se liaban en el sótano e incluso que se acostaban; Yoel juraba que había encontrado una vez un preservativo. Shimon abrió la pesada puerta blanca y Yonatán se sorprendió de ver a Tali con otra chica que no conocía; llevaba un abrigo de lana sobre un vestido de colores que aleteaba por encima de unas botas de un rojo brillante; ninguna chica de su clase tenía botas como esas.

—¡Lárgate de aquí, Tali! —gritó.

Shimon lo abofeteó con suavidad.

—No se insulta a las chicas.

Tali Meltser no les gustaba. Vivía en el número 8 desde que su familia había venido de Haifa, cuando ella estaba en segundo y ellos en tercero, y solía observarlos desde la terraza de su piso, que daba al *vadi*. Una vez informó a los padres de Yonatán de que estaban bombardeando a gente con bolas de barro y en otra ocasión se chivó de él porque la había llamado «espiona, hija de mil putas», aun cuando, según ella, no hacía más que estar en su terraza. Su padre era psicólogo y su madre arquitecta, gente muy afable que saludaba a todo el mundo, con una dicción que resaltaba cada sílaba. Hablaban con niños y con adultos usando el mismo tono, porque en su opinión —que no olvidaron enunciar ante sus padres— «la posición del niño debe ser respetada».

Nadie dudaba de que los Meltser eran distintos de los otros residentes de esos edificios, ni de que tras renunciar al intento de educar a sus vecinos, decidieran no entablar amistad con nadie. El padre de Yonatán pensaba que eran unos petardos, como lo era para él todo vecino que insistiera en expresar su opinión sobre cualquier cosa, mientras que su madre tal vez envidiara en secreto el tren de vida de los Meltser y sus dos niños, y el tono cortés y jovial que empleaban al hablar. «Parece que la vida es una gran fiesta», musitó entre dientes al verlos un sábado por la mañana cargando maletas y una tabla de surf en el coche.

Tras los dos incidentes con Tali, el señor Meltser propuso hacerles una visita e invitar también a Yoel y a sus padres (solo acudió la madre, que permaneció sentada muy quieta y sin decir nada, tirándose de los mechones del corto cabello). Meltser se sentó muy tieso en una silla y preguntó a los padres de Yonatán cómo estaban, en qué trabajaban y de dónde eran originarios sus abuelos. Solo al cabo de veinte minutos expuso sus argumentos: primero, Tali llegó del *vadi* profiriendo groserías que no iba a repetir allí y que, aun si las dijera en broma, esas cosas finalmente penetran; segundo, los chavales gritan y se desmadran entre las dos y las cuatro de la tarde, y ahora Tali tampoco respeta las horas de la siesta; tercero, parece que ellos le faltan el respeto y no reconocen sus virtudes: Tali es una niña inteligente, con sentido del humor y una gran integridad.

—Bueno, eso pudimos verlo cuando os mudasteis aquí —dijo el padre de Yonatán, que no reconocería a Tali aunque se topara con ella en las escaleras. Yoel golpeó el zapato negro de Yonatán con su zapatilla blanca y él le devolvió el puntapié; los dos ahogaron una risita cuando el padre de Yonatán les lanzó una mirada de advertencia.

—Pero no somos amigos de su hija —dijo finalmente Yoel.

Meltser fijó en él la mirada hasta que Yoel bajó los ojos. Era un tipo ancho de hombros, cuyos ojos castaños se clavaban penetrantes pero amistosos. Su expresión era siempre amable y solo los labios de un pálido tono rosado y la barbilla afilada revelaban algo malévolo. Recientemente había fundado con otros dos padres, pilares de la comunidad, un «club deportivo», cuyos socios se reunían los sábados en el estadio universitario (uno de los niños invitados contó que les hacían correr diez mil metros, y parecía un milagro que ninguno se hubiera muerto todavía. «Son unos nazis, unas bestias», gimió).

Meltser sorbía su té y pareció sorprenderse de la observación de Yoel. Yonatán los miró a los dos y solo entonces se percató de que Meltser había creído que eran amigos de su hija.

—Pues entonces más aún —dijo secamente—, si no sois amigos nada impide que cortéis todo lazo con ella, suele ocurrir que niños buenos no congenien, es decepcionante, pero no raro.

—Es que no hay nada que cortar —insistió Yoel, mientras su madre le ponía una mano en la rodilla y él apoyaba la suya encima.

Aparentemente Meltser esperaba que ella disuadiera a su hijo; no podía saber que Yoel y su madre se comportaban a veces como amigos, que ella conocía a todos los niños del aula y que era el tipo de madre capaz de preguntar de pronto si dos niñas que no se hablaban habían hecho ya las paces. Él carraspeó y, en un tono levemente jocoso, dijo que para ser justo ahora podría decir algo en defensa de ellos, ¿les parecería eso aceptable?

Yoel y Yonatán asintieron.

—¿Aceptable de verdad? —insistió con una ambigua sonrisa, mirándolos alternadamente, en busca de señales de admiración o como mínimo de sorpresa.

—Siga, ya dijeron que sí —gruñó el padre de Yonatán, y la madre de Yoel encendió un cigarrillo.

No se le ocurriría nunca elegir las palabras por ellos, explicó Meltser, pero ¿tal vez Tali no respetaba sus juegos? ¿Alegarían ellos tal cosa?

Yonatán respondió altivo que no quería hablar mal de Tali en su ausencia; Yoel agitó la mano para apartar el humo del cigarrillo.

—Entonces ¿decidimos en son de amistad cortar todos los lazos? —dijo Meltser cordialmente.

Todos asintieron, y el padre de Yonatán dijo:

—Muchas gracias por su productiva visita. —Se puso de pie abruptamente y le tendió la mano a Meltser antes de acompañarlo a la puerta con unas palmadas en la espalda que eran más bien suaves empujones. Cuando se fue, el padre lanzó una carcajada.

—Si pensáis en camelar a alguien antes de darle una mala noticia, debéis tener la seguridad de que el otro la considere una mala noticia, de lo contrario sería una pérdida de tiempo para los dos. —A lo cual añadió su madre:

—El señor Meltser te saca ventaja por todos lados para llegar a un objetivo ya alcanzado. —Lo que provocó la risa de los adultos.

Los padres de Yonatán se desentendieron de la visita, tal vez porque la conducta de Meltser les parecía rara; en su medio era aceptable que, si alguien aporreaba o insultaba a un chaval más de lo acostumbrado, los padres no fueran a sentarse en la sala del agresor a charlar afablemente esperando que les sirvieran té, sino que les armaban un escándalo, como la madre de Shimon había hecho con la suya cuando Shaúl, el hermano mayor de Yonatán, había estrangulado a Shimon con una manguera: «¿No tenéis vergüenza? ¡Tu marido es un hombre respetable!». O cuando el padre de Yoel había amenazado a Benz por haber vertido pegamento en el cabello de su hijo: «¡Te retorceré el pescuezo con mis propias manos!».

—Haced lo que se os antoje, solo que no venga otra vez —dijo su padre tras la salida de Meltser. Pero la verdad era que Tali los había derrotado y después de la visita hacían como si ella no existiera. Incluso cuando se atrevió a seguirlos al *vadi* y preguntarles qué hacían, no la insultaron ni amenazaron, simplemente se quedaron sentados sin hacer nada hasta que se dio por vencida.

—¡Hola, bellas damas! —saludó Shimon a las dos niñas que entraron en el sótano en una sincronía admirable. Quedaba claro para todos que solo en el reino inaccesible de las chicas era posible tal grado de precisión. Yonatán se preguntó si la desinhibida proximidad que a veces anhelaba (incluso de abrazar muy fuerte a Yoel o a otra persona), pero que siempre tenía cuidado en reprimir, existiría solo en el mundo de ellas.

Tali se quitó el gorro de lana y sacudió su cabello castaño; por primera vez se le ocurrió que tal vez no fuera tan fea. Haciendo caso omiso de él y los otros, se dirigió a Yoel, a quien se sentía obligada de demostrar su aborrecimiento simplemente porque él la detestaba, y le preguntó si estaban haciendo algo en el *vadi*. Dijo que habían visto un extraño montículo de tierra y que «obviamente se trataba de ellos». Yoel fijó la vista en las telarañas, a medio metro por encima de las cabezas de las niñas.

—Un montículo de tierra —replicó Yonatán, esperando que Yoel guardara silencio y lo dejara hablar a él—. ¿Tienes idea de cuánta gente anda por el *vadi*?

Tali protestó sin mirar a Yonatán:

—Por poco tropezamos con vuestro estúpido montículo, es peligroso.

—¿Dónde está el montículo? —preguntó uno de los mayores sin mucho interés.

—¡Nos acercamos hasta allí cuando queráis! —gritó Yonatán—. Pero vamos a dejar bien claro que no habrá palos ni piedras, y que Shimon será el árbitro.

Estaba muy contento de esto último (la verdad es que le importaba un comino lo del árbitro), que inmediatamente provocó un revuelo entre los mayores.

—Vale, pequeño cabrón —dijo Benz con una risita—, quieres a Shimon, y lo tendrás. —Palmeó la espalda de Shimon, que se mantuvo inmutable, como quien asume el peso de su responsabilidad.

Antes de que Tali pudiera decir algo, su amiga, aparentemente aburrida por el reciente intercambio, empezó a dar volteretas como las que se ven en los Juegos Olímpicos. Cada vez que hacía la vertical el vestido caía y dejaba al descubierto las bragas blancas con ositos de color naranja, o tal vez fueran corazones rosados —Yonatán no estaba seguro—, y todos las veían, como veían los muslos más blancos que las pantorrillas bronceadas. Tras un breve silencio, los varones empezaron a halagarla y a preguntarle cuántas veces a la semana practicaba ballet y qué aprendía en clase. Ella les respondía con frases cortas en un tono grave y lánguido que les encantó, y cuando le rogaron que siguiera se encogió de hombros y dio unas volteretas más.

En el sótano reinaba el silencio. Yonatán se preguntó si él y Yoel podrían largarse ya, pero los mayores bloqueaban la puerta. David Tsivoni le preguntó a la amiga de Tali si estaría dispuesta a hacer sus volteretas sin ropa interior; ella accedió y se quitó las bragas, las dobló cuidadosamente, limpió con la mano el polvo del extremo de la mesa de ping-pong y las puso allí; ahora Yonatán podía ver que eran ositos rosados de varios tamaños. Oyó el jadeo de Benz y le miró el agujero, eso que solo había visto en los ejemplares de *Playboy* en casa de Benz —el verano pasado lo había invitado e inmediatamente le había advertido: «Aquí solo se mira, la paja se hace en casa»—, antes de dirigirse a Yoel, que le lanzó una mirada furibunda porque había aceptado el combate sin consultarlo con él.

Los mayores murmuraban y David Tsivoni salió del sótano. Tali, muy ruborizada, permanecía pegada a la puerta y, mientras su amiga daba más volteretas, aprovechó para anunciar que tenía que volver a casa e invitarla a ir con ella —su mamá iba a prepararles tortitas, dijo—, y la niña respondió que probablemente lo haría. Shimon y Benz comentaron que les gustaban mucho sus volteretas, pero que podía hacer lo que quisiera. La niña les dirigió una sonrisa indiferente, sin alterar su expresión, y Tali preguntó irritada: «¿Entonces, qué?», a lo que la amiga, haciendo la vertical y en un tono un poco socarrón, replicó: «Dentro de un rato». Todos se rieron, excepto Tali, que salió del sótano.

Yonatán se sorprendió de sentirse aliviado porque no le hubieran bloqueado la retirada. Yoel aprovechó para dirigirse a la puerta, pero Benz lo detuvo.

—Déjalo que se vaya —dijo Shimon.

—Hace mucho frío —se burló Benz.

—Déjalo, he dicho —gruñó Shimon, y Benz se apartó. Yoel pasó entre los dos y aguantó resignado el mamporro en la espalda y la patada de Shimon.

—Espera, hay algo importante que no te hemos dicho —exclamó Benz, con una voz de persona madura y seria, cuando Yoel estaba ya junto a la puerta.

—¿Qué? —Su expresión se hizo de pronto sombría, andaba con el brazo colgado a la espalda, como si estuviera remolcando algo.

—Dile a tu madre que no podremos ir esta noche, quizás enviemos al jardinero árabe como suplente —graznó Benz, que al final de la frase bramaba de risa. Shimon también rio y ambos se repartieron palmadas en la espalda y chocaron los cinco. Yonatán iba a reírse también, pero se contuvo. La niña los miraba sin comprender.

Yonatán se quedó solo con los chavales y la niña, preguntándose por qué no se largaba, pues ya no le atraía ver una y otra vez las volteretas y el agujero, no entendía la excitación de los demás. David Tsivoni volvió al sótano y depositó algo envuelto en un trapo en la mano de Shimon, que se acercó a la niña tarareando una canción —sin duda era el único que a ella le gustaba— y carraspeó, como hacía antes de hablar con chicas o con adultos. Preguntó si no le importaba mostrarles unas volteretas más, pero más lentas, o tal vez hacer otra vertical; ella dijo que no le importaba y Shimon le pidió permiso para fotografiarla y así conservar un recuerdo.

La niña no contestó y los otros la miraron, fascinados, cuando volvió a hacer la vertical y Tsivoni murmuró:

—Ya entendéis lo que está ocurriendo aquí.

Yonatán sintió que lo invadía un mal presagio, quería decir a la niña que ya era tarde, mejor que se fuera a casa, pero sabía que los otros lo molerían a golpes y también sabía que jamás la dejaría sola con ellos. Shimon miró el reloj y exclamó:

—Ya empieza en la tele El equipo A.

David Tsivoni entrecerró los ojos como si se despertara. Shimon y Benz iban ya hacia la puerta, pero David Tsivoni no se movía.

—Un momento —se dirigió a Shimon—: ¿No vamos a hacer nada? —Y señaló la cámara.

—No —sentenció Shimon. Se acercó a Tsivoni, le rodeó los hombros y lo empujó hacia la puerta, pero a mitad de camino cambió de idea, se volvió hacia la niña y le dijo que era muy bonita y que podría llegar a ser una magnífica bailarina o algo así, pero que nadie iba a decir una palabra acerca de lo ocurrido, ¿verdad? La niña lo miró entrecerrando sus ojos verdes, Yonatán se sorprendió de notar las pecas alrededor de los párpados y eso le recordó que era menor que él; con una sensación de tristeza, volvió a examinar las telarañas.

La reacción de ella no satisfizo a Shimon, que siguió mirándola, luego recogió las bragas de la mesa, se arrodilló frente a ella y se las entregó. Dándole la espalda, la niña se las puso. Shimon esperó a que se alisara el vestido y fue hacia la puerta.

—No hables demasiado —le dijo Benz a Yonatán con una mirada de advertencia.

No cerraron la puerta. Yonatán esperaba que la niña no oyera las risotadas en el pasillo y se sintió aliviado de que solo le llegara el ruido de las pisadas y las voces ahogadas. La niña no se marchó enseguida; él hubiera querido hablarle, pero no se atrevió y siguió mirando los terrones de barro endurecido en sus zapatos. Pronto oyó las pisadas de ella en el pasillo, luego en la salida al patio. Entonces reinó el silencio.

* * *

—Mete las manos en tu jersey —dijo Yoel—. ¿Quieres que se te congelen?

Soplaba viento del norte y sentían sus azotes en la cara cada vez que levantaban la cabeza. Flotaban unos nubarrones negros, pero no amenazaba lluvia. No tenían tiempo que perder; el combate con las torres era inevitable y debía producirse ya, en su propio mundo o en el de los otros, todo dependía de ellos. Llevaban gorros de lana y feos abrigos acolchados —el suyo era de Florida, donde vivía una amiga de su madre que año tras año les enviaba la ropa usada de su hijo— y Yoel usaba unos guantes rojos de Liverpool. En el *vadi* no había nadie, salvo dos jóvenes flacos con abrigos de lana que bajaban, a paso lento y fumando, por el sendero que conducía a su calle. Yonatán pensó que se los veía grandes y guapos, y sintió envidia de sus vidas interesantes.

Él y Yoel tenían una azada que habían robado de la huerta que cultivaban en la clase de agricultura, además de dos linternas, unas bolsas enormes de plástico, una botellita de gasolina proveniente del sótano, una hogaza de pan negro, unas lonchas de queso y una botella de Coca-Cola. Yonatán no mencionó lo ocurrido en el sótano, suponiendo que Yoel se arrepentía de haberlo dejado allí solo. Pero Yoel no dijo nada y él no tenía intención de permitir que algo se interpusiera entre ellos. Sabía qué preocupaba a Yoel: ¿por qué estaban cavando en vez de prepararse para el encuentro inminente? Temía que hiciera la pregunta, si no en una hora, pues al día siguiente, y entonces todo se desmoronaría, porque lo que Yonatán hacía por su cuenta existía solo de forma inestable mientras Yoel no se incorporara. Se sintió nuevamente obligado a ensamblar los fragmentos con el fervor de las palabras —con los argumentos que inventaría acerca de los prodigios que tendrían lugar cuando hubieran terminado— y presentar ante Yoel el cuadro completo.

Habían excavado los primeros siete metros de la zanja en un suelo blando y apto para desmenuzar con los dedos y amasar puñados de tierra en toda clase de formas; también habían extraído fácilmente los guijarros y ramitas que encontraron. Avanzaban con rapidez, turnándose con la azada mientras el otro llenaba las bolsas antes de arrastrarlas a una negra pila de desperdicios que alguien había quemado alguna vez. Yoel se quejó de que le dolía una mano, y al quitarse los guantes, que ahora olían como el follaje, descubrieron una ampolla blanquecina en un dedo.

Era repugnante, pero Yonatán no podía apartar la mirada.

—No te preocupes, a mí siempre me salen —dijo, pero recordó que por lo general Yoel sabía cuándo estaba mintiendo.

Yoel sopló en la ampolla y esbozó una leve sonrisa. Yonatán sintió una ola de emoción hacia su amigo y pensó en lo encantadora que era su sonrisa cuando la piel alrededor de los ojos color avellana se redondeaba formando medialunas que también sonreían. Le ofreció sustituirlo, pero Yoel se negó; hoy había cavado menos que Yonatán.

Yoel sacudió su cabello castaño y crespo, que le caía sobre la frente marcada de acné. Sus ojos eran pequeños para el tamaño de su cabeza, pero bien abiertos parecían grandes y bellos, y le conferían un aire maduro. Pese a que Yonatán medía siete centímetros más que él, tenía los hombros más anchos y la cara regordeta, y quienes los veían juntos —tal vez por el bigote incipiente de Yoel, su voz profunda y la perfecta dicción, así como por las camisas bien planchadas y metidas dentro de los pantalones con las que iba al colegio— siempre decían que Yoel parecía mayor, como un estudiante de séptimo u octavo. La madre de Yonatán solía decir que Yoel parecía «un hombrecito».

Oyeron a la distancia el sordo traqueteo de un motor; pronto un chirrido ensordecedor rodó hacia abajo por el *vadi* y vieron madejas de humo flotando al final de la calle. Yonatán supuso que su padre salía rumbo a una reunión en el centro de la ciudad, pese a que su madre lo regañaba cuando concertaba reuniones los sábados. Estaban habituados al estruendo. En las mañanas invernales los vecinos solían pasar largos ratos en sus coches mientras intentaban ponerlos en marcha, apretando repetidas veces el acelerador. Solo en los dos últimos años habían empezado a deshacerse de sus viejos cacharros y ahora zarpaban airosos en sus nuevos Mitsubishi o Subaru —blancos, plateados, azules—, cuyos motores arrancaban en un santiamén. El padre de Yoel ya había comprado un Mitsubishi celeste, y también en casa de Yonatán se hablaba de comprar un coche nuevo. Era la línea divisoria más nítida en el vecindario, entre los que navegaban tranquilamente en sus vehículos y los que no. Claro que si uno compraba un coche demasiado caro, por ejemplo un BMW, inmediatamente se lo catalogaba como ostentoso, o peor, como alguien de la burguesía casquivana e inculta de Tel Aviv, según solía decir su tío en las reuniones familiares de los viernes.

Ambos sabían que la madre de Yoel aparecería en la terraza en cualquier momento para llamarlo a cenar.

—Ha sido un buen día, ¿no? —declaró Yonatán.

—Sí, ha sido un muy buen día —respondió su amigo.

El último año
(Mediados de la década de 1990)

Al asir la manilla descubrió que la puerta no estaba cerrada con llave. Por un instante se preguntó si habrían regresado y se detuvo en el vestíbulo. Todas las luces estaban encendidas y las persianas cerradas. Vio ropa, libros, platos y vasos, botellas de Coca-Cola y de vodka Absolut, cajas vacías de pizza, ceniceros desbordantes de colillas y fragmentos del florero blanco que había estado sobre el piano, uno de ellos manchado con tres gotas de un líquido violáceo que parecía sangre, todo desparramado por el suelo. También vio huellas de zapatos embarrados, rollos de papel higiénico y fundas de discos y CD. Avanzó sobre los desperdicios, tropezando de tanto en tanto con algún montón.

La casa estaba helada. Mientras buscaba el calefactor de queroseno en medio del revoltijo oyó un crujido bajo sus pies y vio que había destrozado el *Bruce Springsteen Live*. Se desnudó y fue empujando la pila de ropa con los pies, hacia la lavadora instalada en el pequeño balcón. Temblaba, corrió descalzo al cuarto de baño y se envolvió con una toalla húmeda antes de dirigirse a la habitación de sus padres; la ropa de cama estaba enredada en el suelo; sobre un taburete cercano al lugar habitual de su madre en la cama estaba el calentador ambiental, lo encendió, recogió una frazada, se acostó sobre el colchón y se cubrió con ella. Seguía temblando, pero el aire caliente lo reconfortaba lentamente.

Visualizó dos escenas: en la primera acompañaba a sus padres por las escaleras cargando las maletas, y en la segunda llevaba solamente a su padre al aeropuerto. Notaba un desfase entre las imágenes. ¿Cuándo se habían ido exactamente? Oyó un silbido, que parecía emerger de sí mismo, y el sonido lo horrorizó. Las reacciones del alma suelen ser tan conocidas como los muebles de la habitación de la infancia, incluso en momentos de pavor el contorno es familiar, pero jamás había percibido ese silbido prolongado, como una nueva y temible puñalada en el estómago. Esperaba no estar oyendo realmente nada o, más al contrario, que el pitido fuera algo familiar para él y lograra así identificarlo pronto. El sonido se fue difuminando gradualmente y dejando tras de sí débiles resonancias, como si se hubiera disgregado en decenas de partículas. Respiró hondo y sintió que algo peculiar e irreconocible se encendía en su interior. Si dormía allí, en la única vivienda que conocía desde la más tierna infancia, si se quedaba dormido en la cama de sus padres con el calentador entibiando su cuerpo, tal vez las cosas volvieran a su estado primigenio.

Cuando se despertó, a las diez menos cuarto de la mañana, encontró un mensaje de su tía, diciéndole que esperaba «que cuidara muy bien la casa». La semana anterior había aparecido con su hijo, un estudiante universitario cinco años mayor que Yonatán, y habían dejado el piso impecable y listo para recibir a sus padres a su regreso de Nueva York. «Jamás he visto una pocilga así en toda mi vida», lo regañó, y durante el resto de la visita casi no abrió la boca. Reclinado en el sillón negro de la sala y fumando un cigarrillo, él observaba cómo correteaban cargando montones de basura, botellas de Coca-Cola Light llenas de colillas, vasos y platos con restos de pizza, residuos de falafel untados de tahini y huesos de pollo. Oyó los ruidos de la aspiradora y la lavadora junto con las voces de la tía y el primo que tarareaban una canción de moda con la radio encendida, los vio fregando el suelo y apilando bolsas y cajas rebosantes de desperdicios.

Era inmune a su silencio acusador. De todas formas, la culpa que le endilgaban no era que osara emporcar así la casa mientras su madre se hallaba a un paso de la muerte en Nueva York. También eso los enfadaba, pero del verdadero pecado —que el cáncer que su madre había contraído se debía en parte a los tormentos a los que Yonatán la había sometido— no hablaban nunca. A veces decían cosas como «Ahora deberás ser muy bueno con ella» o «En adelante tendrás que cambiar de conducta, ya tienes casi dieciocho años», pero jamás mencionaban los actos del hijo que supuestamente habrían acelerado el curso de la enfermedad. Sin embargo, cada vez que los oía hablar del mal que aquejaba a su madre, sabía que eso era lo que pensaban.

Una vez se lo dijo a Yoel, que lo miró extrañado, como si la idea nunca le hubiera pasado por la cabeza. Yoel creía que la madre de Yonatán amaba a su hijo y que ambos gozaban de una relación especial, aunque las cosas se hubieran complicado a raíz de la enfermedad. Él se sintió agradecido, porque la sorpresa en la cara de Yoel abatió su temor de que tal vez, en su fuero interno, su amigo también pensara, como todos, que él era culpable. De inmediato quiso decirle: «Tú y yo nos hemos pasado la vida inventando historias, ¿podemos todavía seguir hablando de este mundo?».

La tía le pidió que saliera de la sala para poder limpiar el vertedero que había dejado allí y ya no pudo contenerse:

—¿Qué habrías hecho si no hubiéramos venido a limpiar?

—Ni una sola jodida cosa, no habría hecho nada —respondió él en un tono jovial. Con el rabillo del ojo vio al primo considerando la posibilidad de intervenir.

Yonatán se levantó del sofá y avanzó pegado a la pared del pasillo para no dejar huellas en el suelo mojado, se acostó en su cama y se durmió. Al despertar vio que estaba completamente vestido, con abrigo y zapatos. Alguien había encendido el calentador y un mensaje de su padre en el contestador le informaba de que permanecerían diez días más en Nueva York. Los médicos en los que tenían depositadas sus esperanzas habían decidido iniciar una nueva serie de tratamientos. Yonatán se preguntó si la tía sabría ya que habían estado trajinando en vano.

Se lavó la cara y el pelo y fue al colegio conduciendo el mugriento Daihatsu blanco. Mientras escuchaba «Girlfriend in a Coma» le asaltaron ganas de reír. Imaginó a Lior y sintió la tentación de ir a otro sitio, de conducir hasta el colegio de ella y esperarla a la salida, como solía hacer cuando todavía estaban juntos. A veces venía también Tali, los tres se acomodaban en el coche, las chicas decían: «Vayamos hasta Ein Kárem y cojamos la carretera vieja a Tel Aviv», él aceleraba, se perdían, encontraban rutas nuevas y escuchaban música. Al atardecer se tumbaban en la azotea del edificio en el que vivía Lior y fumaban cigarrillos hasta que oscurecía.

Llegó al colegio al final del primer recreo, pasó al lado de los fumadores y de sus compañeros de clase, sentados en las bancadas sobre los radiadores de la calefacción. Parecía que todos vestían jerséis negros o azules y tejanos azules o grises, y que hablaban en voz baja. Yoel había declarado que los fumadores y los sentados en las bancadas eran «puritanos castrados», y que él apostaba a que ni uno de los chicos de su curso tenía idea de cómo gozar de un polvo. Dijo que todas las chicas —que tan convencidas estaban de ser unas liberadas, que miraban anhelantes al guitarrista de la banda punk de Jerusalén e insistían en que se morían por hacerle una paja y que una o dos veces habían ido a clubes nocturnos de Tel Aviv con los labios pintados de negro para liarse con pinchadiscos gais de la radio— eran en realidad unas puritanas carentes de imaginación. Yoel también afirmaba que todos los chicos que hacían rondas estériles por los pubs del centro, siempre con la misma gente, o se dejaban el cabello largo y compraban aretes en un puesto de la plaza de las Gatas, que leían *Zen y el arte del mantenimiento de la motocicleta* o las primeras ocho páginas de la *Guía del autoestopista galáctico* para saldar su deuda con el existencialismo o que hablaban de drogas que no tenían ni idea de cómo conseguir, para terminar la velada con una porción de pizza antes de correr a casa y masturbarse pensando en la espectacular camarera de uno de los bares de moda, eran aún peores (decidió que no era el momento de mencionar que recientemente había sentido un flechazo por la camarera de cabello negro del Glasnost, cuyos ojos verdes se tornaban grises a medida que avanzaba la noche) y tan imbéciles que ni siquiera ahora, a mitad de camino del último curso, se percataban de que habían malgastado su adolescencia.

Echó un vistazo en derredor, pero Yoel no estaba. No era sorprendente, pues Yoel había trabado recientemente amistad con otro grupo. Por esos días eran muchos los compañeros del colegio, de ambos sexos, que buscaban acercarse a su amigo, y tal vez por eso había insinuado que era hora de desmantelar el reino de los dos. Yonatán sentía últimamente que él se aferraba al reino mientras Yoel se apartaba y que, aunque no quería que llegara a su fin, tenía que reconocer la dura ley impuesta por ellos mismos en la niñez: en cuanto uno perdiera el interés en el mundo que habían creado juntos, la cosa no tendría remedio. La traición siempre había estado rondando todos sus emprendimientos.

Habían dedicado los dos últimos años, desde fines del décimo curso, a construir ese reino, con todas sus ciudades y regímenes de gobierno, a designar ministros, funcionarios y terratenientes, cuyos nombres tomaban prestados de sus compañeros y compañeras de clase, y a determinar sus acontecimientos fundamentales. El reino no tenía nombre, ni existía en un momento particular de la historia. Tenía una sensibilidad del siglo XVII, pero con ocasionales incursiones en el futuro, como cuando inventaron una bomba láser capaz de implantar los miedos de alguien en la mente de otra persona. Los anales se escribían en notas que se pasaban en clase. Yoel era Warshovsky, el insigne revolucionario cuya familia había sido aniquilada por el padre del rey. Warshovsky reunió un ejército extraterritorial y al cabo de una sangrienta contienda, en la que cayó el heredero del trono, formó una alianza con el rey y se convirtió en el capitán de la guardia. Yonatán era el rey. Juntos trazaban mapas en los que detallaban las poblaciones, los distritos y los campos de batalla. Cada nuevo episodio empezaba con una nota:

—«Problema: el magnate Lipsin exige abolir los impuestos sobre sus propiedades. Como capitán de la guardia he sabido que otros terratenientes podrían sumarse a su demanda. Es posible que haya reunido un reducido ejército. ¿Cómo manejarlo?».

—Ya es hora de ajustar las cuentas con Lipsin y su torcida mano de hierro. No es más que un pequeño cabrón que juega a los piratas. Hace demasiado tiempo que lo toleramos de brazos cruzados. ¿Cree usted que el ejército está preparado para conquistar la ciudad número 1? ¿El inútil hijo de puta del gobernador está con nosotros?

—¡Fue usted quien nombró a ese incompetente!

—¿Quién, yo? Pero si es hermano suyo.

—Un hermano lejano, no de la misma madre. Usted lo nombró porque le gustaba su mujer.

—¿Quién le ha dicho eso?

—¡Usted!

—Warshovsky, he sido informado de que Berkowitz ha ocupado el distrito 7. Estoy profundamente decepcionado; a usted se le ha dado toda la asistencia que solicitó. He destituido a ese aficionado de Yarón Hemo porque usted lo solicitó y aun así hemos perdido el único distrito que tenía un puerto.

—Ha sido solo una retirada hasta el distrito Y.

—¿Usted está en el distrito Y? Se supone que allí no hay humanos. El distrito Y es solo para los muertos a los que permitimos regresar de la muerte.

—Y los muertos no comen, ¿verdad? Entonces la tierra da de comer a los soldados. Berkowitz ha desplegado sus tropas por todo el distrito 7. Lipsin formará una alianza con ella. Estoy maniobrando para que permanezcan allí tanto como sea posible, hemos oído que prácticamente se mueren de frío, que sus provisiones no durarán más de dos semanas: ¡los vapulearé con un frente oriental al estilo de 1942! Por suerte las comedias de la tele son la mayor experiencia intelectual de esos dos payasos. No escuche más a sus asesores aficionados. Salga a ver las flores del campo y deje el trabajo en manos de los profesionales.

—Tiene un mes para completar la misión.

—No recibo órdenes de usted.

—¡Pero yo soy el rey!

—Un rey títere. El ejército está conmigo.

Cuando estaban en décimo y empezaron a escribir la historia del reino, antes de que Yoel fuera tan popular, Yonatán sospechaba que estaban desplazando hacia su territorio de fantasía el deseo de trepar por la escala social, la furia acumulada contra los grupitos dominantes, a los que ostensiblemente despreciaban, pero anhelando en secreto ser aceptados por ellos. Colgaban a los chicos y las chicas que no les gustaban de los depósitos de agua y de las torres de los castillos, les cortaban las manos, los pies y la cabeza, los nombraban viceministros o los condenaban al exilio. Si una chica a la que detestaban tenía un gesto amable hacia uno de los dos, el favorecido empezaba a derramar sobre ella títulos y honores, dejando al otro perplejo ante el súbito cambio. El reino entero era posiblemente un mapa macabro y caprichoso de sus relaciones con el resto de la clase, no totalmente comprensible ni siquiera para ellos.

Trataban desesperadamente de convencerse de que su deseo era estar fuera de la sociedad escolar a la que manifiestamente desdeñaban —todos esos inservibles y carentes de imaginación que leían aburridas novelas de viejos, se vestían como sus padres y no podían ver cuán gris y sofocante era todo en ese colegio—, aunque a decir verdad ellos mismos eran bastante reprimidos, y se sentían muy abatidos cada vez que se percataban de ello. Hubo días en que volvían a casa con las mochilas abarrotadas de papelitos arrugados y cubiertos con una caligrafía minúscula y salpicada de típex junto a mapas trazados con lápiz.

El reino era un sitio que podía absorber todas sus ideas, un territorio a medio camino entre la historia, que era el tema de Yoel, y la imaginación, el ámbito de Yonatán. Pero últimamente los sucesos habían empezado a comprimirse en una fórmula bastante manida, una monótona sucesión de guerras y treguas, sublevaciones y exiliados, y Yoel, que parecía estar perdiendo el interés, arrancaba de cuajo la línea argumental con notas escuetas que no dejaban lugar para ninguna respuesta. Aducía que todo se estaba volviendo demasiado dramático, que al juego le faltaban levedad y humor. Yonatán no creía ser capaz de poner punto final a la historia, hasta el día en que Warshovsky anunció lacónico que se retiraba a sus posesiones y solicitaba que desde ahora le permitieran llevar una vida tranquila y sencilla.

Ya de regreso del colegio, Yonatán se acostó en la cama de sus padres y se quedó dormido. Lo despertó el teléfono, había anochecido y podía oír el canto de los grillos en el *vadi*. Era su padre que, sin preámbulos, le pedía que escribiera una carta para su madre: en Nueva York transcurrían las semanas y los tratamientos la hacían sufrir terriblemente, pero aun así no dejaba de hablar de Yonatán y de cuánto le preocupaba que estuviera tanto tiempo solo en casa. No lo creyó del todo. El padre dijo que los tratamientos tenían lugar por las mañanas y que pasaban la tarde en el hotel, por lo general solo ellos dos (a veces venía su hermano mayor a visitarlos), viendo sus viejas películas favoritas: *Por quién doblan las campanas, Los mejores años de nuestras vidas, La mujer del teniente francés, Lo que el viento se llevó, La última película, El cazador.*

—¿Pero los tratamientos ayudan?

—Así lo espero —respondió el padre.

No estaba preparado para oír ese tono sombrío y ronco que amplificaba las dudas y sonaba demasiado natural, como si su padre hablara de la enfermedad de su mujer con otro adulto. Yonatán solía parapetarse en una ciudadela de la infancia y utilizar sus fortificaciones para mantener a raya las malas nuevas del mundo de los adultos, y también a sus emisarios. Todo lo que quería oír ahora eran las frases que le habían repetido siempre, que la situación era complicada, y el diagnóstico un poco tardío, pero que con seguridad los tratamientos ayudarían. Siempre supo que había detalles que evitaba tocar, saltando por encima de ellos como lo hacía con las grietas en las aceras cuando era niño. Cada juego tiene sus reglas, cada convenio se basa en determinadas normas, ¿no?

Aun si lograba acumular bastante coraje para hacer preguntas directas, las respuestas nunca se apartaban de la fórmula previsible: tópicos vagamente esperanzadores. Pero ahora su padre había dejado atrás el tono y el delicado lenguaje que habían cultivado juntos, que, si bien no negaba la enfermedad, tampoco exploraba sus profundidades. Utilizaba generalidades formuladas en código, aun cuando no ocultaran ninguna verdad complicada, como puertas cerradas con llave que no conducían a ninguna parte. A veces su madre infringía el acuerdo no escrito, como cuando le dijo a Yonatán que «algún día iría a visitar su tumba y le llevaría flores», pero él lo atribuyó a los padecimientos de la enfermedad, que ella se resistía a detallar.

El padre tosió, y por un instante Yonatán imaginó que podía oír otra voz, tal vez la de su madre o la de la tele en la habitación del hotel. Tragó saliva y visualizó su propia garganta, en la que se iba coagulando un líquido espeso. Yoel y él tenían un nombre para ese fenómeno: «papilla de hormigas bailando en la garganta».

—Pero los tratamientos ayudan —insistió Yonatán con una voz ronca.

Sabía que daba la impresión de ser un jodido cobarde —*ayudarán, están ayudando, tendrían que ayudar*—. Igual que Lior, con su constante «¿Tu mamá está bien?». Qué no daría ahora por tener a Lior diciéndole cualquier cosa. Sus rodillas no dejaban de moverse, no podía controlarlas y apoyó la espalda en la pared, junto al sillón negro que estaba al lado del teléfono.

—Así lo espero.

Por un momento Yonatán se imaginó que veía el mundo a través de los ojos de su padre y recordó cómo solían abrazarse. Pero entonces se sintió desbordado por la ira: esas no eran las respuestas correctas, su padre debería saberlo.

—Yo sé que todo irá bien —insistió Yonatán, y su voz se quebró.

—Esperemos que así sea.

Otra vez el silencio. Yonatán creyó haber descifrado lo que su padre realmente le pedía: que le escribiera a su madre una carta «de despedida». En cuanto esa noción iluminó su mente, temió no poder ahuyentarla. Recorrió con la mirada la sala en tinieblas, quizás fueran las tinieblas de los años compartidos, y ahora galopaba dentro de un túnel, en cuyas paredes centelleaban de tanto en tanto unas imágenes que no alcanzaba a descifrar. Incluso cuando visualizaba la muerte de su madre desconfiaba de las imágenes que veía, pensaba que tal vez hacía que aparecieran porque no creía en ellas.

—No entiendo —insistió de nuevo—, ¿qué quieres que le escriba?

Perseguía las palabras, luchando por comprenderlas a la vez que las pronunciaba, y con ellas las respuestas que esas palabras buscaban rescatar. No dijo más, pero ambos entendieron, y el peso de las palabras omitidas —una visión de su casa años más tarde, si es que seguían viviendo allí— se aposentó entre ellos. Todavía callados, sus alientos se mezclaron. Nunca habían hablado tanto por teléfono. Su padre era un tipo impaciente y Yonatán esperaba que le entrara prisa y dijera: «Hablaremos mañana», pero, en cambio, parecía seguir aferrado a ese momento. Yonatán lo encontró pavoroso: ¿acaso su padre se había debilitado tanto en Nueva York que ahora buscaba que «él» lo reconfortara?

Así era como todo se desmoronaba, pensó: un mundo entero, equipado con esperanzas y hábitos, se vaciaba en un instante, dejando solo el miedo.

El padre pareció despertar del encantamiento.

—Será suficiente que le escribas una carta bonita, no es mucho lo que te pido —dijo en tono de reproche. Como cuando cariñosamente regañaba a Yonatán por sus travesuras, por lo general a instancias de la madre, porque para él las pillerías eran algo que los chavales supuestamente debían cometer para fortalecerse antes de enfrentarse a recompensas y castigos reales. La regañina del padre trazaba el contorno conocido de la vida y, pese a habérsela extraído por la fuerza, Yonatán se sintió aliviado.

—¿Cuidas la casa? —le preguntó el padre.

—Por supuesto.

—¿De veras?

—De veras.

—¿Estudias?

—Claro.

—No haces nada, ¿verdad?

—Hago muchas cosas.

—¿Te estás preparando para los exámenes de bachillerato?

—No hay exámenes. Ya no se hacen.

—¿Hablas con la familia?

—¿Qué familia?

—Está bien.

—El viernes me voy de viaje —dijo Yonatán.

—¿Adónde?

—A Tel Aviv. Iré a visitar a Yaará.

El padre hizo una pausa. Era probable que la idea de que fuera a ver a Yaará le pareciera rara, pero tal vez estaba demasiado cansado para continuar el interrogatorio o bien, lo que era más factible, no le creía.

—Pero avísalos primero —le ordenó—, y transmite a todos nuestros saludos.

—Está bien, papá.

Sudaba. Cerró los ojos y al abrirlos vio la casa envuelta en una oscuridad tan vívida como la del *vadi* en la noche. Ahora tenía la certeza de que no cambiaría su historia, aunque eso no interesara a nadie: iría a visitar a Yaará. No tenía idea de adónde iría realmente.

Se enjugó el sudor de la cara con la manga y cayó en la cuenta de que llevaba la camisa roja que su madre le había comprado para el primer día en el instituto, cuando volvió a casa rezongando porque los compañeros tenían ropa adecuada, mientras que él iba con unos trapos viejos de Florida; tal vez ellos no lo habían entendido, pero él no seguiría llevando prendas de segunda mano como lo había hecho su hermano Shaúl. Sin ropa no habrá colegio. Cuando entró esa noche en su habitación encontró sobre la cama dos camisas, una roja y una azul, con una nota en un papel amarillo. No recordaba cada palabra, solo la última parte: que algún día sería mayor y más sabio, y entonces ella le contaría todo, pero por ahora eran muchas las cosas que estaban más allá de su entendimiento y, cuando se enterara, seguramente lamentaría sus fechorías, ojalá que no fuera demasiado tarde. «Te arrepentirás —le escribió—, y espero que recuerdes otros tiempos nuestros. Todavía no entiendo cuándo las cosas empezaron a ir mal».

Después de leer la nota sintió unas uñas invisibles arañándole el cuerpo y espasmos de dolor que surgían desde el vientre hacia el cuello y le bajaban por la espalda. Se sentó en el suelo con el cuaderno nuevo que había comprado para el primer día de clases en el instituto y empezó a escribir cosas que sabía y cosas que no: los dos años que sus padres y Shaúl habían pasado en Nueva York antes de que él naciera, una época de la que no sabía casi nada, excepto el modo en que se les nublaban los ojos cuando hablaban del tema, como si allí se hubiera producido un milagro capaz de derretir todas las penas de la vida, y durante dos años enteros hubiesen flotado por las calles de esa ciudad maravillados por todo el bien que les otorgaba. La estrecha relación entre Shaúl y la madre, lo sabía, se había forjado durante las crisis que sobrevinieron antes de su nacimiento, y percibía que esos dos, a diferencia de él, vivían a la sombra de los acontecimientos míticos que dictaron su destino. Su madre decía que algún día se lo contaría todo y entonces lo entendería, pero también que sería demasiado tarde, pues ya estaría muerta.

En el cuaderno nuevo escribió lo que había oído sobre tiempos remotos. Con tan solo doce años, su madre tuvo que hacerse cargo de la casa de la abuela, después de que el padre, Albert Mansur, jugador y donjuán, abandonara a su familia y se mudara a Haifa, donde vendía zapatos. Yonatán recibió más detalles de su abuela paterna, quien le contó, con una satisfacción a duras penas disimulada, que la familia de la madre vivía en la pobreza, que su otra abuela, Sara, nunca dejó de amar a su ingobernable Albert («Un caballero encantador, incomprendido por la comunidad judía de Jerusalén»), que tras la partida del esposo había guardado cama durante meses, y que solo las esporádicas visitas del cónyuge y los sermones del rabino Ovadia Yosef en la sinagoga le alegraban el espíritu. La abuela paterna dijo también que su madre, desde los doce años, era la única persona de la familia que se había hecho cargo de su hermana, del hermanito menor, de su propia madre y de los ancianos padres de Albert.

La madre no hablaba de su infancia, pero ensalzaba a la abuela Sara por su generosidad, modestia y devoción a Dios, que lamentablemente amaba a los pecadores y no recompensaba a los justos. Una vez, viendo que su madre encendía las velas del sábado, muy quieta y con los ojos cerrados, Yonatán le preguntó, con un toque de desdén, si creía en Dios. Respondió que no estaba segura. En tal caso, por qué encendía las velas, insistió. Entonces ella le dijo que lo hacía por su madre, que nunca había pecado y había tenido una vida muy dura.

A la vez que palpaba y estiraba la tela de las camisas nuevas pensó en una tarde, no mucho tiempo atrás, en que la madre de Kowerski, una psicoterapeuta de cabello muy corto, los sorprendió apareciendo junto a su hijo, al que habían invitado a pasar una noche en casa. Las dos madres, sentadas en la sala charlando y riendo, acordaron encontrarse para tomar un café en el centro. Cuando Yonatán volvió del colegio al día siguiente, la madre comentó: «La señora psicóloga quería ver si éramos lo bastante buenos para que su hijo se quedara a dormir aquí». Eso lo desalentó, porque él esperaba que su madre trabara finalmente amistad con alguna de las madres de sus compañeros, pero mayor que el desaliento fue la sorpresa: jamás se le había ocurrido que alguien pudiera poner en duda la respetabilidad de su familia. Poco después, cuando la amiga de su madre, la doctora Sternberg, vino a visitarla y las dos se sentaron en la sala a leer a Tolstói, Dostoyevski, Nietzsche y Leibowitz, mientras su madre apuntaba las explicaciones de la doctora Sternberg en su cuaderno, cayó en la cuenta de que solo uno de los tres hijos de Sara y Albert —Yizjak, que era el menor— había ido a la universidad. Recordó la aversión en la voz de la madre al articular las palabras «la señora psicóloga» y la debilidad que eso denotaba lo llenó de pesar. El primer plan que le vino a la cabeza fue correr al centro comercial para comprarle flores, o una taza llena de caramelos con la leyenda LA MEJOR MAMÁ DEL MUNDO, como hacía de niño después de darle un disgusto. Sobre la cómoda del dormitorio de sus padres se alineaban varias tazas musicales y algunos boles decorativos con notas adheridas: «A la más querida, / amada, /

adorada mamá del mundo, no volveré a hacerlo. / Pido perdón por lo que dije». Pero ahora iba al instituto, las tazas le parecían una tontería, y no sabía cómo hablar con ella de temas tan delicados.

Releyó lo que su madre había escrito en la nota que acompañaba a las camisas: «Todavía no entiendo cuándo las cosas empezaron a ir mal». Su madre siempre hablaba de la armonía de los primeros años, cuando Yonatán vivía desesperadamente aferrado a ella y juraba que se casarían cuando él fuera mayor. Solían caminar juntos por las calles de Jerusalén durante horas, o sentarse en la oficina que ella ocupaba en el Ministerio de Comunicaciones a leer los libros que él adoraba, como *Sasha y los sueños* o *Sasha y la imaginación*; en verano extendían una sábana en el suelo del balcón y se sentaban a jugar a «verdadero o falso». Era su madre quien gobernaba el relato que vinculaba sus recuerdos más tempranos, aunque muchos de ellos habían tenido lugar en casa de la niñera Ahúva. Uno era tan vívido que no despertaba ninguna duda: ocurre al alba, bajo una ligera neblina; las nubes plateadas derraman su carga de lluvia, Ahúva y el esposo todavía duermen. Salta de la cama y corre a la sala, abre la pesada puerta de cristales y camina descalzo por el barro helado del jardín; mareado por el aroma de las cebollas, se arrodilla, palpa un tallo verde brillante y lame las gotas de lluvia que lo cubren.

El relato comúnmente aceptado en la familia era que en un determinado momento algo perturbó el vínculo de Yonatán con su madre. Volvió a hurgar en la memoria, no por primera vez, en busca del instante en que se produjo la fisura, aferrándose a las puntas de situaciones que pudieran dar testimonio de lo que ocurrió antes y lo que sucedió después, esforzándose por trazar en su cuaderno un mapa de las interacciones con la madre. Solo que mientras escribía se dio cuenta de que en realidad estaba reconstruyendo el mapa de ella, y persiguiendo recuerdos que abrillantaran los buenos tiempos y ensombrecieran los malos. Ella le había inculcado, muy temprano, su relato de las dos épocas. No se mencionaban los detalles ni las causas de la fractura, bastaba con reconocer la existencia de un largo periodo en el que estuvieron unidos hasta que él la traicionó. La traición no tuvo nada que ver con sus actos, sino con el niño en el que se había convertido.

Observó las letras torcidas, los signos de exclamación, las anchas columnas —siempre dibujaba columnas de edificios—, y arrancó las hojas del cuaderno. Salió a la terraza, se arrodilló de cara al viento y encendió con un mechero las esquinas del papel, colocó las hojas en una fuente vieja de la cocina y se quedó mirando cómo ardían. Después se puso sus elegantes pantalones negros y la camisa roja nueva, metiéndosela por dentro de los pantalones aunque odiaba hacer eso. Trató de peinarse con la raya a un lado, pero tenía las sienes afeitadas y le pareció raro.

Cuando entró en la sala, la madre levantó la vista y sonrió: «Ese tono de rojo te va de maravilla», dijo levantándose de la silla y acercándose a él. Le arregló el cuello y alisó las arrugas de las mangas; él le apartó las manos en un gesto juguetón de protesta y musitó: «Bueno, basta», pero se sintió irritado por la banalidad de su reacción; ¿por qué no podía dejar pasar nada, ni siquiera de vez en cuando? Rodeó con el brazo los hombros de su madre y dijo que la camisa le gustaba mucho. Podía oler el empalagoso dulzor de su perfume, que conocía desde la infancia. Ella apoyó la mejilla en el brazo del hijo, él juntó sus manos con las de ella, las sostuvo por encima de la cabeza y la hizo girar como si bailaran, ella le respondía, los ojos negros le brillaban y una especie de levedad envolvía sus movimientos, volvió a hacerla girar y dejó que ella lo hiciera con él y repitiera que era el único de la familia que sabía bailar, que seguramente llegaría a ser un donjuán. «Ya es hora de que lo sea —dijo Yonatán con una sonrisa que no ocultaba su amargura—. Tengo catorce años».

Más tarde, la madre le llevó a su habitación un plato con unos trozos de manzana y exclamó:

—¡No lo vas a creer! He visto en el periódico que esta noche dan *Lo que el viento se llevó* en el cine del barrio.

—¿A qué hora? —preguntó, y por la sonrisa pícara de ella supo que esperaba la pregunta.

—A las diez —respondió anticipando su sorpresa.

—¡Pero entonces terminará a las dos de la mañana!

La idea le encantaba:

—Pues llegarás tarde al colegio por una vez, ¿y qué? Pero solo si quieres ir.

—Claro que quiero —dijo entristecido porque ella pudiera pensar que no captaría lo extraordinario del momento.

Esa noche, cuando ella se puso los pantalones blancos y una blusa abullonada de color crema, le preguntó, como hacía cuando era pequeño, si la ropa le quedaba bien o si tenía que ponerse otra cosa. Se envolvió en el abrigo con cuello de pieles de color gris y él decidió no cambiarse los pantalones negros ni la camisa nueva. En el taxi permanecieron callados, a sabiendas de que la ocasión era a la vez festiva y frágil. Se sentaron en la segunda fila, en todo el cine había solo cuatro espectadores más. Al cabo de una hora se quedó dormido, y al despertar vio la cabeza de la madre cayendo a un lado, los ojos cerrados y algunos de sus rizos pegados a la frente. Le horrorizaba imaginársela sin los rizos y esperaba que eso no sucediera. Vio que le temblaban los párpados y el labio superior. Le pasó la mano derecha por detrás de la nuca y le sostuvo tiernamente el hombro, con la izquierda le apretó la mano, como buscando protegerla mientras se deslizaba por el mundo de los sueños.

La despertó en el intermedio de medianoche y la condujo, aún adormecida, hacia la noche fría. Ella se arrebujó en el abrigo, le cogió el brazo, él le apretó la mano y los dos observaron el cielo limpio y estrellado sobre el tejado del centro comercial. Parecía reanimada mientras le contaba que, cuando tenía más o menos su edad, había pasado varios meses hospitalizada.

—¿En qué hospital?

—Bikur Jolim.

—Pero ese es un hospital de religiosos. —Y apenas lo dijo se arrepintió de su tono hostil. Sabía que ella había estudiado en el Evelina de Rothschild, un colegio religioso para niñas, con la matrícula pagada por su tío Aziz. ¿Qué clase de ropa llevaba entonces? Trató de imaginarla con faldas hasta los tobillos y blusas abotonadas como las que usaban las niñas religiosas en la ciudad, pero los fragmentos de las imágenes (las chicas en el centro de la ciudad, los pasillos del hospital Bikur Jolim, la niña que sería su madre) se negaban a formar un cuadro coherente.

Ella pasó por alto el comentario y le contó que había padecido una artritis aguda; esta vez dijo con ternura:

—Habrá sido terrible, ¿no te volviste loca allí?

Le contestó riendo que había sido una temporada maravillosa, tal vez la mejor de su vida.

—Tendrías que haber visto a mi médico, el doctor Zussman —pronunciaba el nombre como una caricia—. Era del tipo de Clark Gable. Todas las mujeres de Jerusalén acudían a su consultorio con los vestidos más bonitos, sombreros, fulares y tacones, como si salieran de revistas de moda, solo para que diagnosticara sus dolencias.

—¿Dices que estabas enamorada de tu médico? —preguntó Yonatán divertido.

Ella lo miró, desconcertada por lo obtuso que podía llegar a ser, recordando quizás por qué ya no confiaba en él. Las arrugas de la risa se borraron y la expresión de su rostro se hizo más distante. Yonatán no podía interpretar el significado del extraño resplandor en sus ojos, un brío que parecía insinuar que todas las emociones que se agitaban dentro de él, como su anhelo de una u otra chica, la habían perturbado también a ella alguna vez.

—Él estaba enamorado de mí —dijo.

Esa conversación había tenido lugar hacía ya más de tres años, dos meses después del diagnóstico. Ahora el tiempo volvía a partirse en dos: ya no los años malos y los buenos, sino los de antes y los de después.

* * *

Lior preguntó:

—¿Tu madre está bien?

Yonatán odiaba esa pregunta desde que se habían conocido, poco después de cumplir los diecisiete. Siempre anidaba en él una duda, un presagio del día en que la respuesta sería negativa. Respondió que sus padres estaban en Nueva York, por los tratamientos. Lior no mostró sorpresa ni interés, solo insistió:

—¿Pero está bien?

Por un instante pensó en desafiarla: «Define qué es bien», pero no consiguió dotar a sus palabras de la ironía necesaria.

—Te he advertido que no me hicieras esa pregunta —masculló, recordando que, según ella, él había atraído su atención cuando su compañera Tali le habló del amigo de Yoel que se enzarzó en una pelea con otro chico después de hacer en clase un excelente comentario acerca de un poema de Goethe (algo sobre un padre que galopa en la noche llevando en brazos al hijo moribundo). El drástico viraje de la ternura a la violencia había divertido a Lior, aunque lo juzgara inmaduro, como sacado de una serie para adolescentes.

—Pero al menos tratas de hacer algo interesante —dijo ella.

Al cabo de un tiempo, cuando Tali los presentó, Lior dijo que a veces veía, en el rápido movimiento de sus ojos —que evitaban el contacto directo— y en sus muecas, un matiz de arrepentimiento, quizás incluso de vergüenza, pero eso se trocaba al instante en agresión, porque así se sentía más protegido. Decía que sus actos y reacciones carecían de naturalidad, cosa que incomodaba a la gente, y que tal vez todo sería más sencillo si fuera un auténtico matón.

—A fin de cuentas todos somos unos matones, ¿no? —replicó él, no muy seguro de lo que eso significaba, aunque la idea le parecía razonable.

Cuando sonó el teléfono supo que era ella. Había esperado oír su voz durante meses, desde aquella mañana en su habitación, cuando Lior ya no pudo soportar sus interrogatorios —en los que insistía aun cuando Yoel le había advertido que conducían al desastre—, y admitió que no lo amaba y que tal vez nunca lo había amado. Aparentemente se había contagiado de la pasión de él; había tratado de amarlo con desesperación. Estaba claro que ella se enfrentaba a la verdad de sus propias palabras en el momento de proferirlas. Por un instante se compadeció de ella, por la tristeza de su voz y su expresión, y supo que había hecho todo lo posible para convencerse de que lo amaba. Al responder a la llamada supo también que en los últimos cuatro días no había hablado con nadie ni salido de la casa, salvo para visitar a Ratsón Dahari, el vecino de abajo, que solía invitar a Yonatán a comer cuando sus padres no estaban.

—¿La has visto últimamente? —preguntó Lior.

—¿A quién? —replicó con fingida inocencia.

—¿Has visto a Yaará o no?

—Eso ya no es asunto tuyo.

Lior calló, y luego dijo que lo había echado de menos esos días. Yonatán respiró hondo y supo lo que tenía que decir, aun cuando la respuesta lo condenaría a más días de soledad. Si respondiera otra cosa, tal vez Lior vendría esa noche, se tenderían en su cama, ella lo cobijaría en sus brazos —solía decir que ningún ser humano podía darle el abrazo de pulpo que él ansiaba— y sus penas se disiparían, pero era el único camino.

—Para mí estás muerta —dijo.

Ella emitió un quejido de sorpresa y aguardó un momento antes de colgar, como si todavía esperara que él dijese: «Nada, era en broma». Y, si realmente lo había pensado, significaba que no entendía nada.

Yonatán tragó saliva amarga y esperó que mejorara su estado de ánimo. «La derrota es demoledora», era lo que había escrito para Yoel después de que Lior saliera de la casa aquella mañana, en una nota dedicada en apariencia a los asuntos del reino. Esperó durante meses que ella diera algún paso capaz de mitigar el descalabro.

Un recuerdo del pasado septiembre se estrelló sobre él: poco después de haberse visto, Yonatán obtuvo su carné de conducir y fue inmediatamente a casa de Lior. Pasearon en el coche durante horas, escuchando el casete de Gladys Knight & the Pips, y por supuesto él mintió al afirmar que conocía «Midnight Train to Georgia». El viento tibio y seco les acariciaba la cara y su sabor se mezclaba con el fuerte olor del humo de cigarrillos acumulado en el coche (para impresionarla había comprado una cajetilla negra de JPS); en los contados instantes en que su cuerpo no tocaba el de ella le acometía una pavorosa soledad. Cuando le cogía la mano, le acariciaba el cabello o la sentía aferrada a él, la serenidad que lo invadía era embriagante, y todo alrededor —el cielo azul, los árboles en la calle Aza, la gasolinera junto al museo— parecía hecho a la perfección, como si finalmente descubriera ese mundo que había estado buscando durante años, aquel en el que él era amado.

Lo entristecía saber que ella había estado tanto tiempo viviendo sin él, que había sido modelada por fuerzas que él no conocía, que había confiado en otros amores. Cuando Yonatán detuvo el coche en la entrada de su casa, Lior le puso la mano en la mejilla y preguntó, como si lo entendiera todo, si podría aprender a confiar en su amor cuando no la tuviera a su lado. Él dijo que sería capaz de aprender cualquier cosa que ella quisiera, a lo que Lior respondió risueña:

—Estás perdidamente enamorado.

Consideró varias réplicas exasperantes que pusieran en duda lo que ella había dicho, pero solamente ansiaba ceder a todo, acelerar el vértigo aún más, y entonces confesó:

—Sí.

Le costaba tolerar la plenitud de ese recuerdo y la imagen de su sonrisa zalamera cuando estaban juntos en el coche; un sabor amargo le colmaba la garganta. Imaginó que sus dedos escarbaban en su mente para desarraigar todo el mes de agosto, palpitante como un corazón arrancado de un organismo vivo, y sepultarlo en el *vadi*.

En la sala encendió un cigarrillo, consciente de que en los momentos en que el dolor era más tolerable él podía invocar el patetismo necesario para representar la versión atormentada de sí mismo ante el ojo que constantemente lo miraba, en vez de tumbarse en el sofá para sumirse en el sueño. Buscó entre los licores el vodka que Yoel y él solían beber en sus paseos nocturnos por el *vadi*, todavía sin creerse que les estaban permitidos, tras haberse pasado años contemplando el vacío negro desde sus balcones y anhelando las aventuras que imaginaban. Ya no bebían juntos. Solo encontró el coñac barato de sus padres.

Dejó la sala y fue hacia el espejo del dormitorio de sus padres, el único en el que osaba mirarse. Un día, en el baño de la escuela, bajo una luz blanca, muy fuerte y enceguecedora, había visto algo repugnante: una cara demasiado ancha, un cutis enrojecido e inflamado, unos ojos grandes y hundidos, uno más oscuro que el otro, una nariz prominente y el cabello largo y grasiento que se desparramaba hacia los lados como si tuviera un paraguas en la cabeza. Un semblante anodino, del tipo que se descarta tan pronto como uno alisa una arruga en la ropa. Trastornado por la visión, se alejó de allí y, a partir de ese día, la luz se convirtió en un problema, ni siquiera la encendía para ducharse. Los días soleados se mantenía a distancia de los escaparates de las tiendas, porque la luz cegadora acentuaba todos los pequeños defectos de su rostro; echaba de menos los días grises sin rastros de sol, cuando se atrevía a contemplar su imagen a distancia prudencial. En el dormitorio de sus padres respetaba un ritual: apagaba las luces, cerraba las persianas, encendía solo la lámpara del escritorio del padre, con el haz luminoso apuntando al suelo, y solo entonces se plantaba frente al espejo tríptico con marco de madera. Bajo la tenue luz su rostro llegaba a gustarle.

Contemplando su imagen imaginó que podía ver una brecha que se abría en el centro del pecho —ahora que él y Lior se habían congelado en aquel estado, ya nada podía cambiar entre ellos—. La nitidez del cuadro lo asustó, ya no era la imaginación cuyos colores, figuras e incluso alucinaciones conocía, sino una fuerza distinta y extraña, que se arremolinaba en su interior. Se preguntó qué ropa llevaría puesta Lior mientras hablaba con él. Conocía todas sus prendas. El vestido negro, el rojo con lunares oscuros, la falda de lana azul, las camisetas con cifras o palabras; el cabello enmarañado serpenteando juguetón desde la nuca y el delgado collar de plata eran para ir a los cafés, cenar en restaurantes o fumar porros en el piso de su vecino, el estudiante de Biología. Los tejanos acampanados con el top y las sandalias de tacón se reservaban para los pubs y espectáculos musicales. Usaba el chándal, la camiseta blanca sin adornos y el cabello recogido para ir a devolver un vídeo, comprar cerveza o cigarrillos o visitar a una amiga. A veces bajaba a la calle con un vestido, y a Yonatán le encantaba mirarla mientras se acercaba al coche, en una suerte de movimiento ininterrumpido, con una expresión dominadora en la mirada, en espera de que ocurriera algo excitante. «Ella no es suficientemente especial como para lucir esa mirada», sentenció Tali, compañera de clase de Lior y supuestamente buena amiga suya.

Imaginó una versión de sí mismo frente a ese espejo al cabo de una o dos semanas; tal vez parte de la humillación, del impacto de la traición, se habría disipado. Quizás esa persona que reconstruía sin cesar los días que pasaron juntos se consolidaría gradualmente. Después de todo, en ese periodo no había creído realmente en la posibilidad de perderla: como siempre, barajaba horripilantes situaciones hipotéticas que con seguridad no se harían realidad, y lo hacía justamente porque no creía en ellas.

Los dedos de Yonatán jugueteaban con la blusa de ella —en realidad con todas sus blusas cosidas en una sola—, aspirando a acariciarle el vientre. Se tocó la cara, ardiente y sudorosa, o tal vez los dedos le ardían. Cómo pudo ser incapaz de comprender que, en cuanto redimiera su dignidad y el enojo poco a poco se disipara, no quedaría nada que lo protegiera de la añoranza.

—¿Has visto a Yaará?

Oyó un chirriante traqueteo y cayó en la cuenta de que era su propia risa. ¿De verdad se reía? Ni mirando atentamente logró ver ninguna señal. Evidentemente, ella no entendía nada.

Yaará y su hermana mayor Avigail eran las hijas de unos amigos de sus padres que vivían en Tel Aviv, las conocía desde que eran pequeños. Ella nunca le había demostrado el mínimo interés, prefería a los chicos musculosos y bronceados que lucían bermudas de vivos colores, surfeaban durante el día y tocaban la guitarra en la playa después del ocaso, con sus cabellos largos y aclarados por el sol flotando al viento —en resumen, personajes de las películas de California—. Para ella, Yonatán era un paliducho chico de Jerusalén que se atrevía a ponerse vistosas ropas de surf al final de los ochenta.

Las dos familias se habían alojado en el hotel de un kibutz en Galilea durante la semana de Pascua del año anterior, cuando la madre de Yonatán había completado una serie de tratamientos y recuperado las fuerzas. Avigail tenía casi diecinueve años, cabello negro y ojos azules, y se la consideraba una rebelde. Estaba por empezar su servicio militar tras haber anunciado que, «si no le asignaban un trabajo de oficina cerca de casa, preferiría casarse». Yonatán siempre había temido un poco los azotes de su lengua. Yaará, nacida unas semanas después que él, era una rubiecita delgada con ojos oscuros como castañas, la niña buena y generosa que todos admiraban. Su hermano mayor le contó que cuando los padres se reunían siempre hablaban mal de Yonatán y de Avigail, pero Yaará era para ellos un prodigio.

Cuando salió del coche a la luz enceguecedora de Galilea, vio a las hermanas apoyadas despreocupadamente en el automóvil del padre, mirando al cielo y con la luz centelleando en las monturas de sus gafas de sol. Avigail llevaba un corto top negro —uno de los tirantes se había deslizado del hombro ya levemente enrojecido— y una fina camisa atada a la cintura. Yaará había optado por un ligero vestido color crema con pequeños lunares negros que le llegaba a las rodillas. Parecía danzar sobre el asfalto caliente del aparcamiento; tenía las uñas de los pies pintadas de rojo oscuro y sus dedos jugaban con las correas plateadas de las sandalias de tacón. El deseo surgió como una tromba en su cuerpo y lo aturdió con su potencia; la manera en que las chicas saboreaban el sol, con la piel en parte iluminada y en parte a la sombra, se le antojó extremadamente tentadora. Nunca había estado más cerca de algo tan excitante.

Se puso apresuradamente las gafas de sol y las saludó con la mano. No lo vieron. Su madre se aproximó a ellas, y para sorpresa de Yonatán oyó con qué alegría pronunciaron su nombre y vio cómo la abrazaban. Finalmente la madre recordó la presencia de Yonatán y su padre, quien preguntó torpemente:

—¿Todo va bien, niñas?

Yonatán observó con disimulo cómo miraba alternadamente a las tres mujeres y el asfalto, y por primera vez en la vida se le pasó por la cabeza que su padre era además un hombre capaz de sentir deseo, y el bochorno lo turbó. Por suerte, el padre regresó al coche para descargar las maletas.

La presencia de las hermanas lo intimidaba cuando era pequeño, pero en el año y medio transcurrido desde la última vez que se vieron las cosas habían cambiado. Ya no era el chiquillo regordete que conocían; con todos los fragmentos de identidad, gestos y tonos de voz que había tomado prestados de gente que conocía y de personajes de libros o de la tele se había tejido una personalidad. Yoel había dicho que los dos tenían un problema: solo eran capaces de gustarse por medio del desprecio que sentían por todos los demás.

Durante la primera cena, Yaará manifestó un cierto interés en él, y hablaron de muchas cosas. Después se apartaron del resto y caminaron por la hierba húmeda, pasando a través de las áreas oscuras y los pentágonos lechosos que proyectaba la luz de las farolas. Pisando hojas, ramitas y tierra mojada llegaron a un montículo en los lindes del kibutz, frente a la negrura de los campos desolados. Ascendieron jadeantes a la cima, bajaron por el otro lado y deambularon por los terrenos vecinos. Yaará rio cuando se les hundieron los pies en el barro, y una infinidad de imágenes —él acariciándole el cabello, cogiéndole la mano, besándole el cuello— centellearon ante sus ojos, incitándole a hacerlas realidad.

De pronto las piedras que pisaban eran más grandes y Yaará trastabilló. La agarró del brazo y ella se giró, tenían las piernas juntas, los rostros casi se tocaban y él sintió que sus labios ardían, pero ella volvió a mirar hacia delante. Tal vez había esperado demasiado. Ofreció en son de broma —reconstruyendo el momento perdido en que sus labios casi se rozaron— llevarla en brazos para prevenir una caída, a lo que ella respondió:

—Más quisieras tú. —Pero en un tono juguetón, como sugiriendo que, si lo intentaba de verdad, tal vez la convenciera. Él temió que lo rechazara y solo respondió con una risita chirriante.

No la había soltado completamente, pero Yaará movió delicadamente la mano, le tocó el brazo con los dedos como por accidente y siguieron caminando cogidos del brazo sin decir nada más. Él disfrutaba del silencio pero temía que ella se aburriera, entonces soltó algo acerca de su madre y, en cuanto empezaron a conversar, se percató de que Yaará sabía mucho de la enfermedad. En cierto momento ella calló antes de mencionar el nombre de una nueva médica a la que se aferraban ahora sus padres, temerosa de revelar algo que tal vez él no supiera.

No era sorprendente: antes de que la madre enfermara, sus padres solían ir juntos a Tel Aviv todos los jueves y se reunían al final del día en casa de la familia de Yaará. Según ella, echaban mucho de menos a la madre de Yonatán, que hacía tiempo que no los visitaba por los tratamientos, y le contó que solían sentarse en el patio, su madre fumando un cigarrillo y bebiendo vino tinto o un martini, y divirtiéndolos con sus imitaciones del marido, que se quejaba de estar cansado.

En los últimos meses iban los jueves al hospital para los tratamientos. A principios de semana ella estaba de buen humor, a veces hacía una escapada fuera de casa, pero ya el martes su expresión era más tensa, su postura se encorvaba y todo el que intentara acercarse era inmediatamente calificado como entrometido o, peor aún, como vil y perverso. Yonatán era generalmente el encargado de ahuyentar a los petardos. Los miércoles ella casi no salía de su habitación y no hablaba con nadie. Los jueves por la mañana recibía a una amiga o a su hermana, que venían a cuidarla, y él sentía que la casa se llenaba con su presencia tranquilizadora. Que él estuviera en casa, o, peor aún, que existiera, no servía de mucho. A diferencia de Shaúl, que solía pasar horas sentado en un taburete a su lado intercambiando secretos con ella, Yonatán se acicalaba frente al espejo. Se reían de cuánto tiempo dedicaba a sus peinados, como si fuera una chica, y hablaban de él como si no estuviese allí. También a diferencia de Shaúl, Yonatán no le decía casi nada a su madre. Tal vez era eso lo que ella no le perdonaba. La había decepcionado amargamente y, cuando enfermó, había perdido todo interés en él. Por consiguiente y desde entonces, él prefería que otra gente, verdaderamente los más cercanos a ella, llenaran la habitación de ruidos y voces.

La mayor parte del tiempo no había nadie más que ellos dos; ella sola en su cama y él orbitando a su alrededor. Se sentaba en su habitación o en la sala y oía que ella gemía o tosía o escuchaba las voces de la tele o hablaba por teléfono. A veces él salía de compras y le traía una baguette o unas galletas saladas con mantequilla para que se las comiera cuando se disiparan las náuseas, y otras veces miraban juntos la tele desde la cama. Durante todo el fin de semana su puerta permanecía cerrada, y él veía que las amigas o su hermana entraban y salían transportando la cubeta azul en la que vomitaba. En las raras ocasiones en que abandonaba la habitación, encogida y esmirriada, envuelta en la bata blanca y con el pañuelo en la cabeza, él la seguía con la mirada, luchando contra la evidencia de que el mal iba consumiendo tenazmente su cuerpo. Sabía que las amigas, al igual que ella, opinaban que él podría hacer algo más, y que la reservada simpatía con que lo miraban ocultaba su indignación.

Empezó a describir ante Yaará el ambiente de la casa, a la madre quejándose de él y enumerando las cosas que se había perdido en la vida. Se interrumpió pronto, porque no quería enturbiar la imagen vivaz que Yaará tenía en su mente. Pero en el rostro de ella se dibujó una expresión de compasión burlona, como si estuviera escuchando por cortesía, pero sin interés, y cayó en la cuenta de que el cuadro que él presentaba no causaba en ella impresión alguna. Era como si estuvieran hablando de dos mujeres distintas. Yaará dio unos pasos y se alejó de él.

—Me aburren los adolescentes rebeldes —dijo a los pocos minutos, como cambiando de tema, pero él sabía que se refería a lo que había dicho sobre su madre. De hecho, estaba fascinado por el ligero desdén con que lo trataba y por la forma en que ella se movía, que parecía impregnada de una sabia serenidad. Era como si, mientras todos ensayaban distintos fragmentos de identidad, atormentándose por banalidades, ella fuera por el mundo con la complacencia de los que siempre han sido amados y nunca se han esforzado por hacer que los amen, soportando sus pullas con ecuanimidad, como si entendiera que tenía la obligación de contenerse ante la envidia de los defectuosos.

Se despertó temprano, sudoroso, afiebrado y con la garganta irritada. Todos salieron a pasear y él se quedó en la cama, alternando el sueño con la vigilia y viendo las caras de todos los que se asomaban a preguntar cómo estaba sin saber si eran reales o las soñaba. A medida que transcurrían las horas se le hacía más difícil tolerar la espera. Sabía que al día siguiente ella se iría, y que lo que no sucediera ahora probablemente no sucedería nunca.

Ella vino cuando empezaba a oscurecer y unas pocas estrellas pálidas titilaban en el borde del cielo, por encima de unas ensenadas azules que tornaban lentamente al violeta. De pie en el centro de la habitación y sin encender la luz, parecía que le costaba decidir en qué cama sentarse. El cuerpo de Yonatán rebosaba de expectativas, el único sonido era su respiración sibilante, que él trataba de ahogar. Finalmente se sentó en el borde de la cama, puso la mano sobre el colchón, cerca de su cintura, y su cabello le rozaba la camisa. El silencio de Yaará lo alentaba: ella reconocía la intimidad que se había creado entre ellos el día anterior, y ahora no sabía cómo actuar. Los hábitos de la infancia ya no eran válidos. Por último, tal vez por la fiebre y por la proximidad, él dijo lo que tenía en el corazón: que la había estado esperando el día entero. Ella apoyó la palma sobre el dorso de su mano caliente y súbitamente el mundo se ensanchó, nuevas sendas surgieron ante sus ojos y creyó tener el poder de avanzar por ellas, superar los obstáculos y explorar dichoso las alternativas.

Apoyó la mano izquierda en la nuca de ella y le acarició los cabellos. De pronto oyeron ruidos y escucharon juntos las voces que venían del pasillo. Oyó angustiado que se acercaban, y a su madre diciendo que esperaba que la pechuga de pollo no se hubiera enfriado. El padre de Yaará dijo que de todas formas sabía a suela de goma y todos rieron. Yaará se puso de pie, pero permaneció cerca, tenían los dedos entrelazados. El dorso de la mano, donde la palma de ella lo había tocado, conservaba una extraña sensación de desnudez. Le preguntó si vendría más tarde, después de cenar, y ella dijo:

—Es posible.

Cuando despertó a la mañana siguiente, aún atontado por las píldoras que había tragado, ya no estaban.

* * *

No recordaba cuándo le había mencionado a Lior el nombre de Yaará, tal vez al mes de su primer encuentro, al entender que el pasado la perseguía de vez en cuando (a él le sucedía siempre). Ella solía evocar el recuerdo de sus dos novios anteriores, pero él no tenía ningún equivalente. En la historia que urdió para Lior y que luego no tuvo más remedio que contarle a todo el mundo, él y Yaará se habían besado en el kibutz y siguieron viéndose con frecuencia en Tel Aviv, habían hecho «mucho», pero sin llegar a acostarse.

Según el relato que escribió en el cuaderno, el padre de Yaará había muerto de cáncer cuando ella estaba en décimo curso. Les había legado dinero y propiedades, pero tras la muerte del padre ella había perdido todo interés por la gente. Pasaba las noches despierta en su cama mientras los recuerdos de los años en común la asaltaban, no tenía dónde esconderse, tal vez tampoco quería eludir la embestida. Se perdía en un fárrago de colores, calles, ciudades, imágenes y años sin poder aislar ni un solo detalle. Cuando la vio en el entierro —descrito someramente, porque jamás había entrado en un cementerio de Tel Aviv—, fue presa de la extraña certeza, tal vez por la enfermedad de su madre, de que pronto estarían juntos. En sus relatos nunca dejaba de mencionar que incluso entonces, dos años antes de los besos en el kibutz, Yaará ya formaba parte de su mundo; no es que se enamorara de ella, pero se trataba de una proximidad determinada por las fuerzas de la vida y la muerte.

Cada vez que veía al padre de Yaará, Yonatán sentía que había sido injusto con él, que quizás le había echado un mal de ojo y estaba acelerando su fin. En uno de sus relatos sobre Yaará, la muerte de su padre y el insomnio, cayó en la cuenta de que utilizaba las imágenes de lo que temía que le sucediera a él, las mismas que lo atormentaban desde que se enteró de la enfermedad de su madre. Se sentía mezquino y sucio al escribirlo, pero el cuento ya había asumido una vida propia.

Blandía el nombre de Yaará cada vez que le parecía que Lior estaba perdiendo interés en él o añorando a sus antiguos novios, y si ella mencionaba un recuerdo relacionado con ellos, él esperaba unos días y se inventaba uno propio. Después lo apuntaba en el cuaderno. Yaará desaparecía cada vez que Lior se concentraba en él, y, en caso de que preguntara, él trivializaba su importancia o contaba que ella había reanudado una relación anterior. Le sorprendía que Lior no se diera cuenta del patrón repetido. Sintió que había completado la tarea cuando Lior dijo que preferiría que dejara de hablar con Yaará, a lo que por supuesto él accedió, después de todo no era muy complicado.

Durante la mañana que siguió a la ruptura, Lior preguntó:

—¿Entonces te irás ahora con Yaará? —Había una nota de ironía en su voz, o tal vez solo se lo imaginaba, y se sintió desolado al percatarse de que, aun si así fuera, no serviría de nada. Más tarde se torturaría preguntándose si la mera existencia de Yaará había acelerado la ruptura y si Lior se habría quedado con él en caso de que hubiera sido capaz de tragarse el orgullo y entregarse a ella por completo. Al mismo tiempo recordó que Lior nunca había dudado de que él la amaba: la intensidad de ese amor la había hecho creer que ella también lo amaba.

Tras la ruptura, añadió un escalón al argumento: Yaará y él se habían acercado mucho, no eran exactamente una pareja, pero había ido varias veces a visitar a su tía en Tel Aviv y en esas ocasiones —como tuvo buen cuidado de contarle a todo el mundo, especialmente a Tali, porque sabía que se lo transmitiría a Lior— se había encontrado con Yaará. De hecho, iría a verla el viernes; tal vez Lior había llamado al enterarse de ello.

Se acercó a la ventana de su habitación y dirigió la mirada al cuarto de Yoel, al otro lado de la calle. Cuatro cuervos volaron en círculo, graznando hacia la colorida cortina que Tali le había cosido, y luego se posaron en el árbol del jardín. Al otro lado del *vadi* se gestaba una tormenta. La calma de la noche suburbana se vio perturbada por los silbidos del viento, que a veces parecían sirenas de alarma. Las ramas se agitaban y los cuervos levantaron vuelo. En el cuarto de Yoel la luz estaba encendida y creyó detectar un movimiento detrás de la cortina. El viernes tendría que ir a alguna parte, porque si se quedaba en casa —aunque aparcara el coche en otra calle— Yoel lo sabría. De todos modos, probablemente ya lo supiera y por tanto casi nunca le preguntaba por Yaará, pero le daba igual. Siempre lo habían sabido: una vez que inventas una historia, tienes que defenderla y acompañarla hasta el fin.

México

Plata y diamantes resplandecían sobre cuellos y manos, reflejándose invertidos en los ventanales, las arañas y los espejos del lobby. Veía el trémulo brillo de incontables crucecitas a su alrededor. El hotel estaba lleno de adolescentes: ellos con esmoquin y ellas con tacones, trajes de baile que barrían el suelo y profusión de collares, diademas, brazaletes y anillos de oro. Ufanos en sus ostentosas galas, se tocaban la ropa, alisaban imaginarias arrugas y pasaban flotando ante los deslumbrados huéspedes del hotel sin concederles ni una mirada, salvo cuando se detenían para dar a alguien un iPhone adornado con estrellitas y posar frente al fotógrafo voluntario con todo su vigor juvenil, formando dos hileras —unos en cuclillas y los otros de pie— compuestas por parejas abrazadas o tríos de muchachos encaramados sobre los hombros de sus compañeros.

Yonatán no había visto nunca una fiesta de graduación tan extravagante. Salió a la terraza, con vistas a la piscina, de cuyo centro brotaba una fuente de colores cambiantes, se mezcló con los chicos, escuchó sus voces, los observó. Era el único huésped del hotel lo bastante valiente para estar allí. Una joven lo miró y dijo algo en español. Nadie más le prestó atención, y sin embargo no se sentía como un extraño entre ellos.

Gorroneó un cigarrillo de uno de los muchachos, cuyos ojos de un verde claro resplandecían bajo tupidas cejas mientras se pasaba los dedos por la melena castaña. El chico sonrió y palmeó a Yonatán en el hombro mientras le daba el cigarrillo. Yonatán preguntó en español si estaba disfrutando de la velada, pero recibió una respuesta en inglés:

76

«Prom night, you know», indicó alzando el pulgar que lo estaban pasando estupendamente y le dio la espalda girando despacio, tal vez para no ofenderlo.

Volvió al lobby, donde se apiñaban decenas de personas, y cruzó el gran salón. La semana pasada llenaban ese espacio los jóvenes empleados del festival, atendiendo pacientemente a los escritores, que los acribillaban a preguntas acerca de lugares interesantes para visitar, se quejaban de los debates en eventos a los que asistían no más de diez personas, incluidos sus editores, otorgaban entrevistas a la prensa o se jactaban, ante bonitas voluntarias en minifalda, de todos los idiomas a los que habían sido traducidos sus libros y de sus borracheras en compañía de famosos escritores norteamericanos, poniendo especial cuidado en vituperar las obras de los mencionados. Sobre los muros, que la semana anterior habían estado cubiertos por estanterías de plástico y carteles con trilladas citas sobre el amor a la literatura, se veían ahora unas pancartas verdes con la consigna 2050: GREEN MÉXICO CITY, junto a ilustraciones de paneles solares, automóviles eléctricos y turbinas eólicas. Los chicos de la graduación habían desaparecido, probablemente estarían en el salón de fiestas. Subió a la planta del restaurante, giró a la derecha y ascendió al nivel siguiente por una escalera ancha y escasamente iluminada. Le sorprendió que a través de tres pesadas puertas metálicas se pudiera oír música de los noventa a todo volumen.

Permaneció un rato frente a las altas puertas. De vez en cuando salían jóvenes parejas, con las manos unidas o abrazándose. Finalmente volvió a bajar al lobby, que súbitamente se había enfriado. Se frotó los brazos y aceleró el paso para entrar en calor, siempre buscando a la chica de las gafas. Pero no estaba. El propietario de la revista le aseguró que la había encontrado y que ella lo esperaría allí a las nueve. ¿Por qué le había creído?

* * *

Yoel había visto a Itamar solo en una ocasión, a mediados del verano pasado. Yonatán lo había invitado varias veces, insinuando que empezaban a sentirse ofendidos y que Shira podría llegar a cogerle inquina, pero en otras oportunidades le decía que no había ninguna urgencia, que podía ir cuando le viniera en gana. Por fin, un viernes a las cinco de la tarde Yoel llamó a la puerta. Abrazó primero a Shira y luego a Yonatán. No entró precipitadamente en la sala, como era su costumbre, sino que dejó que guiaran sus pasos hacia Itamar, que estaba acostado en su parque de juegos. Yoel se acercó como si ejecutara una escena ya ensayada, sacudió suavemente la mano del bebé, le acarició la mejilla, le besó la camiseta por encima de la barriga, acercó la cara a la del pequeño y exclamó:

—¡Qué mono! ¡Pequeño bandido! —En una imitación de un conocido personaje de comedias.

Seguidamente se enderezó y se quedó allí, aferrado al borde del parque, con los ojos muy abiertos y fijos en Itamar —era obvio que no lo veía realmente—, la misma mirada que había empezado a aparecer en el transcurso del año anterior. Al principio había engañado a todo el mundo, porque parecía estar muy concentrado, hasta que se hizo evidente que no escuchaba a nadie ni veía nada. Era una mirada que atravesaba todo lo aparentemente visible para hundirse en otros reinos. Fueron muchas las noches en que Yonatán, acostado junto a Shira, imaginaba a Yoel tumbado en su cama de la infancia, en el edificio número 10, con la vista fija en el techo. ¿Qué veía? ¿Habría alguna manera de averiguarlo? Ya habían aprendido que no es posible ver el mundo a través de los ojos de un tercero.

Durante un rato permanecieron callados los tres, esperando que sucediera algo. Yonatán sabía que debía decir alguna cosa simpática, pero un dolor en la cintura se agudizó y todo su cuerpo pareció debilitarse. Yoel les dirigió una mirada afectuosa, carraspeó como si buscara el tono correcto antes de hablar, y sin embargo se quedó callado. Shira hizo un comentario sobre el peso del bebé y Yonatán, que podía oír la respiración de Yoel junto a él, esperaba que no pidiera permiso para coger a Itamar, e inmediatamente se avergonzó por el rechazo que le despertaba la idea, aunque dentro de su mente visualizó a Yoel corriendo hacia la ventana con el niño en brazos. Yoel intentaba aparentemente asumir esa misma jovialidad que siempre podía gobernar a voluntad.

—Se parece a vosotros dos —dijo con una voz crepitante, y Yonatán ya no consiguió detener el movimiento que lo colocaría entre Yoel e Itamar. Mientras se acercaba, Yoel se dio la vuelta y se sentó en el sofá, como si el esfuerzo lo hubiera dejado exhausto. No era posible que Yoel supiera lo que le pasaba por la cabeza, pensó horrorizado. Pero entonces irrumpió en el centro de su consciencia un terror aún más profundo: aun si Yoel lo supiera, no le importaría.

—¿Hay algo de beber, señoría? Un whisky estaría bien, convídame con algo de tus reservas secretas, tacaño —exclamó Yoel, tamborileando con las manos sobre la mesa—. Las cosas y yo somos buenos amigos. Es secreto, secreto absoluto.

También eso era una imitación del pasado. Yonatán trató de recordar de cuál de los personajes se trataba, cuando de pronto surgió la imagen de aquella poeta que habían conocido, una mujer joven que hablaba de poesía y amor en arrobados murmullos hasta que Yoel declaró que, a su juicio, las canciones populares de Arik Einstein eran pura poesía.

Fue a la cocina. Oyó que Yoel tarareaba una canción hasta que súbitamente su voz estalló en una tos fingida y en la sala se hizo el silencio. Sin encender la luz, se acercó a la ventana de la cocina: unos adolescentes en pantalones cortos y camisetas sin mangas se apoyaban en la fachada del edificio y se pasaban de mano en mano unas cervezas, mirando a la calle Ibn Gabirol.

Yonatán levantó platos y vasos y volvió a dejarlos donde estaban, movió la botella de whisky, para que el ruido evidenciara que estaba haciendo algo, mientras esperaba que Shira animara a Yoel y se oyeran risas. Pensó en proponer una partida de póker y «sazonarla con un poco de pasta», como solía decir Yoel. Habían empezado a apostar juntos a los once años, jugando al póker en el barrio, después al Texas Hold'em con otra gente, luego en el casino de Jericó y en Londres, apostando en las carreras de caballos o sobre los resultados de las elecciones, pero recordó que ahora a Yoel le repugnaban las apuestas; más aún, el dinero. Trató de oír lo que sucedía en la sala: Shira no hablaba con Yoel y él soltó entre dientes una palabrota mientras volvía.

Depositó la botella de whisky y tres vasos en el centro de la mesa y esperó que Yoel relatara la anécdota habitual sobre la chica que había acusado a Yonatán de tener en casa dos botellas: una cara para él y otra barata para los invitados. Pero Yoel no se ciñó al ritual. Después del primer sorbo, Yonatán le recordó el cuento y en el rostro del amigo se dibujó una leve sonrisa, aunque se esfumó tan rápidamente que no pudo estar seguro de haberla visto. Yoel observó de reojo a Shira, que tenía al bebé en su regazo, y musitó:

—Es muy mono. Se parece mucho a vosotros dos.

Era la primera vez en toda la tarde que hablaba con su voz normal.

Yoel miró su bolsa azul y ambos supieron que quería sacar uno de los viejos cuadernos arrugados del colegio, pero temía la reacción de Yonatán, ya que este había amenazado con quemarlos todos si volvía a verlos.

—No puedo creer que realmente te dejara solo en el sótano ese día —dijo Yoel—. Fui un cabrón.

—Así es, un cabrón.

—Podrías haberte ido también.

—Es cierto, habría podido irme.

—Entonces ¿por qué no lo hiciste?

—No quería dejar a Tali sola con ellos.

—No mientas, ella se fue antes que yo —dijo Yoel enfurruñado.

—Temía que volviera.

—Está bien, al menos yo no te dejé morir solo en el *vadi* —dijo sonriente.

—Sabes que te perdí de vista —respondió Yonatán, tratando en vano de imprimir a su voz un tono ligero y relajado.

Shira lo miró. Conocía la forma despreocupada en que ambos evocaban el pasado, pero le seguía asombrando la naturalidad en la voz de Yonatán cuando respondía a Yoel. Se acercó a ellos con Itamar en brazos y él sospechó que estaba ansiosa por rescatarlo.

—Fíjate en los ojos, son idénticos a los de Shira.

Yoel miró al bebé.

—Es verdad, tienes razón —admitió. Apartó la mirada, sorbió el whisky y dio la espalda a Shira. Se hizo un tenso silencio. Era evidente que Yoel esperaba que ella los dejara solos.

—Mira esas pantorrillas —insistió Yonatán acariciando a Itamar, cuyos ojos sonreían. Lo invadió el deseo de acunarlo en sus brazos y hundir la cara en el cuello del bebé. Yoel rozó con los dedos las pantorrillas del pequeño y apartó la mano. Yonatán no podía entender por qué su amigo no quería acariciar al niño ni besarle las mejillas; trató de no enfadarse. Yoel se levantó, abrió su bolsa, extrajo un cigarrillo, se lo puso en los labios y dijo que saldría a fumar.

—Te acompaño —dijo Yonatán.

El asfalto bajo sus pies estaba caliente, una voluta de humo azul brillaba a la luz de los faros de un coche. Las copas de los árboles parecían enormes y embrujadas; nunca se había dado cuenta de que las ramas se entrelazaban formando una especie de techumbre sobre la calle. Caminaron cogidos del brazo, pellizcándose y haciéndose la zancadilla, mientras Yoel despotricaba contra el verano: la gente suda y hiede, el mundo es un objeto pegajoso, todo lo que tocas se adhiere a tu cuerpo como un imán y la atmósfera es sofocante.

Olió el sudor de Yoel, observó sus uñas largas y ennegrecidas, las cicatrices en el dorso de sus manos, la barba rala con pequeños parches pelados. Siempre andaban cogidos del brazo, y no se percataban de ello hasta que un día Shira les hizo una foto, porque le gustaba verlos así. En los primeros años de la relación, a ella se le iluminaba la cara cada vez que se reunían con Yoel; por lo general pasaba un rato con ellos, gozando de sus juegos de palabras, de la forma en que se insultaban y de los esfuerzos de cada uno por atraerla a su bando, y luego se iba a lo suyo.

Conocía la existencia de ese elemento oculto en su amistad que se encendía cada vez que se encontraban y levantaba el ánimo de Yonatán. Solía decir que cada encuentro era una fiesta y le maravillaba el placer que sentía cada uno ante la presencia del otro. Pero con el tiempo sus comentarios empezaron a cambiar. Observó que de ellos brotaba una lava hirviente, dionisíaca, un poco aterradora; surgía de su lenguaje y era totalmente indiferente a la presencia de otras personas, que solo existían para confirmar la perfecta unidad entre Yoel y Yonatán. Una vez, tras pasar una velada con ellos, comentó asombrada y risueña que solo hablaban de los chavales de Beit Ha-Kérem y de las grescas en Beit Ha-Kérem.

Yonatán estaba acostumbrado a tocar a Yoel, pero ahora, al caminar junto a él, cayó en la cuenta de que estaba maniobrando con el cuerpo para reducir el contacto sin que el amigo lo percibiera. Se sintió aplastado por un sentimiento de orfandad, porque sabía que el ambiente del encuentro dependía solamente de él. «Todos han crecido y nosotros somos los únicos que nos disfrazamos», solían decir, pero ni siquiera cuando nació su hijo había sentido la misma urgencia de crecer como ahora, cuando todo dependía de él.

Abrazó a Yoel, le apretó la cabeza contra su pecho y con la mano izquierda le pellizcó el hombro.

—¡Que no sepáis del pesar! —aulló, evocando uno de los momentos a los que acudían cuando el pasado era lo que les hacía falta. Uno de sus compañeros había fallecido a los veinticinco años; cuando visitaron a su familia durante el duelo, una mujer se había acercado a uno de los familiares y, apretándole la mano, le había dicho: «Que no sepáis del pesar». Yoel la corrigió: «Que no tengáis más pesares». La mujer lo miró atónita y murmuró: «Eso es lo que he dicho». «No —prosiguió Yoel con calma—, usted ha dicho otra cosa».

Por lo general era Yoel quien contaba esas historias reconstruyendo cada detalle, dónde se encontraba cada uno y si estaban sentados o de pie, haciendo imitaciones de todos los personajes, mientras Yonatán reía, encantado con la representación y pidiendo que siguiera. Pero ahora Yoel solo soltó un rebuzno de risa sin intentar siquiera insuflarle vida y él, venciendo su reticencia, lo pellizcó con fuerza repetidamente, hasta perder la sensibilidad en los dedos. Esperaba que Yoel se desembarazara de él, pero este inclinó la cabeza, apoyó la nuca en el pecho del amigo y se quedó mirando las copas de los árboles. Yonatán respiró dos veces, lo que movió ligeramente la cabeza de Yoel, luego lo empujó hacia delante y quedaron frente a frente. Encendió dos cigarrillos y le dio uno a Yoel. Había engordado, tenía las mejillas regordetas y su pelo rizado estaba encaneciendo. Año tras año recolectaban juntos las señales del paso del tiempo. De hecho, era Yonatán quien más lo hacía, mientras Yoel las observaba a través de una capa de ironía, de humor negro, con citas de Bartleby o de Lenin. Pero después del nacimiento de Itamar Yonatán empezó a aceptar esas señales como el orden natural de las cosas, y el paso del tiempo al que siempre habían temido dejó de obsesionarlo. O tal vez, como dijo Yoel, simplemente había capitulado.

—Sé que no debería mostrarte esto porque te enfurecerás —dijo Yoel—, pero déjame hacerlo, míralo por unos diez minutos y dime qué opinas, sabes que yo lo haría por ti.

—Ya he mirado los puñeteros cuadernos un millón de veces.

—Solo por esta vez, diez minutos, hermano.

—No.

—He leído todos los libros que has escrito.

—No es lo mismo, y lo sabes —replicó Yonatán, sorprendido.

—No todo allí es exacto, hay que decirlo.

Sintió un escozor, miró tenso a Yoel; había algo agorero en su tono de voz. Además, Yoel raramente criticaba sus novelas.

—No entiendo —dijo al final.

—Algunos de los hechos que describes en tus libros tal vez no ocurrieron exactamente como dices. Nunca has puesto especial cuidado en ser fiel a la verdad, si hablamos con franqueza —afirmó con una risita—. Eso siempre tenía su encanto.

—Son novelas, lo sabes. —Qué lamentable respuesta.

Yoel lo miró largamente, y por un momento su rostro adquirió una expresión más lúcida, una reminiscencia de la época en que trabajaban juntos en algo.

—Por favor, no me hables como si yo fuera uno de los sudorosos estudiantes de tus talleres de escritura creativa. Si lo escribes es porque sucedió. Distopía, utopía, novela histórica: siempre puedo ver de qué cosas escribes realmente.

Yonatán no pudo pensar en una respuesta que no pareciera forzada. El Yoel de antes, no ese que estaba ahora frente a él, había sido siempre capaz de hacer magia e insuflar vida al momento con facilidad. Debió de sentir la parálisis de Yonatán, pareció reanimarse y se puso una máscara de risa:

—Francamente, no tiene importancia. Tú puedes hacer milagros con las cenizas de nuestra niñez. —Recorrió con la vista a la gente que estaba en la plaza Rabin y exclamó—: ¡Mira cómo te aplauden!

Algunos los miraron desconcertados. El conocido tono hiperbólico siempre emergía en situaciones de alta tensión, empleado sobre todo por Yoel, que atacaba a Yonatán con punzadas e insinuaciones para después retractarse o al menos atenuar la gravedad de lo dicho. Era extraño que Yonatán prefiriera ese tono, pese a saber que lo que Yoel había dicho antes, y que él no había entendido del todo, era lo que importaba.

—Todos saben que eres un líder venerable —le dijo a Yoel, para completar el ritual. Miró el reloj y se preguntó si el bebé se habría dormido ya; a veces seguían llamándolo «el bebé».

—Échale otro vistazo al cuaderno, viejo camarada, sé un buen amigo por una vez —insistió Yoel.

—Ya te lo he dicho, he terminado con esos cuadernos —protestó enfadado.

—De todas formas no importa, tú no vas a educarme —crujió la voz de Yoel—. Ya nada podrá ayudarme, así que míralos, de algo servirá.

—Juro que las cosas habrán de mejorar.

—La muerte se lleva a la gente aun cuando esté puliendo los cubiertos de plata o leyendo el periódico.

—Es la única cita que recuerdas.

—Me gusta esa frase.

—Ya te gustarán otras.

—Moriré muy pronto.

En perfecta sincronía, arrojaron las colillas ardientes a la calzada.

Las torres
(Finales de la década de 1980)

Se preguntaba cómo era posible que no lo vieran, ni los chavales de las torres, ni Yoel, Shimon, Benz y David Tsivoni, ni sus padres, ni siquiera su hermano mayor en Nueva York. ¿Cómo no veían que el cielo sobre el *vadi* se iba arrugando en dirección a la tierra y que sobre sus cabezas pendían agujas pequeñas y afiladas? ¿Cómo no oían que el silbido del viento se distorsionaba en un aullido, ni veían que las ráfagas arrastraban oleadas de arena y polvo amarillo, hojas secas, palillos y ramas desde el *vadi* hasta los edificios, que una cúpula de polvo y arena iba cobrando forma gradualmente sobre su mundo y que las partículas formaban grumos en el aire, penetraban en las narices, se infiltraban en la piel y provocaban chirridos en el aliento? Los niños caminaban por las calles sin ver nada más allá de sus propios cuerpos; ¿cómo se explicaba que nadie percibiera la catástrofe inevitable?

Durante el recreo permaneció en su pupitre de la última fila, llenando el cuaderno con una maraña de trayectorias posibles para la zanja. Se habían acercado demasiado a la valla electrificada de las Industrias Militares, ahora era preciso imprimir a la zanja un pronunciado giro a la izquierda para sortear la fábrica, serpentear a través de un área a la que jamás se habían acercado y que los condujera a la explanada posterior de las torres.

Evidentemente alguien lo había llamado por su nombre pero él no lo había oído, porque de pronto una mano se apoyó en su cuaderno y, al levantar la vista, los vio de pie, casi tocando el pupitre. Eran unos chavales de su clase. Tenían las mejillas sonrosadas y olían a lana y naftalina, aceite para bebés y suavizante para la ropa. Una fina línea de pasta dentífrica había quedado en el labio inferior de un chico que seguía de pie sobre su patín.

—Quita la mano de ahí —dijo Yonatán.

El chico retiró la mano del cuaderno, pero muy lentamente, arrugando las páginas ilustradas como si lo hiciera sin querer. Después le informaron que a la hora siguiente habría un debate sobre su comportamiento: las ofensas, los insultos y los golpes. Para que todos pudieran hablar sin temor, él debería ausentarse del aula durante las deliberaciones.

Los midió con la mirada y se preguntó si veía una sombra de miedo en sus rostros, pero entonces ellos asumieron un aire de severidad. Seguramente habían estado tramando la venganza durante mucho tiempo y habían formado una alianza, pero él no tenía tiempo para sus necedades, era preciso que dirigiera su sagacidad a un frente de batalla más urgente. Consideró brevemente la posibilidad de fingir un estallido de ira, pero estaba muy cansado para mofarse de ellos y todo su cuerpo ardía.

El día anterior Yoel y él habían estado cavando hasta las siete de la tarde. Cuando empezaron por la mañana estaban de buen ánimo y competían para ver cuál de los dos clavaba la azada a mayor profundidad. Durante un descanso, Yonatán pasó a describir el momento en que la zanja estaría terminada y podrían caminar por ella sin que nadie los viera, y Yoel habló de la profundidad de la zanja y de los vagabundos que podrían pernoctar allí en invierno. Pero hacia el fin del día se levantó un viento que parecía capaz de arrancarles la piel hasta dejar solo sus esqueletos; cuando ya no pudieron resistir el ardor huyeron de las ráfagas que los perseguían y los fustigaban.

—¿Has oído? —dijo el chico levantando la voz y tamborileando con los dedos en el pupitre lleno de arañazos. Otro soltó un rebuzno de risa. Yonatán bajó la mirada hacia sus Air Jordan negras, entrecerrando los ojos hasta formar dos delgados hexágonos; solían burlarse de él por tener los ojos como los de Optimus Prime, el líder de los Autobots. Su hermano se las había enviado la semana anterior, después de que unas chicas se burlaran de sus viejas zapatillas, de una marca que nadie conocía. Según el relato de la madre, había vuelto a casa «hecho una furia y aterrorizando a todos», hasta que le anunciaron que Shaúl le compraría un par de zapatillas Nike Air Jordan en Nueva York.

Había aprendido el método de Shaúl. Durante sus visitas anuales, Yonatán insistía en arrastrar su colchón a la habitación del hermano y en esas dos semanas esperaba impaciente que transcurrieran las horas, desde que se despertaba hasta que oscurecía, para acostarse a su lado, ahogando sus bostezos y preocupándose por los de Shaúl, porque en la noche el dormitorio se sumía en una grandeza mágica y jubilosa de tierras remotas. Le contaba episodios de la serie policiaca *Colombo* y dejaba que él resolviera los misterios; también hablaba de personajes imaginarios con poderes sobrenaturales, como Clarisse Deph, que con solo tocar el pecho de una persona sabía cuándo moriría.

Pero lo que Yonatán quería oír eran sobre todo las historias de la familia antes de que él naciera. Por ejemplo, la de aquel día, tal vez en 1972, en que Shaúl iba caminando con la madre por la calle Jaffa y se detuvieron a mirar abrigos de pieles y chales de lana que envolvían los cuerpos de mujeres altas y bellas —a las que Shaúl no identificó inmediatamente como maniquíes— en el escaparate de una elegante tienda llamada Epstein & Feldheim. La madre cruzó el umbral con paso seguro y unos caballeros que llevaban trajes de color claro con rayas acudieron a atenderla, mostrándole vestidos, faldas y cinturones, y alabándola como si no estuviera presente.

—¡Tan elegante la señora! —exclamó uno.

—Acaba de salir de la Ópera de Viena —pio su compañero, el de la barbilla afilada y las gafas. El tercero aplaudió y preguntó de dónde eran los padres de la dama, a lo que ella respondió sonriente:

—Adivine.

—¿Viena? ¿Berlín? ¿Hamburgo? —fueron las sugerencias.

—Por favor, no diga que de Varsovia.

Les informó que sus padres habían nacido en Israel y no dijo una palabra más. Shaúl, que entonces tenía unos nueve años, sabía que el abuelo Albert nació en Adén, una ciudad del Yemen. A veces iban al antiguo barrio de Najalat Shivá, donde el abuelo Albert se sentaba al lado de su madre —que no sabía más de veinte palabras en hebreo, y a la que sus amigas llamaban Um Aziz— a conversar en árabe. Hablaban de Adén (traduciendo para Shaúl de vez en cuando) comparándola con la miserable Jerusalén, que era un verdadero paraíso para granujas provincianos carentes de talento; por eso había abandonado a su mujer y se había ido a Haifa.

El vendedor de las gafas se dirigió a Shaúl.

—¿Sabes cuántas veces hemos rogado a tu madre que nos permitiera fotografiarla con un vestido nuestro para poner la foto en el escaparate? Le daríamos a cambio cualquier artículo de la tienda que ella deseara.

La madre rio moviendo la mano con displicencia, pidiéndoles que dejaran de adularla, pero con el rostro radiante hizo una pirueta de puntillas y sujetándose la falda, ante el aplauso de los vendedores, que con la mano en el corazón dijeron que llamarían inmediatamente al fotógrafo. Ella les dedicó una elegante reverencia.

—¿Y finalmente hicieron las fotos? —preguntó Yonatán a la mañana siguiente.

—¿Las fotos? —repitió Shaúl.

—Para la tienda. —Y de pronto se le ocurrió que Shaúl se lo había inventado todo.

—Yo qué sé —dijo el hermano—. ¿Mamá dejándose fotografiar? Ya la conoces, ¿no?

Otro día le contó que cuando iba al instituto sus padres no le daban dinero para la cantina y por eso en cada recreo, mientras los chicos corrían a comprarse la merienda, él encontraba excusas para desaparecer, y muchos le hacían burla por ser tan tacaño. Fue entonces cuando Shaúl dijo algo que se le grabó en la memoria:

—Solo por la fuerza conseguirás algo de nuestros padres.

Le picaban los brazos. Siguió con los dedos el trazado de los arañazos y centró la mirada en sus adversarios. Parecían estar interesados en el techo y la ventana, pero de hecho le lanzaban miradas furtivas, y entendió que debía mantener los ojos fijos en un punto y el cuerpo inmóvil. Cualquier cosa que hiciera, aunque fuese tocarse el cabello, podría ser interpretada como una señal de debilidad. Aceptó la propuesta sin quejarse e incluso sugirió ausentarse por completo.

—¿No quieres oír nada? —lo provocó uno de ellos.

—Quiero, pero temo aburrirme —respondió con desdén.

El tono los sorprendió, aunque lo pasaron por alto. Parecía como si esperaran que se enfureciera. Insistieron en que estuviera presente en clase y saliera antes del debate. Al principio temía que planearan humillarlo, pero seguían revoloteando alrededor para demostrar que no eran injustos con él. Volvió a recordar que así eran: incluso las peores crueldades, como el boicot al que sometieron a Véred Saragusti, obligada por ello a dejar el colegio, venían envueltas en un lenguaje de justicia y moral que pretendía amonestar al pecador para que enmendara su conducta. Era algo que habían aprendido de sus padres, algunos de los cuales solían merodear por los patios del colegio, el centro comercial y el parque público, sermoneando a todo el mundo para recordarles los valores de la gente decente —los de antaño—, «que están siendo aplastados y triturados bajo las suelas de los tiempos corruptos en los que vivimos», como declaró una vez el padre de Yoav Gordon. Verdaderamente creían que algún día las masas entenderían que solo vale la pena vivir si se respetan esos valores.

A la cuarta hora de clase, Tómer Shoshani y Yoav Gordon se plantaron frente a los demás alumnos. Yonatán vio que sus enemigos se preparaban para el gran momento, intercambiando miradas y notas. Agarró su cuaderno, repleto ahora de dibujos de la zanja, y se levantó dispuesto a salir. La profesora entendió los detalles del plan que habían urdido a espaldas de ella y le bloqueó la salida.

—Qué atrevimiento —dijo insinuando una sonrisa protectora—. Los niños de sexto no deciden qué va a ocurrir en la clase.

Frente a las miradas de todos sus compañeros imaginó miles de dedos rascándole la piel y se preguntó si también a través del jersey podrían ver los cortes en sus brazos y piernas.

Pasó frenéticamente la mirada por todos los rostros hasta detenerse en el de Yoel, sentado en la cuarta fila al lado de la ventana, de espaldas al resto de la clase. Había apoyado su cuaderno sobre el cristal de la ventana y escribía con brío. Yonatán trató de descifrar las palabras, pero Yoel empujó el cuaderno a la derecha y lo ocultó con el cuerpo, permaneciendo en esa postura peculiar sin dejar de mover la pluma sobre la página. Evidentemente, sabía que tenía los ojos de Yonatán clavados en la espalda, y que, si más tarde le recriminaba ese comportamiento, lo negaría todo. Yoel sabía hacerse el inocente mejor que nadie en el aula, y seguía fiel a sus embustes aun cuando lo descubrieran. Nunca admitía haber mentido, así como jamás reconocía una derrota ni confesaba haber hecho daño a un compañero. Tal vez era esa la mayor diferencia entre ellos. Yoel no caminaba por las calles de Beit Ha-Kérem como pecador; estaba realmente convencido de ser un dechado de virtudes, merecedor de ser valorado.

Yonatán recordó que el día anterior, mientras cavaban en el *vadi*, Yoel le había preguntado si creía que la venganza cambiaría las cosas.

—Esa no es la cuestión —respondió Yonatán—. Si no terminamos la zanja antes de la pelea, nos molerán a palos, ¿cierto? Sin la zanja no sobreviviremos al invierno.

Pero Yoel insistió en recibir una respuesta. Una preocupación asaltó a Yonatán e inmediatamente preguntó al amigo si había hablado de la zanja con alguien. ¿Con Nóam, su hermano mayor? Yoel juró que no había hablado con nadie.

A título de explicación, Yonatán describió un cuadro que el instructor del club de ajedrez les había mostrado, sobre algo que ocurrió después de un duelo entre un famoso poeta ruso y un tipo insignificante. Se veía a dos hombres sosteniendo a este último mientras miraban el carruaje, que se alejaba por un camino nevado llevando el cadáver del poeta cubierto con pieles. El instructor les explicó la escena aludiendo a un precepto de guerreros japoneses, que los chicos copiaron en sus cuadernos: el vengador no celebra ni se alegra, tal vez todo lo contrario, solo ha cumplido con su deber.

—Y de eso se trata: les daremos una lección a los chavales de las torres, para que nunca más vuelvas a casa cubierto de sangre y espinas, y habremos cumplido con nuestro deber.

—A ese instructor entrenador al que admiras lo expulsaron, porque apareció en el club de ajedrez con un abrigo de pieles, hecho para mujeres, y gritando que nadie del barrio temía a la muerte, que solo tenían miedo de los locos, y juró que le prendería fuego al club —observó Yoel.

—Es cierto, pero eso ocurrió después.

El rostro de Yoel se ensombrecía cada vez que Yonatán mencionaba al entrenador de ajedrez. La mayoría —chicos y adultos por igual— le tenía más simpatía a Yoel, pero el instructor de marras era muy amable con Yonatán y a menudo beligerante con Yoel, que no estaba dispuesto a confesar que eso le dolía, y aseguraba que no había nada peculiar en la actitud del instructor hacia él. Era como si no pudiera reconocer la existencia de alguien a quien le disgustara todo lo que Yoel era, y no fue sino en el último encuentro del club cuando Yoel explotó. El hombre tendió la mano al caballo de Yoel y comentó por enésima vez que su juego no tenía nada de coherente, nada de auténtico, y que no mejoraba porque pasaba el tiempo imitando a otros jugadores.

Yoel le agarró la mano y bufó:

—Quite de ahí sus roñosas manos. —Se levantó, se puso el abrigo y el gorro de lana, miró directo a los ojos del instructor y salió de la sala.

Yonatán oyó un grito, creció el alboroto en el aula y entendió que la profesora le había dicho que volviera a su asiento. Ella explicó que no proponía que cancelaran el debate, sino que permitieran al acusado exponer sus argumentos. ¿Cómo no se daba cuenta de que sería mucho peor? Ocupó su lugar en la última fila y escuchó a los chicos; no habló ninguna de las chicas. Pidieron el uso de la palabra, uno tras otro, y enunciaron sus quejas.

Uno dijo que lo había llamado «jodido holandés» (Yonatán lo interrumpió para aclarar que había dicho «basura holandesa»), otro informó que lo había amenazado con hincarle chinchetas en los ojos. Había chutado el balón directamente a la cara de otro compañero («Pero era imposible apuntar», fue su segunda interrupción), y todos alegaron que insultaba todo el tiempo y que los insultos eran contagiosos. Nadie decía «hijo de mil putas» antes de que él empezara a hacerlo, y hasta los líderes del movimiento juvenil opinaban que un hijo de puta no era lo mismo que un hijo de mil putas. ¿Y por qué gritaba «¡Eh, tú, árabe!», cada vez que uno de ellos lanzaba el balón por encima de la portería? Esto escandalizaba aún más a los líderes del movimiento; dijeron que eso era lo que ocurría con los chicos que se apartaban de los movimientos juveniles y que, además, «árabe» no era una palabrota.

Más tarde, en el patio, cuando pasó al lado de Yoel, que hacía volar un avión de papel, sintió que sus músculos se contraían y que el sudor le goteaba por la cara. Temía guardarle rencor —por la forma en que había permanecido encorvado sobre su cuaderno sin levantar la vista ni una vez— y ser incapaz de contener su furia. ¿Cómo había acabado él necesitando la zanja más que Yoel? ¿Acaso no había empezado todo porque habían hecho rodar a ese llorica por el lodo y los espinos del *vadi* hasta dejarle la cara ensangrentada?

Yonatán se apartó de Yoel, cuyo avión de papel ya se había arrugado, y se dirigió a la salida del colegio. La frente y el cuello todavía le ardían. Tenía la camiseta y el pantalón pegados a la piel. Fue al parque y se sentó en la tierra húmeda, cubierta de hojas de color marrón que se desmenuzaban entre sus dedos. En algunas quedaba un hilo verde y fresco, las palpaba una y otra vez tratando de entender por qué se sentía tan débil. Tal vez ese lozano vestigio aludía a tiempos idos, como cuando en un partido de fútbol, incluso en mitad de una gran victoria, él ya empezaba a lamentar que fuera a quedar atrás. Hurgó entre las ramas hasta encontrar lo que buscaba. Vio algunas madres sentadas en los bancos del parque con sus bebés; les sonrió y les lanzó besos al aire, preguntándose si les tenía envidia.

Unos minutos después oyó las voces. Eran dos, al otro lado del prado. Se puso de pie, se acercaban a él hablando en voz muy alta y riéndose a carcajadas. Su aire despreocupado le fastidiaba menos que el hábito que tenían de tocarse los hombros uno al otro, amagando estrangularse en son de broma. Durante sus destellos de honestidad, cuando su desprecio por los chavales del barrio ya no podía disimular lo que verdaderamente ansiaba, tenía que admitir que veía en ellos y sus familias una especie distinta, inalcanzable, de seres humanos.

Al final de la curva lo vieron, y los tres reconocieron el momento inevitable que los llevaba hacia el mismo punto. Callaron, se separaron un poco, lo observaron, dirigieron la mirada al palo que Yonatán había encontrado entre las ramas, a las madres en los bancos y al cielo sobre el parque, atravesado por una bandada de pájaros. Aun si quisieran, ya no podrían detenerse. Yonatán se acercó a ellos, arrastrando el palo y golpeando con él el asfalto. Uno de ellos hurgó en su bolsa y palideció; el otro cerró la cremallera de su abrigo. Tal vez querían creer que se habían topado con él por casualidad, que podrían pasar a su lado y seguir su camino. Aminoraron el paso, él también. Ninguno quería ser el primero en llegar a la escalinata.

Se detuvo, ellos también. Recorrieron de nuevo el parque con la mirada, observando a las madres en los bancos. Súbitamente se lanzaron a la carrera hacia la escalinata, y él los persiguió, golpeando el suelo con el palo. Los bebés empezaron a llorar y las madres lo insultaron. Huyeron del acoso de Yonatán hasta que no tuvieron otro remedio que darse la vuelta, y él ya les había dado alcance. Parecían más altos de lo que esperaba, pero aun así los aventajaba en tamaño.

—Cuidado —dijo uno de ellos—. ¿No has tenido bastante con lo de hoy en clase?

Pasó el palo a la otra mano. Se sintió alentado por la brecha que había logrado abrir entre los dos chicos, con qué facilidad había disuelto la alianza. Dejaron caer sus mochilas. Blandió el palo con la mano derecha, pero ellos se abalanzaron sobre él.

—¡Te advertí que tuvieras cuidado! —gritó el primero, atrapándole la muñeca y clavándole las uñas en la carne. Ya era tarde para blandir otra vez el palo, pero Yonatán siguió luchando por su posesión mientras el segundo jadeaba en el esfuerzo por quitárselo. Vio que pestañeaba y miraba a un lado, y entonces recordó que una vez, en un día de lluvia, este mismo chico le había ofrecido compartir su paraguas en el camino a casa.

La verdad es que no sabía por qué quería golpearlo con el palo. A veces lo irritaba ser incapaz de suprimir los recuerdos. Lo debilitaba esa forma que tenían los días de antaño de no desvanecerse completamente y permanecer latentes, esperando que la memoria les lanzara un rayo de calor, una especie de láser, para reanimarse, no tanto como para recuperar el vigor que alguna vez tuvieron, pero sí lo bastante como para socavar las ecuaciones del presente, y por eso era incapaz de odiar de verdad a quien no había odiado antes.

Es posible que sintieran sus dudas.

—¡Cuidado! —gritó el primero, sus pecas se parecían a los glóbulos sanguíneos de las ilustraciones del texto de biología. Le sorprendió su falta de temor. Solían tenerle miedo, pero algo había cambiado últimamente. Tal vez habían cobrado fuerza y altura sin que él se diera cuenta. Las madres gritaron desde los bancos:

—¡Basta de una vez, granujas! —Y una de ellas empezó a acercarse. Le avergonzó sentirse aliviado. Los tres corrieron escaleras abajo. Ellos giraron a la derecha y él a la izquierda, sintió el olor de agujas de pino quemadas. Pudo ver que uno de ellos se sostenía la cintura, pese a que Yonatán no lo había golpeado, y el otro le rodeaba los hombros. Por un momento quiso que lo tocaran también, con el mismo afecto y preocupación, y pronto lo embargó el deseo de correr y lanzarse sobre ellos, hacer que desapareciera el sabor de la derrota. La furia se había evaporado, ahora trataba de quitarse de encima el arrepentimiento.

«¿Te has arrepentido de verdad, o solo porque estabas asustado?», le preguntaría Yoel, si alguna vez volviera a hablar con él, después del desaire de hoy en el aula.

En el camino a casa el mundo se tornó amarillo, las imágenes eran borrosas y turbias, y Yonatán ya no podía calcular la distancia a los coches aparcados a ambos lados de la calle ni ver las copas de los árboles. Oía gritos, truenos, ruido de motores, pero ignoraba de dónde provenían.

Cerca de su edificio distinguió dos siluetas que se movían en el *vadi* con la rapidez y seguridad de los que conocían todos los secretos del terreno. Por un momento pensó que podrían ser Yoel y Tali, pero la idea le pareció absurda. Tal vez fueran los chavales de las torres, que venían a espiarlos.

El teléfono sonó al mismo tiempo que se quitaba el abrigo. Sabía que era su madre. «¿Cómo has pasado el día?», querría saber, fastidiándolo con preguntas sin que le interesaran mucho las respuestas. Ella no podía ayudarlo, el padre tampoco, además ayer había estado de buen humor y él no quería apenarla. Encendió con una cerilla el calefactor de queroseno. Le habían prohibido tocarlo estando solo en casa. En medio del calefactor ardían cinco rectángulos, en tonos de blanco violeta, naranja rosado y rosado azul. Los colores cambiaban y le gustaba mirarlos hasta que empezaba a lagrimear. A través de la puerta acristalada de la terraza quiso echar un vistazo a la ventana de Yoel, al otro lado de la calle, pero entre ellos flotaba una burbuja de niebla amarilla.

Algo se había aflojado en el orden habitual de las cosas. Vio la sala sin paredes, invadida por el viento, alta en el cielo y muy fría —Shaúl decía que el aire fuera de un avión era tan helado que podía matar a un hombre en cinco minutos—, y que la fuerza del viento empujaba la sala hacia la niebla amarilla. Vio una calle con dos franjas de barro en toda su longitud y nada más, ni tierra ni asfalto, solo troncos de árboles de un azul translúcido como los pilares de luz que a veces aparecen después de la lluvia, elevándose hacia el cielo. Siempre había querido averiguar si podía tocarlos o eran solo una ilusión óptica como el arcoíris. Es imposible creer en algo si no lo has tocado. Había gente flotando en el aire por encima de la calle, y dos chavales muy feos, con las caras embadurnadas de una pintura dorada que no conseguía disimular los cráteres del acné, informaban a la gente de que alguna vez hubo allí una calle, con personas, automóviles, niños y todo lo demás. Más aún, juraban que alguna vez hubo allí una calle.

* * *

Las chicas no odiaban a Yonatán ni se burlaban de él, sencillamente no eran conscientes de su existencia. No era uno de los guapos y simpáticos a cuyo alrededor revoloteaban, tampoco de los que se distinguían por sus buenos modales, como Ran Joresh —al que algunas madres, incluida la suya, apodaban «el Caballero»—, ni siquiera se contaba entre los débiles e ingeniosos, que las hacían reír con sus agudezas aunque sintieran pena por ellos.

Para ellas era solo uno más del montón, fuerte, sudoroso y gritón. Él creía que, si lo vieran jugando al fútbol, lo respetarían más, pero nunca miraban. Solo que ahora, después del debate en clase, las niñas se dieron cuenta de que habían cometido un error al catalogarlo en un peldaño poco interesante de la escala social, porque la mayoría de los chicos lo aborrecían, incluidos los de su equipo de fútbol. Empezaron a tratar de reconfortarlo, dijeron que era un «pobre chico», decidieron que todo el asunto era una estupidez y que la culpa era de la profesora loca de las mejillas hinchadas y rojas. Pero las del movimiento juvenil Hashomer Hatsaír —que se tomaban muy en serio los valores socialistas y siempre censuraban a los que devoraban hamburguesas de MacDavid o helados «a la americana» de Caravel, así como a los que escupían sus chicles al suelo— desconfiaban de él. Yoel y él solían decir que «los chicos del Hashomer Hatsaír no son tan bobos como los escultistas, pero sí más creyentes; por consiguiente, más bobos».

Tal vez por eso Alona Mishor se tomó la molestia de abordarlo en el pasillo, invitarlo a su fiesta de cumpleaños del viernes siguiente a las siete de la tarde y fijar en él sus ojos verdes hasta hacerle jurar que iría. Yonatán admiraba a Alona, considerada una chica un poco salvaje y excéntrica en la ropa («La madre es una artista al estilo de California en los sesenta», repetían las otras chicas lo que oían decir a sus madres), pues llevaba jerséis muy anchos con un arcoíris y unos símbolos hindúes, tejanos desteñidos y desgarrados en las rodillas como las chicas del centro de la ciudad y cadenas de plata con colgantes de conchas o espadas. Algunos padres llamaron a la madre de Alona para pedirle que «no usara espadas en sus collares, pues podrían instigar la violencia».

Reunirse a las siete parecía un poco tarde —los cumpleaños se celebraban siempre más temprano—, pero no tanto como para despertar sospechas. Se notaba en las chicas una cierta efervescencia, cuchicheaban todo el tiempo y se mantenían alejadas de los chicos. Evidentemente, tramaban algo.

Últimamente permitían a Yonatán ir a la zaga de su grupo cuando volvían del colegio. Formaban una pandilla, y cuando llegaban al pasaje ancho entre las calles Beit Ha-Kérem y Hejalúts, bordeado por árboles y vallas con carteles de advertencia contra perros guardianes y setas venenosas, solían desenfundar un radiocasete rojo de una de las mochilas y chillar junto con las cantantes, riéndose a carcajadas, acusándose unas a otras de desafinar y embrollando las letras en inglés. Escuchaban a Madonna, a Cyndi Lauper y a una tal Tiffany, aparentemente idolatrada en Estados Unidos. Alona y su amiga Mijal, en la periferia del grupo, escuchaban «Time After Time» en sus walkman, e incluso «Touch Me», prohibida por muchos padres a sus retoños. Si no llovía, se detenían en medio del camino, a probarse las gafas de sol y los grandes aretes bañados en oro de sus compañeras, intercambiar broches y bandas para el cabello, y cardarse vigorosamente el pelo antes de untarlo con una espuma blanca para dejarlo erizado en una melena inflada. Acusaban a Alona de comportarse como una golfa porque le había birlado a su madre la barra de labios roja (las chicas le quitaron el labial frotándolo

99

con el borde de su camisa) y a Mijal de ser una prostituta por haber pintado de negro una franja de su cabello rubio. En este lugar escondido se sentían distintas, como si hubieran franqueado los límites de Beit Ha-Kérem y entrado en un torbellino de chirriante y desenfrenado jolgorio. Volvían a ser las que eran en el colegio en cuanto salían a la calle Hejalúts. Contemplarlas le hacía bien, irradiaban un poder que algún día perturbaría el viejo orden del barrio. Sin duda, ya estaba ocurriendo.

Antes de la fiesta pasó mucho tiempo en la ducha y arreglándose el cabello, se puso unos pantalones blancos y un suéter violáceo con la inscripción «Oxford». Los pantalones le apretaban la cintura, pero no tenía otros más elegantes. No le gustaba su cara, particularmente sus ojos saltones.

—Estás guapísimo —dijo su madre, que saldría a bailar con Kaufman, como solía hacer cuando su marido viajaba al extranjero. Kaufman, quien hasta poco tiempo trabajaba en el Ministerio de Comunicaciones, como la madre de Yonatán, y había ganado mucho dinero haciendo negocios con unos franceses, aparecía en la casa con trajes de buen gusto, corbatas de vivos colores, un elegante abrigo de paño y botas relucientes de puntera afilada. Una vez oyó a su madre diciéndole a una amiga: «No es como todos esos tipos que llevan trajes de marca local». Kaufman tenía un reloj de pulsera plateado con tres diales pequeños y siempre decía: «Dime el nombre de cualquier lugar en el mundo y te diré qué hora es allí». Su presencia ponía a Yonatán de buen humor. Cuando él llegaba parecía que la casa despertaba y se llenaba de luces titilantes, para volver a replegarse y sumirse en una callada oscuridad en cuanto se iba.

Salieron en el coche negro de Kaufman, que olía a puros y a loción para después del afeitado. Lloviznaba. El polvo amarillo se levantó de la calle y se adhirió a los muros de piedra, las tapias, los bordillos. Quería preguntarle a su madre si también ella lo veía, acechando por ambos lados.

Junto al hotel Reich vio a Yoel subiendo por la calle Hagai, vestido con la chaqueta brillante de su hermano y una bufanda que a Yonatán no le sonaba. Las luces de colores de la terraza del hotel daban a sus cabellos reflejos rojos y azules. Yoel arrastraba los pies de lado a lado de la acera, tal vez con la intención de prolongar la caminata. No habían intercambiado palabra desde el debate, y Yoel, exactamente como él se lo figuraba, no pidió disculpas ni se acercó a la zanja.

—¿No es Yoel? —preguntó la madre haciendo señas a Kaufman para que detuviera el coche. Ella esperaba que Yonatán se apeara. A Yoel se lo veía muy solo bajo la lluvia, frotándose las mejillas con la bufanda, pero Yonatán ya conocía su tendencia a exagerar la desdicha de cualquiera con quien hubiera reñido, especialmente si se trataba de Yoel o de su madre, y así justificar sus ansias por complacerlos. Esta vez decidió que, si complacía a Yoel, le sería más difícil perdonarlo de verdad y contaminaría las arterias de su amistad. Los dos tenían la capacidad de inventar historias y mentir a todo el mundo, pero en los fundamentos de su relación existía el reconocimiento compartido —libre de ilusiones y de cháchara afectuosa— de que ninguna mentira se interpondría entre ellos.

—Es Tamir —dijo.

La madre giró la cabeza hacia él.

—¿Quién es Tamir?

—Uno al que detesto de la otra clase.

Kaufman aceleró y perdieron de vista a Yoel.

—¿Habéis vuelto a reñir? —preguntó la madre.

—Ya te lo he dicho, ¡no era Yoel!

—Si el chico dice que no era Yoel, no era Yoel —resumió alegremente Kaufman, que nunca había visto a Yoel.

Se hizo el silencio, Kaufman encendió la radio y oyeron una animada canción en español. Kaufman tarareaba la melodía y de vez en cuando decía algo en un idioma que la madre decidió que era francés, y los dos se rieron.

Lo irritaban. Por su exuberancia era evidente que esperaban con ganas su velada danzante, mientras Yonatán se angustiaba pensando en el momento en que llamaría a la puerta de Alona. En esa fiesta podían pasar muchas cosas malas. Probablemente la mayoría de los chicos no entendería cómo tenía el descaro de aparecer por allí, y, si no hubieran reñido, era muy posible que él y Yoel hubieran hecho otros planes.

Salió del coche junto a la sinagoga circular, en la que un año más tarde celebraría su *bar mitzvah*, y enfiló por la estrecha callejuela entre las calles Beit Ha-Kérem y Hejalúts, allí donde a veces se escondían los que temían el acoso de las niñas que iban por el pasaje más ancho. Era, prácticamente, la callejuela de los proscritos. Y por allí esperaba que apareciera Yoel, pero tal vez se le había adelantado.

En la sala de la casa de Alona, más pequeña de lo que suponía, había globos colgando del techo con cintas de colores y una guirnalda de lamparillas envueltas en brillante papel celofán. También había un cartel hecho por las chicas con felicitaciones ¡PARA LA HERMOSA ALONA! En las paredes desnudas sobresalía una gran cantidad de clavos; seguramente Alona y su madre habían retirado todos los cuadros. Eso le pareció una falsedad. Ahora, habiendo visto dónde vivía, entendió que, después de bajar cada día por el pasaje junto a la pandilla, tenía que volver a casa por la callejuela de los proscritos. ¿Era de veras rebelde? ¿Podría ser que todos los chicos y las chicas quisieran exactamente las mismas cosas y la única diferencia estaba en la forma en que camuflaban su deseo?

Los varones estaban sentados formando un semicírculo en el lado derecho de la sala, junto a la pared. Detrás de ellos se veían las esculturas blancas de dos águilas con picos ganchudos. Franjas de luz de las lamparillas de colores reptaban por el suelo, a través de los cuerpos de los chicos, y rozaban las esculturas. Siguió con la vista el movimiento de las luces, siempre le había gustado mirar luces que obedecían a una trayectoria fija. Unas chicas cuchicheaban muy cerca del pasillo y de un radiocasete grande, conectado a altavoces a ambos lados de la sala, y por primera vez oyó «Touch Me» en una fiesta de cumpleaños. En lugar de los habituales platos de patatas fritas, aperitivos salados y mitades de pan de pita con hummus, había solo botellas de Coca-Cola y Sprite, además de algo que parecía un zumo de frambuesa un poco espeso. Yonatán se acercó a los chicos.

—¿Dónde está Yoel? —preguntó una chica en tono provocador.

—Yo qué sé —murmuró él, y le pareció oír que ella se reía, pero con el estruendo de la música no podía estar seguro. Se sentó al lado de los varones, algunos lo saludaron con indiferencia y otros le sonrieron. Uno observó su ropa y preguntó.

—¿Te casas hoy? —Mientras otros dos comentaban una fotografía que el abuelo de Maor Feldman les mostró cuando vino a hablarles en clase. En ella se veía el patio de una cárcel en alguna ciudad europea después de la muerte de todos los judíos. De pronto todo le pareció muy estúpido. La enorme tensión de ese día se había disipado, su cuerpo se aflojó y sintió levedad en los músculos, incluso los pantalones le apretaban menos. La jornada había pasado como una pesadilla por culpa de esta fiesta, pero a nadie le importaba que estuviera allí o no. Tal vez ya no fuera capaz de ver las cosas como realmente eran.

Alona y otras compañeras se plantaron frente a ellos intercambiando miradas enigmáticas. De pronto notó que todas iban vestidas de blanco y negro, excepto Alona —que lucía un vestido azul con estrellitas doradas y medias negras— y Mijal —que iba ataviada con un vestido rosa más corto que los de las otras chicas y una fina cadena de oro en el cuello—. Le pareció que tenía los ojos raros, rasgados. Casi todas usaban finos calcetines largos de distintos colores y zapatos negros, pero Hilá llevaba botas. Los peinados eran distintos de los habituales, y entonces cayó en la cuenta: así se las veía en el pasaje de regreso del colegio.

Una de ellas apagó las luces, y Alona, que sostenía una vela blanca, dijo:

—Hoy haremos algo distinto. Hoy vamos a bailar.

Pusieron una canción que Yonatán no conocía y todos quedaron inmóviles: ellas con sus vestidos de fiesta y ellos con sus desteñidos tejanos y pantalones de pana, o en chándal y con las mismas camisas con las que iban al colegio y las zapatillas embarradas. Lo inundó un inexplicable deseo de absorber la vitalidad que emanaba de las chicas y su entusiasmo por la nueva era que se aproximaba; tal vez anhelaba ser una de ellas. Por un momento su mente mantuvo en suspenso la lucidez de esa extraña ráfaga de añoranza, que dejaba en él una sombra, testimonio desgastado de aquella idea de la que ya se avergonzaba. Entonces los chicos prorrumpieron en gritos y silbidos, él hizo lo mismo, dos de ellos se levantaron y se lanzaron a bailar por toda la sala, atropellando a las chicas una y otra vez.

Pronto volvió la calma. Ellas se quedaron en el centro, sin hacer caso de los chicos, que, ya sin ánimos de seguir la jarana, permanecían inmóviles y encogidos, parpadeaban mucho, se palpaban la cara, se mesaban los cabellos y presentaban un aspecto deplorable. Se preguntó si también a él lo verían así, porque la verdad es que se sentía mejor. La ecuación era sencilla: si ellos se debilitaban, él se fortalecía. Distinguió a Ran Joresh, que lucía una camisa negra abotonada y pantalones blancos, de pie junto a la madre de Alona, que fumaba un cigarrillo y sostenía una botella de vino. Cuchicheaban y se reían, y las chicas parecían excitadas. Empujándose mutuamente se fueron acercando a Ran, y finalmente Alona se separó del grupo y quedó frente a él. Yonatán tenía las manos juntas, calientes y pegajosas, y supo que, de todas las chicas, era ella la que él temía que se separara del resto.

Ran Joresh le cogió ceremoniosamente la mano, mientras la madre de Alona les guiñaba un ojo y les arrojaba el humo en la cara. Volvieron al grupo de las chicas, que se dispersaron en todas direcciones. Las manos unidas de la pareja se balanceaban y, por la mirada de Alona, que había pasado de festiva a sorprendida, era evidente que había olvidado que Ran Joresh brincaba ligeramente al caminar. La verdad era que todos los chicos decían tenerle simpatía —tenerle simpatía a alguien como Ran significaba que uno compartía sus virtudes—, pero secretamente lo detestaban, y a sus espaldas solían imitar sus pasos de cabra. Se detuvieron. Alona puso las manos sobre los hombros de Ran y él la ciñó por la cintura, aunque a veces parecía que aferraban aire. Los varones los miraban callados y sombríos, como si contemplaran un panorama nunca visto antes. Echó un vistazo al reloj de pared, eran las ocho y media. Había estado allí durante más de una hora, y Yoel aún no había aparecido.

Cuando Hilá se le acercó ya había cinco parejas bailando y los demás seguían negociando. Los emisarios iban y venían entre ellas y ellos, armaban parejas, sugerían alternativas, eran recibidos con desprecio, asombro, entusiasmo o silencio, y volvían a informar a su grupo. Detrás de cada pareja debía haber una cierta lógica: ambos tenían perros, o carné de la biblioteca, o un pesado hermano mayor.

Yonatán se levantó y siguió a Hilá, pasaron al lado de Alona y Ran Joresh, que reían juntos, con los cuerpos muy unidos y las manos de Ran rodeando la cintura de Alona. Una burbuja de luz roja los aislaba del resto, y a él le parecieron sublimes. Hilá se detuvo excesivamente cerca de Ran y Alona, Yonatán se colocó frente a ella. De pronto le pareció bonita. Cuando ella guio las manos de él hasta su cintura, sintió palpitaciones y un temblor en las rodillas. Rogó por que el calor que sentía en las palmas no la quemara a través de la tela del vestido. Bailaban un poco a distancia, pero de tanto en tanto ella se le pegaba, tal vez por casualidad, y el estómago de él le rozaba el pecho. El contacto de los dedos de Hilá en su hombro era delicado y ligeramente fresco, aspiró el aroma de sus rizos, olían a limón dulce, si tal fruto existiera. De pronto ella le tocó la mejilla, hizo que la mirara a los ojos y le preguntó si estaba avergonzado. Dijo que no, pero ella insistió:

—Sí que lo estás. —Con la mirada baja, admitió que solo un poco—. Pero bailas bien —comentó ella.

Exultante, le contó que su madre y Kaufman estaban en ese momento bailando en el hotel Moriah, y que tal vez pudieran ir algún día a bailar allí. Ella miró a las otras parejas y preguntó quién era Kaufman —¿un amiguito secreto de la madre?—. Hilá hablaba siempre con frases cortas, y sus preguntas eran como afirmaciones: si estabas de acuerdo significaba que lo entendías y, si no, ya lo entenderías más adelante. Yonatán dijo que Kaufman era un amigo de sus padres. Ella preguntó si eso no molestaba al padre, y él le aseguró que por supuesto que no, Kaufman era amigo suyo. Preguntó si también sus padres iban a bailar al hotel Moriah. Su negativa la hizo reír y comentó que era adorable que él no entendiera nada. Yonatán quería decirle cosas: que el calor que ella irradiaba invadía su cuerpo y que ahora el calor de ambos se fundía dentro de él, que temía que los días siguientes se tragaran esta noche y que él no supiera cómo asegurar que quedara algo para mañana, solo que cada frase le sonaba más entusiasta y exagerada que la anterior. Cada vez que compartía un momento de privacidad con alguien, tendía a expresar demasiado afecto e intimidar al otro, y por eso calló.

Hilá le preguntó si le daba vueltas la cabeza.

—*Vértigo* —dijo él, y le preguntó si había visto la peli.

—¿Cuál? —preguntó ella, y él le explicó que era de un director llamado Hitchcock, de quien su padre decía que era el único genio, aparte de cierto dictador ruso.

»Qué bien —respondió ella sin ningún interés, y se quejó de que la cabeza le daba vueltas porque la madre de Alona les había permitido beber vino.

—¿De veras? —preguntó, tratando de adivinar si ella insinuaba que quería dejar de bailar.

—¿Has bebido vino alguna vez? —preguntó Hilá.

—Por supuesto —mintió, añadiendo que en casa bebían mucho vino de una región de Francia.

Pareció satisfecha con la respuesta.

—Entonces no eres tan aburrido —declaró.

Hurgó en su memoria, desesperado por evocar algún momento en que algo dentro de él se hubiera encendido por Hilá; no era posible que todo esto sucediera tan solo ahora.

A veces imaginaba que dentro de sí convivían varios chavales, y que cada uno tenía distintas cualidades: algunos eran reservados y corteses, otros jaraneros y encantadores, queridos por todos, y otros verdaderamente preferían la soledad. En determinadas circunstancias, cualquiera de ellos podía apoderarse de su cuerpo. Tal vez no fuera casualidad que este momento le pareciera de ensueño, quizás todo eso le estaba sucediendo a uno de los chavales, alguien que era él en cierta medida, aunque también distinto. Si así iban a ser las cosas de ahora en adelante, estaría muy contento de darle su cuerpo.

Hilá cerró los ojos, su expresión era serena; en su fuero interno, Yonatán se dio cuenta de que, hiciera ella lo que hiciese, a él le parecería mágico. Por un momento se asustó, temiendo haber desaparecido realmente, y ordenó a su mente que invocara imágenes de momentos vividos: Yoel y él esperando en su habitación que oscureciera y tumbándose luego en su cama para reorganizar el mapa de Beit Ha-Kérem que las luces de la calle y los faros de los coches proyectaban en el techo: «Beit Ha-Kérem de la noche», lo llamaban, y hacían que se esfumaran calles enteras con todos sus residentes; de pequeño, caminando con papá y mamá por la noche, con las murallas de la Ciudad Vieja allá en lo alto, por encima de ellos, el viento haciendo volar el paraguas y el sombrero de mamá, enmarañándole el pelo mientras corrían a refugiarse en el coche, y él con la cara ardiente pero sin querer detenerse, porque sus padres se veían jóvenes y fuertes; su hermano mayor desapareciendo otra vez por las escaleras, camino a la sala de embarque del aeropuerto; las últimas mañanas del verano, siempre del color del cemento, estrellándose encima de él al despertar a las seis en la habitación vacía, frente a la cama en la que su hermano había dormido durante dos semanas, ahora cubierta de ropa, zapatillas nuevas y tableros de Monopoly y ajedrez. Pero las imágenes eran borrosas, como decrépitas postales de las banalidades que lo habían preocupado antes de la irrupción de esa borrasca.

Más tarde, poco antes de medianoche y a oscuras en el dormitorio de Alona, Hilá se sentó sobre la cama mientras él, frente a ella, miraba el suelo, cubierto de fotografías y dibujos con marcos negros. En el dibujo del extremo de la pila vio una hilera de niños pequeños con uniformes rojos y gorros azules y puntiagudos, arrodillados en la hierba y apuntando con fusiles a una mujer que tenía la cara oculta por sus negros cabellos. La mujer abrazaba los troncos de los árboles a su alrededor, y solo esforzando la vista logró distinguir que el follaje de los árboles estaba hecho con su cabello. Se frotó los brazos, tenía frío, particularmente en el pecho, pero no recordaba dónde había dejado su abrigo.

Hilá dijo que tal vez podrían ser novios. Le preguntó por qué. Contestó que ella quería a Ran Joresh y él quería a Alona —iba a negarlo, aunque por la expresión de ella entendió que no valía la pena, y por un momento se sintió cercano a ella, porque se había tomado la molestia de indagar en sus secretos y de hacerle ver que de nada le serviría mentir—, pero Alona y Ran estaban bailando juntos, de modo que ellos dos no podrían conseguir lo que realmente querían; por otra parte, eso no significaba que tuvieran que sufrir y ponerse celosos: podían hacerse novios, al menos por ahora. Yonatán tartamudeó un poco al preguntar si no tendrían supuestamente que gustarse, a lo que Hilá sonrió y dijo que era un romántico, aunque no lo pareciera, y que tal vez sus padres tendrían que comprarle una camisa abotonada. Opinaba que podrían ser novios por ahora y hacer cosas juntos de vez en cuando; después de todo, les gustaba el cine. La manera práctica en que lo decía, como si ya lo hubiera planeado todo, lo sublevó. Tal vez las chicas como ella no entendían qué significaba sentir una pasión irrefrenable por algo y que, aun sabiendo que no sucederá nunca, la imaginación, incapaz de renunciar a ello, seguirá creándolo hasta en el último detalle. Ahora se imaginaba a sí mismo apartando a todos los otros chavales que llevaba dentro y recuperando enteramente su cuerpo.

De pronto Hilá preguntó si temía la reacción de Yoel y le lanzó una mirada penetrante, como esperando saber la verdad. La idea le resultó divertida; un par de chicos se encuentran y a las dos horas exigen saber la verdad. Ella preguntó cuál era la razón de que él y Yoel pasaran tantos ratos juntos en el *vadi*. Él miró las migajas de chocolate en los tirantes de su vestido blanco y dijo que él y Yoel compartían el mismo mundo. Ella se irguió sobre la cama y no dijo nada, como si estuviera tratando de entender, y finalmente murmuró que todos compartían el mismo mundo. Yonatán se frotó los brazos y las rodillas, tratando en vano de entrar en calor. ¿Cómo era posible que cinco minutos atrás aún creyera que su vida era solo ruido de fondo para esta velada?

—¡Sí que tienes miedo! —exclamó ella. Antes de que él pudiera responder, añadió que no había ningún motivo para ello, y quiso saber cómo era que Yoel no había ido a la fiesta. Él dijo que no lo sabía, lo había visto caminando cuesta arriba por la calle Hagai, pero tal vez había cambiado de idea. Ella se rio y comentó que Yoel se había dado la vuelta y desandado el camino por esa calle, porque unos días antes le había propuesto a Tali, la vecina, que fueran novios. Era un secreto, pero todas las chicas lo sabían. Aparentemente Yoel había informado a sus padres y a todo el mundo que iría a la fiesta, pero la verdad es que estaban viendo una película en casa de Tali. Hilá le preguntó si no había sospechado nada —parecía decepcionada por su expresión de sorpresa—. Yonatán acarició la fría tela de unas ropas apiladas encima del escritorio de Alona y dijo que eso no podía ser verdad.

México

Se despierta cada mañana poco antes de las cuatro, aparta las sábanas de su cuerpo sudoroso y se queda en la cama, contemplando a través de la puerta de cristales el sendero oscuro en el césped —a veces ve pasar siluetas, oye murmullos, percibe las luces de linternas que titilan sobre las paredes— y mirando luego en su teléfono las fotos de Shira y de Itamar enviadas esa misma mañana desde Tel Aviv. Finalmente se entrega a otra imagen: Shira y él contándole a Itamar que papá irá en avión por unos días a un lugar lejano, que se llama México; el pequeño se acerca a la maleta y se aferra a ella con una sonrisa enigmática. El recuerdo le estremece, despertando la repugnancia que siente cada vez que su mirada se detiene en el reflejo de su propio cuerpo en el espejo del techo.

A las seis menos cuarto se ducha y se pone la misma ropa —chándal negro, camiseta blanca, sudadera grisácea con capucha que ajusta con un cordón alrededor del cuello—, sale de la habitación y camina sobre la moqueta azul del pasillo escasamente iluminado. Gira a la derecha para entrar en el lobby vacío, donde un empleado con uniforme azul lo saluda, y baja al comedor. De pronto una intensa luz blanca lo deslumbra y siente que la cara le arde.

Aparte de los camareros con camisas a rayas verdes y pantalones negros —ya reconoce a casi todos— que se apoyan ociosos en los mostradores, no suele haber nadie a estas horas. Pero estar en la sala del desayuno mitiga su soledad y lo reanima. Bromea con los camareros en una mezcla de inglés y español, y les da propinas de más del veinte por ciento para que al día siguiente vuelvan a recibirlo bien. Actos de solitarios, reflexiona: una de esas personas que exudan el olor de la soledad en el aliento, en la ropa, en la piel, que con cada gesto tratan de seducir a alguien para atenuar su aislamiento, aunque sea por un instante. Acaso esté adoptando con toda intención los gestos de los solitarios, precisamente porque tiene un puerto base al cual regresar. O tal vez esos gestos hayan precedido al reconocimiento de las dudas que últimamente lo carcomen en cuanto a su lugar en ese puerto, al que tendría que haber regresado cinco días atrás.

Escoge siempre una mesa lateral, bebe café, come fruta, o una tortilla con beicon, o una tostada con mantequilla y mermelada, y a veces todo eso junto. Se pone los auriculares y escucha las canciones que le gustan, o mira en la pequeña pantalla un partido de baloncesto de los noventa —los Chicago Bulls contra los Knicks de Nueva York, encuentros para los que él y su padre solían levantarse en medio de la noche para verlos juntos—. A través de las ventanas ve que amanece. El tiempo es muy variable, y puede cambiar varias veces en un día, un cielo azul que se cubre de nubarrones oscuros, brisas primaverales que de pronto se convierten en vientos huracanados con lluvias torrenciales. A Tel Aviv ha llegado el verano —puede notarlo en la ropa de Shira y de Itamar, y en las fotos de la playa—. Antes de apagar el teléfono, averigua cuál es la temperatura en Jerusalén.

Cuando sale del comedor las mesas se han llenado, y él empieza a hacer su circuito matinal por las cuatro calles que rodean el hotel. Camina primero por el bulevar de la entrada principal, entre árboles altos y céspedes bien cuidados; a veces se abre paso entre un montón de gente arrebujada en sus abrigos en una parada de autobús, luego gira a la izquierda por la calle Leibnitz, sorteando charcos y ladrillos rotos, y levanta a su paso una delgada nube de polvo. Tras una hilera de postes de hierro que le recuerdan los dibujos que Yoel y él hacían de las guerras en el *vadi* y de su reino, ve la pared lateral del hotel. Desde ese ángulo siempre descubre algo nuevo, una pequeña torre o una escalera bloqueada con rejas, paneles solares.

Empezaba a sentir afecto por el hotel: el nivel de la sala de fiestas, sobre cuyo parqué se había deslizado arrastrando los pies hasta una de las tres altas puertas de hierro; los sombríos corredores que demarcaban zonas con nombres de estados o regiones (su habitación estaba en Santiago); la fachada del edificio, donde gozaba contemplando el agua que caía, día y noche, en un gran estanque de mármol, levantando olas de espuma. De pie junto a los porteros del hotel —cuyos uniformes y gorros azules eran muy parecidos a los que usaba Yoel cuando trabajaba de portero en el hotel Hilton tras licenciarse del servicio militar, y Yonatán iba a visitarlo muy tarde por la noche para apostarse junto a la puerta giratoria y programar el viaje a Londres— pensaba en el aspecto que tendría al cabo de diez años, al aproximarse a la cincuentena, y visitara un hotel sin que nadie lo recibiera en el aeropuerto, ni hubiera festivales ni personal de las editoriales para agasajarlo, más o menos cordialmente, según las cifras de ventas de sus libros.

Quizás para entonces no tenga más libros; hacía ya más de dos años que no escribía nada, y eso porque una sola historia atormentaba su consciencia, una que no podía escribir. La derrota, o tal vez era el colapso, había estado siempre esperando entre bastidores, pero se había hecho evidente en los dos últimos años, cuando las fuerzas que él solía invocar para repeler el ataque habían disminuido, y cada vez le costaba más ponerse la máscara que hasta entonces siempre se le había adherido con facilidad.

También aquí, durante el festival, después de pasar diez horas tumbado en la cama, se levantaba veinte minutos antes de una entrevista o una lectura, se duchaba con agua fría, se vestía y luego se sentaba frente al entrevistador o el público, sonriente y bromista, hablando con fluidez, y apenas acabado el evento volvía raudo a su habitación, se quitaba la ropa al segundo de haber cerrado la puerta y se quedaba en la cama hasta que tuviera que volver a levantarse.

Antes gozaba de estos viajes, le gustaba conocer gente nueva, escuchar historias de mundos diferentes, enterarse de que existían libros de los que ni había oído hablar, impresionar a la concurrencia, embriagarse en compañía de conocidos ocasionales. Pero ahora la máscara que llevaba en público era testigo de una zona de su alma que se había congelado; fingía entusiasmarse con la gente y con la lectura de sus libros, emitiendo destellos de encanto personal.

En cada recepción o festival a los que había asistido en los últimos años, hubo un momento en el que imaginó que no era él, sino Yoel, quien circulaba entre la gente, o que simplemente había tomado prestado el cuerpo de Yoel para la refinada danza que tenía lugar entre escritores, editores, periodistas y curiosos. No dudaba de que Yoel, al menos en sus buenos tiempos, habría transitado ágilmente de un grupo a otro, neutralizando cualquier insinuación ofensiva con un comentario amable o una displicente sonrisa, y se habría encontrado al final de la velada tratando de abrirse paso entre la multitud de admiradores.

Hasta dos años atrás no había imaginado que Yoel hubiera pagado un precio por el contacto con la gente, que la carga de las expectativas depositadas en su habilidad de distinguirse y entretener a las masas fuera tan pesada, y que tal vez no reconociera ya la voz que exponía sus argumentos o contaba sus historias. Los seguidores de Yoel continuaban buscándolo. Yonatán recibía frecuentes mensajes por Facebook o por correo electrónico, llamadas telefónicas y preguntas en la calle, en el aeropuerto o en el parque infantil, todos ellos provenientes de hombres, mujeres, amantes del pasado, madres de amigos, empleadores, camaradas del servicio militar y compañeros de viaje por el desierto del Sinaí, todos ellos ansiosos por saber dónde había desaparecido Yoel, todos ellos afirmando que eran íntimos amigos, que habían hecho toda clase de planes juntos, que les era muy querido. En su mayoría se trataba de gente que Yonatán jamás había oído nombrar.

Mientras se va acercando a la intersección de las calles Leibnitz y Victor Hugo se disipa la nube de polvo. Gira a la izquierda y baja por una calle ancha, donde numerosos peatones pasan rápidamente por delante de edificios de oficinas todavía cerrados con rejas y cadenas. Desde aquí el hotel parece bastante poca cosa: tres cubos grandes, ventanas viejas, cortinas polvorientas, paredes amarillentas descascaradas y manchadas de hollín.

No había día sin eventos. Se sorprendía escurriéndose entre jóvenes, hombres y mujeres, bien trajeados, que habían venido de todo el país a la convención anual de la corporación en la que trabajaban, entre estudiantes desaliñados en tejanos y camisetas celebrando el fin de curso, o bien entre mujeres con tacones y trajes de baile, acompañadas por caballeros en esmoquin que portaban gruesos sobres o cajas de regalos. Con el pasar del tiempo empezó a rendirse al bullicio, divertido por su personificación de anfitrión que inspecciona a los recién llegados, se pasea entre los invitados a una boda, asiste a sesiones y aplaude al final de una presentación alabando los logros de la compañía. Al cabo de una hora, o pasada la noche, desaparecerían todos, pero al día siguiente el lugar estaría repleto de gente distinta, con anuncios de nuevos eventos en la pantalla digital del lobby, como si nada acabara en ese hotel, como si la sangre de sus arterias se vaciara y volviera a fluir incesantemente.

La cuarta calle es más estrecha, una especie de sinuosa callejuela, y desde allí ve en la pared del hotel tres hileras de respiraderos, amarillos y polvorientos, y mugrientos aparatos de aire acondicionado. En esta última pared hay algo feo e industrial, no le gusta mirarla.

Por lo general completa el paseo en unos veinte minutos y vuelve al hotel, donde cada hora le acerca al aeropuerto, al avión, a la certidumbre del desastre.

***

Entre el fin del invierno del sexto curso y la primera semana del noveno, Yonatán y Yoel casi no se hablaron. Yonatán ni siquiera lo felicitó por el nacimiento de su hermana. Yoel se había hecho amigo de Michael, un chico nuevo. A Yoel le interesaban las ciencias, pero este Michael era una auténtica lumbrera: sentado en su habitación, construía aparatos que cortaban los pepinos para la ensalada o medían la velocidad del viento, e incluso, inspirado por Yoel, ensambló un contador Geiger de plástico, que supuestamente haría que centellearan los depósitos de uranio del *vadi*.

Los sábados, los padres de Michael presentaban las invenciones del hijo ante sus amigos anglohablantes, todos ellos religiosos, que hacían a pie todo el trayecto desde Rejavia hasta el barrio. Esto disgustaba al resto de los padres de Beit Ha-Kérem —la tolerancia hacia los chicos dotados de talentos extraordinarios era escasa, exigua para los que se jactaban de ello, e inexistente con los padres que alardeaban de sus logros—, porque veían en ello una amenaza contra el clima de camaradería del barrio, y les olía a indulgente individualismo de norteamericanos. Uno de esos padres llegó a decirle a Yonatán, que celebraba a gritos su gol en un partido de fútbol: «Si has destacado en el juego, cállate; y, si realmente has sobresalido, cállate aún más».

En la época en que Michael y Yoel se hicieron amigos, Yonatán se acercó a unos chavales de Yefé Nof, el barrio vecino, que solían verse por la tarde en el centro comercial. Como ellos, usaba unos tejanos desteñidos con los bajos acampanados y un cinturón de cuero negro con una reluciente hebilla plateada, camisas y gorras de Crocker y zapatillas All Star blancas o negras (nunca de colores). También como ellos, se untaba el copete con mousse o fijador para el pelo, que por detrás llevaba corto, al estilo «cenicero».

Los sábados bajaba con ellos al centro de la ciudad, donde Yonatán descubrió un bullicioso mundo nuevo de chicos que fumaban cigarrillos, liaban porros y apostaban en partidas de billar, y de chicas con pantalones ajustados, tops cortos y tacones altos que dejaban en los cigarrillos huellas rosadas de pintalabios.

De todos los del grupo que se reunía en el centro comercial, solo uno se había hecho realmente amigo de Yonatán: se llamaba Eyal Salmán. Algunos sábados, el padre de Eyal los llevaba con el coche al desierto de Judea. El viento cálido les alborotaba el cabello y les secaba la piel, y su rugido competía con el estruendo de los éxitos de los setenta que emitían los altavoces del coche. Sacaban la cabeza por las ventanillas, cerraban los ojos y berreaban las letras de «Got to Be Real» o de «Dancing in the Moonlight», la arena les empastaba la nariz y la lengua, mientras el coche galopaba de bache en bache, se atascaba en la arena, se sacudía, carraspeaba, frenaba con un fuerte chirrido y ellos aullaban. A veces, el padre de Salmán —metido a duras penas en unas camisas abotonadas y ajustadas en el vientre, con motivos de palmeras, playas y bañistas bronceadas— los dejaba conducir un trecho corto. Al final del día volvían siempre a «For my Lover» de Tracy Chapman, que según Eyal «les desgarraba el corazón» y despertaba en ellos una emoción inquietante que no comprendían del todo, como si la canción aludiera a sensaciones que tal vez más adelante, cuando fueran mayores, se aclarasen. La exuberancia de esos sábados sorprendía a Yonatán, pues nunca había imaginado que un rato pasado con los padres de alguien pudiera estar tan libre de prohibiciones. Cuando estaba con Salmán y su padre se le hacía evidente que en su familia un velo de abatimiento parecía envolverlos a todos, incluso en paseos y diversiones.

Una tarde, mientras los chavales jugaban al póker en el centro comercial, alguien gritó que habían apuñalado a un hombre en el centro de la ciudad, y Mati el Hermoso, uno de los chicos de Yefé Nof, anunció que había inventado un juego nuevo, llamado «Cómo me vengaría de los árabes». Los pequeños grupos habían formado una sinuosa serpiente a su alrededor cuando proclamó que descubriría de qué aldea provenía el terrorista y que iría a quemar la aldea vecina.

—¿Pero por qué la aldea vecina, por qué? —quisieron saber todos.

—¡Para mostrarles lo locos que estamos! —gritó.

El pelirrojo Burman apoyó la idea, y reveló a todo el mundo un secreto que Ófer Alón había confiado a su hermano mayor, cuando celebraban su baja de la mili: noche tras noche, en Gaza, irrumpían soldados israelíes en las casas y despertaban a familias enteras; los bebés berreaban, las mujeres gritaban y ululaban, y los soldados obligaban a los hombres a cubrir con cal los grafitis de los muros del vecindario. Según él, todos los árabes tenían un cubo con cal y una brocha detrás de la puerta, por si acaso. Ófer Alón había iniciado la costumbre de destrozar el televisor en una de cada cuatro casas.

—¿Por qué una de cada cuatro? —preguntó alguien.

—¿Y yo qué sé? —le soltó Burman—. Tal vez por las cuatro estaciones.

De todas formas, cuando Ófer Alón se ponía realmente furioso, arrojaba el televisor por la ventana y despertaba a todo el vecindario. Esos aparatos hacen mucho ruido al estrellarse contra el suelo.

—A los árabes hay que sorprenderlos —explicaba Ófer Alón— para que entiendan que no importa cuán chalados estén, nosotros siempre seremos peores, esa es la idea.

Observando a los chicos, cada vez más enardecidos, Yonatán recordó algo que Yoel le había dicho poco antes, en uno de sus intercambios tóxicos, durante un encuentro casual en la calle —nada sino el odio explicaría la brecha abierta entre los años de su amistad y estos días en que actuaban como perfectos desconocidos; incluso si los embargaran otras emociones, deberían ser consecuentes con el odio—:

—Es gracioso que tus amigos finjan estar trastornados, cuando de verdad lo están —había observado.

Un chico de cabello largo cruzó la plaza en diagonal y anunció que todo el mundo iba a la ruta principal de Bait Vagán porque habían atrapado a unos árabes.

—¡Se esconden los hijos de puta! Los nuestros los rodean, y de todas formas hay más árabes en la zona, porque duermen en los edificios en construcción en los que trabajan.

Yonatán supuso que también Shimon, Benz y Tsivoni estarían allí. Al principio nadie prestó atención al de la melena, como si no entendieran qué tenía que ver eso con ellos, pero entonces algunos empezaron a vitorear a los chicos mayores que estaban en Bait Vagán.

—¡Desde aquí no pueden oíros! ¡Y me habían dicho que aquí había machos! —dijo el de pelo largo.

Nadie quiso escuchar a Eyal Salmán y a Yonatán cuando dijeron que no se podía zurrar a árabes inocentes porque uno hubiera apuñalado a alguien. Mati el Hermoso se acercó entonces a ellos, pasándose un peine por el cabello aceitado:

—Quiero entender, ¿estáis diciendo que os gustan los árabes?

Yonatán sintió el miedo hendiéndole el cuerpo y oyó un zumbido agudo en la cabeza mientras intentaba desesperadamente encontrar una réplica que apaciguara a Mati.

—¿Estás loco? —dijeron Salmán y él casi al unísono.

—¡Déjalos! —ordenó Burman, y Yonatán supo que estaban a salvo, porque consideraban a Burman más loco que Mati. Entendió que, de todos los chavales, solo había que convencer a Burman para poner fin al incidente. Todos sus actos tenían algo de caprichoso, y a menudo se apiadaba de los proscritos y les daba apoyo por un tiempo. Si bien solía hacer cosas horribles, siempre había una chispa de ironía en sus ojos claros, como si en el fondo supiera que todo era un juego, que él simplemente desempeñaba un papel, desdeñando a sus propios seguidores.

Salieron a la carrera, y al llegar a la primera intersección se dividieron: los mayores enfilaron por el bulevar Herzl, Yonatán y Salmán siguieron con el grupo de Burman. Mientras cruzaban el parque, observó que ya eran menos, de diez quedaban solo seis o siete. Corrían por el césped, sobre el asfalto, entre las acequias, y por encima de un lecho de agujas de pino y hojas de eucalipto. Por el parque resonaban gritos, aullidos y silbidos. Se encontraron en la escalinata y luego se dispersaron por la zona para consolidarse en forma de flecha rodante. Cuando se separaban, el aire se enfriaba, para volver a calentarse en cuanto se unían. Yonatán se sentía ebrio del poder de la manada, pero también los veía a través de otros ojos, los de los vecinos que buscaban refugio en sus patios, aparcamientos y casas, y atisbaban la tormenta que irrumpía en el barrio; si bien reconocían los componentes de la flecha, el conjunto era extraño y aterrador. Mientras corrían por la calzada de la calle Hejalúts, obligando a los coches a detenerse o desviarse, se dio cuenta de que Salmán ya no estaba, pero no le importó. Por primera vez en su vida imaginó que había derrotado a Beit Ha-Kérem —ese barrio apacible con sus viejos cansados, reclinados en las terrazas a la hora de la siesta, que regañaban a quien osara perturbar su descanso, con las parejas que paseaban tranquilas como muertos por las calles sombreadas, y con los niños cantando en sus uniformes *scout*—, que súbitamente se había convertido en un pueblo fantasma.

Ansiaba que la carrera no terminara nunca. Últimamente había notado que le gustaba encontrarse en un lugar intermedio, prefería los momentos previos a la llegada a destino, esa meta en que todas las expectativas se veían defraudadas. Las farolas alumbraban las aceras, pintándolas con las sombras de los árboles y las vallas. Cuando levantó la vista percibió dos figuras que se acercaban. Surgieron de las sombras, una de ellas alborotó con la mano el cabello de la otra. La luz de las farolas se fundió con la de los coches y se derramó sobre ellos en una tonalidad naranja-dorada. Entonces pudo distinguir las marcas del acné en las mejillas de Yoel.

Esperaba que Yoel entendiera lo que estaba ocurriendo y apartara a Michael a un lado, pero Michael no se movió del centro de la calle y les sonrió, sin entender nada. Los ojos de Yoel se fijaron en los de Yonatán, que se apresuró a girar y mirar el cielo estrellado. Michael preguntó hacia dónde corrían y Burman le respondió con una sorprendente afabilidad que iban a la carretera de Bait Vagán a meterles una paliza a los árabes.

Michael dijo riendo:

—En serio, ¿adónde vais?

A lo que Burman repitió:

—A la carretera de Bait Vagán, a meterles una paliza a los árabes.

Yonatán rogaba que Michael no cayera en la trampa. Desaparecieron las arrugas de la sonrisa de Michael mientras Yoel le tironeaba la camisa.

—Pero esos árabes no os han hecho nada —dijo desconcertado, quitándose de encima la mano de Yoel, y añadió que, si no era una broma, llamaría a la policía. Yonatán recordó cuánto detestaba a Michael, con sus negros ojitos de rata y su frente ancha, con su voz perezosa, aún con restos de acento norteamericano. Nunca había entendido qué veía Yoel en ese chico. Michael siguió frente a ellos mirándolos con desprecio, y por un momento callaron buscando traducir su respuesta a su lenguaje: ¿era posible que tuviera como amigos a unos matones?

Burman gritó:

—¡Lárgate antes de que te dé una patada en la cabeza!

Yonatán miró a Yoel, que tenía los ojos muy abiertos, como siempre que estaba asustado. Se estrujaba la camisa con las manos y se lamía los labios. Cuando sus miradas se cruzaron, vio que Yoel esperaba que los rescatara. ¿Cómo no se daba cuenta de que era demasiado tarde?

Mientras se arrojaban todos sobre él, Michael soltó una especie de gruñido y se cubrió la cara con las manos. Yonatán miró de nuevo a Yoel, que vociferaba contra ellos. También los chavales gritaban, y tal vez algunos de los vecinos asomados a los balcones. Una sola escena ardió en su mente: que se arrojaran sobre Yoel y lo derribaran. Michael se balanceaba entre dos chicos colgados de él, se deshizo de uno de ellos y lo arrojó contra el suelo. Oyeron un golpe sordo y Yonatán se dio cuenta de que Michael era muy fuerte, lo que solo podía agravar el peligro en el que ya se encontraba.

El aire se hizo pesado con el olor de agujas de pino, sudor y saliva amarga. Burman y uno de sus compinches, que por un momento había soltado a Michael, se volvieron hacia Yoel, que trataba de acercarse gritando a la madeja de chavales que atacaba a su amigo. Yonatán se plantó entre Yoel y los otros. Burman levantó algo del suelo —¿una piedra?— y lo miró de reojo. La luz anaranjada iluminaba la mitad inferior de su cara y las pecas parecían enormes, pero los ojos y la frente quedaron a oscuras; también los rostros de los otros chicos cambiaban de color, pasaban del gris al naranja dorado, y cuando los faros dibujaban sobre ellos franjas claras y oscuras parecían tableros de ajedrez.

Tenía palpitaciones, estaba bañado en sudor, reforzado solo por la certeza de que nada le haría moverse de allí. Burman lo percibió y no se acercó más a Yoel. Yonatán apoyó la espalda contra el pecho de Yoel, tratando de empujarlo hacia atrás, pero Yoel se resistió. De pronto los chavales ya no estaban y se hizo el silencio. Michael, todavía sobre sus pies, se tocó la cabeza, soltó un tremendo rugido y lanzó en derredor una mirada de enajenado. Yonatán vio acercarse la mano de Michael, cubierta de un rojo oscuro, miró al suelo y distinguió unas gotas negras extendiéndose por el asfalto, olió el aliento de Michael y la sangre. En cuanto se dio la vuelta, la mano le palmeó la espalda y pareció adherírsele.

Yoel observaba inexpresivo, luego se agachó para coger el monedero, las llaves y los libros en inglés de Michael. Le dieron la espalda, Yoel rodeó con el brazo los hombros de Michael y se fueron. Yonatán partió en dirección contraria, y cuando miró hacia atrás ya habían desaparecido.

Alcanzó a los otros en la curva de la calle Hejalúts, donde terminaba el barrio y se abría un extenso cardizal. Detrás estaban el centro comunitario y el césped grisáceo del campo de fútbol. Burman observó la cara y la camisa de Yonatán en silencio. Se la quitó: tenía impresos cinco dedos rojos.

—¡Mira qué le ha hecho a tu camisa! —dijo alguien con una carcajada.

—Si no te callas, te liquido —gruñó Burman.

Yonatán lo entendió de pronto: Burman nunca había querido atrapar a los árabes de Bait Vagán, y había utilizado a Michael para entorpecer la loca carrera hacia allí. Nadie dijo nada. Todos miraban la camisa manchada, ni siquiera se burlaron de su cuerpo regordete. Oyó jadeos, murmullos y toses, y también el rumor de la brisa sobre sus cabezas. Vio arena y cardos volando por el aire, y las partículas de niebla atrapadas en los faros de los coches que habían vuelto a circular; se vio regresando con Yoel de la biblioteca a los siete, nueve y once años, cargando sus ejemplares de *Los muchachos de la calle Pal*, *Flores en el ático*, *Cinco semanas en globo*, *El reino del caos*, *Los cinco detectives* y más tarde *Auge y caída del Tercer Reich*, un libro que nunca devolvieron y tampoco leyeron, a pesar de decir lo contrario. Allí fuera, en el cardizal, solían patear un poco la arenisca, poner los libros en el suelo y juntar un puñado de arena para después, cerrando muy bien los ojos, arrojarla hacia arriba, dando un salto atrás antes de que les cayera encima.

Después vio que dos personas salían del último edificio y bajaban del brazo por la calle, como si Beit Ha-Kérem hubiera recuperado su habitual ritmo vespertino. ¿Cómo pudo imaginarse que lo había derrotado?

El último año
(Mediados de la década de 1990)

Había escampado, y el cielo se curvó sobre él. Podía ver el horizonte que se aclaraba, como agachado sobre el borde de las colinas. Cuando se desgarró la oscuridad y se separaron la tierra y el cielo, los nítidos bordes del *vadi* —al este los primeros árboles del bosque vecino al colegio, en el centro el edificio cuadrado de la Academia de Música y al oeste las vallas de la fábrica de las Industrias Militares— se hicieron visibles. Sintió un dolor agudo en la espalda. Metió la mano derecha por debajo del cuerpo y palpó una piedra afilada. Con esfuerzo la arrancó del suelo. La ropa mojada le pesaba. Si permanecía tumbado e inmóvil, no le dolía nada, pero la carne le ardía con cualquier movimiento de la mano o el pie.

¿Cuántas horas había estado allí? Miró a la derecha y reconoció las dos rocas blancas con bordes como crestas de gallina, los arbustos teñidos de gris por el polvo del verano que revoloteaba en espesas nubes cada vez que los golpeaban con los pies, y la franja de lodo aterciopelado donde habían excavado su trinchera durante aquel invierno del sexto curso. Estrujó su memoria, esperando que la pantalla negra del despertar se abriera para revelarle cuándo había llegado a ese lugar. Seguramente había cruzado el terreno entre su calle y el *vadi* en las últimas horas. Pero lo invadió un revoltijo de escenas habituales sin orden cronológico: cierra la puerta de casa, habla con papá que está en Nueva York, pone el coche en marcha.

Tosió y sintió frío en los pies, como si estuvieran cubiertos de hielo. Se esforzó por moverlos, sabía que tendría que levantarse y marcharse inmediatamente.

Giró hasta quedar boca abajo y notó un espasmo de dolor en el hombro. Vio guijarros, hierba, lisos montículos de barro. Apoyando las manos en el suelo se irguió hasta ponerse de rodillas y ahogó un gemido, aunque podría haber gritado cuanto quisiera, pues nadie lo oiría. Se puso de pie, observó sus palmas embarradas y las uñas negras, se pasó los dedos por encima del vientre y las caderas, pellizcando y frotando los músculos para entrar en calor. Ahora estaba contento: había logrado levantarse a base de fuerza de voluntad y, aunque no recordara los acontecimientos que lo habían llevado allí, seguramente surgirían pronto fragmentos de memoria.

Oyó el ruido de un motor lejano, el llanto de un bebé, alguien dando un portazo. La oscuridad nocturna no había dejado el cielo, pensó que serían las seis. ¿Qué día era? ¿Era día de clases? Los ruidos matinales lo incitaban a girarse y acudir al punto en que el *vadi* lindaba con el solar, exactamente donde había estado cuando Shaúl le gritó que no se arrojara a las piernas de Nóam y lo dejara marcar el gol. Lo siguiente que recordaba era su propia cara ensangrentada y a Shaúl llevándolo al jardín de la fachada de su edificio, y a todo el grupo mirando cómo el hermano le lavaba la cara con la manguera y repetía a gritos que le había advertido que no, no, no atacara y le rogaba que no se lo contase a papá y mamá.

Al acercarse al solar vio su coche aparcado, con las ruedas delanteras hundidas en el lodo. También estaban embarrados sus zapatos negros. Se examinó la ropa: los pantalones grises de lana que solía ponerse por la tarde estaban cubiertos de manchas marrones, la espalda del abrigo de paño que llevaba encima del jersey de rayas azules tenía el color de la tierra. Iba vestido para salir, probablemente para ir a uno de los pubs del Complejo Ruso del centro de la ciudad. Tal vez había bebido o fumado demasiado, y al regresar a casa, en vez de aparcar el coche en el edificio y subir al piso, lo había dejado al borde del *vadi* y se había tumbado allí. Hurgó en sus bolsillos buscando las llaves del coche, pero no las encontró. Se estaba preguntando si dar la vuelta y volver al *vadi* cuando recordó algo: aceleró el paso y por la ventanilla del coche vio las llaves en el asiento del conductor.

Se sentó al volante, encendió el motor y enfocó el espejo retrovisor hacia el asiento del copiloto, no se animaba a mirarse.

Hizo girar el coche y vio que Yoel caminaba hacia él, con las manos en los bolsillos, un gorro de lana y unos rizos húmedos, un poco brillantes, pegados a la frente. Llevaba uno de los chalecos con diseño de cuadros que, según decían, tomaba prestados de su padre, e iba sin abrigo. Yonatán parpadeó; por un momento dudó que fuera Yoel, parecía un personaje soñado. El chaleco le resultaba muy conocido, el Yoel de sus sueños siempre lo llevaba. Imágenes del pasado —sueños, alucinaciones— luchaban por infiltrarse en su interior. Tal vez eso fuese la locura: abres los ojos en medio de la calle y ves el pasado, el presente y el futuro al mismo tiempo.

Yoel estaba en el centro del solar. Las ramas del último árbol de la calle se balanceaban, y en el suelo se arremolinaban las hojas pisoteadas y ennegrecidas por el invierno. Sus dudas se desvanecieron y condujo hacia él. Todavía podía desviarse a la derecha o a la izquierda y esquivarlo. Yoel miró a los lados, luego fijó la vista en Yonatán, como para advertirle: no harías algo tan miserable, ¿verdad?

Frenó. Yoel apoyó las manos sobre el capó. Una ráfaga de viento le agitó el cabello y Yonatán vio las hojas negras volando hacia los balcones, los tejados y las copas de los árboles. El solar parecía minúsculo, a merced de las torres y los árboles gigantes que lo rodeaban.

Yoel abrió la portezuela y se sentó a su lado, se enjugó los ojos, que lagrimeaban por el viento y, como era su costumbre, se puso a jugar con los controles del aire acondicionado. Sintieron un soplo de aire caliente.

—¿Te llega? —preguntó Yoel, con la mano tendida primero hacia la frente de Yonatán y luego hacia sus rodillas, para rozar levemente con los dedos la tela de sus pantalones, endurecida por el lodo. El contacto le recordó a Yonatán el dolor que ahora volvía a agudizarse, penetrando en la piel y repercutiendo en los huesos. Yoel se había afeitado y olía a una loción conocida, probablemente Jazz. Tenía las patillas recortadas justo en la línea de las orejas con los extremos hacia las mejillas. Yonatán se miró las manos mugrientas y buscó algo para limpiárselas.

—¿Ibas a alguna parte? —preguntó Yoel.

Recordó que aquel día quería visitar a Yaará.

—Sí, a alguna parte.

—¿Con esa pinta del Hombre de Barro?

—Sí.

—¿Adónde?

—¿Qué haces aquí, Yoel? —lo apremió—. Son las seis de la mañana, ¿no?

—Seis menos cuarto. —Ninguno de ellos usaba reloj.

—Hace tres días que no te vemos en el colegio, no contestas al teléfono, hasta te has perdido la visita de los soldados que vinieron a hablarnos de las unidades de blindados.

—Es gracioso que hables de desapariciones —respondió Yonatán—. Eres tú el que a veces se ausenta por tres días.

—Eso ya casi no ocurre —dijo Yoel.

—Ocurrió hace dos meses.

—Déjalo estar, querido —dijo Yoel con una risita—. Uno no puede dormir y se queda en su habitación por un tiempo, reflexionando, como dicen, y montáis de eso un drama.

—Vale, pero ¿cómo es que estás aquí?

—A veces uno se despierta temprano —declaró Yoel, y una chispa brilló en sus ojos mientras saboreaba la evidente mentira. Yonatán se dio cuenta de que Yoel lo había visto dormido en la zanja. Qué raro que no lo hubiera despertado para llevarlo a casa. Seguramente lo había estado observando desde la terraza de la sala en espera de que despertara. Se preguntó si también Tali lo habría visto durmiendo en el *vadi*.

Yoel se frotó las manos y se quejó de la calefacción en el coche. Yonatán pensó: «Se mueve demasiado, qué fastidio».

—Entonces ¿adónde vamos? —preguntó alegremente Yoel.

—*Nosotros* no vamos a ninguna parte —replicó.

—¿Es porque quieres estar solo con tu chica?

—Es posible.

—¿Tu novia de Herzelía?

—De Tel Aviv.

—La bella Yaará.

—Correcto.

—«Niños, ¡creed en la juventud!» —canturreó Yoel. Los dos conocían ese verso; Yonatán lo había escrito en una de las notas del reino, cuando el ministro del Ejército le pidió que arengara a los soldados que se estaban congelando por ellos en el País de los Doce Esqueletos.

—Deja ya de joder, ¿vale? —A Yonatán le fastidiaba que Yoel usara así sus notas, despojándolas de todo su esplendor. El orgullo no le dejaba admitir que lamentaba el fin del reino, pero pensó que no tendrían que haberlo abandonado así, helado y silencioso.

—Es interesante que ella nunca venga a visitarte a Jerusalén.

—Temo que te vea y se enamore.

—¿Habéis follado ya?

No respondió. Últimamente Yoel hablaba de sexo muy libremente, de mamadas y polvos, de cuánto le gustaba lamerle el chocho a una chica, y le había preguntado qué hacía para que Lior se corriera. Yonatán había intentado responder con naturalidad, pero era evidente que se sentía incómodo y que Yoel gozaba provocándolo. Una vez agitó un polo delante de las narices de Yonatán, diciéndole:

«Muéstrame cómo se lo lames», y él se sintió como un idiota, al mascullar entre dientes: «No es asunto tuyo».

Los otros chavales no hablaban así, al menos no con él, y Yoel afirmaba que todos eran tremendos puritanos, que follaban como sus progenitores polacos, y que él apostaba a que no había entre ellos ni uno que supiera lamérselo a una chica como es debido, salvo, tal vez, entre los proscritos, porque esos no tenían una imagen que cuidar ni nada que perder. «No es más que una teoría», había sonreído al final.

Era evidente que en la crítica a los puritanos lo incluía a él, y esa era otra señal de cómo había cambiado. En algún momento del undécimo curso Yoel había empezado a desparramar por el mundo su encanto personal. No se daba cuenta de la fuerza de ese encanto suyo, lo usaba poco y en una especie de destellos caprichosos, como un superhéroe que aún no ha descifrado sus poderes o como los jóvenes personajes de Balzac que habían estudiado en la clase de literatura, héroes sin la mínima idea de por qué la gente les deparaba sus favores. En los recreos, cada vez más chicos y chicas lo rodeaban, ya fuera para divertirlo o para extraerle agudezas que se convirtieran en bienes de propiedad común. Yoel podía convencer a cualquiera de que tenía al menos una cualidad especial, incluso una virtud. Les infundía el reconocimiento de ser excepcionales, incluso cuando les prodigaba cumplidos insustanciales en cuya implícita ironía nadie reparaba, pues siempre los profería en un tono afable, ni se detenía a pensar en ello antes de repetirlos: «Mira cómo te aclaman» o «No cabe duda de que interesas a las personas». Yonatán empezó a oír las frases de Yoel en los corredores del colegio, reproducidas con naturalidad por chicos que no conocía. El terreno estaba preparado para el gran salto de Yoel a la cumbre, al menos entre los que ellos dos llamaban burlonamente «la clase trabajadora», no particularmente populares o impopulares, sino la mayoría en el medio. Era evidente que muy pronto

Yoel lo entendería todo y que entonces su encanto estallaría con la potencia de una pesadilla.

A veces sentía que cada vez que se encontraban descubría un personaje ligeramente distinto. Yoel siempre estaba ensayando gestos nuevos o imitando una forma de hablar que lo fascinaba, como si se perfeccionara constantemente, mientras que Yonatán solo adoptaba un disfraz, pero, en la profundidad de su alma, seguía aferrado a las mismas perspectivas del pasado, que aun cuando Yoel no las cuestionara abiertamente, bastaba con los cambios en su personalidad, o al menos en su comportamiento, para desafiarlas. Lior decía que en realidad Yoel no cambiaba tanto, era solo que Yonatán lo observaba y se asustaba, porque al mundo de ellos, allí al final de la calle, se le estaba acabando el tiempo. «Otra chica dijo lo mismo hace seis años», había respondido él.

Dos coches salieron del aparcamiento de su edificio y partieron cuesta arriba. Vieron gente que salía a la calle.

—No tienes una novia en Herzelía y te apuesto cien shekels a que tampoco la tienes en Tel Aviv —dijo Yoel.

Ratsón Dahari, el vecino de la primera planta, salió con su hijita. La niña hablaba en voz muy alta y levantaba las manos en el aire; Yonatán los miraba embelesado. En su estado de fragilidad, esas escenas matinales le parecían extraordinarias, como le había ocurrido de pequeño, cuando temblaba de fiebre en la cama, y el techo se convertía en una cúpula enorme que acortaba distancias cada vez que lo miraba. Yoel se apeó, y Yonatán se quedó pegado al asiento, todavía concentrado en encontrar una réplica para lanzarle y demostrar la existencia de Yaará. Pero ya sentía el sabor amargo de la sobriedad: no valía la pena proferir la grandiosa negación que planeaba. Se preguntó si también Lior lo sabría. Tal vez cuando le preguntó si había visto a Yaará, ya sabía que no había ninguna Yaará.

Le vino a la memoria la última vez que Yoel y él habían estado sentados en el coche frente a una calle desierta, el verano pasado: habían cogido la carretera que va a la Knéset y luego al Museo de Israel. La percusión de «Rocket Queen» retumbaba en los altavoces traseros y una corriente salvaje le calentaba el cuerpo, como le ocurría cada vez que escuchaba esa canción. Fogonazos embriagadores de fragmentos de sueños centellearon en su mente, y la época de tedio desolador que se aproximaba parecía tan predecible, tan muerta. Hablaron de los viajes que tal vez harían juntos; Yoel dijo que era muy posible, dados los avances en el proceso de paz, que, dentro de unos pocos años, chicos como ellos —iban a comenzar el último curso del colegio— pudieran ir en coche a Jordania, a Siria y tal vez al Líbano. Podrían salir por la mañana y llegar a Damasco o a Beirut por la tarde, y pasar la velada en los clubes o en un balneario. Sería como en Estados Unidos, donde uno puede coger el coche y recorrer espacios infinitos sin que nadie lo detenga. «Solo entonces podremos entender lo sofocados que estábamos antes, cómo todo era pequeño y nos acorralaba sin que pudiéramos hacer nada», había dicho Yoel.

Desde los conciertos de Guns N' Roses y Metallica en el parque en Tel Aviv les había entrado la fiebre de los noventa. Les parecía que el Israel provinciano en el que habían crecido, rodeados de adultos seducidos por las coloridas tentaciones de Nueva York, Londres y California, pero, al mismo tiempo, convencidos de la corrupción fundamental de Occidente y de la superioridad moral de sus propios valores socialistas, se había hecho trizas. Los padres de Beit Ha-Kérem eran en su mayoría empleados públicos, profesores universitarios, políticos, maestros, médicos y periodistas, más dos abogados y un psicólogo. Había en su aspecto algo desteñido, nunca llamativo, con sus ropas de confección nacional y, como solía decir la madre de Yonatán, «blusones floreados en tonos invernales o vestidos de gitanas». Nadie quería llamar la atención, no fueran a convertirse en objeto del cotilleo. Esa era la gente que había definido el carácter del barrio en los ochenta, cantando a coro las canciones populares, admirando las anémonas y los girasoles, las excursiones a pie, los movimientos juveniles y sus modelos de líderes socialistas, a la vez que desdeñaban a los ostentosos y charlatanes y reprimían la vergüenza de no haber ido a vivir en un kibutz.

En el instituto, al que asistían chicos de toda la ciudad, conocieron a los hijos e hijas de hombres de negocios y empresarios, socios en grandes firmas de abogados o estudios contables, importadores de automóviles, moda y joyas, ingenieros y arquitectos del sector privado. Esa gente usaba trajes costosos, conducía sus Mercedes Benz y de vez en cuando hacía escapadas a Europa, a pasar unas vacaciones en invierno. Compraban edificios, hoteles y restaurantes, leían los libros publicados por empresarios que habían llegado a la cima e incluso vivían en casas con piscina.

Yoel dijo que algunos en Beit Ha-Kérem tenían poder, pero este no estaba relacionado con el dinero, mientras que en el instituto se encontraban con hijos de familias adineradas, e incluso millonarias, que no influían en nada, solo que esta gente del sector privado era precisamente la que marcaba la pauta de los noventa, cuando parecía que todo ocurría de golpe y simultáneamente: en el centro comercial aparecieron los carteles de McDonald's, en los periódicos se anunciaba la apertura de cadenas hoteleras y tiendas de moda internacionales, se hablaba de empresarios de Jerusalén que hacían negocios en el mundo entero y representaban a compañías extranjeras; dos de sus compañeros dejaron el instituto cuando sus padres fueron a trabajar a Ginebra y a Roma. Todo parecía posible.

Yoel y Yonatán sostenían que, hasta principios de los noventa, el anhelo de Occidente de los israelíes venía siempre acompañado del reconocimiento de estar lejos de todo, pero ahora todos creían que, gracias al acercamiento con los árabes, tenían reservado un asiento en el banquete del mundo, aunque fuera en una mesa de un rincón. Siempre habían existido los chicos enterados de todo, esos que conocían las historias de los conjuntos musicales, las grandes figuras del cine o las superestrellas de la lucha libre, por leerlas en las revistas norteamericanas o porque se las inventaban, y podían contarles que Axl Rose le había disparado a su perro mientras Guns N' Roses estaba de gira con Metallica, o que el Undertaker había contratado un asesino para liquidar a Mister Perfect. Pero estos mediadores ya no eran necesarios, porque todos podían ver las noticias de MTV y obtener la misma información.

Mientras hablaban de los viajes que podrían haber hecho, si la historia se hubiera adelantado un poco, y miraban el cielo nocturno sobre el tejado del museo, Yonatán retrocedió en un semáforo y rompió un faro del coche que tenía detrás. Pararon a un lado, se apearon y la conductora, una mujer de unos treinta y cinco años, pidió ver su carné. Cuando explicó que lo había dejado en casa, ella dijo enseguida:

—No tienes permiso de conducir, ¿verdad? —Echó una mirada alrededor, por suerte no había ningún teléfono público, y les informó que iba a llamar a la policía. En el cajón de los calcetines, Yonatán guardaba doscientos cincuenta dólares que su hermano le había dejado en la última visita, y se ofreció a darle el dinero. No temía a sus padres, pero sí a la policía porque, si llegaban a intervenir, pasarían años hasta que pudiera obtener su anhelado carné.

Yoel preguntó a la mujer cuántos hijos tenía, y ella respondió a regañadientes:

—Dos.

Cuando él le preguntó cómo se llamaban, ella dijo que no era asunto suyo. Allí fue cuando oyó que Yoel decía:

—Mi amigo no se lo diría nunca, pero su madre está muy enferma. Sería una pena añadir esto a sus sufrimientos.

Su tono juvenil venía matizado por una profunda voz de bajo, del tipo que usan los adultos que realmente saben lo que pasa en el mundo y dicen «No tengáis más pesares» a los familiares de un difunto.

Yonatán quería ver la expresión de Yoel, pero se abstuvo de mirarlo. No recordaba cuándo habían hablado de la enfermedad de su madre. Yoel sabía que él no quería hablar de ello y ya no hacía preguntas.

—¿Es verdad? —preguntó la mujer, dirigiéndose a Yonatán.

—Sí, es verdad.

Ella los siguió hasta Beit Ha-Kérem, ellos no pronunciaron palabra en todo el camino. La ruta era sinuosa, los coches que venían en dirección contraria parecían acercarse demasiado, el cielo estaba muy oscuro. Le costaba sostener firme el volante. Pararon al lado del edificio y Yonatán corrió a casa. Cuando regresó con el dinero, vio a la mujer y a Yoel apoyados en el capó, compartiendo un cigarrillo, mientras él le narraba su cuento favorito. Era la historia del rey moro que lloraba desconsolado a bordo de la nave que se alejaba de Granada, tras perder el último baluarte musulmán en la península ibérica, y de lo que dijo su madre:

—No llores como una mujer lo que no supiste defender como un hombre.

Seguidamente Yoel le preguntó si le parecía bien que él saliera con Tali —aparentemente le había hablado de ella— y la conductora dijo que sí, estaba segura de que la amaba, a lo que él respondió, en un tono ya carente de alegría, que había perdido demasiado tiempo dudando y que Tali ahora salía con un paracaidista.

—No te preocupes —dijo afectuosamente la mujer—. Cuando realmente lo desees, tendrás tu oportunidad.

Yoel se frotó las manos.

—Será muy tarde. De hecho, ya lo es.

Ella rio.

—Aún no tienes dieciocho años, nada es demasiado tarde.

Yoel se irguió y dijo:

—No puedo dormir, doy vueltas en la cama por estas cosas como un miserable obseso. Tomo decisiones de madrugada y todo vuelve a empezar, ¿usted me entiende?

La mujer no dijo nada, como si súbitamente hubiera decidido que esto no era otra travesura juvenil. Yonatán no podía ver el rostro de Yoel; se preguntó por qué no le había hablado de sus noches en vela. La verdad era que tampoco él le contaba mucho a Yoel.

Permanecieron en silencio unos momentos, hasta que Yoel gritó, con la voz de viejo latoso que últimamente había adoptado para divertirse:

—Señora, ¡mire cómo la aplauden! Es una suerte que mi torpe amigo le haya roto el faro, porque usted me ha ayudado mucho, para serle sincero.

Ella rio, aliviada, y palmeó el brazo de Yoel, diciéndole que era un encanto.

Yonatán no se sorprendió del intercambio. No era la primera vez que Yoel pedía consejo a perfectos desconocidos, generalmente mayores, sobre asuntos que le preocupaban —su relación con Tali, el servicio militar, su futuro profesional—. A veces incluso les pedía que decidieran por él, y al cabo de un mes hacía exactamente las mismas preguntas a otro desconocido.

Yoel caminó alrededor del coche, abrió la portezuela del conductor y le indicó a Yonatán que se apeara. Él obedeció, Yoel lo cogió del brazo y lo guio al borde del terreno, donde el aliento de ambos se convertía en vapor mientras miraban en dirección al *vadi*.

—¿Dónde están tus padres? —preguntó Yoel.

—En Nueva York.

—¿Tu madre está en terapia?

—Sí.

—¿Cómo está?

—La están tratando —dijo desanimado.

—Hace mucho que se han ido.

—Tres semanas.

—Me imagino qué aspecto tiene la casa.

—¿Quieres verla?

—No sé, estoy en la lista negra de tu casa. Hace como mil años que no voy.

—Desde Yom Kipur.

Desde el día en que enfermó, su madre no quería que los amigos de Yonatán entraran en casa, especialmente Yoel, que nunca le había gustado —y ya no trataba de ocultarlo—. Yonatán no insistía en invitar a nadie a excepción de Lior, que a veces se quedaba a dormir en su habitación. La madre aceptaba su presencia de mala gana; se quejaba de tener que calcular cada movimiento cuando Lior estaba allí, porque no quería que una chica extraña la viera así debilitada ni que oyera ciertas cosas, pero hacía un esfuerzo por ser amable con ella.

Una vez Lior fue testigo de un altercado entre Yonatán y sus padres. Luego, él le refirió algunas de las cosas que la madre a veces le espetaba cuando discutían. Pasados unos meses, cuando él le contó que el padre le exigía «adaptarse de una vez a la nueva situación», Lior dijo que no podía entender cómo esperaban que un adolescente, que había oído a su madre decirle que tenía ojos de oficial de la Gestapo, empezara a comportarse correctamente. Habló con rapidez, antes de que pudiera arrepentirse, y él se quedó mirándola mientras ella iba a la terraza a fumar, consciente de la gravedad de lo dicho.

—Pero esas son cosas que dice sin pensar cuando nos peleamos —dijo él, apresurándose a explicar—. Yo también digo cosas terribles, ¿sabes?

Sin mucho cuidado le hizo una lista de sus pecados, pero las palabras de Lior resonaban en sus oídos. Pensó que era abominable haberle implantado la idea de que las cosas eran distintas de como realmente eran, o de que él había sido la parte ofendida.

Yoel escupió en un arco perfecto sobre una roca que estaba a unos cinco metros. Desde el este vieron a alguien que caminaba por el estrecho sendero entre el colegio y el bosque del extremo del *vadi*. Últimamente habían empezado a construir una nueva calle, que conectaría el colegio con lo que sería el edificio más alto del barrio —se hablaba de doce a catorce plantas—, revestido con ladrillos blancos y lisos en vez de la piedra rugosa característica de Jerusalén.

—¿Te acuerdas de cuando me hicieron rodar por el barro y las espinas? —preguntó Yoel, señalando al transeúnte—. En pocos años pasarán coches por allí.

Yonatán miró fascinado la mano de Yoel, esperando que la bajara. No había sido allí arriba donde lo habían revolcado en el barro, sino aquí abajo, cerca de donde estaban, a pocos metros de la zanja, pero el brazo extendido de Yoel aún apuntaba a lo alto, tal vez al horizonte mismo por encima del bosque. Yonatán sintió el impulso de empujarle la mano hacia abajo. Yoel resopló, se abrazó el cuerpo y se frotó los brazos.

—Hace frío, maldita sea —murmuró. Dos niñas avanzaban cuesta arriba, saltando de piedra en piedra para no pisar el barro. Yoel abrió mucho los ojos. Ambos temblaban de frío—. Todos mienten de vez en cuando —dijo.

Yonatán se dio la vuelta para mirar el *vadi*, sumergido ahora en un letargo que lo difuminaba todo. Una voz en su interior le ordenaba ir a dormir, le prometía que, si se tumbaba en la cama de sus padres con el calentador encendido, al día siguiente no recordaría nada de los sucesos de esta mañana, o tal vez los arrastraría a una madriguera de sueños. Era posible: no había barreras entre las cosas que sucedían y las que se soñaban o inventaban, al fin todo se mezclaba en la ciénaga de la consciencia, solo Yoel era el que de pronto exigía separarlas, interrogándolo acerca de Yaará, buscando la verdad y las mentiras. ¿Podían ellos de algún modo saberlo?

—¿Quieres que nos vayamos? —oyó que Yoel decía.

—Sí —replicó.

Sintió el brazo de Yoel sobre su hombro y, al darse la vuelta, vio que también la cara y el chaleco de Yoel estaban embarrados. Le sorprendió que no se quejara. Una mirada penetrante centelleó en los ojos de Yoel.

—Iremos a donde quieras —dijo.

* * *

Detrás de las últimas casas de la Colina Francesa, el paisaje se plegaba sobre sí mismo, hasta que todo lo que los rodeaba se había pintado de negro alquitrán. Avanzaron por una calle estrecha y oscura, imaginando a veces que estaban suspendidos en el aire y cercados por un abismo; cuando los faros del coche iluminaban el desierto circundante, con sus peñascos, colinas y rocas, se sentían aliviados, porque el vehículo parecía adherirse al terreno. En viajes anteriores el cielo estaba alto, una plétora de estrellas titilantes y chorros de luz que surgían y se pulverizaban en radiantes glóbulos que explotaban en el firmamento. Por algún motivo, los dos habían supuesto que todo seguiría siendo así siempre que viajaran por allí de noche. Pero ahora no había estrellas, solo franjas oscuras de nubes que cada vez se acercaban más a la tierra. Yoel, que conducía, dijo que, si algo no cambiaba enseguida, el cielo terminaría por aplastar la carretera.

Los anillos de humo de sus cigarrillos pendían en el interior del coche. Yonatán bajó la ventanilla y una ráfaga de aire frío los golpeó. La subió de nuevo y encendió otro cigarrillo, luego se miró la cara en el espejo a la luz del mechero: tenía puestos cuatro pendientes de plata, dos cadenas con colgantes de espadas y una cruz, además de dos anillos. Miró a la izquierda como si no pudiera recordar: Yoel no usaba nada.

Más temprano, en su casa, después de que Yoel arrojara sus pantalones embarrados a la basura y dijera que sería mejor no volver a verlos, Yonatán se dio una ducha muy caliente, frotándose enérgicamente para eliminar todo rastro del *vadi*. Pidió a Yoel que se quedara en el cuarto de baño con él, y hablaron a gritos a través de la cortina. Se sorprendió de lo tranquilo que se sentía sabiendo que Yoel estaba allí.

Después se sentaron en el sofá de la sala, con los pies descalzos esparcieron sobre la alfombra todos los cachivaches que estaban encima del cristal de la mesa y bebieron vodka en vasos de poliestireno que Yoel había sacado del armario, porque se negó a acercarse al fregadero. Yonatán suponía que a Yoel le repugnaba la suciedad, porque su casa estaba siempre limpia y, pese a fingir que no había sido influido por sus padres, le costaba ocultar su aversión a los platos sucios o al pan de pita lleno de agujas de pino, que amasaban en un claro del bosque en las excursiones del colegio.

Ya eran las doce del mediodía y de nuevo empezó a llover. Se acordó de Yaará y de la prometida visita. Yoel no había vuelto a mencionarla, pero era evidente que pronto todos sabrían que había mentido. Sentía el cuerpo tenso, la alegría había desaparecido, y algo en su mente se estremeció, como si la consciencia temblara de miedo ante el abarrotamiento, el estruendo y todo lo que bullía, borboteaba y ardía allí.

Dejaron de beber, compitieron arrojando los vasos al florero vacío y pasaron a la habitación de sus padres. Se acostaron a ver vídeos en MTV, esperando ver a Alicia Silverstone en «Cryin'», y Yoel propuso que durmieran un rato, seguramente no había sido agradable dormir en el barro del *vadi*. El tono de su voz, que parecía sugerir que disponían de todo el tiempo del mundo, hizo que se esfumaran los temores de Yonatán. Pero no se atrevió a decirle lo que sentía: «No te irás, ¿verdad?».

Yoel se desvió de la carretera y detuvo el coche. Una oscuridad que lo abarcaba todo se tragó la mirada de Yonatán; no tenía idea de dónde estaban. Los faros iluminaban un peñasco de cima afilada y grandes piedras rojizas a cada lado. Parecían tres caras: un padre y sus mellizos. Hacia el sur, más allá de la carretera, brillaban unas luces, tal vez de los suburbios de Jericó. Se sintió abrumado y le costaba calmar la respiración. Había pasado el día en un frenético torbellino. Tal vez todos sus esfuerzos por sobrevivir estos días no tenían sentido, eran solo la antesala de otros, portadores de noticias peores.

Protegido por la penumbra entre las decisiones, admitió que temía el momento del regreso de sus padres, cuando se viera obligado a mirar a su madre. Desde el día del diagnóstico había considerado esos años como un pasillo que conducía a un único final; sin embargo, en lo profundo de su alma aún goteaba la esperanza —a la que a veces se entregaba, saboreando su calor— de que no les ocurriera lo mismo que a otros, de que ellos se salvarían. Por esa razón no urgía a su madre a que le revelara los secretos prometidos para cuando creciera. Nunca se dibujó la imagen de ella después de su muerte. Incluso cuando decidió que era hora de examinar esa imagen, la veía borrosa. Creía que todavía tenían tiempo.

—¿Estás bien? —preguntó Yoel suavemente. El tono de voz irritó a Yonatán; como si le estuviera hablando a un enfermo.

—No sé —susurró.

—No irás a hacer algo extremo, ¿verdad?

—¿Eso es lo que te preocupa? —replicó en un tono burlón.

—Eso también.

—Pues no.

—Asunto concluido.

—¿Has visto a Lior últimamente? —Yonatán no pudo contenerse más.

—¿Dónde querías que la viera, pedazo de zoquete? —soltó Yoel con una carcajada trunca.

—Con las amigas de Tali, tú andas con ellas.

—Ando con Tali.

—¿Os acostáis?

—¿A qué viene eso?

—La vi una vez saliendo de tu edificio por la mañana muy temprano.

—Eso... —Yoel sacó la lengua— es que la consuelo un poco porque sus padres se separan.

—¿Y cómo la consuelas?

—Follando —se rio Yoel—. Pero deja eso, pequeño bandido, no entiendes a Tali, esa tiene más aficiones que Laura Palmer.

—Pero ¿estáis juntos o no?

—Ya sabes cómo va, una vez me dijiste que yo era el campeón de las relaciones indefinidas.

—¿Pero tú quieres ser su novio?

—No lo tengo claro.

—Hace dos años que no lo tienes claro.

—Más bien cuatro —observó Yoel con tristeza—. Me vuelve loco, estoy que araño las paredes.

Hubo un silencio.

—Entonces ¿sales con ella y sus amigas? —volvió a preguntar Yonatán.

—La mayor parte del tiempo estamos con otra gente —insistió Yoel.

—¿Qué gente?

—Gente que tú no conoces.

—Es difícil estar tan solicitado.

—Menos de lo que crees.

Rieron los dos.

Yonatán estaba urdiendo la pregunta que atraparía a Yoel, aunque esperaba que este supiera evadirse, ya hacía dos meses que no osaba preguntárselo.

—¿Lior sale con alguien?

—Deja de volverte loco.

—No me mientas, no ahora.

—«Recordad, compañeros, con la máscara adecuada toda mentira es verdad».

—¡Basta de citas! —Se enfadó nuevamente por la simplicidad con que Yoel diseminaba los apuntes del reino.

—¿Y por qué? —gruñó Yoel.

—Te has convertido en una colección de citas, todo el tiempo estás imitando a alguien.

—OK, OK, eso ya lo he oído antes —dijo Yoel con una risita triste—. Hace un mes me decías que tengo el alma hueca porque el principio de «Fade to Black» no me conmueve.

—¿Está saliendo con alguien, sí o no? —insistió.

—He oído que había estado saliendo con alguien —fue la tacaña respuesta de Yoel.

—¿De dónde?

—De Bellas Artes.

Una ráfaga de viento movió levemente el coche. Yoel apoyó las manos en el parabrisas y limpió el vapor condensado.

—¿Se acostó con él? —dijo esperando que Yoel eludiera la pregunta.

—No lo creo.

—¿Cuánto hicieron exactamente?

—¿Eso importa?

—Sí.

—No sé, dijeron que es un chico del curso de Lior y Tali. Un alma atormentada que se viste de negro y toca baladas en la guitarra, ya conoces el tipo.

—¡Dímelo todo de una vez! —gritó Yonatán. Algo cruzó a través de las luces de los faros, a lo lejos, entre las tres caras del peñasco. Tal vez una gacela, pero no pudo ver bien. Apagó las luces, abrió la portezuela y salió. El viento lo atacó y no logró oír nada mientras pisaba las piedras, tropezando en su carrera hacia donde supuestamente estaban las caras. Pensó que esta noche podría desaparecer, esfumarse en las tinieblas, ya estaba cobijado entre sus alas. La imagen le daba ánimos, pero también lo asustaba. Oyó el portazo en el coche, los pasos de Yoel que se acercaban, alguien jadeando a sus espaldas, o tal vez fuera el viento. ¿Desde cuándo Yoel se movía tan rápido?

Aceleró el paso, ya no sentía las piedras, pero Yoel lo cogió por el hombro y gritó algo. Se detuvo. Yoel lo hizo girar por la fuerza y lo encaró.

Estaban sobre un montículo pedregoso. Le costaba distinguir la silueta del cuerpo de Yoel, que seguía apareciendo y desapareciendo en la oscuridad. Por primera vez en esa noche vio algunas estrellas borrosas entre las nubes.

Permanecieron callados un rato. No podía ver el coche, ni siquiera sabía dónde estaba la carretera.

—¿Lior estaba contenta contigo? —preguntó Yoel.

—¿Cómo voy a saberlo?

Sospechó que Yoel sabía algo más.

—¿Lo has pensado alguna vez?

—¿Te ha dicho ella que no lo estaba?

—No, te juro que no —respondió Yoel—. La vi una sola vez, no hace mucho, estábamos demasiado borrachos como para recordar qué año era.

Un coche se aproximaba y ellos se apartaron de las luces de los faros. Pareció que aminoraba la marcha, pero entonces aceleró con un chirrido, pasó como un bólido y desapareció.

—Tenían tanto miedo de nosotros como nosotros de ellos —se rio Yonatán. Poco tiempo atrás, habían matado a unos israelíes con un coche bomba no lejos de allí.

—No tenía idea de que todavía te interesara tanto —dijo Yoel.

—Claro que no, pensabas que me había inventado la historia con Yaará.

—Supuse que algo hubo entre vosotros.

—Nos cogimos de la mano en el kibutz. —Dio un puntapié en los terrones del suelo.

—No es poco, ¿cómo no hicisteis nada después?

—Yo quería, pero ella ya había vuelto con su novio.

—Tú simplemente lo adornaste —dijo Yoel.

—¿Por qué iba a hacerlo? —preguntó indignado.

—¿En serio me lo preguntas?

—Sí. —Quería que Yoel lo dijera.

—Porque es lo que siempre hemos hecho.

Evidentemente no entendía por qué Yonatán quería obligarlo a decir lo que era obvio. Yonatán se sintió aliviado de no ver la expresión de Yoel, había algo de perplejidad en su voz, como si fuera la primera vez que descubría el abismo que se había abierto entre ellos. Yoel tosió y Yonatán encendió un cigarrillo. La llama del mechero iluminó el rostro ruborizado de Yoel. Volvió a toser y escupió en la arena. Tenía el abrigo y los pantalones mojados. Seguramente había llovido.

—No hay nada que adornar —dijo Yonatán—. Todo fue inventado, y en cualquier caso es mentira, ¿o ya no lo es para ti? Tú has terminado con las mentiras, te has retirado a tus posesiones, la guerra acabó.

Oyó los pasos de Yoel a su alrededor.

—Aun así puedes seguir hablando con un amigo en este mundo.

—Recuerda las reglas —respondió Yonatán—. No se escarba en el dolor. Cuando el mundo no responde a tus deseos, falsificas otro.

—Eso era antes.

—Lo será siempre.

—Ya no tenemos doce años —masculló Yoel, como si la última frase hubiera despertado una rabia antigua que no podía refrenar, ni siquiera ahora.

—No lo crees de verdad, ¿no es así, Yoel? —rio Yonatán y se limpió la nariz con la manga—. ¿Me estás diciendo que lo has dejado todo atrás?

—No seguiré revolcándome en esa zanja por siempre jamás —dijo Yoel—. Y tú tampoco.

—¿Desde cuándo depende de nosotros?

—Déjate de bobadas.

—¿Ya no somos nosotros contra todos? Entonces, dime si ella sale con alguien. Dime si alguna vez me quiso.

De pronto sintió a Yoel junto a él, abrazándolo. La tibieza de sus manos parecía calmar el corazón palpitante de Yonatán.

—Eso es para siempre —susurró Yoel—, no estarás solo.

Tuvo la certeza de que esas palabras estaban meramente adornando el momento, y de que pronto vendría otro. Así eran siempre sus palabras: un reflejo quimérico de la tormenta pasajera, en cuyo nombre juraban y al que se entregaban, y cuya severidad se atenuaba con el tiempo. Lo sabían muy bien: las palabras crean mundos que luego se desmoronan o son declarados aburridos, y entonces se crean otros. Eso era lo que habían decidido ser: hombres de lealtades pasajeras. Por supuesto, quería creer a Yoel, pero sabía que al día siguiente, o uno más tarde, ese momento se disolvería en la rutina de la soledad, a la que ya se había acostumbrado, y tal vez hubiera sido mejor que no se hubieran visto hoy, porque una vez que la ilusión ha pasado te desplomas al fondo del abismo, que ya es más profundo.

Yoel le apretaba el hombro con una mano y le alborotaba el cabello con la otra. Conocía el gesto. «Tú —quería decirle a Yoel—, tú eres otro ahora, deja de comportarte de esa forma tan conocida». Temía que apareciera en el cielo la raya de luz —las noches se estaban acortando— anunciadora del amanecer, porque hubiera preferido no salir nunca de esta noche, una noche que era una especie de terreno fantasma, presente allí y en todos sus otros tiempos, porque a fin de cuentas cada encuentro era una fusión de todos los demás en un momento emergente —mil alaridos del pasado frente a un suave balido del presente— y para él, solo consigo mismo, ya no era suficiente.

Segunda parte

México

Llamó a Shira y le explicó que algo le bullía dentro tras un largo periodo sin escribir —un año y medio, le decía a la gente, pero eran más de dos— y que debía cultivar esa simiente antes de que se secara como las anteriores, y solo entonces regresar a Tel Aviv «cuando algo vaya cobrando forma». No tenía la certeza de estar diciendo la verdad o jugándose la última carta que podía retenerlo en Ciudad de México por unos días, pero, tras la llamada, se sintió obligado a desempolvar el teclado y repasar con un paño la sucia pantalla. También a encender el ordenador.

Después de desayunar se sentó ante el escritorio de su habitación. La silla era demasiado alta, de modo que acomodó el portátil sobre unas toallas plegadas, pero aun así tenía que encorvarse para poner las manos sobre el teclado. Más tarde se trasladó a una mesa de madera ubicada al lado de la piscina, donde se tomó un expreso, fumó un cigarrillo y pidió una cerveza en cuanto el reloj marcó las doce. Cuando el bullicio en la zona se volvió molesto, fue a sentarse en un banco de piedra situado junto al estanque burbujeante de la fachada, con la mirada fija en la pantalla y el oído atento a los motores de los automóviles, las conversaciones en distintos idiomas y el rodar de maletas sobre el asfalto.

Convocó retales de ideas que habían estado revoloteando en su mente durante el último par de años. Visto que nada se aclaraba, rebuscó en sus notas y en los archivos del ordenador, incluso en los pequeños memorandos almacenados en el teléfono. Encontró algunas ideas en bruto, pero cuando intentó redactarlas no le despertaron nada. Sabía que a menudo es posible escribir algo que realmente esté muerto, y que uno solo se da cuenta más tarde, porque no consigue estimularlo ni avivar su imaginación, y ni hablar de inundarlo con nuevas reflexiones y perspectivas, o de estallar con furia en la consciencia.

A la mañana siguiente volvió al escritorio; en las primeras horas no sucedió nada, pero cuando se trasladó a la piscina dio comienzo a un cuento corto que lo entusiasmó, tal vez porque era una ramificación del sueño infantil sobre el niño que tenía un pedazo de madera atascado en la garganta. Trabajó sobre el cuento el día entero, algunas partes incluso le divirtieron, pero, al leerlo, de regreso en su habitación, descubrió que muchos pasajes eran similares a otros que ya había escrito en sus obras anteriores. Algunos eran idénticos, otros solo terminaban igual, como si fueran varios túneles conducentes a la misma habitación. Era como estar atrapado en el mismo lenguaje y las mismas imágenes del pasado, incapaz de hallar una voz que no fuera un eco de algo ya transitado. Lo envolvía una especie de monotonía, en la que le faltaba el poder de crear un mundo nuevo.

A la madrugada del tercer día seguía revisando el cuento, pero al cabo de un par de horas borró el archivo. Miró la pantalla vacía, aguardando que algo se aclarara, pero sin esperanza de que realmente sucediera. Cada vez se sentía más cansado y asqueado por el contacto de sus dedos con las teclas pegajosas. A las tres de la tarde fue al bar del hotel; saboreando la penumbra, bebió un vodka-tonic y un tequila, miró distraído la pantalla y de pronto cayó en la cuenta de que estaba practicando juegos de memoria, algo que le había enseñado su padre. Para proteger la memoria contra la vejez, la calcificación, la dilución de los cristales de los recuerdos en un potaje de fragmentos, su padre le hacía recitar noche tras noche los nombres de los futbolistas del Macabí Pétaj Tikva que habían participado en el encuentro final contra el Macabí Tel Aviv en 1952, de los ganadores del Oscar en la década de los sesenta, de sus compañeros de primer curso.

—No se trata de recuerdos fundamentales, sino de las cosas sencillas —le explicaba el padre—. La cuestión es ejercitar el músculo.

Había cosas que su padre no recordaba, como qué decía la madre sobre Yonatán cuando estaba enferma. Cada vez que se lo preguntaba, él medía las palabras y sus respuestas eran tacañas, no había en ellas nada que Yonatán no supiera o pudiera adivinar, y siempre retornaba, como por accidente, a los años precedentes a su nacimiento, a los días de Nueva York, que estaban protegidos contra los interrogatorios. Al principio él suponía que el padre eludía ciertos recuerdos por temor a que antiguas tensiones revivieran y los separaran. Habían pasado años aprendiendo a maniobrar entre las brasas; bastaba con tocarlas para encender las llamas. Finalmente comprendió que la madre había hablado poco de él y que, en realidad, el padre trataba de impedir que se enterara.

Permaneció sentado en el bar, jugando. Resultados de la selección de fútbol del centro comunitario: 5-6 contra Beit Nejemiá, 2-2 contra Nikanor, derrota de 1-6 contra Beit Pomerants como visitantes, un partido que Shaúl había presenciado. Una alcantarilla había rebosado y cubierto el campo de aguas residuales. Sus disfraces para la fiesta de Purim de primaria: cowboy, cowboy, cowboy, ninja, ninja o pirata, cowboy, pirata o ninja.

En la cena con la que celebraron sus treinta y cinco años, Yonatán decidió que estaba harto de la vaga información. Dijo que había estado pensando y que para él estaba muy claro que la madre exageraba cuando decía que era un chico desobediente, incluso malvado, que la martirizaba. Después de todo, observando el cuadro completo, tal vez había sido travieso, insolente y demás, pero nada fuera de lo común. El padre escuchaba incómodo, y finalmente lo interrumpió para afirmar que había sido un chico disfuncional —no perseveraba en nada, insultaba a todo el mundo, y no solo la madre lo decía, los profesores también, hasta de la colonia de vacaciones amenazaron con expulsarlo—. Le sorprendió descubrir que, pese a haber tratado de eludir el tema durante años, cuando lo provocaba para que hablara con franqueza, el padre se revelaba totalmente comprometido con la versión materna.

Yoel, sentado esa noche al lado del padre de Yonatán, se puso de pie, dio unos golpecitos con el cuchillo en su copa de vino y dijo que, si le permitían la intromisión, sus versiones no eran incompatibles. Le parecía loable que padre e hijo pudieran hablar abiertamente —aunque alguien podría opinar que no era el momento más oportuno— porque, como bien dice el Talmud, para afilar un cuchillo hace falta otro. En su propia familia, dijo, nunca tendría lugar un intercambio semejante, y en verdad despertaba en él la envidia. O tal vez el horror... Todos sonrieron, la tensión se disipó. Era difícil resistirse al encanto de Yoel, aún más atractivo cuando decía cosas en las que no creía, disertando con una seriedad exagerada que enviaba a todos el mismo mensaje: esto es un entretenimiento, juegos malabares con palabras, no con significados. Prosiguió con un largo discurso en honor del cumpleaños de Yonatán, como si estuviera intentando aburrirlos, y concluyó con una cita de sus notas del reino: «El mundo es un juego, de nada sirve buscar verdades o mentiras, jugad y dejad de lloriquear».

Esa fue la última vez que estuvo con Yoel antes de los «meses perdidos», como llamaban sus amigos más cercanos al periodo transcurrido entre la última vez que lo vieron y su retorno a casa de sus padres. Durante esos meses no frecuentó prácticamente a nadie. Renunció a su empleo, dijo a algunos que se ausentaba por un tiempo, y a otros que tenía un nuevo trabajo o que se iba de vacaciones. Informó a Tali, sobre todo por escrito, que estaba un poco deprimido y tenía que pensar en su futuro. Un buen día desapareció, desprendiéndose de todos. Nadie supo cómo pasó esos días, pero supuestamente la mayor parte había sido en la cama de su piso de Tel Aviv, y también había hecho una excursión solitaria al desierto. Sus padres y su hermana lo visitaban a diario y finalmente se lo llevaron a casa, a Jerusalén.

Los amigos de Yoel vuelven una y otra vez a esos meses perdidos, a pesar de haber transcurrido dos años. Buscan indicios que les habrían pasado desapercibidos ese verano, cuando todavía lo veían, analizan mensajes que él les había enviado, ambigüedades por teléfono, rarezas (como cuando envió un mensaje por Facebook a Alona, con quien no había hablado desde el fin de la primaria, para preguntarle si alguna vez habían visto juntos una peli, ellos solos). Alguien se lo había encontrado con el pelo enmarañado en el bulevar Rothschild de Tel Aviv, un colega dijo que antes de renunciar se había apartado de todos, otros comentaron que parecía decaído, que les había escrito que las naves habían zarpado sin él, que había escogido solo caminos equivocados, que era hora de hacer un examen de conciencia. Y también están los que recuerdan mensajes optimistas, en los que evocaba sucesos cómicos y los invitaba a ir de viaje con él. La verdad era que hasta el día en que Rajel, la hermana menor de Yoel, llamó a Tali, pese a que él le había prohibido que hablara con sus amigos, y Tali fue con Yonatán a verlo a casa de sus padres, no se les había ocurrido que algo realmente podía haberle sucedido.

Echó un vistazo alrededor. La gente que había estado en el bar se había ido. Abrió y cerró los ojos, esforzándose por permanecer erguido, se inclinó sobre la barra apoyándose en las manos, pidió otra cerveza y reanudó el juego, enunciando las colonias de vacaciones a las que había ido con Yoel desde primero de primaria: las del centro comunitario, del Ministerio de Comercio e Industria, de la YMCA, de la Universidad Hebrea, de Ein Kárem; los nombres de chicos de la primaria; *Los cinco y el tesoro de la isla, Los cinco se escapan, Los cinco en peligro*.

Seguramente había oscurecido, aunque era imposible saberlo desde el bar, que no tenía ventanas. Miró la luz azulada que envolvía el local y parecía fundirse con unas tenues luces doradas que titilaban como estrellas sobre mesas y sillas. Un joven con barba y traje tomó asiento a su lado. Pidió un tequila y lanzó a Yonatán y su portátil una mirada fugaz y amistosa, una clase de mirada que él ya conocía de otras veladas en el bar y que parecía decir: los dos estamos aburridos, ¿qué le parece si platicamos (como dicen en México) o hacemos algo interesante? Saludó al tipo con la cabeza, lo miró y se preguntó si tendría un poco de coca. Con gusto se haría unas rayas —el hombre movía las manos sin cesar, tamborileaba sobre la barra, se mesaba la barba—, pero decidió que seguramente no tenía y que con toda probabilidad también él estuviera buscando droga.

Durante la primera semana en el hotel, Yonatán no había hablado con nadie, a excepción de los camareros, pero las noches pasadas —tal vez porque estaba cansado de la soledad, además de temer que esta arraigara en su alma y cambiara algo en él cuando volviera a casa— había empezado a platicar un poco en el bar. Se mantenía a distancia de los hombres y las mujeres como él, que preferían escuchar más que hablar, y se acercaba a aquellos que hablaban de su trabajo —banca de inversiones, alfabetización, administración de casinos ilegales en Sonora— y no de sus matrimonios, sus padres o sus hijos, porque esos temas despertaban en él miedos y comparaciones. Si alguien le preguntaba qué hacía, contestaba que vendía equipos militares para una compañía afiliada al Mosad israelí, que era un exfutbolista de la Liga israelí que ahora trabajaba como agente de deportistas o el escritor fantasma de la hija de Klaus Barbie (precisamente por ser israelí podía entenderla; ¿cómo escribir acerca de un personaje como Klaus Barbie?, ¿cómo se hace para escribir? Uno tiene que ponerse la máscara del personaje y después creer que puede serlo).

Levantó la vista.

—Casi se ha dormido —dijo el hombre de la barba en un inglés con acento español. Yonatán vio que en el bar no había nadie más—. ¿Se aloja en el hotel? —preguntó el tipo.

—Sí —respondió. Quería agua y levantó la mano para llamar al barman, pero se dio cuenta de que no había nadie.

—Han cerrado —dijo el otro con una sonrisita—. Le conocen, por eso firmé con su nombre, espero haber hecho bien.

Yonatán miró el ordenador, molesto por algo que seguía centelleando en la pantalla, y lo cerró de golpe.

—¿Podrá volver a su habitación sin ayuda? —preguntó el hombre, con el codo sobre la barra y la mejilla en la palma de la mano. Tenía los ojos enrojecidos.

¿Por qué seguía aquí este sujeto?, se preguntó Yonatán con desconfianza. ¿Querrá dinero, droga, contactos? ¿Se sentirá solo, será de algún cartel? Aquí hay secuestros, y si tienes suerte te llevan a un cajero automático y te vacían la cuenta, pero si no la tienes, como le pasó al editor de la revista, te encierran en un sótano. Quería irse pero le costaba moverse, como en esos sueños.

—Le acompaño —dijo el hombre cordialmente, y bebió un último sorbo.

Yonatán sudaba. Abrió los ojos y algo lo enceguecó; vio objetos que se movían. Tenía la mente nublada y no podría defenderse si este individuo quisiera hacerle algo. Se puso de pie y empezó a caminar.

—Señor —oyó que el hombre le decía. Consideró no darse la vuelta, pero lo hizo automáticamente y vio que sostenía el portátil—: Supongo que necesitará esto.

Yonatán se dirigió al área de la recepción y el tipo lo siguió, sus pisadas sonaban muy leves, como si flotara en el aire. Yonatán trató de recordar el cuerpo del hombre, ¿había allí lugar para una pistola? Tal vez no volviera a ver a Shira y a Itamar; le costaba respirar. Aceleró hacia el mostrador y la presencia del recepcionista le infundió una sensación de libertad, casi de júbilo. El hombre estaba a su lado.

—El caballero ha bebido un poco, tenga la amabilidad de acompañarle a su habitación y cerciorarse de que también este ordenador llegue con él —le dijo al joven empleado, colocando el portátil sobre el mostrador—. Los escritores necesitan ordenadores, pero algunas cosas son demasiado serias para escribir cuentos acerca de ellas.

—Eso es verdad, señor Hernández —dijo el recepcionista.

—Le deseo mucha suerte —le dijo a Yonatán, y empezó a alejarse—. No tarde en volver con su adorable niño.

—Muchas gracias, señor Hernández —murmuró, estrujándose el cerebro para recordar si le había hablado de Itamar, hasta que se dio cuenta: el protector de pantalla era una foto de los dos juntos.

—¿Usted le conoce? —le preguntó al recepcionista.

—El señor Hernández es poeta, hace diez años que viene cada semana a escribir su columna en la revista.

—¿En qué revista? —preguntó Yonatán, tratando de recordar el nombre en los ejemplares de la oficina del editor. ¿Le habría dicho al poeta que hablara con él? ¿Habrían encontrado a la chica de las gafas?

—Una pequeña revista de poesía, el señor Hernández es el propietario —le informó el recepcionista.

Por un momento se sintió avergonzado: ahí estaba, otro cobarde con una imaginación hiperactiva, como todos esos occidentales de los que Carlos se burlaba. Exactamente como en los juegos con Yoel en el *vadi*, cuando a cualquiera que pasara le endilgaban intenciones conspirativas. Tamborileó con los dedos sobre el mostrador y le sonrió al empleado. El alivio era más emocionante y abrumador que todas las angustias. Tibias corrientes circulaban por su cuerpo.

—¿Sabe una cosa? —le dijo al recepcionista—: Empiezo a sentirme como en casa en este hotel suyo.

De pronto le vinieron ganas de cantar.

* * *

—¿Le apetecería a su señoría dar una vuelta triunfal por los lugares predilectos de su infancia? —preguntó Yoel en tono petulante al sentarse en el coche. Momentos antes se encontraba junto a la puerta del supermercado, con pantalones negros y camisa azul, bien rasurado y con el pelo rizado reluciente de gomina. Dejó en el suelo el maletín de cuero negro, extrajo del bolsillo el paquete de cigarrillos y encendió uno, exhalando el humo hacia el cielo azul. Su rostro bronceado adquirió una expresión contemplativa. Se parecía al Yoel sereno de antes, con la ropa elegante que había empezado a usar al terminar los estudios de Derecho e iniciar su pasantía en una firma de Jerusalén. La ropa le caía bien, pero la cabeza parecía demasiado grande, como la de los disfraces de mariposa o de tortuga que se ponían los guías de los campamentos de verano, como si el atuendo tuviera necesidad de una cabeza distinta para completar el cuadro. Yonatán tardó unos momentos en darse cuenta de que el monedero de Yoel sobresalía del bolsillo de sus pantalones y que los bajos estaban arrugados. Yoel sudaba, al igual que Yonatán, y la camisa azul mostraba las manchas en las axilas y arriba del estómago; tal vez por eso no se habían abrazado.

En el coche se mezclaban los olores del tabaco y el sudor con otro más penetrante, como de cebollas viejas. Fuera del supermercado se amontonaban verduras podridas entre cajas de cartón destrozadas.

—Hace calor aquí —gruñó Yoel y empezó a jugar con los botones del aire acondicionado mientras bromeaba acerca de que cumpliría veintiséis años y que sus compañeros de piso insistían en organizarle una cena. Si Tali podía hacer todo el camino desde Haifa, también cabía esperar que su señoría hiciera el esfuerzo de venir desde Tel Aviv.

—Allí estaré —respondió Yonatán, sin preguntar por qué había oído durante tres años que Tali vendría al cumpleaños sin que nunca apareciera por allí.

—No te decepciones —dijo Yoel haciendo un mohín—, pero no somos como tus brillantes solteros e intelectuales de Tel Aviv, que siempre están por terminar su licenciatura y a los que todo les parece provinciano. —Era una frase que ambos conocían y que recitó cansadamente.

—OK, no volvamos a comparar Jerusalén con Tel Aviv —declaró Yonatán, con un soplo de aire caliente a la cara de Yoel—. Es preferible suicidarse.

Puso el primer CD que vio en el suelo, sin reconocer el nombre del conjunto; una basura británica de los días en que frecuentaba los sótanos londinenses y alardeaba de conocer grupos que nadie había oído nombrar. Yoel hizo una mueca. Unos años antes, cuando vivían en Jerusalén después del servicio militar, solían escuchar y comentar debates radiofónicos sobre política. No recordaba cuándo dejaron de hacerlo. En ese entonces, Yoel alegaba que había una sola respuesta a todas las preguntas: la intifada de 2001. Mientras siguiera, nada cambiaría.

No pasaba nada en el centro comercial que estaba encima del supermercado, solo en el Café Neemán un viejo se apoyaba en una mesa pringosa mientras una sombrilla con el logo del local rodaba a sus pies. El hombre se apartó y se dedicó a mirar los escaparates, que parecían desnudos, salvo los de Jugar y Aprender, donde se veían latas de pintura y brochas dispuestas sobre dos escaleras con manchas de cal. Yonatán recordaba haberlas visto en su última visita al lugar, varios años atrás, y pensó, examinando su amarga sonrisa en el espejo, que seguramente estarían preparándose para algo grande. No le gustaba la forma en que se le torcían los labios.

Vienen a su mente los escaparates de otros tiempos —digamos que de 1985—, pasa al lado de la hamburguesería, del quiosco de revistas, de la cafetería. En la entrada de Jugar y Aprender hace girar el expositor de tarjetas musicales: «A mi maestra favorita», «A la mejor mamá del mundo» e incluso «Amo a mi perro». Insatisfecho, compra un pliego de papel, se sienta en un rincón entre el patio y la tienda de alquiler de videocasetes, escribe «Lo siento, mamá» y dibuja en negro una casita con césped alrededor. Le parece miserable, por eso añade un sombrero y una flor.

Estaba exhausto, se frotó los párpados, deslumbrado por el sol ardiente a través de las ventanillas. ¿No había por aquí más árboles?, se preguntó. También el cielo parecía haberse encogido; si levantaba mucho el brazo, lo vería desaparecer entre las nubes.

—¿Han cambiado las calles? —le preguntó a Yoel.

—Sí, no es gran cosa —fue la lánguida respuesta—. Gira a la izquierda.

Estaba claramente alicaído; Yonatán conocía las rápidas zambullidas de su ánimo. No eran muy frecuentes, pero cuando se producían hablaba con monosílabos, como si se hubiera vaciado toda la vitalidad de su voz. Aun si reía no se le movía un músculo, y nada lo alegraba. De pronto desaparecía, como lo había hecho cuando los dos vivían en Londres, pero al cabo de un día o dos volvía, prodigando su encanto por doquier.

Yonatán había ido postergando varios meses su visita a Jerusalén, hasta que su padre le habló de un incendio en el guardamuebles de Guivat Shaúl. No conocía los detalles, ni siquiera en qué planta tenían su trastero, pero Yoel obtuvo la información «en cinco minutos». Preocupado por la posibilidad de que lo vaciaran y ellos lo perdieran todo, el padre sugirió que fueran juntos, pero Yonatán no quería hacerlo. Nunca le había perdonado que trasladara todas sus cosas a un trastero, y menos aún que no hubiera ido en los últimos años, ni siquiera para recuperar los álbumes de fotos.

Recordó su primer fin de semana en Tel Aviv. Antes iba a Jerusalén los viernes por la mañana y se quedaba con su padre; a veces Yoel dormía con él. Tras un año de vivir en Tel Aviv, el padre le informó de que había vendido el piso. Al principio, Yonatán ni pensó en retirar sus cosas del hogar familiar, pero una noche, al quedarse solo en su piso de Tel Aviv, se dio cuenta de que nunca había sido su casa, que residía allí protegido por la certeza de tener un lugar al que siempre podría volver y en el que se movía a un ritmo conocido. Tal vez el hecho de ir cada fin de semana y andar por las habitaciones, hacer ruido y escuchar música, mantenía prendida un ascua de la vitalidad que alguna vez existió allí.

Había pasado el fin de semana entero vagando inquieto por el piso alquilado, asqueado por la decadencia de las habitaciones. Su agitación lo protegía contra el asalto de los recuerdos de los sábados en familia: los desayunos con su madre, las películas de Hitchcock en la sala, el padre y Shaúl compitiendo a ver quién nombraba más ganadores de un Oscar, los juegos de mesa en la terraza. Era como si la pérdida del hogar fuera el único medio para reconocer que la historia de la familia en Jerusalén había llegado a su fin.

Viró a la derecha. Yoel hablaba por teléfono de asuntos de trabajo, mayormente escuchando con cara de aburrimiento y soltando a veces una breve respuesta.

—Despiden gente en todas partes, estamos en una tremenda recesión, hermanita, pero no te preocupes, al final vencerás a todos —dijo antes de cortar la comunicación y arrojar el teléfono a la guantera, cerrarla de golpe y murmurar—. Repiten lo obvio tan obsesivamente como un adicto al sexo en Tailandia. Te deforman el alma, estos personajes, te hacen tragar su mediocridad como si fuera un medicamento.

El coche bajó zigzagueando hacia Guivat Shaúl y dejó atrás la gasolinera donde Yonatán y Tómer Shoshani lavaban cristales de automóviles en el verano de sexto. Solían bromear con el jefe de turno palestino y su hijo de quince años, y a veces libraban batallas con agua jabonosa, pero al cabo de una semana riñeron con el hijo. El viernes por la noche fueron a la gasolinera, destrozaron el candado del almacén con un martillo, cogieron unas latas de aceite de motor y las vaciaron en el terreno del fondo.

Cuando el padre de Yonatán los llevó a trabajar el domingo por la mañana, el jefe pidió hablar con él, y los dos hombres caminaron alrededor de los surtidores mientras el hijo los miraba, sentado sobre un cajón vacío. Yonatán aspiró el olor de la gasolina que tanto le gustaba. Tómer Shoshani murmuró que no tenían que confesar porque nadie iba a creer al árabe.

El padre de Yonatán no dijo ni una palabra y su rostro no mostraba emoción alguna cuando volvieron al coche. Tras dejar a Tómer Shoshani en su casa, se encaró con Yonatán y le dijo:

—Jamás he sentido tanta vergüenza como hoy.

—Es porque no entiendes nada —replicó él inmediatamente. Sentía un hormigueo en todo el cuerpo y el vello de los brazos se le había erizado.

Una sonrisa burlona asomó a los labios del padre, pero él no era hombre de hacer muecas. Por sus ojos verdes pasó una sombra de fragilidad, tenía ojeras grisáceas. El padre salió del coche y Yonatán observó que se acercaba a los escalones de la fachada con los hombros encorvados y la cabeza gacha. Temió que se desmayara. Lo siguió, para poder sostenerlo si se caía —avergonzado por dejarse llevar por el miedo, pero incapaz de hacer otra cosa—. Sentía la angustia en el pecho y lo atormentaban visiones en las que el padre se caía, o unos extraños lo molían a golpes, o estrellaba el coche contra una pared. Recordó que, un par de años atrás, el padre se había quejado por un tiempo de dolores en el pecho y dormía en la sala, encima de un colchón colocado sobre una tabla. Cada día, al salir de clase, Yonatán alquilaba una peli: *El justiciero 1, 2 y 3*, *Harry el sucio 1-4* y todas las cintas de Chuck Norris, Alain Delon o Jean-Paul Belmondo. Almorzaban juntos, en esos días el menú era arroz con pechugas de pollo o albóndigas, y el padre le contaba historias de los Knicks de Nueva York, de personajes de la antigua Jerusalén o de los libros de Damon Runyon. Luego se sentaban abrazados en la sala a ver la peli. Yonatán imitaba a Chuck Norris, y el padre le enseñó cómo hacer un *cross* y un *uppercut*. A veces llevaba la cuenta de los regates de Yonatán con el balón, impresionado por su talento. Eran horas de felicidad, libres de culpas y castigos, en las que su irritable progenitor lo trataba con paciencia. Pero cuando su madre volvía del trabajo la delicada camaradería se evaporaba y su padre reasumía, a menudo con torpeza, el rol parental.

Incluso ahora solía decirle:

—Qué buenos tiempos aquellos, ¿verdad?

Y Yonatán le respondía:

—Fue una buena época.

—De verdad que no he hecho nada malo —exclamó. Un temblor de ternura recorrió su cuerpo y hubiera querido abrazarlo.

—Hablaremos esta tarde —ladró el padre. Quedaba claro que le urgía llegar a su trabajo.

Una semana después volvieron a reñir, y se enteró de que sus padres habían pensado enviarlo por un tiempo a vivir en un kibutz, para ver si mejoraba su comportamiento. A eso siguió la lista de lo que Yonatán había empezado y abandonado: el boxeo, la música, el atletismo, los ordenadores, el club de ajedrez y las clases de karate.

—No olvides las danzas folclóricas, papá.

—Lo que sea. —El padre carraspeó y le explicó que la madre no se encontraba bien, que los valores de eritrosedimentación no eran buenos, que ya no podían tolerar su desfachatez para con ella y que no ayudara en casa. Y no solo con ella, también había sido un insolente con Ratsón, el vecino de abajo, que ahora no le dirigía la palabra.

Cuando era pequeño solía quedarse a dormir en casa de Ratsón todos los jueves, mientras sus padres iban a Tel Aviv, y cada vez que viajaban al extranjero. Se despertaba temprano, saltaba de la cama e iba por el pasillo, descalzo y envuelto en una manta, esperando no llegar tarde a la plegaria matutina. Generalmente veía a Ratsón de pie en la sala con el tefilín, la cinta de cuero negro que se enrollaba en el antebrazo para rezar. Se decían «buenos días» en susurros, para no perturbar el ritual. A veces Ratsón accedía a enrollarle la cinta, todavía tibia, en el brazo, y entonces ocupaban sus puestos al lado de la ventana, frente a los árboles altos, con el *vadi* que parecía un negro sombrero hinchado a la izquierda, y el cielo aún oscuro por encima. Ratsón sostenía el libro, leía las oraciones, y Yonatán recitaba con él las líneas que había memorizado: «Y con Tu sabiduría, oh, Altísimo, protégeme; y con Tu comprensión hazme comprender, y con Tu gracia hazme crecer y con Tu fuerza destruye a mis enemigos y adversarios».

Quería pedirle perdón a Ratsón, pero lo seguía postergando. Después de todo, lo que uno ha dicho a otro ya ha penetrado en su alma, y ninguna disculpa podría arrancarlo o borrar sus huellas. Ningún trozo de consciencia envenenado, como la tierra quemada, volvería a ser lo que era antes, y Ratsón no vería nunca más sus buenas cualidades.

—Buena idea —le dijo a su padre, como si fuera lo más natural—. ¿Por qué no mandarme a vivir en un kibutz?

—¿De pronto quieres irte a vivir allí? —respondió enfadado el padre, que claramente había esperado que se asustara y tratara de complacerlo prometiendo mejorar su conducta.

No sabía si estaba fingiendo coraje o si realmente quería irse. Tal vez era esa la solución que los salvaría a todos. Las mañanas tristes eran intolerables, no salía de la cama antes de que el padre le quitara la manta de encima, e incluso si las cosas no iban tan mal como a él le parecía, no importaba: algunos días se despertaba con expectativas de cambio e ideando planes, pero ya a mediodía volvía a casa arrastrándose deprimido, y por las tardes miraba la tele o se sumergía en un libro de aventuras, deseando ser capaz de olvidarlo todo. Pensó por primera vez que tal vez su madre estaría más contenta y mejoraría si él se iba de casa. Tal vez ella recuperara la sonrisa ligera y enigmática que aparecía en las fotos viejas, y entonces se reunirían los fines de semana para comer juntos y reírse mucho, como Tali con sus padres.

Pero pronto esas escenas de fin de semana empezaron a parecerle estúpidas, torpemente adoptadas de otras familias —en cualquier momento se le ocurriría imaginar que cabalgaban juntos por el desierto—. Aun así, si se alejara podría empezar de nuevo, con las lecciones aprendidas en Beit Ha-Kérem. Imaginaba a su otro yo en cada lugar que visitaba —casas de amigos de sus padres, un kibutz en el que se habían alojado en una excursión del colegio— y le incorporaba nuevos hábitos, amistades y pasatiempos. A veces esa otra versión de sí mismo, que vivía en un kibutz, en Rejovot o en Beersheba, resurgía mucho después desde el fondo de su consciencia.

La idea del kibutz se esfumó pronto. Cuando preguntó por aquello, el padre se condujo como si nunca lo hubieran pensado seriamente. Puesto que insistía, la madre puso fin a la historia diciéndole que eso no ocurriría nunca, que él no iría a ninguna parte. Le sorprendió su determinación, al igual que las tibias corrientes con que reaccionó su cuerpo. Se preguntó si la verdad era que tenía miedo de la iniciativa, y que las escenas imaginarias de una vida nueva formaban meramente parte de un plan urdido para ganarle la partida al miedo. ¿De veras habían existido esas esperanzas?

Aparcaron fuera del guardamuebles y entraron en la explanada que lindaba con la carretera. Pasaban camiones rugiendo, había gente cargando vigas de madera en un contenedor, oían ruidos de martillos y taladros, por encima se alzaba una grúa amarilla. La nuca de Yonatán ardía bajo el sol. Tenía las manos muy calientes, tal vez por el volante, siempre pegajoso en verano. Yoel se apoyó en una pared junto a un hombre que afilaba cuchillos, sin pronunciar palabra pero claramente impaciente.

—¿Tienes prisa? —preguntó fríamente Yonatán. La escena le era conocida. En algún momento de la niñez notó que la agenda de Yoel estaba constantemente repleta, pero tardó años en entender que su amigo necesitaba una vía de escape para cada ocasión.

—No, para nada —respondió Yoel, alisando su camisa arrugada y encendiendo un cigarrillo. Los dos hicieron una mueca—. Hace demasiado calor para esto.

Yonatán siguió con la vista los trucos del sol sobre las construcciones: la mitad del único árbol del paraíso estaba en la sombra, la otra inundada de una luz que doraba sus hojas y ramas, y el árbol entero se reflejaba en las ventanas. Un extraño fulgor vibraba en los parachoques de los automóviles, proyectando una claridad enceguecedora.

Mientras subían, Yoel pasó a relatar unos casos en los que había trabajado recientemente, en su mayoría vinculados con asuntos inmobiliarios e incumplimientos de contratos. Yonatán ya había oído esas historias durante las visitas de Yoel a su piso de soltero en Tel Aviv. Llegaba siempre de noche, encendía un cigarrillo, se desvestía y dejaba su ropa apilada al lado de la puerta, escogía del ropero de Yonatán un par de pantalones cortos y una camiseta y caminaba por el apartamento descalzo, sin avergonzarse ni pizca por tener muy largas las uñas de los pies. Imitaba a los testigos, a los demandantes y al juez, orgulloso de la agudeza de las preguntas que había preparado para el abogado principal del bufete en el que trabajaba —al que describía con desdén—, con el objeto de «aplastar al demandante».

Las historias de Yoel resultaban siempre fascinantes, pero la caracterización de su papel era siempre la misma: él era el joven jerosolimitano obligado a servir a los ricos barones, con una repugnancia disfrazada de placer o con un placer disfrazado de repugnancia, según a quién le hablara y cuál fuera su estado de ánimo. Lo único que cambió con el tiempo fue el aborrecimiento que sentía por sus colegas. Se burlaba de la ambición ratonil de los pasantes y de su adoración por los socios del bufete —en contraste con su actitud de «perfecta lisonja que nace del perfecto desprecio»—. Sobre todo, se mofaba de los socios, de sus calvas y barrigas, de los aburridos comentarios sobre política que diseminaban frente a las pantallas de televisión, en las que se hablaba durante horas de otro restaurante u otro autobús reventado por una bomba, analizando el fracaso de la cumbre de Camp David y los sucesos de la segunda intifada, que según ellos «había jodido magníficas iniciativas como la de la "Costa Azul de Gaza"». También hablaba con desprecio de su estilo de vida y de su insípida existencia, pero de alguna manera lo aterrorizaban y no dejaba de describirlos, obsesivamente y con lujo de detalles, tratando de hallar pruebas de algo similar en sus propias trayectorias vitales. A veces parecía creer que, hicieran lo que hiciesen, serían arrastrados a ese mismo lugar, al del «viejo decrépito en pañales» que mencionaba a menudo. Entonces palidecía y se quedaba sentado en el sofá, frotándose las manos con la vista fija en el espacio o insistiendo repetidamente en que tendría que dejar ese trabajo, que no había tomado ninguna decisión correcta desde los días del instituto, que había perdido oportunidades y no había hecho nada que le interesara, nada que fuera «parte de sí mismo, como tú y lo que escribes». A veces le preguntaba, como bromeando, por qué no lo había presionado para que tomara las decisiones correctas, solo que entonces salía bruscamente de su estado de pánico y se desternillaba de risa.

Aun cuando Yoel se burlara de los socios del bufete («Solo quiero sacudir a ese donnadie con cara de rata y gritarle: eres un ricacho calvo, fofo y septuagenario, ¿cómo te atreves a sentarte aquí día tras día para ganarte otro dólar a cuenta de los humildes? ¡Vete a la India! ¡A Laponia! ¡Goza de la vida!»), Yonatán sabía que la aversión de su amigo era complicada, y que en cuanto admitiera que odiaba a alguien se arriesgaría a exhibir las costuras del brillante manto que se ponía para salir al mundo y seducir a todos los que se apiñaban a su alrededor y competían por su atención. De hecho, los únicos a los que mencionaba constantemente con un odio flamígero eran sus viejos enemigos de los días de Beit Ha-Kérem.

—El rey de los gestos vacíos —decía a veces Yonatán para incordiarlo, alegando que derramaba simpatía para todos porque no amaba ni odiaba de verdad a nadie, y que en realidad no tenía a nadie grabado en su alma. Yoel solía citar admirado estas observaciones, y afirmaba que eran pura calumnia: podía ser que usara una máscara con la mayoría de la gente, y ciertamente en un entorno profesional, pero también mostraba su cara auténtica a los que quería.

—¡Soy un tipo simpático y afectuoso, que no anda amargado por el mundo echando veneno, como esos artistas e intelectuales con los que tú te codeas! —decía con un guiño. Esos personajes lo divertían tanto que a veces, si estaba aburrido, le pedía a Yonatán—: Anda, llama a alguno de tus simpáticos caraspálidas del departamento de literatura e invítalo a hablarnos de Lacan y la ocupación.

A medida que se acercaban al guardamuebles, crecía la aversión de Yonatán por la camisa húmeda de Yoel, su cabello pringoso, el amargo olor del tabaco en su aliento. Se detuvieron al lado de la puerta corredera y la empujaron juntos, burlándose de sus débiles músculos, y Yoel evocó una broma que le habían hecho al profesor de ciencias.

—Olvídate de eso —lo cortó Yonatán.

El trastero estaba a oscuras, salvo por unos triángulos de luz en las paredes. No se veía nada. Tal vez todo se había quemado, pensó. Unas franjas luminosas se adherían a la tulipa amarilla y naranja de la sala, que parecía emerger de las sombras. Se giró y cerró la puerta. Quedaron en la más absoluta oscuridad y se sintió aliviado. Dio con el interruptor y antes de apretarlo se puso tenso.

—¿Lo has encontrado? —preguntó Yoel y él dijo que sí, esforzándose por calmar su agitada respiración y todavía sin encender la luz. Yoel no lo apremió.

Apretó el interruptor. Una luz triste de una polvorienta lamparilla pintó la pared y su mirada se detuvo en los restos de sangre y de moscas y mosquitos aplastados. Giró la cabeza al oír la exclamación de sorpresa de Yoel y se encontró frente a la antigua sala de estar, dispuesta exactamente como en el piso de la calle Hagai. Parecía que alguien la había reproducido: el sofá naranja de tres cuerpos contra la pared, el más pequeño muy cerca y entre ambos la mesa negra con sus estrías. Encima de la mesa estaba la lámpara que filtraba la luz de un modo que siempre le había gustado y frente a todo eso se veía la mesa cuadrada con tapa de cristal y con blancos arañazos en sus patas de cromo. Cubría el suelo la misma alfombra en tonos de negro, gris y púrpura, aunque parecía más pequeña, y junto a la ventana que daba a la calle estaba la mecedora. A su lado se hallaba el carrito negro de madera lacada con dos bandejas —las ruedas estaban pintadas de rojo porque la madre había decidido un día que había que alegrar un poco el ambiente— y encima el florero que siempre contenía bolígrafos y monedas. Frente al sofá grande estaban los aparadores negros, y a la izquierda el bol de porcelana blanca, aunque sin el cucharón con borde dorado que solía acompañarlo, y algunos cubiertos desparramados junto al bol. Recordaba que tenían unos cuantos más.

Una gruesa capa de polvo cubría los muebles y telas de araña se extendían desde el techo hasta el sofá pequeño.

Olía a humedad, como el sótano de su edificio. Un rápido examen le reveló las diferencias entre lo que veía y la imagen en la memoria: objetos que faltaban o estaban rotos, rayados o muy separados. No entendía por qué lo hacía, pero no podía parar.

Yoel se apoyó en la pared y se frotó las mejillas, mientras Yonatán pasaba por debajo de las telarañas e iba a sentarse en el sofá grande. Se hundió en él, sintiendo cada parte de su cuerpo por separado, como si estuviera examinando la forma en que se amoldaba al sofá. Hebras de polvo gris flotaban en el aire, dibujando barcos, flechas, escaleras. Las apartó y tosió, se limpió las manos en el pantalón antes de recordar que también estaba sucio, echó la cabeza hacia atrás y cerró los ojos. Recordó las semanas que había pasado durmiendo en ese sofá, después de que Lior lo dejara y él no osara acercarse a la cama en que habían dormido juntos y que todavía exhibía las marcas del cuerpo de ella. Yoel se sentó a su lado con tanta cautela que Yonatán no podría jurar que realmente hubiera apoyado allí sus posaderas.

Puso los pies sobre el cristal de la mesa y, tras un segundo de vacilación, Yoel lo imitó, encendió un cigarrillo y se lo pasó a Yonatán, que inhaló el humo y sacudió la ceniza sobre la mesa, mientras Yoel vaciaba la cajetilla para que sirviera de cenicero. No pudo aguantar la risa ante su obsesión por la higiene, de la que Yoel quería deshacerse. Como si eso realmente pudiera cambiar algo ahora.

La pretendida imitación lo incordiaba, ¿cómo alguien podía haber pensado que serviría de algo? Aun si quemaran todo el mobiliario, no cambiaría nada. Le arrebató el cigarrillo a Yoel, que por un momento se resistió, tal vez adivinando su intención, y unas chispas cayeron sobre el sofá. Arrojó la colilla a la alfombra y por unos minutos no se movieron, esperando que sucediera algo.

Se dirigió a la cómoda de su habitación, pasando por una pila de cajas de cartón con sus rótulos: OLLAS, LIBROS,

CUADROS, JOYAS, VARIOS. En sus cajones no había ropa sino facturas, sobres y delgadas hojas de papel celeste cubiertas por la caligrafía de su madre: «Queridos, sé que últimamente he sido perezosa para escribiros, pero esto no se aplica solo a la escritura, invade también la vida cotidiana. No va con mi carácter...». Junto a la firma había añadido, con tinta de otro color: «10 de julio de 1971». También estaba allí el documento de la baja del servicio militar de ella, y dentro un recorte de un periódico, en el que el ministro y el Ministerio de Comunicaciones manifestaban sus condolencias por el fallecimiento de la abuela («Que halléis consuelo entre los dolientes de Sion y Jerusalén»). Había permisos de conducción, una taza musical que él le había comprado, recetas de medicamentos y el casete azul que Shaúl le había enviado para la fiesta en casa de Hilá al terminar el sexto curso.

Hurgando en los papeles descubrió unas fotos en blanco y negro sujetas con una cinta elástica. La más grande mostraba a su madre sobre el fondo de un muro oscuro o un telón negro con mariposas de luz. El ajustado vestido gris, que destacaba sus senos, tenía un cuello de encaje blanco; un brazalete de oro y un cigarrillo entre los dedos completaban el atuendo. Había flexionado la rodilla derecha y apoyaba el pie en el telón de fondo. Sus rizos, más largos que en otras fotos, le caían sobre la frente y sus ojos negros tenían una expresión soñadora que él no reconocía. Se la veía asombrosamente natural. Sin duda se trataba de la foto para Epstein & Feldheim, y lamentó que no la hubieran mirado juntos cuando ella aún vivía. Recordó que, cuando le había preguntado por la foto, ella se había reído de la imaginación hiperactiva del hermano, pero ahora no estaba seguro de que esa conversación hubiera tenido lugar. Motas minúsculas de niebla separaban ese recuerdo de otros más confiables. Ya había descubierto que, a veces, escondidos entre las reminiscencias, se agazapaban sucesos imaginarios, pequeñas alucinaciones surgidas en la infancia que seguían circulando por la mente, disfrazadas de recuerdos.

Miraba la foto, dudando si devolverla a su sitio, cuando lo asaltó otra vez esa idea en la que últimamente no había pensado, tal vez porque lo asustaba: que no conocía de verdad a su madre y que cuando ella lamentaba lo perdido no hablaba de la infancia de Yonatán, de cuando él la amaba tanto, sino de que él no la hubiera conocido en esos años que precedieron a su nacimiento, de que solo la hubiera visto ya decaída y decepcionada, y que la persona que él recordaba, la que estaba presente en su casa, había capturado solo una pequeña parte de ella y cometido una injusticia contra esa mujer que realmente era. Yaará le había contado historias de cuando ella solía visitarlos, cuando bebía vino y los divertía. Reconstruyó la expresión socarrona con que lo miró, dándole a entender que él no tenía idea de quién era su propia madre.

Cerró los cajones, volvió al sofá y sostuvo la foto sobre las rodillas.

—Recuerdo cada minuto de esa mañana, después de tu llamada —dijo Yoel.

—¿Dices que te llamé? ¿Cuándo?

—A las cuatro de la madrugada.

—No me acuerdo —murmuró, sorprendido por la osadía de Yoel—. Has dicho muchas cosas en tantos años.

Yoel se miraba los zapatos y dijo, con la voz apagada:

—Tal vez eran las cosas que quería ver.

Por un momento esperó que Yoel le hablara de cuánto lo había amado su madre y de la intimidad entre ellos. Pensaba que, si lo decía, no todo estaría ya sellado, y que existía la posibilidad de que Yoel viera algo que él no podía ver. Pero Yoel no dijo nada, y Yonatán supo que era porque había leído lo que él había escrito. Se irguió y dijo:

—Larguémonos.

—Pero no hemos encontrado los álbumes —protestó Yoel.

—Vendremos otro día.

—Puedo guardarlos en mi casa —sugirió Yoel, respondiendo a una pregunta no formulada. No dijo lo que ambos daban ya por sentado: que nunca irían otra vez.

—No los necesito por ahora —le dijo a Yoel, en un tono casi suplicante.

—Los guardaré en casa —insistió—. Vete a por un poco de aire fresco.

Le costaba separarse del sofá, pero finalmente lo logró y salió al pasillo, caminando con rapidez y apretando la foto contra su cuerpo, con cuidado de no ensuciarla. Bajó brincando por la escalera y se miró en el espejo de la herrería: se vio de un color ceniza y polvoriento, con el cuello ennegrecido por la mezcla de polvo y sudor. Sus cejas tupidas y grises le parecieron graciosas. Se apartó del espejo y se precipitó hacia la enceguecedora esfera de luz de la calle, bajo el cielo teñido de un amarillo plomizo. Ya no pudo detenerse, corrió al coche, se sentó al volante, escondió la foto en la guantera, se enjugó el sudor de la cara, cogió el volante que ardía y partió.

Las torres
(Finales de la década de 1980)

Era sábado, al día siguiente de la fiesta de Alona. Aparecieron en la entrada del colegio durante un partido de fútbol. Por un instante nada se movió, ni siquiera los pájaros en los postes del alumbrado, y todas las miradas convergieron en ellos. Los rayos del sol, que por fin asomaba tras varios días nublados, iluminaban sus brazos musculosos, la barba incipiente, los brazaletes de amistad y los brillantes fusiles atados a la espalda con coloridas correas. Parecían bañados en un halo dorado, mientras el resto del patio seguía hundido en la luz grisácea del invierno de Beit Ha-Kérem. Pese al frío, iban con pantalones cortos de surf, camisetas blancas y zapatillas, y uno andaba descalzo. De pronto una ola de fuerza y vitalidad recorrió el patio como una corriente eléctrica y agitó a los chicos mayores, que se apiñaron alrededor para palparles los brazos y acariciar los fusiles.

Yonatán vio que Shimon, David Tsivoni y Benz palmeaban suavemente los hombros de los soldados, compitiendo por atraer su atención. Nunca había imaginado que los amos y señores de su calle pudieran miniaturizarse tanto.

Entonces ocuparon el centro del patio y todos les pasaban los balones. Chutaron un par por encima de la portería hacia las ventanas, pero perdieron el interés y se sentaron a fumar. Algunos chavales más pequeños miraban desde fuera, a través de la verja.

Se rumoreaba que estaban de permiso tras un par de meses en Cisjordania y Gaza, ocupándose de los árabes, amotinados desde hacía mucho tiempo. No hablaban de eso, ni contestaban preguntas, alegando que no les estaba permitido decir nada. Pero los chicos transmitían las noticias en voz baja: servían en una unidad de tipos recios que no se detenían ante nada, que ni siquiera los demás soldados osaban dirigirles la palabra, que les rompían la crisma a los árabes con cachiporras y cadenas, y el culo con la culata del fusil. Contaban que habían atrapado a unos que arrojaban piedras y los habían hecho correr desnudos por el campo, que les habían golpeado las piernas con cadenas y los habían obligado a comer tierra, que podían pasar a través del fuego de los cócteles molotov porque sus uniformes eran de un material ignífugo, que al caer la noche se untaban la cara con carbón y nadie podía verlos. Todo el mundo sabía que estaban locos de remate, que se emborrachaban en los clubes de Tel Aviv, que se acostaban con chicas en los asientos de los coches y en la playa y que a veces lo filmaban todo. Solo de verlos, los árabes corrían a esconderse en alcantarillas y en cochecitos de bebés.

El gordo Guideon, que se decía sionista adicto al punk y admirador de conjuntos que nadie había oído nombrar, como Killing Joke, y que repetía frases de famosos, dijo que al cabo de cincuenta años apreciarían las hazañas de estos soldados y preguntó cómo podía incorporarse a esa unidad. Tsivoni dijo a su vez que Guideon era demasiado gordo y todos se rieron, pero la risa fue ahogada por una ráfaga de viento que agitó las copas de los árboles, y de pronto aparecieron rostros amenazantes por doquier, con hileras de dientes grandes, y la sonrisa de cada chico se torció de distinta forma mientras todo el patio reía. Guideon se ruborizó, miró a su alrededor, cogió una piedra grande y la arrojó al asfalto entre los pies de David Tsivoni, que al esquivarla casi perdió el equilibrio. Hubo aplausos y alguien gritó:

—¡No se lo perdones!

No podía hacer otra cosa que atacar al gordo Guideon, que seguía mirando a Tsivoni y luego a la piedra, como si no recordara que la había arrojado. Rodaron por el suelo dándose puñetazos, mientras los cuatro soldados permanecían sentados con las piernas abiertas, soltando al aire volutas de humo. Cuando los adversarios se pusieron de pie —con las camisas rasgadas y la mejilla de Tsivoni hinchada como un globo—, Tsivoni tendió la mano hacia la piedra y el soldado descalzo gritó:

—¡Sin piedras! —Tsivoni no se detuvo, y el descalzo repitió—: ¡He dicho que sin piedras!

De nuevo se hizo el silencio.

Un aire de brutalidad envolvió el terreno abarrotado. Yonatán quería irse, pero temía llamar la atención, y decidió quedarse quieto. Solo la noche anterior, en la fiesta de Alona, se había sentido tan maduro, porque al bailar con Hilá ella se apretaba contra él y lo miraba a los ojos. La verdad era que no entendía nada, porque los verdaderos adultos se ocupan de cosas muy distintas que suceden en lugares que él nunca ha visto, muy lejos de los límites del barrio, en el centro de la ciudad, en Yenín o en Gaza, y en todos esos clubes nocturnos.

De pronto el soldado descalzo miró a Yonatán como si adivinara en qué estaba pensando y ladró:

—¡Chico, ven aquí!

Le devolvió la mirada, convencido de que se lo estaba imaginando —no era posible que la pesadilla se hiciera realidad tan rápido—, pero el dolor sordo en el estómago y el temblor del cuerpo lo devolvieron al asfalto. Se aferró a la esperanza de que tal vez no lo había entendido y que el soldado le estaba hablando a otro, y entonces se dio cuenta de que era el único que quedaba en medio del patio.

—Ven aquí, he dicho —repitió. Yonatán se acercó lentamente, con la cabeza gacha y la mirada fija en los guijarros, las hojas y las franjas blancas del campo de fútbol. Quedó frente al soldado, que se cubrió los ojos con su fornido brazo para protegerse del sol; sus músculos parecían montañas. Yonatán era consciente del olor acre de las axilas del soldado y de los círculos húmedos en su camiseta

175

blanca. Le preguntó a Yonatán quién era su hermano, pero él no respondió enseguida, temeroso de que la respuesta lo pusiera en aprietos. Finalmente dijo:

—Shaúl. —Ante lo cual el descalzo le alborotó el cabello con dedos que olían a tabaco y gomina antes de darle una palmadita en la mejilla—. Salúdalo de parte de Ófer Alón. Solíamos jugar al ping-pong con él y con Gabriel Mansur en vuestro sótano.

—Lo haré.

—Dile también «Bullet With My Name On It», nos volvía locos esa canción. —Los gruesos labios se curvaron en una sonrisa, pero sin alterar su rostro inexpresivo—. Hacíamos temblar el sótano, hasta que el vecino..., ese religioso, ¿cómo se llama?

—Ratsón.

—Eso, hasta que Ratsón armaba un escándalo. Ahora todos los árabes de Gaza conocen la canción.

Sintió un extraño cosquilleo en el estómago que le subió hasta la frente. Consideró una serie de respuestas atrevidas —en momentos de euforia tendía a perder sus inhibiciones—, pero se mordió la lengua y se contuvo.

El soldado acercó el fusil al rostro de Yonatán y el fuerte olor —no sabría describirlo, algo así como hierro ácido— le inundó la nariz. Retuvo el aliento, apartó levemente la cara y pasó las manos por la culata sedosa e increíblemente bruñida, la única pieza del fusil sin orificios ni aperturas en las que pudieran atascarse sus dedos. El soldado rio:

—Oprime el gatillo, no tengas miedo.

Temía lastimarse con algo; evitaba siempre el contacto con las máquinas en el taller del colegio, incapaz de entender cómo funcionaban y convencido de que saldría herido del encuentro con ellas. Pero apoyó el dedo en el gatillo. El soldado cubrió con su manaza la mano de Yonatán y le apretó los dedos, su piel áspera le recordaba el contacto con las hojas secas y le sorprendió que fuera tan agradable, que encendiera en él un tibio y vago recuerdo del pasado lejano: el de sentirse protegido, tal vez invencible.

El soldado lo soltó y apartó la mano; súbitamente se sintió solo en el asfalto frío y mojado. No cabía otra opción que apretar el gatillo, pero este no se movió. Retiró la mano del fusil, el soldado le lanzó una mirada de sorpresa y volvió a acomodarse el arma a la espalda.

—Si alguien se mete contigo, me lo dices —le dijo mientras se alejaba.

—Muchas gracias —respondió en un tono muy zalamero. Se volvió para mirar a Tsivoni, Shimon y Benz, que lo observaban con una mezcla de asombro y temor. El espectáculo había sido tan peculiar que todavía no habían captado del todo la implícita amenaza. Se sintió mareado por el poderío recién adquirido; solo tendría que señalarlos y lamentarían las veces en que los habían hostigado a Yoel y a él. En las vacaciones de verano los habían sorprendido jugando al póker en el *vadi* y los amenazaron con delatarlos a sus padres, exigiendo a cambio que revelaran si se masturbaban pensando en sus compañeras de clase, en las hermanas de sus amigos, en las chicas que salían en el *Playboy* o en criaturas imaginarias. Cada vez que él o Yoel se negaban a contestar o la respuesta les parecía floja, les daban patadas y los obligaban a escribir: «Benz y Tsivoni y el Rey Shimon» con los dedos en la arena caliente, para borrar inmediatamente lo escrito con los pies y exigir que lo hicieran de nuevo. Si no hubiera sido porque tenían prisa por volver a casa y participar en un concurso de preguntas y respuestas en la radio, quién sabe dónde podría haber terminado. Pero Yonatán no era tan estúpido como para hablar ahora, no cabía duda de que una amenaza suspendida en el aire resultaba mucho más poderosa que cualquier cosa que el soldado descalzo les hiciera de verdad, y que ellos sabrían apreciar que no aprovechara el momento para entregarlos. Por otra parte, ese soldado parecía ser un castigo demasiado cruel y, aun sin tantas consideraciones, Yonatán no era un soplón.

También le pasó por la mente que ellos podrían serle útiles.

Los alcanzó en el parque, junto a unos bancos, encendiendo cerillas y arrojándolas al suelo. Cuando salía humo del césped o de las hojas secas, uno de ellos lo ahogaba con la suela del zapato. Hablaban de los soldados y de los dispositivos secretos que supuestamente utilizaban: Tsivoni describió unos guantes con los que electrocutaban a cualquier árabe que tocaran, Shimon alababa las virtudes de las gafas de visión nocturna con las que en la más absoluta oscuridad de Gaza se veía el cielo azul y soleado como en la playa de Eilat, pero Benz gritaba que no existían, que tal vez Shimon había leído eso en *Penthouse*. Parecían agitados y no dejaban de propinarse empujones, patear cubos de basura y acusarse mutuamente de ser unos mentirosos. Finalmente se pusieron de acuerdo en dos cosas: los fusiles de los paracaidistas eran mejores que los del soldado descalzo y sus compinches, y a la mierda con el cuento de los uniformes que no se quemaban. Todo el mundo exagera, protestaban. Hubo un breve silencio y cayeron en el tedio funesto que los acechaba al final de cada episodio de buen ánimo y los impulsaba a mantener contentas a las masas encontrando una nueva víctima. Eran las ocasiones en que la gente como Yonatán tenía que mantenerse a distancia.

Shimon se volvió hacia David Tsivoni y dijo algo de la piedra que no había cogido porque el soldado descalzo le había dicho que no lo hiciera.

—Temblabas —se burló—. Pude oler tus calzoncillos mojados a diez metros.

Y Benz se hizo eco:

—Entonces Guideon te hizo papilla y salió sin un rasguño. Mírate, parece que hubieran echado la mitad de tu cara a la sartén.

Tsivoni, que tenía un enorme cardenal azulado en la mejilla, masculló:

—Ese gordo hijo de puta me las pagará, pero ¿qué se supone que debía hacer? ¿Enfrentarme a Ófer Alón? ¿Qué cosas hacen allí? El tipo es un asesino.

Se sentaron y él siguió observándolos a través del follaje. Shimon y Benz tamborilearon en un taburete roto canturreando: «Mami, mami, abre las piernas para siete oprimidos, siete palestinos. Veinte años de ocupación, no esperaremos más. ¡Con la erección y el semen redimiremos a Palestina!».

—Ya basta, jodidos árabes, me estáis volviendo loco con esa canción —refunfuñó Tsivoni.

Yonatán conocía las canciones de *Mami*, el musical clandestino, porque Nóam se las había hecho escuchar a Yoel, después de hacerle jurar que no lo revelaría a sus padres; según él, en los clubes del centro no pasaba una noche sin que las escucharan.

Ya había cambiado de idea y decidido que hablaría con ellos en otra oportunidad, pero lo inundaban las imágenes de la fiesta de Alona y de las horas siguientes. Se había quedado ahí como un idiota mientras Hilá le contaba cosas de Yoel y Tali que todas las chicas ya sabían, y después había corrido a casa, pero en lugar de subir pasó el rato yendo y viniendo entre los edificios en que vivían Yoel y Tali, ambos en la acera opuesta a la suya, esperando secretamente atrapar a Yoel volviendo a su casa desde otro lugar, lo que significaría que toda la historia era mentira, una jugarreta de Hilá y sus amigas. Cuando finalmente renunció y entró en su edificio miró hacia atrás, y por primera vez en su vida la calle se había dividido de otra manera: ya no eran sus dos edificios en el extremo de la calle contra todos los demás cuesta arriba, sino los de Yoel y Tali en un lado, contra el suyo en el otro.

Al día siguiente fue al *vadi* y estuvo paseando junto a la zanja, esperando que Yoel o Tali bajaran, pues no dudaba de que estuvieran viéndolo desde sus ventanas, pero ninguno apareció. La idea siguiente fue peor: no estaban, se habían ido de paseo a algún parque en la ciudad o, peor aún, a alguno de los sitios que Yoel y él frecuentaban, como la piscina cubierta del hotel Ramada. Pasó el día torturándose, buscando pruebas que confirmaran o refutaran la historia: estaban juntos o separados, en casa de él o en la de ella, donde nunca había estado pero que imaginaba repleta de pinturas y libros, y cuartos generosamente iluminados.

Tenía que hacerlo, decidió mientras se acercaba a los tres. Se trataba de una maniobra peligrosa, pero era su única oportunidad de recuperar el estado de cosas anterior, reunirse con Yoel y deshacerse de Tali.

No les sorprendió verlo, probablemente seguían imaginándolo con el soldado descalzo.

—Mira, es el nuevo compinche de Ófer Alón —dijo socarronamente Shimon. Benz le lanzó una taimada sonrisa y silbó una vieja canción popular, mientras que en el blanco de los ojos de David Tsivoni resaltaban los vasos sanguíneos. Tsivoni le daba miedo. Sabía que no podían tocarlo y también ellos lo sabían, pero en un par de meses volverían a la normalidad: en el mundo que compartían solo importaba lo último que hubiera sucedido.

—No habréis olvidado que arreglamos una pelea con los chicos de las torres que atacaron a Yoel, ¿verdad? —dijo muy rápidamente por temor a cambiar de idea. Olía a hojas quemadas, a hierba fresca. Shimon hizo volar un cigarrillo por encima de la cabeza de Yonatán, que no se agachó ni se movió. Eso los sorprendió.

—¿Lo habíamos arreglado? —preguntó Shimon, que no parecía estar de broma; realmente lo había olvidado.

Yoel había acusado a Yonatán de simpatizar en secreto con Shimon, como todos, y de no entender que eso era exactamente lo que lo convertía en el más peligroso de los tres. Yoel era inmune a cualquier sentimiento afectuoso hacia sus enemigos, solo aspiraba a la derrota total. Yonatán hubiera preferido ser como él.

—Lo convenido es que Yoel y yo nos batiremos con ellos en el cajón de arena del jardín de infancia de Rivka.

—Estás bromeando —dijo Benz—. ¿Crees que tenemos tiempo para vuestros juegos? Nunca se habló de eso.

—¿No te acuerdas? —insistió Yonatán—. Estábamos en el sótano, lo hablamos, dijisteis que arreglaríais el encuentro, y después vino Tali con su amiga.

Silencio absoluto. Shimon miraba furiosamente al cielo con los ojos entrecerrados, Tsivoni pisoteaba más hojas secas y Benz arqueaba el cuello para escupir a los árboles que tenía detrás.

—Te hemos dicho que no hablaras de eso con nadie, ¿no es verdad? —dijo finalmente Shimon con un guiño. Su sonrisa era seductora.

—Aún no he dicho nada a nadie —declaró Yonatán—. Estoy hablando de la revancha con los de las torres. Agredieron a Yoel, diez contra uno, y vosotros dijisteis que eso estaba prohibido, que todavía hay justicia en este mundo.

—No la hay —murmuró Tsivoni.

—Pero dijisteis que sí la había.

—Solo nos lo preguntamos —lo corrigió Shimon. La chispa en sus ojos reveló que ahora lo recordaba todo—. Sí —dijo pensativo, pasándose los dedos por el cabello—, nos vimos con ellos después, con los de las torres, pero dijeron que no sabían quiénes erais o algo así. No tenían idea del asunto del que hablábamos.

—Que no jodan, saben muy bien quiénes somos —alegó Yonatán—. Seguramente mentían por miedo, agarraron a Yoel en el *vadi* y lo arrastraron por el barro y las espinas, dijimos que nos vengaríamos y aún no ha pasado nada.

—No te pongas tan nervioso —dijo Shimon con suavidad.

—¿Por qué no hablas con tu amigo Ófer Alón? —rezongó Tsivoni.

Shimon le lanzó una mirada amenazadora que Tsivoni intentó eludir con una risita, pero la mejilla se le hinchó y se le puso más oscura.

Ya casi anochecía. Yonatán no quería estar con ellos en el parque y de noche.

—Podría hablar con él —mintió—. Quiere que le pase el número del teléfono de Shaúl en Nueva York, tal vez vaya a trabajar para él cuando le den la baja.

—Pero si acaba de empezar la mili...

—Bueno, el tipo tiene visión de futuro y hace planes —interrumpió Benz—. ¿Pero qué coño tiene que ver eso ahora?

—Nada, ya lo sé. —Se sintió debilitado, tenía calor y frío.

—¿Y cómo estás tú metido en la pelea? —Shimon parecía sinceramente interesado, pero la gente solía quedarse en ascuas en lo concerniente a Yonatán, cuyas expresiones no siempre estaban relacionadas con lo que hacía—. Te comportaste como una niñita ese día en el sótano. Ni siquiera Yoel estaba tan asustado como tú. ¿Has puesto un dedo en un fusil y de pronto te has hecho un hombre?

—Eso tampoco importa —protestó Benz—. Si el chaval quiere una pelea con los de las torres, se la daremos.

Shimon asintió.

—Pero no me vengáis con lloriqueos si os muelen a palos —añadió Tsivoni. Encendió una cerilla y se quedó mirándola hasta que prácticamente sostenía la llama con los dedos. Parecía totalmente trastornado.

—Teníais razón —dijo Yonatán, recitando la respuesta que había preparado en el patio del colegio, aunque tal vez fuera ya innecesaria—. Tenemos que ajustarles las cuentas a esos miserables, y no queda mucho tiempo.

* * *

Cuando le subió la fiebre, su madre lo llevó en taxi a ver a la doctora Tsitsianov, la que atendía a todos los niños del vecindario. En el centro de la cara de la doctora se erguía la nariz más enorme y gibosa que había visto en su vida. Tenía la costumbre de pellizcarle las mejillas y de susurrarle que debía cuidar a su madre, pues tenía muy alta la velocidad de sedimentación y ya no era tan fuerte como antes. Cada vez que entraba en el consultorio le asaltaba el recuerdo de aquel día en cuarto de primaria cuando, tras auscultarle los pulmones, dictaminó:

—Llevadlo inmediatamente al hospital, el niño tiene neumonía.

Los padres se miraron y palidecieron tan rápido como el rostro de Yonatán se iluminaba. El padre, en una mezcla de duda y certeza, preguntó en voz alta, y con el tono grave que adoptaba cuando discutían de política en las cenas de los viernes en casa de la abuela, aunque su aspecto era más bien el de un chico al que le han echado una reprimenda:

—Pero todo irá bien, ¿verdad?

La doctora dijo que sí, que era un chico sano y fuerte, pero que lo llevaran inmediatamente al hospital, señalándoles la salida con un enérgico ademán y dejando que Yonatán celebrara en secreto no tener que ir al cole unos cuantos días.

Oía el jadeo del padre que bajaba las escaleras cargándolo en brazos y veía las gotas de sudor en su frente. Arrimó la mejilla a su rostro y de pronto se iluminó en su consciencia algo a lo que por lo general no prestaba atención: que no era tan joven como los padres de la mayoría de sus compañeros y que obviamente se sentía culpable por no haberlo llevado antes a la consulta, por tanto no iba a quejarse. Por otra parte, le costaba tolerar la debilidad del padre e insistió en caminar hasta el coche, con sus padres sujetándolo, uno por cada brazo. Echó un vistazo alrededor y jugó con la idea de estar mirando el cielo de Beit Ha-Kérem —siempre entrevisto a través de las verdes melenas de los árboles— por última vez.

El padre hacía sonar el claxon, maldecía y zigzagueaba entre los coches; la madre dijo que deberían haber llamado a una ambulancia y le recordó algo que David Ben-Gurión había dicho a su chófer:

—Conduce despacio, que tengo prisa.

—Que entierren mil veces a ese enano bastardo —masculló el padre en respuesta al comentario.

Tenían un aspecto lastimoso y cómico a la vez, y Yonatán quería decirles algo que los calmara, pues la forma en que hablaban lo asustaba más que la fragilidad de su propio cuerpo. Ahora que se habían quitado la máscara de responsabilidad parental comprobaba que la prefería a la expresión de pánico que tenían. «A ver si os calmáis, me estáis asustando», pensó en regañarlos. Lo sorprendía esa extrema preocupación, y por un momento se dejó embriagar por el reconocimiento de que a fin de cuentas lo querían, de que él era el centro de sus vidas. Pensó también en devolverles algún gesto, pero ya estaba muy cansado.

Pasó dos semanas en el hospital, con una aguja en el brazo, conectada a «un globo al que todo el tiempo se le agota el agua». El padre dormía de noche en la habitación, le compraba chocolatinas y obleas a todas horas y le relataba las aventuras de su niñez, pero, cuando Yonatán intentaba contarle las suyas, la mirada se le iba hacia los periódicos, los libros y los zapatos de las enfermeras que patrullaban los pasillos, por lo que fue abreviando sus relatos hasta que perdieron toda la gracia. Eso le fastidiaba, aunque decidió que podrían llevarse bien si escuchaba con atención las historias del padre, pues este respondía pacientemente a sus preguntas y las noches eran agradables, siempre que no se acercara demasiado a la cama. Era tan torpe que corrían el riesgo de que provocara daños: que aplastara el globo, desconectara el tubo o presionara sobre el hombro de Yonatán. Una vez se enredó con el tubo, la aguja voló de su sitio y, al ver la sangre que manaba del brazo de Yonatán, salió corriendo en camiseta dando aullidos:

—¡Enfermera, enfermera, urgente!

Yonatán se ahogaba del dolor y de la risa, mientras la sábana enrojecía y dos enfermeras entraban rápidamente en acción. Detrás de ellas asomaba la cabeza del padre, con gotas de la sangre de Yonatán en el mentón.

Su madre dijo algo en inglés a la doctora Tsitsianov, y él rogó en silencio que volviera a diagnosticarle una neumonía o algo así de grave y que lo llevaran a pasar unos días en el hospital. No podía seguir yendo a clases y ver a Yoel y Tali fingiendo que no había nada entre ellos, mintiendo para nadie, puesto que todos estaban ya enterados. Los últimos dos días, en vez de ir al colegio, había bajado al *vadi* y se había escondido en la zanja a observar las torres. En cuanto veía a su madre salir rumbo al trabajo volvía al piso desierto y se quedaba en la cama hasta el mediodía, mirando la lluvia a través del cristal de la ventana. Una vez vio a Yoel y a Tali bajando por la calle a la salida de clase. Shimon y Tsivoni, sentados al borde de la acera, exclamaron:

—¡Eh, par de tortolitos! ¿Ya os habéis cogido de la mano?

Cuando la madre telefoneó para preguntar cómo le había ido en el cole, le contó que todo bien, aunque suponía que la profesora los llamaría pronto.

La doctora Tsitsianov dijo que era solo un resfriado y que podría volver a clase al día siguiente. Como siempre, le ofreció un caramelo y a él le vinieron ganas de arrojar la caja contra la pared. Estaba por describir sus dolores de estómago cuando se sintió exhausto, y al ponerse de pie lo asaltó un fulgor blanco del techo que le ardió en los ojos y empezó a dolerle todo. «Qué suerte —pensó—, realmente se trata de algo grave». ¿O la verdad era que estaba fingiendo? ¿Cómo podía saberlo? Le sudaban el pecho y la espalda, sentía escalofríos y un dolor extraño que avanzaba lento por su frente. En el espejo vio la sombra de un cuerpo minúsculo, semejante a un muñeco, parecido a él pero con el cabello largo de las chicas o como Shaúl en sus fotos de adolescente.

Lo tendieron sobre la camilla. La madre le enjugó el sudor con los puños de su blusa blanca, sus rizos parecían más grandes, como hechos con hilo de coser, los ojos negros eran como botones. Apartó la mirada de ese rostro que a cada instante se iba haciendo más desconocido, pero no le soltó el brazo. Sobre la pared blanca vio imágenes de partidos de fútbol que no lograban reflejar la asombrosa perfección del juego; allí él era lo único que existía, y todos sus dolores y molestias habían desaparecido —así se había sentido cuando derrotaron a sus rivales el mes pasado—. Preguntó a la doctora si iba a morirse y ella rio; viviría muchos años, estudiaría Derecho y así resarciría a su madre por los duros años que le había hecho pasar.

Preguntó si volvería a jugar al fútbol y ella contestó que sí; murmuró que pronto habría una importante pelea con los chavales de las torres. La doctora Tsitsianov, que ya no le prestaba mucha atención, dijo que sería preferible que se quedara en casa por unos días. Además, en séptimo curso los chicos no tenían que estudiar mucho.

—Está en sexto —la corrigió la madre.

Estaba en la cama mirando el techo blanco. Cuando sudaba se sentía mejor, si la piel se le endurecía y arrugaba lo invadían las náuseas y luego el pánico, porque no reconocía su cuerpo; era como si lo hubieran envuelto en el pellejo de un anciano. Entraba gente, decía algo y desaparecía. Mamá, papá y Ratsón traían y llevaban cosas, empujaban, comprimían, abrían y cerraban. Los cajones del armario chirriaban día y noche, gotas de lluvia brillaban en los espejos de las puertas. Parecían todos muy altos, sus cabellos tocaban el techo, incluso los de mamá.

—¡Os conozco a todos! ¡No quiero veros distintos!

Por momentos él les advertía que el techo iba a desplomarse sobre sus cabezas y le decían que durmiera un poco. Cada vez que le subía la fiebre sentía la presencia de un ser extraño que circulaba alrededor tramando intrigas, especialmente mientras dormía o deliraba. Por lo general era el techo o algo en el techo, a veces un asomo de ojos, facciones, máscaras o bosques. Pero no podía aislar ninguna pista, todo lo que sabía era que ese ser estaba devorando su espacio. Si había alguien más en la habitación, dejaba de moverse o lo hacía más lento, urdiendo el próximo asalto.

En el armario había un costurero, chaquetas, abrigos, vestidos, paraguas, sombreros, una plancha y una pila de gastados uniformes. La gente lo abría y él podía ver la vieja ropa de la mili de Shaúl. Últimamente había empezado a sospechar que su hermano estaba harto de su propia familia y que eso era la prueba de algo. Pero ahora se daba cuenta de que se había equivocado. Ve a Shaúl atravesando el jardín de infancia de Rivka, alto y gallardo —hasta las profesoras lo decían— y él sale del círculo de niños inmóviles y atónitos para lanzarse a abrazar a su hermano mayor. Les espera una aventura, irán al cine Edison —donde habían visto cinco veces *En busca del Arca perdida*— y luego a comer tortitas con helado y salsa de chocolate y a mirar discos en los grandes almacenes.

Intuía que las repetidas quejas de su madre a raíz de su comportamiento habían alejado de él a Shaúl durante su última visita. Esta vez ella se opuso enérgicamente a que durmiera en el cuarto de su hermano mayor, y este la apoyó algunas noches, pero otras cedió a los ruegos de Yonatán. El padre fingía no tener conocimiento del conflicto y circulaba por el piso con su típica habilidad de ser invitado y residente a la vez.

—¿Qué es lo que cuchicheáis allí toda la noche? —rezongaba la madre.

Yonatán no podía conciliar esa actitud con su explícito deseo de que sus hijos fueran buenos amigos; tampoco

Yoel lo entendía, y preguntó a Yonatán si había hecho algo que molestara al hermano. ¿Tal vez acusaba a la madre porque era más fácil? Pero cuando aquella noche, en la fiesta de Alona, le habló a Hilá de la actitud contradictoria de su madre, ella lo interrumpió: «Está muy claro, imbécil, no hay coincidencia porque ella realmente no quiere que seáis amigos».

Hubiera querido arrojarle esto a su madre, descargar su rencor mientras ella le servía el caldo de pollo con arroz, enjugaba su cuerpo afiebrado con una toalla llena de cubos de hielo, le preparaba un baño de espuma, le leía las aventuras de los chavales del East End y lo ayudaba a sostenerse cuando pedía salir a la terraza a tomar un poco de aire fresco —con una mano se aferraba a ella y apoyaba la otra en la baranda húmeda y oxidada—. Lo escuchaba cuando señalaba el *vadi* y decía: «El polvo amarillo regresa. Había desaparecido, ¡pero ahora está regresando!». Estaba muy agitado, sabía que ella no lo entendía, pero que, cuando lo hiciera, sería demasiado tarde. «Esta vez viene desde el *vadi* en forma de niebla. Es buena señal, necesitamos un enorme desastre para reorganizarlo todo».

Al atardecer, cuando le bajó la fiebre y se habló de su retorno al colegio, se tumbó boca abajo y cerró los ojos; al abrirlos el cielo estaba negro y la farola de la calle parecía una serpiente esparciendo luminosidad. Su madre le tocó el hombro. Se volvió hacia ella. Una mancha de luz temblaba en su frente mientras le anunciaba que una visita lo esperaba en la sala. Su esperanza era que fuese Hilá, pero por el tono parecía insinuar que se trataba de alguien que ella conocía.

No tenía intención de eludir el encuentro, pidió que le dijera a Tali que esperara y se puso una camiseta, el jersey, pantalones y calcetines. Aspiró el conocido olor del uniforme de Shaúl en el armario y lo metió en una bolsa grande que empujó hasta el fondo del mueble. Después se dirigió de puntillas al baño, escuchó la risa cristalina de la madre en la sala y los elogios que derramaba sobre Tali, quien seguramente le había estado hablando de los libros que había leído últimamente. Le dijo que Yonatán solo leía «libros de fútbol, aventuras y fantasías»; sin proponérselo, admiró la belleza de la voz de su madre. Tali dijo que así eran casi todos los varones, que se alegrara de que al menos leyese algo, y que por su vocabulario se adivinaba que era lector. Pensó que detectaba un ligero reproche en la voz de Tali, como si le desagradara la crítica de su madre. Recordó algo que Shaúl le había contado una vez: que su madre era un encanto con sus amistades, que acudían a pedirle consejo y hacerle confidencias, que adoraban su rostro luminoso, su curiosidad y la ternura con la que siempre acogía sus transgresiones. Pero cuando hablaba de su propia vida solía quejarse de sus hijos y ensalzar a los ajenos.

En la sala se hizo el silencio. Intentó reprimir la ola de afecto por Tali, junto con el malestar de admitir las ventajas de su adversaria, que no sonaba como la pequeña soplona que conocía de antes. Se preguntó si la madre estaba tratando a Tali con verdadero cariño o solo ocultando que detestaba a los Meltser. Insistió en que probara la tarta de coco con el té y él oyó el tintineo de platos y cucharillas. Ellas se rieron y la madre dijo que «le era difícil creer que fuera un año menor que ellos, que estuviera solo en quinto». Sus voces se atenuaron, como cuando uno toca en el piano todas las notas, desde las agudas hasta las «muertas», como él las llamaba. No le sorprendía la intimidad entre ambas; después de todo, su madre siempre decía que le habría gustado tener una hija para poder compartir sus secretos y para que viera el mundo como ella lo veía.

En el cuarto de baño pobremente iluminado se lavó la cara y los dientes, se mojó el cabello, se peinó y fue a la sala. Tali estaba sentada, muy erguida, en el sofá frente a él, con las piernas juntas y brillantes zapatos blancos. Llevaba una falda de lana azul y un jersey de cuello vuelto con rayas negras, la madre se inclinaba hacia ella como tratando de ser agradable. Tali lo miró a los ojos y él no apartó la mirada. Dio dos pasos hacia ellas, Tali se sacudió unas migas imaginarias del jersey, la madre se estiró ligeramente, se puso de pie y dijo que los dejaría conversar; solo entonces interpretó sus expresiones y se dio cuenta de que no se trataba de una visita de cortesía, que Tali no traía buenas noticias. Se despidió de ella y se detuvo un instante a acariciar la cabeza de Yonatán y darle un beso en la mejilla.

La proximidad de la madre lo inundaba de cariño; mientras ella estuviera allí, se sentiría protegido. Volvió a tener seis años, esperando el ascensor en el edificio de la aseguradora Klal. Había entrado de un salto mientras ella se demoraba un momento y las puertas empezaron a cerrarse, vio el horror en su rostro, pero no pudo oír lo que decía y de pronto todo se oscureció. Unos fornidos jóvenes lo llevaron por las escaleras, y el tiempo que pasó hasta volver a su regazo le pareció una eternidad. Cuando se reunieron ella se sentó, con sus pantalones de cuero negro, en las sucias losas del suelo, lo abrazó y él ya no necesitó nada más. Se vio reflejado en los ojos de ella y supo que solo se separarían si el mundo dejara de existir. Ella añoraba desesperadamente, a veces con un tono acusador, aquellos años de la infancia. Esa misma semana, cuando revoloteaba alrededor de su lecho de enfermo accediendo a todos sus deseos, se había colmado de gratitud y preguntado si, tal y como estaban cavando una zanja en la tierra, sería posible cavar en el alma o el cuerpo de alguien, porque con seguridad algo que palpitaba con tal potencia tenía que dejar huellas en el alma. No era el recuerdo lo que buscaba, sino el meollo mismo del amor, que tal vez pudiera insuflarle calor y vida. De pronto surgió la pregunta: ¿podía ella hacerlo? ¿Qué amor lamentaba haber perdido, el de él o el suyo propio?

Yonatán se sentó en el sofá, justo sobre la huella del cuerpo de la madre, y Tali dijo que había oído que estaba enfermo. Tamborileó con los dedos sobre el cristal de la mesa y recorrió la sala con la vista, hasta detenerse en la cómoda con el bol de porcelana blanca, el cucharón con borde dorado y los cubiertos de peltre. Finalmente Yonatán decidió hablar.

—No era necesario que vinieras. Ya me había enterado.

—Lo sé, Yoel también lo sabe —respondió Tali.

—¿Entonces solo querías ver si estaba bien?

—Yoel y yo estamos juntos desde hace más de dos semanas —dijo Tali, endureciendo el tono—. Es verdad y no puedes cambiarlo, lo que no significa que ya no seáis amigos.

—¿Cómo sabes lo que significa o no significa?

—Yo lo sé.

—¿Cómo?

—Me ha contado cosas.

—¿Qué clase de cosas?

—Deja de hacerme preguntas tontas —protestó ella. Parecía que había planeado tratarlo con afecto, pero no lo lograba—. No quiero pelear, además estás enfermo. Quiero que sepas que Yoel habla mucho de ti, aunque no tenga la intención de hacerlo. ¿Entiendes?

—Sí —dijo muy sumiso—. Lo entiendo.

—Y todo esto es muy tonto, vosotros sois unos tontos. —Se alisó las arrugas de la falda, aparentemente distraída—. ¿Os enfadasteis porque Yoel tiene novia?

—No solo por eso, sino porque aquel día en el aula...

—¿Tú eras la pareja de Yoel?

—Sí, claro. No seas estúpida. —Por un momento Yonatán quiso darle un puntapié en la pierna, ya estaba midiendo la distancia con los ojos.

—¿Tú quieres ser la pareja de Yoel?

—Por supuesto que no. —Sospechaba que ella había estado ensayando las dos últimas preguntas.

—Entonces ¿qué es lo que quieres?

—Que no estés aquí.

—Puedo irme a casa —dijo ella.

—No me refería a aquí y ahora —le explicó, para que supiera que no se le ocurriría echarla—, quiero decir en general.

—Eso pasará solo en tus sueños —declaró con desdén. Con el cabello peinado a un lado y sujeto con dos horquillas de colores, el brillo renegrido de sus grandes ojos de búho, el rubor invernal de sus lisas mejillas y su rostro redondo y vivaz se la veía encantadora, incluso hermosa—. Tal vez algo haya cambiado y no te has dado cuenta.

—¿Hace dos semanas que conoces a Yoel y ya sabes todo? —Sintió frío y pensó en cubrirse con la manta de lana que estaba en la silla frente a él.

—Es eso lo que quería decirte. Nada ha terminado, solo será un poco distinto. —El tono relajado con que hablaba era como el del señor Meltser durante la visita de unos meses atrás. Como si estuviera citando sus palabras.

—¿Contigo merodeando? —La franqueza que estaban mostrando lo espabilaba, y ya no tenía frío. Se preguntó si podrían estar levemente asustados, nunca habían hablado a solas.

—Por si aún no lo has entendido, Yoel y yo somos ahora una pareja, aunque no estemos en el mismo curso. —Tali cruzó perezosamente las piernas y se puso las manos en las rodillas; parecía estar celebrando su victoria, tras todos los años de desaires e insultos—. Nos vemos cada dos días; ayer fuimos juntos a la biblioteca.

—¿Y luego a comer una pizza?

—Sí.

—Estupendo, espero que lo estés disfrutando. Ya ha habido unas cuantas, y después ya no las hubo.

—¿Dónde hubo unas cuantas? —preguntó y enseguida entendió—. ¿Sabes que la forma en la que habláis entre vosotros es completamente descabellada? Pero te cuento —dijo reclinándose en el sofá y suavizando el tono de voz—, y no lo digo para ponerte triste, pero Yoel está cambiando. Todos lo ven, y también tú puedes cambiar.

—¿Dónde está Yoel? ¿No le da vergüenza haberte mandado aquí sola? —Se preguntó si había conseguido borrar de su voz las huellas de su orgullo herido.

—Él no sabe que he venido.

La creyó.

—Podrías proponerle a Hilá que sea tu pareja —dijo escrutándolo como si calculara las probabilidades—. Si te dice que sí, podríamos salir los cuatro de vez en cuando, no solo por aquí, también a los cines del centro. Si somos cuatro, nos darán permiso.

—Eso no me interesa, y a él tampoco.

—Porque estáis ocupados con vuestros grandes proyectos. —Su risa sonaba forzada, pero aun así sintió que le gustaba un poco.

Se le ocurrió que Yoel no le había hablado de las torres, de la zanja y de la pelea inminente; eso le dio ánimos, tal vez no todo había terminado. ¿Era posible que Shimon, Benz y Tsivoni hubieran comunicado a Yoel la fecha para el combate? ¿Es que aquellos bastardos habían hecho algo más desde el día del parque?

—Si tuvieras amigas, tal vez no andarías entrometiéndote en nuestros asuntos —dijo.

—Vuestros asuntos son más graciosos que estúpidos.

—Entonces, ríete.

Tali sonrió y miró hacia arriba, él sonrió también y posó la vista en la lámpara de mesa. Si sonreían al mismo tiempo, aunque no fuera el uno a la otra, probablemente era porque necesitaban una tregua.

—Vosotros sois alumnos de sexto.

—¿Lo has descubierto tú sola?

—Si te digo que Yoel se siente feliz desde que estamos juntos, ¿te importaría?

—Eso es imposible —dijo con un resoplido. Le picaban las palmas y luego le ardían, no dejaba de frotarlas en la taza fría que la madre había dejado sobre la mesa.

—Puedes estar seguro de que es cierto.

—Bueno, si él es feliz y tú aún más, ¿qué diferencia hay entre que me importe o no?

Lamentó inmediatamente sus palabras, sonaba amargado.

—Para mí, ninguna. Si quieres saber la verdad, también yo preferiría que no estuvieras aquí. —Parecía un poco perdida entre el deseo de manifestar la generosidad del vencedor y el impulso de gozar con la derrota del vencido—. Pero a Yoel le haces falta, y yo no soy como tú: eso me importa.

—No es verdad, a mí también me importa.

—Pues ahí lo tienes, a Yoel le gusta ir al centro, al cine, escuchar música. Quiere hacer otras cosas aparte de vuestros juegos, cosas interesantes, no solo en su imaginación. Desde que nos mudamos al barrio habéis estado metidos en ese estúpido *vadi*. Ya no estáis en tercero de primaria.

—Es todo muy interesante, hasta que pasa algo.

—¿Qué es algo? —Ella se mordió el labio y miró hacia el edificio de Yoel a través de la puerta acristalada de la terraza. Tal vez al fin se había dado cuenta de que el mundo allí fuera era amarillo y artero. Tal vez la inquietara que algo pudiera estar oculto para ella, pero fuese visible para otros.

—Algo, cosas —dijo buscando alguna señal de que a fin de cuentas sabía de las torres—. Cosas que existieron y podrían volver a existir. ¿No ves que el aire se está tornando amarillo?

Cuando una sonrisa le infló las mejillas, él tuvo la certeza de que no sabía nada.

Se pusieron de pie al mismo tiempo. La midió con la vista: él era más alto y corpulento, mientras que Yoel medía más o menos lo mismo que ella. Le gustaba su postura —levantando ligeramente el talón izquierdo y apoyando su peso en el pie derecho—, que hallaba provocativa, su cuerpo parecía muy flexible. Recordó que tomaba clases de ballet o de danzas folclóricas y a veces la veía practicando en su balcón. Siempre había estado ahí, decidida a penetrar en su mundo. ¿Cómo no se había dado cuenta?

—Si necesitas hacer deberes, llama a Yoel —le dijo. Se acomodó unos mechones con los dedos y ajustó la horquilla. Yonatán temió no ser capaz de alimentar el odio que necesitaba para derrotarla tras este encuentro. Le dio rabia notar de pronto su belleza, no podía permitirse ser tan impresionable (el hecho que Yoel la considerara bonita, ¿la convertía en bonita para él también?). Aunque tal vez tenía sentido porque, después de todo, sus mentes se fusionaban en muchos lugares. Eso era lo que Tali no podía entender: hay cosas que no pueden separarse.

—Descansa todo lo que puedas.

—Gracias —dijo, molesto por haber esperado un tono más afable. Tali le rozó el hombro, saludó con la cabeza y salió.

Se quedó allí hasta oír que se cerraba la puerta principal. Vio desde la puerta de la terraza que cruzaba la calle, sorprendido de descubrir cuánto temía que fuera a casa de Yoel, pero comprobó aliviado que iba a la suya. Cuando volvió a su dormitorio, la cabeza le daba vueltas y se sentía exhausto. Al pasar junto a la habitación de sus padres vio a su madre tumbada en la cama.

—Un poco altanera la señorita Meltser —le dijo, invitándolo a charlar.

—Lo es, pero también más sincera que todos los de aquí —murmuró.

El último año
(Mediados de la década de 1990)

Últimamente le daba por ir y venir a lo largo de los oscuros pasillos del piso y detenerse junto a la habitación de sus padres. Agachado para espiar por el ojo de la cerradura, podía ver el escuálido cuerpo de la madre acurrucado en el lado derecho de la cama y cubierto por gruesas mantas, bajo las cuales su cabeza desaparecía.

En las semanas transcurridas desde que regresaron de los tratamientos en Nueva York, ella casi no les había hablado. Lo hacía con su difunta madre, formulaba preguntas a las sombras que reptaban por las paredes y susurraban la historia de su vida, pero sobre todo imprecaba al destino, pidiéndole explicaciones. «Nunca he hecho daño a nadie», alegaba, y repetía las palabras del salmo que recitaban todos los años en el aniversario de la muerte de la abuela: «Los príncipes me han perseguido sin causa».

Una mañana cálida y brillante del mes de mayo volvieron a deambular por el cementerio buscando la sepultura de la abuela Sara. La búsqueda se repetía todos los años: «Parcela tres, cuarta fila», decretaba el padre, siempre orgulloso de su buena memoria. «No, es más arriba, al lado de la lápida negra», decía el tío Yizjak, el del cabello rizado, mientras se enjugaba el sudor de la cara con el faldón de la camisa y pedía a Yonatán que le diera un cigarrillo. Era el hijo menor de Sara y más de una vez había llegado al cementerio con ropas que olían a sudor y a cloro, arrojando su aliento de whisky y tabaco a las caras de todos. Desistieron de la búsqueda y se dirigieron a Shaúl, que había venido de Nueva York, supuestamente para quedarse dos semanas, aunque todos sabían que no tenía pasaje de retorno. Shaúl era famoso por tener una memoria impecable que atesoraba la historia familiar. Si alguien le preguntaba cuándo había vomitado mamá sobre el mostrador de la recepción del hotel en Netanya, o qué había pasado en el ensayo general de la obra, cuando Yonatán había amenazado con no subir al escenario si lo obligaban a besar a la chica que hacía el papel de su madre, por lo general podía responder. Pero esta vez Shaúl no dijo nada, porque en realidad le costaba recordar lugares y cuando conducía por Jerusalén siempre se perdía.

Finalmente encontraron la sepultura y se reunieron para la ceremonia, que, como siempre, presidía Shelomo Margalit, que había sido el cantor litúrgico de la sinagoga de Najalat Yakov, donde conoció a Sara, que había bordado una cortina para el arca sagrada. Luego fue a trabajar en correos, que en la década de los setenta pasó a ser el Ministerio de Comunicaciones, junto con la madre de Yonatán, hasta que ella enfermó, y era uno de los únicos a los que permitía que la visitaran desde aquel viernes en que se enteró de que tenía cáncer y de que iban a operarla. Dos días después fue a la pequeña oficina que había sido suya durante quince años y empaquetó todas sus pertenencias. Había fotos de los sesenta, en las que ella aparecía rodeada de caballeros con traje y corbata, más alta y erguida que todos ellos, con vestidos de color blanco o crema, largos o hasta las rodillas, y tacones.

En algunas fotos se la veía fumando, nunca sonriente pero tampoco severa; parecía contenta de estar allí, con una especie de disimulada satisfacción que ni siquiera Yonatán había notado al verlas por primera vez. El mismo día se llevó los regalos, las cartas, las placas conmemorativas de madera o de cristal, y cuadros de pintores a los que había encargado trabajos. Muchos de sus colegas se habían sublevado contra esa asistente del portavoz que de buenas a primeras decidió dedicarse a redecorar todas las oficinas de correos del país, sin ninguna preparación, pero ella no se dejó intimidar por los desdeñosos comentarios, iba de una sucursal a la otra, hablaba con los jefes y los empleados, y finalmente aceptaron muchas de sus propuestas.

Durante los tres años que pasaron desde que dejara el empleo se quejaba con frecuencia creciente de los colegas que no preguntaban por ella o que la fastidiaban con preguntas e historias acerca de sus familiares enfermos o que aparecían de visita sin anunciarse. De todos se quejaba excepto de Shelomo Margalit, que ocupaba un sitial sacrosanto como mediador entre la familia y todo lo que tuviera que ver con Dios o la religión. Él había tomado las decisiones respecto del *bar mitzvah* de Yonatán, dirigía las ceremonias de conmemoración de los abuelos y nadie osaba cuestionar sus designios.

Margalit musitó las oraciones y todos lo siguieron murmurando «amén». El padre de Yonatán rodeaba los hombros de la madre con su brazo y nadie más la miraba. Los ojos de todos vagaban por el espacio: examinaban sepulturas vecinas, parcelas de césped marchito, zapatos dorados de tacón y los cipreses que los rodeaban. Su madre estaba encorvada, con la cabeza envuelta en un pañuelo celeste y el cuerpo emaciado dentro de un vestido negro. Cómo había encogido, en comparación con las fotografías en blanco y negro de los años sesenta. De pronto vio a las dos mujeres y trató en vano de borrar las imágenes de su mente. Pero la sombra que se había agitado el día entero sobre las paredes de su consciencia cobró significado: el destino de la madre y la hija era el mismo, no había nada que agregar.

Hacia el fin de la ceremonia, ella se apartó de su marido, que insistía en sostenerle la mano, y se liberó con brusquedad. Cuando trató de acompañarla, le lanzó una mirada de reproche y él no volvió a moverse mientras ella no dejaba de acariciar la lápida.

—No te preocupes, mamá, pronto estaré allí también —dijo, en un tono que por un momento sonó festivo. Luego contempló a todos sonriendo con arrogancia.

Ninguno osaba acercarse. El padre miró al sol y parpadeó; parecía tan frágil como su voz en el teléfono de aquel día. Yizjak quitaba los terrones adheridos a la piedrecilla que tenía lista en la mano para ponerla sobre la lápida y los demás lo imitaron, a excepción de Shaúl, que observaba fijamente a la madre. Yonatán se preguntó cómo su hermano podía recordarlo todo. ¿Acaso registraba cada acontecimiento en el momento mismo en que se producía?

Decidió moverse —tal vez esperaran que fuera el primero en hacer algo—; así podría dar utilidad a su rol de chico revoltoso, puesto que se lo habían endilgado. Se acercó a la sepultura, se plantó al lado de su madre y observó que ella tenía las manos polvorientas. No recordaba haber visto nunca suciedad o polvo en su piel. Puso una piedrecilla al lado de la letra S. Todos siguieron su ejemplo, pasando a ambos lados de ella y depositando las suyas sobre la lápida. La madre emprendió el regreso, por propia iniciativa, y los tres la siguieron avanzando pesadamente. Al llegar al aparcamiento, se los veía pálidos y sudorosos, pero ella parecía estar de buen humor.

Durante el regreso a casa, Shaúl, sentado a su lado, casi no abrió la boca. Yonatán empezó a envidiar a su hermano mayor, el único que conservaba en la memoria las horas y los días, guardaba todo en orden cronológico y podía recordar mejor que nadie los gestos, los movimientos y las expresiones más sutiles de la madre. En el asiento delantero, ella tarareaba una vieja tonada. Luego se sumió en el más completo silencio y rechazó la idea del padre de ir a un restaurante. Cuando aparcaron al lado de su edificio dijo:

—Ya de pequeña aprendí a conocer la muerte, nunca dejó de zumbar a mi alrededor. —Los miró uno por uno y agregó—: El tiempo y la conciencia llaman a la puerta, sobre todo por las noches.

Permanecieron callados, solo se les oía la respiración.

El aire era sofocante cuando el padre apagó el motor, pero ninguno osó apearse antes que ella, que finalmente salió, con Shaúl y el padre a la zaga, mientras Yonatán se quedaba en el coche porque se suponía que tenía que ir a clase, pese a que solo unos pocos de sus compañeros seguían asistiendo —la mayoría se preparaba para los exámenes de bachillerato, reuniéndose en grupos en distintas casas—.

Condujo rápidamente hacia Emek Refaím, donde vivía Lior, zigzagueando y haciendo sonar el claxon, pegándose al parachoques del coche que iba delante, hasta aparcar junto a la entrada del edificio. No recordaba cuál era su ventana, ni le importaba que ella lo viera. Recordó que aquella noche, después de criticar a la madre por haber dicho que tenía «ojos de oficial de la Gestapo» y escuchar por boca del propio Yonatán la lista de sus transgresiones, lo había abrazado y pedido que dejara de agotarla con toda esa cháchara, porque aun si la madre estaba enferma y el padre no entendía gran cosa, aun si él había hecho cosas terribles, ella no permitiría que le negaran el derecho a existir tal como era. O, bueno, más o menos como era.

Había pensado en protestar: «¿Quién me está negando el derecho a existir, estás chiflada?». O en reírse de su tono teatral. Pero era demasiado tarde. Sus palabras eran como un viento fuerte haciendo estragos en su mente, embrollándolo todo, mareándolo entre la tristeza, la vergüenza y la alegría, hasta que lo invadió una calidez peculiar, del tipo que burbujea en el cuerpo cuando otro ve el mundo a través de tus ojos y puede disolver tus temores más extraños, precisamente por haber reconocido el poder y la verdad que contienen. Lior preguntó si estaba contento, como solía hacer para incordiarlo por no ser capaz de decirlo, y a él le parecían palabras de niña consentida, llenas del repugnante placer de haber satisfecho los deseos de él. Al final de la noche estaban en la cama, desnudos y sudorosos. Lior dormía apretando sus senos contra el pecho de Yonatán y con la cara hundida en su cuello, mientras él miraba al cielo, deseando que el alba no llegara nunca y sorprendido de darse cuenta de que nada lo atemorizaba más que perderla.

Permaneció cerca de una hora en el coche antes de decidir que ella no estaba en casa y no tenía sentido esperar más. Antes, cuando había necesitado urgentemente su abrazo, todo lo que había podido ver era el momento en que ella lo acogía y él le hundía la cara en el cuello, le besaba la piel y le olía el cabello, con su estómago pegado al de ella. Pero ahora veía la escena siguiente, en la que ella abriría los brazos y se plantaría frente a él, con todo el distanciamiento sudoroso del último verano entre ambos, y resurgiría la misma certeza: ella no estará allí cuando todo se desmorone.

Esa noche, cuando ya todos se habían acostado, Yonatán cogió un cuaderno amarillo y empezó a registrar sus impresiones del día. La capacidad de Shaúl de recordarlo todo lo inquietaba. Cada vez que miraba a su hermano imaginaba la abundancia infinita de recuerdos, organizados como libros en un estante, y parecía que desde el aterrizaje en Israel —como una especie de parásito que no había estado para nada durante los años duros y actuaba ahora como si nunca se hubiera ido— les estaba robando sus días, arrebatando cada suceso apenas terminaba para huir después. Desde que era niño admiraba la asombrosa completitud de la forma en que Shaúl hablaba del pasado, con conocimiento de los mínimos detalles de color y sonido, como si insuflara nueva vida en aquellos sucesos. Tal vez había empezado a creer que Shaúl conocía el secreto capaz de atenuar la realidad de la pérdida.

Suponía que el diario que había comenzado, por ahora llamado «Breve historia de la muerte» (nombre prestado de una reunión secreta entre el rey y Warshovsky en la que deliberaron sobre cómo borrar de la memoria de los súbditos la gran cantidad de caídos en la guerra de los Veintitrés Años), sería la respuesta por escrito a la asombrosa memoria de Shaúl. A veces, tendido en su cama, se preguntaba si cada uno de los que lo rodeaban escondía un secreto o un talento especial para mirar a la muerte de frente.

Nunca había escrito nada, excepto las cinco páginas que quemó en la terraza cuando cursaban noveno y aquellas en la que describía la muerte del padre de Yaará y el efecto que tuvo sobre el amor de la pareja, unas páginas que solo había redactado para no dejarse pescar en contradicciones. De niño le gustaban los libros de aventuras, después dejó de leer, hasta que un día, poco antes de cumplir catorce años, la madre le había dicho en un tono misterioso que ya era hora de que «conociera los libros». Dentro del grupo con el que andaba ninguno leía libros, por las noches jugaban al póker en la planta de tiendas vacías del centro comercial, bebían vodka, jugaban al billar en los clubes del centro, hablaban solo de chicas —aunque bien poco sabían de ellas— y de trompazos, y desahogaban sus amarguras en juramentos sobre las cosas terribles que harían a quien osara meterse con ellos, aunque a la hora de la verdad evitaban las peleas violentas. A veces iban a clubes pequeños de la calle Jaffa, porque eran muy jóvenes para entrar en las discotecas que realmente anhelaban, y bailaban en un círculo masculino —Mati el Hermoso y Eyal Salmán eran los únicos que habían logrado besarse con chicas o al menos apretarse contra sus pechos durante los bailes—, a sabiendas de que eran unos pobres diablos. Y ahora la madre esperaba de él que viniera a su cuarto a leer sus amados clásicos rusos, probablemente por la influencia de la doctora Sternberg: Tolstói, Gógol, Turguéniev y Dostoyevski.

Reclinada en su cama, le leía en voz alta mientras él permanecía de pie al lado de la puerta o tendido en el suelo, a veces enfurruñado sobre un taburete, o bien mirándose en el espejo y peinándose. Sabía que no estaba obligado, pero se quedaba igualmente, como si tuviera un motivo oculto para hacer lo que ella le pedía. Recordaba con claridad el momento en que empezó a prestar atención, leían *El capote* de Gógol y le había gustado desde la primera página, pero de pronto descubrió que el narrador no sabía nada: «Mi memoria se está debilitando, las innumerables calles y casas de San Petersburgo se confunden de tal forma en mi mente que ya es difícil extraer algún detalle que no se haya deformado». El pasaje le gustaba, las palabras encendían su imaginación y le levantaban el ánimo, de modo que en clase las copió en su cuaderno. Poco después, entre el octavo y el noveno curso, dejaron de leer juntos, tal vez a raíz del diagnóstico. Mientras cenaban, hablaban de volver muy pronto a la lectura.

Ya durante la primera noche de escritura descubrió que no podía dejar de mentir: la visita al cementerio había tenido lugar en una noche borrascosa, Shaúl tenía implantada una máquina que robaba los recuerdos de todos, Yoel era capaz de ver los sueños de otros. El personaje principal de su relato era una amalgama de su madre y la abuela Sara. A medida que avanzaba, quería erigir un muro entre ambas mujeres y seguir siendo un hijo leal, pero Sara continuaba invadiendo la historia, tal vez porque su madre se había aficionado a hablar de ella como de alguien que no había conocido nada más que el sufrimiento, que era una víctima de la maldad y la ingratitud de otras personas. Si le hubieran pedido a Yonatán que definiera a la abuela Sara, a la que nunca conoció, en una sola frase, habría recitado el versículo: «Los príncipes me han perseguido sin causa». La madre sostenía que ella, al igual que la abuela Sara, había absorbido la bilis de los que se aprovechaban de su generosidad, la envidiaban y deseaban su perdición.

Día tras día mentía y se torturaba: convocó una epidemia que afectó a todos los residentes de su calle y asignó a cada uno de los conocidos de la familia un rasgo satánico. También relataba sueños: estaban en el jardín botánico, niños pequeños con camisas rojas atacaban a un hombre bien trajeado, lo arrojaban a un lago y le arrancaban jirones de carne con los dientes; soñó con una torre de agua como la que había en el kibutz, que cambiaba de color, se alzaba encima de una pocilga y hablaba, decía que había matado a mucha gente en su aldea y que la habían trasladado aquí como castigo. Soñó que bailaba con Hilá en aquella fiesta y que Tali estaba al lado de Ran Joresh, que tenía doce años, y ella la edad de ahora, o sea diecisiete, llevaba un top blanco y montones de anillos en los dedos, Ran Joresh se arrodillaba, le levantaba el top y le lamía los pechos, y de pronto Hilá le decía:

—¿Ahora piensas que es bonita porque a Yoel le gusta? Eres un idiota.

Noche tras noche, mirando a la madre a través del ojo de la cerradura, juraba ser fiel a la verdad, pero cada vez que tenía que describir algo que había ocurrido en casa se aburría y volvía a mentir. Veía en su tendencia a apartarse de los hechos verdaderos una debilidad, una traición; una vez quiso mirar de frente a la realidad sin embellecerla y de nuevo, como le había ocurrido con Yaará y Lior, no pudo hacerlo. Solo los cobardes van siempre demasiado lejos.

El esfuerzo principal de su diario se centraba en comprender la muerte, en mirarla desde la perspectiva de ella, que se iba acercando al final día tras día. El primer pasaje era:

Hemos estudiado la muerte
No la que no es nuestra
Esa no nos interesa
No somos filósofos

Cuanto más se esforzaba por escribir la muerte desde la perspectiva de aquella mujer, su madre-abuela, más veía que era como arrojar una pelota contra la pared: la mirada que lanzaba a la muerte inminente volvía siempre a ciegas a él, humillado por la falta de conocimiento. Porque ninguno de los que rodeaban a la madre —Shaúl, él y su padre, las hermanas y las amigas de ella— podía compartir la experiencia de esta mujer que pronto dejaría de existir. Aunque no lo quisieran, ya estaban contemplando la vida sin ella, previendo el año siguiente a su muerte. Yonatán se preguntaba a veces si su madre entendía que en el futuro que vislumbraban ella ya no estaba. La imaginaba alejándose constantemente de ellos, consciente del abismo que se ensanchaba sin cesar. Cuanto más trataban de acercarse, más retrocedía, flotando ya en esa brumosa extensión entre la vida y la muerte a la que ninguno de ellos podía acompañarla. Estaban tan vivos, comparados con ella.

A medida que el cuento avanzaba se multiplicaban sus fracasos: dado que en él no había verdad, no podía competir con la memoria de Shaúl ni acercarse a la muerte de la madre. A fines de mayo las veinte páginas acumuladas en el cuaderno amarillo lo habían desalentado, pero no se atrevía a abandonarlas. Creía que tenía que mantener a su protagonista con vida. Fueron innumerables las veces en que la llevó al borde de la muerte, al final de la historia, solo para rescatarla en el último instante, de regreso al mundo de los vivos.

El último día de mayo arrancó las primeras cinco páginas del cuaderno y las puso en el lado que ocupaba la madre en la cama matrimonial. No osó volver a casa en todo el día. Condujo el coche al Bosque de Jerusalén y recorrió los caminos serpenteantes una y otra vez, enfiló por la carretera de la Colina Francesa y de allí bajó hacia Jericó, en busca de las tres caras de aquella noche con Yoel. No las encontró, tal vez se las había pasado y, en todo caso, la idea ya no lo entusiasmaba. Detuvo el coche en el arcén y miró alrededor. La lisa arena negra que recordaba de aquella noche se había convertido en un vertedero: viejas latas de combustible, troncos quemados, abrigos, camisas y uniformes hechos jirones, los asientos delanteros de un coche.

Dio la vuelta y regresó a Jerusalén. Al llegar a su calle vio luz en la sala y supuso que Shaúl estaba allí escuchando discos viejos. Tocó el timbre en casa de Yoel, pero su madre le dijo que había salido, probablemente con Tali, y a él le pareció que había hostilidad en la forma en que pronunciaba el nombre.

A las diez empujó con cuidado la puerta, preparado para el brillo de las luces acusadoras de la sala y las voces preocupadas de sus padres. Pero la casa estaba a oscuras y en silencio, fuera de una suave melodía proveniente del cuarto de Shaúl. Cuando se sentó en su cama encontró sobre la almohada la primera página de la «Breve historia de la muerte». La mitad inferior de la hoja estaba debajo de la frazada, cubierta como un bebé. Vio unas diez correcciones en tinta roja. Aquí y allí alguien había tachado palabras superfluas.

Despertar

Con la espalda adherida al colchón acarició los cabellos de Itamar, acostado sobre su vientre, y acercó la mejilla del niño a su pecho. Gruñidos y jadeos interrumpían la respiración del pequeño y cada vez que oía algo que no le gustaba acercaba la cara para escuchar mejor. Itamar se despertaba frecuentemente por las noches, gritando y sollozando, luego se sentaba en la cama y los miraba con grandes ojos vidriosos, un temblor en los labios y una palidez que no veían cuando estaba despierto. Era como si no supiera dónde estaba y no los reconociera, pues rechazaba los brazos que le tendían. Todavía atontados por el violento despertar, se preguntaban si de verdad conocían a la criatura sentada frente a ellos. Se habían deslizado hacia el sueño en un abrazo y despertaban como tres extraños.

Cada vez que Itamar se despertaba en medio de la noche y se sentaba, Yonatán tenía que refrenar las señales de pánico en su rostro y mantener una voz estable para que Shira no se diera cuenta. Imaginaba fragmentos de los sueños del bebé, pero detrás de los otros niños de la guardería asomaban siempre los chavales de Beit Ha-Kérem. Abatido por las escenas imaginarias, empezó a idear una máquina construida con tubos gigantes que tenía en un extremo un imán, el cual conectaba la consciencia de una persona con la de otra y le permitía infiltrarse en sus sueños. Cuando le describió el artilugio a Shira, un poco en broma, ella le dijo con una amarga sonrisa que por lo que recordaba era Yoel, y no él, el que inventaba máquinas. Le sorprendió la leve malevolencia con que mencionó a Yoel, del que ya no hablaban, y supo lo que ella quería decir: cuando nuestro hijo se despierta con un terror imposible de disipar, no puedes tolerar el estar allí, por eso te refugias en tu imaginación, pero ¿cómo sabes si yo puedo tolerarlo?

Miró a través de los cristales de la puerta de la terraza. Vio un avión que sobrevolaba dos edificios y despedía unas motas de luz dorada por la cola, tal vez de estrellas o de algún reflejo celestial, que lo seguían como las estelas blancas de los aparatos a reacción. Su mirada pasó entonces al techo, donde se arremolinaban unas sombras minúsculas, luego a las pilas de ropa, sábanas, pañales sucios, toallas, sonajeros y al maquillaje de Shira, que no había tenido tiempo de ordenar antes de salir.

Itamar murmuró algo, sonaba como si dijera «más, más, más», su nueva palabra favorita. Envolvió al niño en sus brazos, aspirando el aroma jabonoso de su piel y conteniéndose para no besarlo y despertarlo. Tenía mucho cuidado de no frotar su barba incipiente contra la delicada piel del pequeño, que reaccionaba formando puntos rojos. Por el ritmo de su respiración podía afirmar que había caído en un sueño más profundo; lo llenó de satisfacción haberlo logrado en ausencia de Shira. Con gran delicadeza empezó a ajustar la frazada roja alrededor del bebé, pero se detuvo preguntándose por qué no podía simplemente dejarlo tranquilo.

Estaba exhausto. Apoyó la cabeza en la almohada y cerró los ojos, luego los abrió, consciente de la pesadez de sus párpados, antes de volver a cerrarlos. Recordó el cuarto de Shaúl en el piso de Jerusalén, muy tarde, tal vez a medianoche: burbujas de color naranja de las farolas de la calle danzando en el techo, unas franjas lechosas extendiéndose sobre las telarañas de la biblioteca y unas cuantas serpientes de luz retorciéndose alrededor del aro hacia el que arrojaban balones de espuma. Corre la cortina y el cuarto se pierde en la oscuridad. Se pone a jugar: con luz, sin luz. Sobre la mesa se halla el pequeño tocadiscos portátil en su maletín negro, rodeado por fundas de discos y cuadernos. Shaúl está tumbado en la cama mientras Yonatán se mueve por la habitación —se sienta en el alféizar de la ventana, se apoya en la silla, afirma los pies debajo del aro y lanza el balón—. De tanto en tanto se sienta en el borde de la cama de Shaúl y el hermano le dice con voz de dormido que ya es hora de que duerma solo en su habitación, ya está bastante crecido. Pero no se acercará a ese lugar; aun con la luz encendida ve cosas en la terraza y oye sonidos de golpes y crujidos que vienen del tejado y del cuarto de baño, a veces las paredes se curvan y él sabe que un ser invisible se arremolina dentro de ellas y que unos cuerpos misteriosos se deslizan por el suelo del pasillo. Su dormitorio se encuentra lejos del de Shaúl y pegado al de sus padres, pero ellos no están y cuando eso ocurre —aunque Shaúl esté en casa— él está solo.

Hace frío en el cuarto de Shaúl y Yonatán se siente cansado. Se sienta en el angosto alféizar, justo enfrente de la ventana de Yoel. Balancea los pies y mira hacia fuera, esperando ver el coche de los padres. El rumor de motores cuesta arriba alimenta sus esperanzas, luego distingue luces de faros danzando sobre los edificios y los árboles, pero la mayoría de los coches se detiene antes de llegar a los últimos cuatro edificios visibles desde su ventana. Asoma la cabeza para mirar la calle cuesta arriba, pero los árboles se lo impiden, entonces maniobra para sacar el torso por la ventana, aferrándose al marco por arriba y por abajo. El aire frío repta por su rostro y baja por el cuello hasta el pecho, una punzada aguda lo estremece. Si el marco de la ventana se quebrara bajo su peso, él caería. Qué fácil sería precipitarse desde una altura de tres plantas hasta el césped, Shaúl no podría detener su caída. Tal vez Yoel se despertara y mirase por la ventana justo a tiempo para verlo rodando por el aire.

Tiene casi todo el cuerpo fuera de la ventana. Pasarían unos cuantos años hasta que se definiera claramente la pregunta que se esbozaba en esas noches: ¿a partir de qué edad no habrá nadie capaz de impedir que uno se suicide?

Shaúl se queja de que tiene frío y le pide a Yonatán que cierre la ventana y vuelva a su habitación. A veces le permite acostarse en su cama, lo abraza y le susurra que todo irá bien, que no se irá verdaderamente de casa dejándolo solo con ellos.

—Pero no estás aquí como antes —insiste Yonatán.

Con el alejamiento del hermano, el mundo se torna gris y no puede encontrar las palabras para expresar la tristeza de la casa sin él. En todo caso sabe que es una causa perdida. La verdad es que no caben los dos en la cama, por tanto espera uno o dos minutos, pasa a la silla o camina por el cuarto, maldiciendo en silencio a sus padres. Shaúl está prácticamente dormido y él le hace preguntas: sobre música, acerca del verano en que fue a Chicago y volvió con un álbum de Boston que tenía en la funda una colorida nave espacial.

—Escuchemos la primera canción —sugiere y tamborilea el estribillo en el aire, la música suena en su mente llenándolo de una alegría salvaje, ya no tiene miedo. Piensa que tal vez irá a su habitación, a las sombras, los sonidos y los rostros en el techo. ¡Ya verán! Pero el destello de coraje se disipa—. Escuchemos la canción —repite. Shaúl no responde, quiere dormir, tiene una clase temprana en el instituto, es su último curso, o tal vez ya esté haciendo la mili.

Itamar tosió. Yonatán sintió que tenía la mano mojada y se dio cuenta de que el niño estaba babeando sobre él. Abrió los ojos asustado, imaginando a Itamar sentado y observándolo con esa extraña mirada. Pero no, está profundamente dormido sobre el vientre de su padre, que siente palpitaciones y un ligero mareo. Yonatán se frotó los ojos irritados y fijó la mirada en la lámpara de la sala. Sentía una inexplicable necesidad de luz, guiñaba los ojos como si no pudiera controlarlos, hasta que vislumbró un fulgor sobre el que revoloteaban unas mariposas negras y al cabo de unos instantes ya no podía ver nada más en la sala. Tenía que luchar contra la andanada de recuerdos; no era el momento oportuno, estaba a cargo de Itamar. En los límites de una sola respiración no hay sitio para ilusiones.

Quedó estupefacto ante la reaparición de esa frase, que no había dado señales durante muchos años, y se lanzó al galope por diversas latitudes del pasado intentando localizarla, hasta que de pronto tropezó con esa criatura, o al menos con una parte, porque nunca la había visto entera, solo una silueta vaga y cambiante. Las reglas no habían cambiado: él estaba en la cima de la colina de la calle Hagai al atardecer, era casi noche cerrada y las copas de los árboles ya eran negras. Justo entonces la criatura surgió de las profundidades de la tierra, emitió un tremendo alarido y comenzó a galopar hacia él, atravesando océanos y continentes, más rápida que la luz. Yonatán huyó, en una carrera desenfrenada cuesta abajo, sintiendo el aliento cálido de la criatura en la camisa, abrasándole la piel como cuando uno se acerca demasiado a una fogata.

Afirmó los pies sobre el colchón. Itamar resbaló sobre su pecho y emitió un jadeo sibilante. Yonatán maldijo en voz baja y presionó los pies aún más. Le dolían los músculos. Luego sujetó a Itamar y le inclinó cuidadosamente la cabeza, y le pareció que un movimiento involuntario agitaba las extremidades del niño y perturbaba su sueño. Poco después el pequeño cuerpo quedó quieto y la cabeza de Itamar con su suave pelusa volvió a pesarle sobre el pecho, tal vez sobre el corazón, dificultando su respiración. Pero no osó moverse.

Itamar lloriqueó brevemente y se retorció como queriendo liberarse, pero entonces levantó la cabeza y la dejó caer con fuerza sobre el pecho de Yonatán. Oyó un gorgoteo sordo y se preguntó si venía de las entrañas del bebé o de las suyas. Temía que se sentara y le clavara esa mirada.

Oyó un ruido y vio las ramas del eucalipto invadiendo su terraza larga y estrecha, enrollándose alrededor de la barandilla oxidada. Solía desenredarlas con las manos, llenándose de arañazos y llamando a la madre para que viera cómo las dejaba en libertad. Pero no era eso lo que veía ahora, sino la doble puerta de su dormitorio en Tel Aviv. Oyó un chirrido irritante que venía de la terraza y quedó inmóvil, escuchando —alguien o algo movía una silla—. Hubo unos golpecitos desde el otro lado de la pared y luego de nuevo un chirrido. ¿Qué terraza estaba viendo?

Miró hacia la izquierda, frotando el mentón contra el fino cabello de Itamar; solo una mariposa negra seguía revoloteando entre las franjas de luz de la sala. Apretaba con tanta fuerza la sábana que sintió un agudo dolor alrededor de las uñas, como si se hubiera lastimado con cristales rotos. Levantó las manos para ver si sangraban. Estaban sudorosas. No debía tocar a Itamar. Decidió que tenía que levantarse y encender alguna luz, pero sus manos y pies no se movían. Quería creer que el cuerpo le desobedecía porque Itamar estaba acostado sobre él, no por el miedo —ahora que tenía treinta y siete años— de entrar en habitaciones ruidosas, en las que figuras y seres de todas clases iban cobrando forma.

Itamar gimió levemente y levantó la cabeza. Yonatán evitó mirarlo a los ojos. Temía que un tiempo lejano de los abismos de su memoria se estuviera extendiendo por su casa de Tel Aviv, mezclando las habitaciones y borrando todo rasgo conocido.

Itamar adhirió su vientre al torso de Yonatán y volvió a apoyar su tibia mejilla sobre el pecho de su padre, pero esta proximidad lo perturbaba; podría contagiarle al pequeño sus temores, infectarle el alma, contaminarlo. ¿Cómo podría un padre sentar al hijo sobre un avispero? Al principio le costó creer que esta frase —de un cuento de S. Yizhar, un autor al que admiraba— reverberara ahora en su mente y lo traicionara. Trató de reírse del terror que había hecho presa en él, pero era demasiado tarde. La idea se había grabado en su cabeza y, sin que importase cuánto se mofara de ella, ya estaba dentro de él. «¿Cómo podría un padre sentar al hijo sobre un avispero?».

Se palpó la piel, la sentía áspera y dura, como enfriada. Tragó saliva, pero la garganta seguía estando seca, al igual que la lengua, cuyo contacto con el paladar le repugnaba. Temió no ser capaz de proteger a Itamar si despertaba, y que se mirarían como dos extraños. Tomó una decisión: sosteniendo al pequeño con el brazo izquierdo, y conteniendo la respiración, lo fue acercando al colchón —una maniobra que frecuentemente terminaba despertándolo—. Itamar se puso tenso y lloriqueó, Yonatán le acarició la espalda hasta sentir que se calmaba —había perdido peso, eso les preocupaba— y luego extrajo el brazo en el que se apoyaba. Ahora Itamar estaba a su lado. Le alivió habérselo quitado del cuerpo.

Abrió los ojos para ver una cúpula plateada refulgiendo sobre él, volvió a cerrarlos y los sonidos de la casa se fueron apagando. Por un momento pensó que la tempestad había pasado.

Shira regresó a medianoche. Oyó que caminaba, se desvestía en el baño, el agua corría, y la maldijo en silencio a pesar de saber que muy raramente salía de noche y recordar que siempre la alentaba a hacerlo más a menudo, aunque solo fuera una forma de limpiarse la conciencia. Finalmente apareció en el dormitorio, él le sonrió, le hizo una seña indicando que todo iba bien y se levantó antes de que la mirada de ella se posara en su rostro. Shira se acostó junto a Itamar, que, al sentir su olor, despertó y le buscó inmediatamente los pechos. Yonatán se quedó al lado de la puerta mirándolo y escuchando los tranquilos sonidos del niño mamando, acunado en el regazo de su madre. Pensó que tal vez Itamar no había estado dormido durante esos últimos minutos, sino esperando en silencio, al igual que él, que Shira regresara.

En la cocina llenó de agua la botella de Shira y metió la cabeza debajo del grifo. Se enjugó la cara y el cabello, volvió al dormitorio y colocó la botella sobre la cómoda, a su alcance. Ella le acarició el hombro agradecida y el conocido contacto de sus dedos lo entristeció porque le molestaba, no por primera vez, reconocer que la estaba engañando, no solo a ella, a los dos, al esconder un secreto que hacía poco se había aclarado en su mente: a medida que Itamar crecía —ya había cumplido un año—, Yonatán reculaba. Los muros que protegían el presente contra los terrores del pasado y permitían que los recuerdos se filtraran a un ritmo que él era capaz de tolerar habían empezado a desmoronarse. El pasado era una nube que venía flotando hacia él —disparando una andanada de flechas de memoria que se clavaban en su consciencia y generaban imágenes que aceptaba a regañadientes— y que pronto lo tragaría. Durante partes del día tenía dieciséis o dieciocho años, y eso probablemente había ocurrido siempre, pero la máscara que le permitía manejar sus asuntos y cumplir sus tareas en el mundo ahora se había ido desintegrando. Mientras los miraba tranquilamente acurrucados, como si cada fibra del cuerpo de Itamar supiera exactamente dónde colocarse sobre el de Shira, no cabía duda de que ya no existía ninguna máscara, y que si Shira encendiera la luz quién sabe cuál sería el rostro que aparecería ante ella. Él tampoco lo sabía.

Shira creía que todo estaba conectado con Yoel, que cada vez que Yonatán iba a visitarlo en Beit Ha-Kérem —y se tumbaban en la cama con vistas al antiguo cuarto de Shaúl— compartían secretos y recuerdos (como el del colapso de la alianza entre Shimon, Benz y Tsivoni cuando Shimon besó a la hermana mayor de Tsivoni o la guerra contra las torres, que había terminado en una catástrofe a la que nunca se referían explícitamente) y disponían sobre la cama los cuadernos de Yoel, en cuyas páginas había pegado las notas viejas y arrugadas del reino en orden cronológico, enumerando los pecados de sus compañeros de clase porque, como Yoel insistía, «no hay niño que no haya cometido fechorías». En el hecho de que se mofaran de vez en cuando de su propia devoción a esos momentos a la madura edad de treinta y siete años —y le preguntaran a la madre de Yoel, cuando se asomaba, tal vez solo por sentirse obligados, si podía prepararles unas albóndigas para la comida, y que solo cuando Yoel salía a fumar en la terraza ella asía fuertemente el brazo de Yonatán y le preguntaba si podía ayudar a su hijo—, ella veía que se había abierto otra grieta en su vida familiar en Tel Aviv. Tal vez por eso lo alentó para que viajara ese verano al festival de México. «Será bueno para ti y para todos», le dijo.

Yonatán no le refirió a Shira que durante esas horas en Beit Ha-Kérem —al contrario de los años en que Yoel y él hablaban del pasado, pero también eran conscientes del presente y cada uno le pedía consejos al otro sobre asuntos del trabajo y de la vida, además de conversar sobre política, libros y gente— habían sido inmunes al paso del tiempo y habían tratado en lo posible de evitar el tema. Incluso cuando Yoel pidió que le mostrara una foto de Itamar, al que solo había visto una vez, era obvio para ambos que solo lo hacía por guardar las apariencias y que estaba dando los pasos necesarios para despejar del encuentro cualquier cosa que pudiera estorbarles más tarde.

En una ocasión, a Yonatán le preocupaba algo y decidió compartirlo con Yoel. Le habló de una novela que había leído en la que el autor afirmaba que, a raíz del nacimiento de sus hijos y de las tribulaciones de la vida cotidiana, el pasado había desaparecido casi completamente de sus pensamientos.

—Solo una personalidad mezquina y pedante escribiría algo así —replicó Yoel. Pero, desde la muerte de su madre, Yonatán no había tenido ni un solo atisbo de ella, ni a los veinte, ni a los treinta, ni cuando se publicaban sus libros en hebreo o en otros idiomas, ni cuando fracasaba en algo, ni cuando se había enamorado de Shira, ni siquiera cuando estuvo enfermo o celebraban su cumpleaños. Solo después del nacimiento de Itamar fue cuando empezó a verla a veces llamando a su puerta, con el mismo aspecto que tenía en sus últimos días o tal vez un poco más anciana (nunca se atrevió a imaginarla con setenta y cinco años), y a figurarse a Itamar corriendo hacia ella, que lo cogía en brazos. Cayó en la cuenta de que las expresiones de ella en esas escenas habían sido recortadas de un viejo recuerdo: él tenía unos ocho años y los padres regresaban de una semana en Rodas, ella abría la puerta y anunciaba alegremente: «¡Aquí estamos!». Allí fue cuando la vio con la cara resplandeciente y los brazos en alto, como aclamando a alguien, y claramente encantada de verlo.

Al terminar de hablar, Yoel se hundió en sus reflexiones. Por momentos miraba a Yonatán como si fuera a decir algo. Evidentemente quería distraerlo o reconfortarlo, pero no encontraba las palabras. Eso bastaba para que ambos entendieran cuánto había cambiado todo.

Finalmente, Yoel dijo con una voz cansada:

—Recuerdo que cuando viajaron a Rodas tú venías a cenar, una noche con nosotros y otra en casa de Ratsón. —Pareció decepcionado por la banalidad de su propio comentario.

—Sí, y Nóam rompió la pata de la mesa —comentó Yonatán.

Aliviado, Yoel prosiguió:

—Sí, eso fue estupendo.

Más tarde, sentados en la terraza contemplando el cielo primaveral, Yoel le preguntó si tenía planes para el verano repugnante y pegajoso que se avecinaba. Decidió no contarle que estaba pensando en ir a México en junio y dijo que no. Yoel movió los dedos de la mano derecha como si escribiera algo en el aire.

—El verano pasado casi acabó conmigo.

—Bueno, Yoel, los veranos pasan, finalmente.

—Ellos pasarán, yo no —dijo Yoel abriendo los ojos frente al sol que los enceguecía—. Parece que no lo entiendes: no pasaré otro verano como ese, eso no ocurrirá.

Tal vez fuera aquel el día en el que Yonatán comprendió, más allá de toda duda, que ya no valía la pena hablar con Yoel de lo que sucedía en su vida y que su amigo, desde su escondite, trataba de atraerlo a un territorio que no hacía mucho creía haber dejado atrás, porque no deseaba —o tal vez no podía— hablar en ningún otro idioma. Juntos restauraban los colores y las sutilezas que se habían perdido con el correr de los años.

Renunció a tratar de convencer a Yoel de que volviera a la vida anterior al retorno a casa de sus padres, a hablarle de pisos en Tel Aviv y de nuevos empleos. Ya hacía casi dos años que vivía en Beit Ha-Kérem y algunos de sus amigos decían que no regresaría a ninguna parte.

Lo único de la vida de Yonatán que todavía interesaba a Yoel era lo que escribía. Le preguntaba si estaba trabajando en algo y, cuando de nuevo respondía que no, insistía en que volviera a escribir. Solo recientemente se le había ocurrido a Yonatán que el interés que Yoel manifestaba no se debía a los libros que escribía ni a los mundos que creaba, en los que siempre había huellas del pasado de ambos, sino a un empecinado núcleo de su personalidad que Yoel siempre había visto en él y calificado de irreversible, de ser «parte de tu propio cuerpo». Todos conocían los febriles tormentos que apresaban a Yoel cada vez que debía tomar una decisión. Volvía una y otra vez sobre los mismos argumentos, inclinándose en una dirección y luego en la opuesta, con razonamientos igualmente convincentes. No dejaba de ser consciente de lo absurdo de su invariable espectáculo y sabía burlarse de sí mismo; tal vez por eso muchos no se daban cuenta —Yonatán entre ellos— de cuánto se torturaba. Eso se debía en parte a que Yoel nunca se mostraba contrariado o enfadado con nadie; todo lo contrario, a la gente le gustaba hablarle de sus propios triunfos. Yonatán siempre había compartido las buenas noticias en primer lugar con Yoel, quien, con sus respuestas cálidas y entusiastas, las celebraba generosamente con él e insistía en que gozara plenamente de sus logros.

A fin de cuentas parecía que a Yoel le faltaba un cierto instinto. Todas las posibilidades y oportunidades le parecían iguales porque carecía de un sentido existencial de voluntad o de propensión a algo. Por ello, aun cuando tomara una decisión y procediera a ponerla en práctica, no se comprometía verdaderamente y su mente continuaba girando alrededor de los mismos argumentos y las mismas dudas, no solo con respecto al presente, sino también en lo tocante a decisiones tomadas diez o quince años atrás que seguían martirizándolo. Tal vez lo que buscaba desesperadamente detrás de todos los agotadores titubeos fuera su auténtica tendencia, esa «parte de su propio cuerpo».

Poco antes de que Yoel volviera a casa de sus padres, Yonatán y Shira habían ido con él a una fiesta, en la que los había arrastrado a una mesa en la planta alta, donde pasaron horas escuchando sus argumentos a favor y en contra de casarse con su novia. Al cabo de un rato se había puesto triste y terminó hundido en el sofá, mesándose incesantemente el cabello.

—Pero, dime, ¿la quieres? —preguntó Shira.

—Claro que sí —respondió Yoel, como si no pudiera entender qué tenía que ver eso con el asunto.

Ya en Beit Ha-Kérem, sentados en la cama, Yonatán le recordó lo que habían hablado en la fiesta y le dijo que, si hubiera escuchado entonces a Shira y asumido el compromiso con su novia, tal vez todo esto no habría sucedido. Al cabo de una pausa, Yoel le preguntó por qué no lo había empujado a hacerlo; ¿cómo había podido dejar que cometiera esos errores tan terribles? Yonatán lo miró y le pareció oír la voz de Shira, que recientemente le había recordado, como de pasada, algo que él le había dicho unos años atrás: que Yoel y él ya no eran amigos íntimos, que era solo el mito de su amistad el que le dictaba la respuesta de siempre cuando le preguntaban quién era su mejor amigo.

Cada vez que volvía de Jerusalén, el ruido del serrucho en su mente era tan fuerte que necesitaba como mínimo un día entero en la cama y sin hacer nada antes de dedicarse a las tareas del presente. Por suerte, Shira lo veía despertarse y jugar con Itamar, darle su yogur y prepararle el emparedado con solo la miga del pan, pero ella ya estaba en su trabajo cuando Yonatán regresaba de dejar al niño en la guardería y se arrastraba a la cama, durmiendo a intervalos hasta las tres de la tarde, cuando se levantaba, se vestía, tomaba un café y se lavaba la cara con agua fría.

Cuando ella llegaba a casa con Itamar, los recibía alborozado, alzaba al niño por encima de su cabeza y bailaba con él. Las sonoras carcajadas del pequeño eran lo único que lo alegraba, aunque también en ellas se infiltraban pequeños desplomes de terror, al darse cuenta de la precariedad de su existencia en Tel Aviv. Los tres se sentaban juntos, él inventaba historias para Itamar, al que sostenía en su regazo, sobre cualquier objeto que el niño escogiera —un cochecito de juguete, un chupete, una muñeca, un sombrero—. Con una sonrisa de pícaro, Itamar cambiaba los objetos, decía «papá» y pasaba a sentarse con Shira para que ella terminara el cuento, dando gritos de júbilo, pero de pronto, sin que importara hacia dónde dirigiera la mirada, Yonatán veía las sombras que presagiaban la catástrofe.

A veces se torturaba pensando por qué no captaba lo insulso que era pulir una y otra vez los recuerdos en la habitación de Yoel, cómo era posible que todo eso siguiera entusiasmándolo, que su discurso fuese tan frenético e intenso como cuando tenía veinte años y que a veces se sintieran tan felices que él no quería volver a Tel Aviv, y tras salir del edificio vagaba por las calles de Jerusalén, que ahora lo confundían como las de una ciudad desconocida, escuchaba canciones que no había oído desde los tiempos de la mili, se acercaba a veces a la casa donde había vivido Lior y se estremecía por el solo hecho de evocar la proximidad. ¿Era verdad que sus reminiscencias eran más emocionantes que lo que le ocurría actualmente, que la vida que había escogido?

Tal vez no fuera casual que Tali le preguntara —después de que él le enviase un mensaje sugiriendo que visitaran a Yoel y ella se negara, alegando que reunirse los tres era excesivo— si estaba teniendo cuidado. ¿Había entendido él que debía tener cuidado? Incapaz de resistirse, Yonatán le preguntó si recordaba aquella noche en que habían bailado en la fiesta de graduación de él; a veces pensaba que era entonces cuando había empezado a desearla. El cuerpo le temblaba mientras esperaba que ella tecleara la respuesta. Ella dijo que lo recordaba todo, pero que no quería hablar de eso, especialmente de lo que había ocurrido después de la mili. Ahora no. Leyó la respuesta y de pronto captó que se sentía decepcionado, le pareció tan estúpido que soltó una risa desagradable y como chamuscada. Tali desapareció, y al cabo de unos días le escribió una sola línea: «Estás siendo absorbido, de eso precisamente tienes que cuidarte».

Las torres
(Finales de la década de 1980)

Hacía ocho días que no iba al colegio. La madre decía que ya casi se había recuperado, pero entonces la señorita Meltser vino a visitarlo y de nuevo le subió la fiebre.

—¿Qué quería la pequeña engreída? —seguía preguntando su madre. Él murmuraba alguna cosa y volvía a dormirse, o algo parecido: pasaba las mañanas en cama, entre dormido y despierto, viendo cosas.

Al principio, el bosque era un bosque, la tierra era tierra y las ramitas eran ramitas. Fragorosos truenos se desploman sobre ellos como si las torres se estrellaran desde el cielo. Corren y se aferran a un tronco rugoso, siente que lo envuelven unos brazos, no sabe de quién. Las copas de los árboles han formado una cúpula en la que una grieta revela un agorero pedazo de cielo gris. Acaricia el tronco, recorre con los dedos cada una de sus estrías y compone palabras con las letras:

El bosque no tiene tiempo
No hay tiempo en el bosque
Que se jodan el mundo y la Base Yulis
Uri y Ofra unidos para siempre

Reconoce la inscripción por haberla visto en otro bosque, más grande, tal vez en el Bosque de Jerusalén, en una excursión escolar que hicieron para identificar la flora o en un campamento de verano en el que aprendieron a hacer pan de pita, placas de cemento gris expuestas al sol ardiente, céspedes verdes que amarilleaban a medida que pasaban los días y que al final del verano parecían cardos como los del *vadi*, y donde ya era imposible caminar descalzo. No puede dejar de pasar los dedos por la inscripción, de palpar su violenta desesperación, preguntándose dónde se guardan los grandes amores cuando todo se acaba. Una vez hablaron de beber una poción borramemorias, pero Yoel no entendía nada. A veces Yoel expresa añoranzas por algo sucedido dos años atrás, Yonatán escucha, lo invade la melancolía y no quiere oír nada más. Tal vez haya aprendido algo: cada alma es distinta. Por un tiempo pueden unirse las miradas sobre el mundo, en algunos asuntos, pero finalmente cada uno se deja llevar al reino de los sueños.

Estalla un trueno y la tierra se estremece. De los pinos caen piñas gigantescas y plateadas. Oye un rumor escalofriante y a la vez conocido y el tronco se parte por la mitad. Quiere soltar el árbol que está por caer, pero las manos se le han enredado entre las ramas. Las arranca con gran esfuerzo, le arden los brazos, se asusta al ver cuánta sangre mana de ellas. Incapaz de frenar el impulso, cae hacia atrás. Está tendido en un lecho de ramas y hierba, la melena del árbol se desprende del tronco y se balancea, dos cuervos lanzan sus graznidos al cielo. Ya es muy tarde para levantarse y huir, acepta su destino. El árbol se desploma hacia el oeste, eso lo alivia, pero no tanto como esperaba. Oye gritos y piensa que son ellos —había deseado que cayera sobre ellos y los sepultara—. Pero entonces ya no sabe quiénes son. Totalmente indefenso, reconstruye el mapa del bosque que está colgado en algún muro conmemorativo: en el centro hay una mancha roja y una empinada pendiente. Hacia allí se dirige.

* * *

Hacía dos años habían leído juntos en el *vadi Los muchachos de la calle Pal*, mientras los adultos miraban noche tras noche los partidos de la Copa Mundial de Fútbol en México. Yoel leía dos páginas en un tono agradable y mesurado, después le tocaba a Yonatán, que leía rápido, tragándose palabras, hasta que anochecía y no veían nada. Estaban los muchachos de la calle Pal y sus enemigos los Camisas Rojas, la traición de Gereb —al que Yoel jamás perdonó, aunque Yonatán aceptaba su arrepentimiento— y la magnanimidad de los hermanos Pásztor, de los Camisas Rojas.

—La gente conoce a otra gente y pasan cosas, se ensucian. Si nos miramos a nosotros mismos, ¿es que no hemos hecho maldades? —pregunta Yonatán.

—No tantas, menos que todos los demás —dice Yoel.

Yonatán ríe y no se molesta en contestarle.

Cada noche metían el libro en una caja de lata y lo escondían en el *vadi*, bajo una capa de ramas para que ninguno de ellos cayera en la tentación de seguir leyendo solo. Cuando usaron la caja por última vez, su cariño hacia Yoel traspasó los fingimientos, el miedo al rechazo y la consabida moderación de ambos. Fue por la forma en que leía, siguiendo con el dedo cada palabra como un anciano, y por cómo corría con la espalda extrañamente torcida, por el ingenio con que manipulaba la verdad de modo que nunca fueran derrotados y cómo le impresionaban los sucesos cómicos y sabía mitigar el escozor de los trances dolorosos, además de la manera en que insistía en asegurarle a Yonatán que sus padres lo amaban, a pesar de no conocerlos realmente.

Volvieron a casa en silencio, sin atreverse a tocar el tema de la muerte al final del libro, pese a que era predecible. Veían faros de coches deslizándose cuesta abajo y un humo grisáceo negruzco elevándose de las chimeneas de la fábrica de las Industrias Militares, oían las voces conocidas de la tele y observaban a los hombres en camisetas blancas sentados en los balcones, consumiendo pepitas de girasol o uvas y con la mirada perdida en el espacio; Yoel dijo que enloquecerían o morirían en este lugar si no tuvieran enemigos dignos de tal nombre.

Al principio, el bosque era un bosque y ahora todo se había invertido. Camina sobre el lozano verdor de las copas de los árboles, que parecen hongos gigantes de los que sobresalen ramas de pergamino que le pican en todo el cuerpo, ásperas como el papel de lija del taller de trabajos manuales, que si se frota contra la piel deja unas llagas interesantes. Busca la mancha roja, aparta las ramas que ostentan los nombres de Csapó, Boniek, Satrústegui y Andriy Bal de la Copa Mundial de 1982.

En los últimos cuatro edificios había grupos compitiendo por ser los primeros en completar la colección de cromos de futbolistas que jugaban en la Copa de la FIFA en España. En su grupo eran cuatro: Yonatán y Yoel con sus hermanos mayores. Shaúl y Nóam, que solían jugar al ping-pong en el sótano, fueron los que presentaron a sus hermanos menores, cuyo único encuentro había sido al principio de ese verano, cuando Yonatán acompañó a sus padres a dar el pésame a la familia Landau, que había perdido un hijo en los primeros días de la Campaña del Líbano. Sentados en el patio descuidado, donde no crecían flores ni hierba, Yonatán le susurró al chico que tenía al lado —cuyos rasgos reconocía debajo del cabello ensortijado— que los residentes del edificio detestaban a la familia Landau porque eran religiosos. El chico asintió sin decir nada. Miraba a una mujer con el cabello encanecido peinado en una larga trenza, rodeada por sus cuatro hijos pequeños: los niños llevaban camisas blancas y las niñas vestidos negros, todas sus ropas tenían el cuello desgarrado en señal de duelo. Devoraban uvas y bebían zumo de naranja en vasos altos rebosantes de hielo. La mujer se balanceaba en una mecedora con los ojos azules fijos en el bol de uvas y, cada vez que alguien se acercaba, levantaba la vista por un instante y volvía a mirar las uvas. No se movía ni cerraba los ojos, ni siquiera cuando la luz del sol le alumbraba la cara.

Yonatán no podía comprender por qué el chico insistía en mirar a la mujer, que a él lo entristecía. Se levantó y fue a sentarse entre sus padres en un banco. Ya de regreso en casa preguntó a la madre quién era el chico del cabello ensortijado y ella le pidió al padre, que hablaba por teléfono, el nombre del funcionario del Ministerio de Comercio e Industria que vivía en el número 10. El padre no contestó, pero Shaúl, que estaba en la sala mirando un partido, dijo que solía jugar al ping-pong con el hermano mayor, que el chico se llamaba Yoel y que en septiembre empezaría a ir al colegio con Yonatán.

La madre fue entonces a interponerse entre Shaúl y la tele y dijo que se oponía a que hiciera la mili. Riendo, él respondió que en unos meses se incorporaría al ejército y que para entonces la guerra del Líbano ya habría terminado. Ella repitió en el mismo tono que se oponía a que hiciera la mili y Yonatán dijo que tampoco él quería que Shaúl se fuera, se apoyó en el hermano y hundió la cara en su barba incipiente y en su cabello pajizo, que olía a tabaco. Shaúl le hizo cosquillas y le dirigió una sonrisa encantadora.

—Todo irá bien —dijo, y los dos miraron a la madre, que se abrazaba el cuerpo y temblaba. Shaúl se acercó a ella y la rodeó con los brazos; con la cabeza apoyada en el pecho del hijo, parecía muy pequeña.

—¿Cómo nos apañaremos sin Shaúl? —preguntó Yonatán. Ella respondió que no lo sabía, a lo que el hermano dijo:

—Tú la cuidarás, ¿verdad?

—Él no tiene que cuidar a nadie, es solo un niño —acotó el padre. Se apoyaba en la puerta corredera de acceso a la sala. Esa misma noche, u otra noche varios años después, Yonatán oyó que su madre le decía al padre:

—Todo irá bien, todo irá bien. Esa es la última mentira que decimos antes de arrojarnos al abismo.

Seis años más tarde, Yoel y Yonatán seguían perorando acerca de los días gloriosos del verano de 1982, cuando pasaban tardes enteras ordenando los cromos que habían intercambiado ese día, a veces en la apreciada compañía de Shaúl y Nóam, mientras los vecinos permanecían en la calle hasta altas horas de la noche. Esa época terminó de golpe cuando Shaúl se fue a la mili y Nóam pasó a su propio cuarto y dejó de hablarles. El entusiasmo se desvaneció y quedaron rodeados de silencio; las ruinas que veían en derredor les exigían la construcción de un mundo nuevo.

Está en un claro del bosque y a lo lejos algo rojo centellea entre los árboles. Corre por el sendero cubierto de hojas secas que crujen bajo sus botas. Oye gritos, ve camisas azules corriendo por el bosque, las caras son invisibles en la oscuridad y eso le provoca un ataque de risa: parecen camisas del movimiento Hashomer Hatsaír correteando en la espesura. Choca con algo y siente un dolor punzante en las costillas. De pronto ve un círculo de azadas clavadas en la tierra, como solían estar junto al cobertizo en las clases de agricultura. Coge una y la arranca del suelo; pesa menos de lo que esperaba, como la espada ninja de plástico que compró para la fiesta de Purim y que se quebró en el primer combate. Sus disfraces siempre acababan en fiascos.

Desciende por una pendiente resbaladiza, demasiado rápido, cae y rueda hacia abajo, pero por algún motivo no le duele nada y se deja llevar. Tiene ganas de silbar. Es sensacional, como la montaña rusa a la que subieron el año pasado en Disneyland. El padre había cerrado los ojos con fuerza, pero él los mantuvo bien abiertos, sin comprender de qué tenía miedo —mientras una fuerza mayor que ellos los impulsaba hacia delante, los hacía girar y dar volteretas—, cuando lo que Yonatán temía más que nada eran las decisiones que dependían de él.

Súbitamente todo se ilumina y lo encandila. El cielo es azul y hermoso. Está al lado de un Subaru azul al que le falta una de las portezuelas traseras. Detrás, sobre la empinada colina, está el bosque. «¿Habré bajado rodando toda la pendiente?», se pregunta. Se pone en cuclillas y contempla la puerta del coche flotando en el agua cerca de una pequeña cascada espumante. Una figura surge de las profundidades, sosteniendo la puerta. El sol dora sus cabellos oscuros, la luz tiembla en el agua a su alrededor. Lleva pantalones cortos con hilachas mojadas que se le pegan a los muslos y una húmeda camisa blanca adherida al vientre. Se tiende sobre el asiento del coche y estira las piernas como al descuido. Sus muslos carnosos, un poco enrojecidos, tocan el agua y lleva puesta una cadena de la que pende un brillante anillo rojo. ¿Será esa la mancha roja?

Ansía quitarse la camisa y zambullirse, nadar hacia ella y tocarla, pero puede ver su propio pecho blanco y el pliegue de grasa en la barriga. Nunca se quita la camisa delante de otros chicos, siempre encuentra alguna excusa.

—Esto es el paraíso —dice alegremente un muchacho desde el lago, y Yonatán ve a alguien nadando hacia la niña.

* * *

Los compañeros de clase fueron a por leña al *vadi*. Se habían dado cita en el centro comercial, pero Yoel los esperaba al final de la calle, tras decidir que participaría en la fogata de la celebración de Lag Ba'Omer. Yonatán le dijo que lo hiciera, aunque sin contar con él. Desde la terraza observaba a los chavales avanzando cuesta abajo. Cuando vieron a Yoel, Tómer Shoshani hizo una mueca y dijo que Yoel no podía ir con ellos porque no se había presentado a tiempo a la cita en el centro comercial. Yoel respondió en tono conciliador que eso no importaba. Aun desde su atalaya, Yonatán no lograba ver bien la expresión de perplejidad de Yoel mientras intentaba razonar con ellos; no tenía importancia si había ido o los había esperado allí, porque de todas formas iban al *vadi*, que estaba justo en ese lugar. Era como si se negara a entender.

Yonatán se sentó en el suelo de su habitación; hubiera querido alegrarse de haber tenido razón. Pasó un rato y, ya incapaz de tolerar el silencio, miró afuera: Yoel estaba de pie en la entrada de su edificio, observando al grupo que se alejaba. No podía verle la cara, pero lo invadió un mal presagio. Bajó corriendo las escaleras y, al cruzar la calle, vio a la madre de Yoel por detrás del hijo, sujetándolo con los brazos y apretándolo contra sí mientras él pataleaba en el aire, con la cara deformada y las mejillas rojas e hinchadas.

Todo lo que Yonatán podía oír era el sonido monótono de las ruedas sobre el asfalto. La cara de la madre de Yoel se iluminó al verlo, como si esperara que los salvase. Pero entonces la calle recuperó su rumor habitual y Yoel seguía chillando, obligando a su madre a gritar:

—¡Mira quién está aquí, tesoro!

Entre los dos arrastraron por las escaleras a Yoel, que no dejaba de sollozar y patalear, babeando todo el tiempo. Ya en la sala, la madre empezó a desvestirlo, le gritó a Yonatán que dejara de estar ahí parado como un tronco y que le quitara a Yoel la camisa. Él tironeó para pasarle los brazos por las mangas, pero como Yoel se resistía lo hizo con más fuerza —el calor que despedía su piel era alarmante—, hasta que lograron llevarlo en calzoncillos al cuarto de baño y lavarlo con agua fría.

La madre acarició a Yoel, le besó la frente y dijo:

—No ha pasado nada, ya lo arreglaremos.

Su tono suplicante irritó a Yonatán, ¿cómo es que no entendía que no era eso lo que tenía que oír? Evitaba mirar a Yoel de frente porque el cuerpo le ardía cada vez que veía su expresión torturada. Lentamente los chillidos de Yoel se tornaron en débiles balidos. Seguía sentado en la bañera, con la cabeza entre las rodillas. Lo envolvieron con una toalla, lo acostaron en su cama y la madre lo cubrió con una manta, indicándole con una seña a Yonatán que le hiciera compañía. Se ofreció a servirles leche fría con cacao, pero, al no recibir respuesta, los dejó solos. El brazo de Yoel seguía temblando cuando apoyó la mano sobre él; miró vagamente a Yonatán como si lo viera por primera vez y suspiró. Por un momento pareció que sonreía, pero luego le lanzó una mirada hostil y se dio la vuelta con la cara hacia la pared.

La madre volvió con dos vasos de leche con cacao en una bandeja. La seguía Nóam, con los cabellos alborotados y aspecto de haberse despertado muy poco antes. Yoel fingió que dormía. Yonatán miró alrededor, como trastornado, se levantó, pasó entre Nóam y la madre sin decir palabra, cogió del suelo la raqueta de tenis de Yoel y salió corriendo. Bajó los escalones de dos en dos y cruzó el terreno que rodeaba el edificio. Oyó que alguien jadeaba detrás y aceleró el paso, a sabiendas de que Nóam era un corredor veloz. Por un momento se detuvo al borde del *vadi* y buscó a los chavales del colegio. Estaban trepando por la senda del oeste, cerca de la fábrica. Ansiaba hacerles frente y estampar la raqueta en la cara de Shoshani, además de golpear a cualquiera que osara intervenir, pero temió que su cuerpo reventara antes de darles alcance.

«El asunto de la venganza —había explicado el instructor de ajedrez, citando a un guerrero japonés— es que debe ejecutarse inmediatamente, porque en cuanto empezáis a reflexionar os hundís en la cobardía. Por eso, nunca teméis irrumpir solos en casa de vuestros enemigos, porque en los límites de una sola respiración no hay sitio para ilusiones».

Nóam lo atrapó por detrás y lo arrojó al suelo, sujetándolo y gritando:

—¡Que les des una zurra no ayudará a Yoel, te ayudará a ti!

Siguió allí, levantando polvo con sus patadas y oyendo sus gemidos. La cara se le llenó de arena, los ojos también. Nóam y Yonatán tosían y escupían. Empezaba a captar la inutilidad de la violencia y su cuerpo se aflojó, como si una zona entera de sí mismo, que hasta entonces bullía y lo llenaba de vida, se hubiera vaciado. Recordó la mirada hostil de Yoel y no pudo sino reconocer lo que hasta entonces había negado: Yoel veía en la fogata una oportunidad de romper, aunque fuera temporalmente, las ataduras de su alianza con él y de acercarse a los otros. Cuando todo se derrumbó, quién sino él había estado junto a Yoel en su cama, consolándolo. Se arrepintió de haber subido a la casa. Nóam le soltó los brazos y se sentó a su lado, Yonatán se limpió las lágrimas y la arena con la manga, que también estaba llena de polvo, y Nóam dijo que no tenía sentido zurrar a los del grupo, todo se arreglaría, ya encontrarían una solución. Yonatán quería creerlo.

El lago aparecía salpicado por una plétora de cuerpos, camisetas, pañuelos de colores y la blanca espuma del agua. El motor del coche rugió de repente; en cualquier momento se pondría en marcha y él quedaría expuesto a la vista de todos. Se puso de pie y notó que una azada seguía junto a él, más pesada que la espada de plástico, pero también más liviana que una azada verdadera. Como una raqueta de tenis.

La niña que había visto sobre la portezuela del coche estaba ahora sentada en la orilla, esperando secarse, con las manos y los pies hundidos en la arena. Giró la cabeza para mirar al sol. Parecía cambiada, como una miniatura de la chica de antes, pero sin dejar de ser ella. Se acercó y lo atravesó la revelación de que podría haberla alcanzado antes en el bosque. La conocía.

Blandió la azada y un sudor caliente le ardió en el cuerpo, como si se hubiera sumergido en agua hirviente. Estaba cerca de ella, podía ver las gotas de agua en la nuca, alrededor de un lunar pálido. Se preguntó si ella oiría su respiración. Mirándole la espalda parecía posible, pero supo que, si se giraba y realmente era Tali en cada poro de su piel, él no se animaría a golpearla.

Tendría que suceder muy rápidamente: lo haría y Tali no los estorbaría más. Se detuvo, se enderezó y contempló el cielo azul de tarjeta postal. Aspiró la salinidad del aire gozando de la brisa, admiró la belleza del lago que refulgía bajo el sol, se dio la vuelta, dejó que la azada se le escurriera de las manos y regresó al bosque.

Esa tarde llamó a la madre a su habitación y le dijo que volvería al colegio.

El último año
(Mediados de la década de 1990)

Era consciente del ajetreo, aunque los acontecimientos en el colegio le parecían irreales, como rodeados por un halo fantasmagórico. Cada mañana pasaban compañeros que hablaban de la representación de fin de curso, de la fiesta y de sus ideas para el anuario escolar, haciendo fotos de alborozados grupos en la hierba o sobre el tejado, tramando excursiones nocturnas a la playa.

Fuera del edificio principal se detenían coches para descargar sogas, sacos de arena, grandes piedras y postes de alumbrado. A mediodía se veían chicos en camiseta bajo el sol ardiente, construyendo los decorados para la fiesta de graduación. Cada tanto vaciaban sobre sus cabezas botellas de agua fría. Parecían videoclips publicitarios para Coca-Cola Light y Yoel comentó que las telenovelas de adolescentes les habían sorbido los sesos. Los de la generación de sus padres sabían, por lo menos, a quiénes estaban imitando —Humphrey Bogart, por ejemplo—, pero lo de ahora no era más que una mezcolanza de gestos de origen incierto, si es que tenían un origen.

Decían que en la fiesta habría una piscina, con dos puentes de madera a lo ancho y a lo largo, rodeada de tumbonas, franjas de arena y sombrillas, además de otras sorpresas conocidas solo por los iniciados. Por supuesto habría también narguiles, vodka y cerveza, y algunos mencionaban fuegos artificiales. De buenas a primeras se aceleraron los preparativos y todo empezó a ocurrir simultáneamente: la fachada de la escuela parecía un edificio en construcción, en vez de repantigarse sobre los bancos la gente corría de aquí para allá y Yonatán no entendía a qué venía tanta prisa. Algunos habían desaparecido y supuso que no volvería a verlos. Surgían rumores acerca de nuevas parejas que habían tenido relaciones y que él ni siquiera sabía que se conocían. Yoel dijo que muchos habían caído en la cuenta de que iban a graduarse sin haber perdido la virginidad y de ahí la desenfrenada carrera por follar sin más demora.

Mientras eso les sucedía a otros, el tiempo de Yonatán transcurría en un movimiento rápido y anestésico. Con tan solo acercarse al colegio sentía la tensión: alguien sugería una idea fabulosa, se forjaban nuevas alianzas, hasta el olor había cambiado y en el aire flotaba una intensa salinidad de verano, que, según algunos, venía de los sacos de arena que habían llenado en las playas de Tel Aviv. Aunque habría querido creer que se trataba de ceremonias insustanciales e incluso estúpidas, envidiaba en secreto a los chicos que se dedicaban a prepararlas y anhelaba ser capaz de dejarse arrastrar por ellas. Como mínimo le hubiera gustado ser como Yoel, que los engatusaba asumiendo vagos compromisos: a veces ejecutaba una tarea diligentemente, pero en otras ocasiones se sentaba fuera a fumar, sin hacer caso de los preparativos y sin hablar con nadie. Los chicos que le creían cuando aseguraba que quería ayudar para que «esa graduación fuera recordada por generaciones» descubrían al día siguiente que se los quitaba de encima con impaciencia, que si insistían los miraba como si nunca los hubiera visto antes y también que sus promesas se le habían borrado de la memoria.

Yonatán quería participar en los trabajos, le gustaba estar al sol y sentirse sorprendentemente ligero mientras corría de aquí para allá trasladando sogas y sacos de arena. Por unos momentos formaba parte de la camarilla central, absorbiendo el calor que irradiaban y el espíritu de fraternidad, pero de pronto, mientras cargaba una tumbona o unos globos, sin estar preparado, se sentía transportado a otra parte; bastaba con la imagen de sus padres o de Shaúl fumando al lado del tocadiscos para que el cuerpo se le aflojara y el más mínimo movimiento lo agobiara. Al extremo de cada euforia de ese último año acechaba la caída. Había empezado a mantenerse a distancia de todo lo que pudiera alegrarlo, porque el despertar era un martirio.

Sin embargo, no cejó en el empeño de participar en los preparativos, aunque a menudo se sentía marginado y aborrecía esa versión de sí mismo que no podía apartar la mirada de los chavales de la camarilla central. Irradiaban autoconfianza; para ellos estaba claro que el futuro dependía únicamente de su coraje y su talento, porque no percibían ningún ser que reptara en las profundidades de la tierra amenazando con abrirla bajo sus pies y arrojarlos al abismo. Tal vez él, que siempre había representado el rol del temerario que hacía lo que se le antojaba, era el más cobarde. Hasta entonces había actuado dentro de límites bien demarcados y había logrado engañarlos, pero todavía no era capaz de aceptar que esa fase de su vida había quedado atrás. Durante años había supuesto que algo cambiaría en él en la secundaria, que emergería algún deseo profundo o al menos que se aclararían algunas facetas de su personalidad, y él estaría entonces preparado para el servicio militar y la vida de los adultos. Pero nada de eso había ocurrido, tal vez por esa razón esperaba que el tiempo real que bramaba en su consciencia —quizás una intersección de tiempos— extirpara la falsa cronología y revelara que el fin de la secundaria aún estaba muy lejos.

Cuando se cansaba de toda esa conmoción, iba a la planta baja y recorría los pasillos en busca del chico regordete que tenía rasguños en sus gruesos muslos, una cara desproporcionadamente grande y unos ojos verde claro y pensativos, cuya belleza no armonizaba con los otros rasgos. Lo había visto por primera vez el año anterior, cercado por una pandilla y sufriendo insultos y golpes. El chico había reculado hasta apoyar la espalda en la pared, con el rostro y los brazos enrojecidos. No gritaba, ni siquiera se defendía, solo los miraba desconcertado. Yonatán se interpuso y expulsó a los torturadores. Solo entonces notó que el chico iba sucio, con ropas más adecuadas para un alumno de segundo de primaria que para uno del ciclo intermedio, como si a nadie le importara su apariencia. ¿Cómo permitían los padres que fuera así al colegio?, pensó furioso. El chico no se lo agradeció, solo tosió, se puso las manos en las mejillas y se fue de allí babeando. Durante las semanas siguientes, sin darse cuenta, Yonatán siguió buscándolo por los pasillos y cuando lo vio conversando con otros compañeros se sintió aliviado.

Al cabo de un tiempo se acercó a él —no lo pudo resistir— y le preguntó si alguien lo molestaba. El chico, que ya entonces iba vestido con tejanos largos y llevaba una cadena de plata en el cuello, no respondió. No era seguro que recordara a Yonatán, aunque antes de alejarse giró la cabeza y le preguntó si tenía cinco shekels. Él hurgó en sus bolsillos para ganar tiempo y tal vez entender por qué las torturadas facciones de este chico seguían apareciendo en su mente. Se le ocurrió que se parecía al Shaúl de las viejas fotografías, pero Yoel dijo que era tan parecido a Shaúl como a Yasser Arafat.

—¿Qué te pasa con ese chico? El asunto está empezando a ser sospechoso.

Él mismo no estaba seguro, tal vez lo alteraba comprobar que el chico apenas empezaba a recorrer el camino a cuyo fin él se acercaba, que tenía toda la secundaria por delante.

Le dio la moneda, le dijo que estaba a punto de graduarse y que no estaría allí al año siguiente. El chico asintió y le preguntó si en la mili le darían un fusil de cañón corto, a lo que Yonatán contestó que tal vez sí. Esperó una respuesta, alguna señal de que entendía que algo indescifrable los conectaba. Se negaba a creer que una afinidad tan intensa careciera de señales exteriores, pero el chico cogió el dinero sin denotar ninguna emoción y le dio la espalda.

Las evidencias de que los años escolares llegaban a su fin se acumulaban en forma de pruebas de imprenta corregidas para el anuario, altavoces instalados alrededor de la piscina, música y voces desde el auditorio, donde progresaban los ensayos del espectáculo. En su interior veía cómo la totalidad de sus vidas en el colegio sería embalada en contados gestos finales que no capturaban nada de los acontecimientos decisivos que habían tenido lugar, de las tempestades que los habían sacudido. Yonatán despertaba cada mañana presa de un terror que se aguzaba o atenuaba a intervalos durante el día. A veces intentaba traducir el miedo en detalles específicos, tal vez lo asustara la nebulosa realidad hacia la que se dirigía, sin planes ni entusiasmo, sin pizca de curiosidad, mientras otros chicos, entre ellos Yoel, que había sido aceptado en una unidad de inteligencia militar, ya sabían dónde iban a hacer la mili y habían elaborado meticulosos planes para los años siguientes.

Cuando Yonatán preguntó si era el único de los estudiantes que hubiera preferido que nada cambiara, Yoel pareció sorprenderse:

—¿No quieres ver otras cosas, conocer gente nueva?

—Claro que quiero, en teoría. Pero todavía no.

Yoel hablaba con entusiasmo de la «gente nueva» que había conocido y siempre trataba de averiguar si tenían algo de interesante, mientras lo que Yonatán quería saber era si les había caído bien, con lo cual sus interacciones con nuevos conocidos tenían algo de forzado y artificial. Recordaba algo que Lior le había dicho: que tenía miedo porque al mundo que Yoel y él habían creado se le había acabado el tiempo. La verdad, aunque él nunca lo admitiera del todo, era que ese mundo se había terminado hacía años, y nada quedaba de él salvo algunos gestos accidentales —como los de aquella mañana del viaje a las afueras de Jericó—.

Trabajaba junto a sus compañeros el día en que terminaron de esparcir la arena alrededor de la piscina y, para desquitarse —de qué, no sabía exactamente—, les recordó que Yoel había prometido ayudar. Yoel se rio, le dio unas palmadas en la espalda y los dos se arrodillaron a aplanar la arena, sudaban, se rascaban y se arrojaban puñados de arena. Escribieron en ella sus nombres, Yoel escribió «Benz y Tsivoni», pero dejó fuera a Shimon, que se había incorporado a una unidad de paracaidistas, había perdido la chaveta y se había encerrado en su dormitorio durante un año entero para luego desaparecer en Nepal. Encontraron su cadáver en el Everest. Antes del entierro, la madre de Shimon pidió que cada uno escribiera algo. Yonatán había redactado algunas frases cálidas, pero Yoel se desentendió completamente. Ahora sonreía con malicia y Yonatán se dio cuenta de que esperaba que escribiera en la arena «Shimon el Rey» como celebración de su victoria sobre la niñez, y eso le disgustó. Tal vez, a fin de cuentas, Yoel tuviera algo de malvado.

Bajaron a beber agua de la fuente y, casi por costumbre, le preguntó a Yoel si había visto últimamente a Lior. Yoel dijo que no y Yonatán le recordó la conversación de aquel viaje hacia Jericó, en la que preguntó si Lior, al encontrarse con Yoel, había dicho algo de él y le había respondido: «Ya sabes, nada especial».

—¿Qué cosa nada especial te dijo? —presionó ahora.

—Qué sé yo, no grabé cada palabra en mi memoria. —Al darse cuenta de que Yonatán no estaba satisfecho, añadió que no había querido irritarlo más, allí en el desierto, porque ya estaba muy alterado y que de todas formas él y Lior habían bebido demasiado. Pero le había dicho algo que sí recordaba: que Yonatán solía hablar mucho de Tali.

—¿Yo, hablar de Tali? —Seguramente Yoel bromeaba, levantó la vista hacia el cielo, que recubría todo el asfalto con el esplendor azul grisáceo del verano. Se lavaron las caras en la fuente, que se llenó de un agua turbia.

—No tiene importancia —dijo Yoel en tono jovial—, a todos los de nuestra calle les gusta Tali, ¿no es verdad?

Más tarde, durante la última lección, mientras la profesora pronunciaba su discurso de despedida, en el que se refería a los desafíos que les esperaban y los valores que les habían inculcado en el colegio, por ejemplo el de la experiencia de un servicio militar significativo, recibió una nota de Yoel:

Al distinguido y fallido rey:

Ha llegado a mis oídos el rumor de que en el distrito 1994 se han congregado millones de demonios de dieciocho años con sesos de miel. Con la tecnología adquirida allí donde no hay sol ni lluvia ni cielo, están construyendo una enorme máquina de guerra que tiene la forma de una piscina. A pesar de haberme retirado a mis posesiones, donde vivo en paz, no puedo dejaros solo en la estacada. Aun si quisiera hacerlo, está muy claro que sin mi ayuda os derrotarían, pues, entre nosotros, sois un completo incompetente que ni siquiera sabe leer un mapa y también está claro que, tras decapitaros, me desmembrarían. Por tanto, os suplico que os traguéis el orgullo, demasiado grande para vuestras aptitudes, y os unáis a mí para la batalla final de nuestras vidas.

Vuestro último aliado,

WARSHOVSKY

A mediodía volvió a casa, con arena en la ropa y la piel, y encontró cerrada la puerta del cuarto de Shaúl. Se oía música a bajo volumen, tal vez «Sultans of Swing». Según su hermano, esa canción contenía el mejor solo de guitarra de la historia, una afirmación que Yonatán repetía a menudo. Cuando era pequeño, Shaúl y él esperaban que los padres salieran para cerrar todas las ventanas y celebrar una competición: cada uno elegía tres canciones y Shaúl les asignaba calificaciones. Si Shaúl escuchaba algo que le gustaba, se le nublaban los ojos, como si se hubiera abierto un corredor en lo profundo de sus pupilas de color negro castaño. Sonriendo, hablaba entonces en tonos suaves y arrulladores, casi susurrando. Cuando habían perdido la noción del tiempo, aparecía en sus ojos un delicado velo de melancolía. Yonatán se preguntaba si la música lo hacía regresar a los primeros años de los ochenta, cuando andaba con el cabello largo, tejanos acampanados y coloridas camisas abotonadas, y los amigos se reunían en su cuarto, fumando sin parar y cambiando los discos a una velocidad vertiginosa. ¿Dónde estarían ahora esos amigos del colegio y por qué Shaúl jamás iba a verlos cuando venía de visita a Israel?

Era triste y ligeramente embarazoso reconocer que, durante la mayor parte de su niñez, Shaúl había sido la persona más amada, el único que animaba su espíritu por el solo hecho de ser quien era. Tali y Yoel alegaban en vano que Shaúl estaba siempre ausente, salvo durante sus visitas anuales, y que por esa razón siempre había sido, según lo expresaba Tali, «la casa refulgente e inalcanzable sobre la colina». Esas opiniones ni siquiera arañaban la superficie del amor que sentía por su hermano y que, pese a que raramente hablaban y a que una parte de sí había llegado a detestar a Shaúl, seguía vivo en él cada vez que escuchaba las canciones. Le había surgido últimamente la idea de haber sido una carga en aquellas vacaciones de verano de finales de los ochenta, por haberse empecinado en llevar a cabo todos los planes que había preparado para ellos dos. Era como si las visitas le dieran fuerzas para el año siguiente, llevándolo en volandas para que pudiera maravillarse de las posibilidades de la vida. No había prestado atención a los fluctuantes estados de ánimo del hermano ni a sus dificultades en el trabajo y en el matrimonio, y no había dejado de incordiarlo, ni siquiera cuando podía ver que Shaúl estaba exhausto y triste. En pocas palabras, le había exigido mucho sin darle nada a cambio. Y eso había abierto una brecha entre ellos, tal vez más que las interferencias de la madre.

Oyó un ruido en la sala y vio a sus padres sentados mirando una película, la cabeza de ella sobre el hombro de él, que rodeaba su frágil cuerpo con el brazo. Ambos llevaban gafas. Sobre el cristal de la mesa que tenían delante había una botella de vino tinto, dos copas llenas y un plato con trozos de la tarta de coco que ella solía preparar y conservar en la nevera. Le sorprendió que tuviera puesta la peluca de rizos negros que usaba solo para salir.

Los saludó con la mano sin detenerse, pero ellos hicieron como que no lo veían. En cierta ocasión, cuando Lior vio a sus padres mirando una peli, comentó que parecían considerar que los chicos molestaban y que gustosamente estarían dispuestos a pasar días enteros sin ellos. Los padres de ella, por el contrario, y como lo hacía la mayoría de los de sus amigos, se comunicaban a través de los hijos y trataban todos los asuntos que les concernían. Después de esa conversación, Yonatán evitaba molestarlos si estaban juntos.

Un escalofrío recorrió su cuerpo, unos velos negros le cubrieron los ojos y a través de ellos la escena se volvió borrosa, opacando los colores de los sillones, la alfombra, el camisón azul de su madre y hasta los rayos de luz que se filtraban por las rendijas de las persianas. Se apoyó en la pared fuera del alcance de la vista de ellos, y escuchó los fuertes latidos de su corazón. Los vio sentados en el sofá durante años y luego la sala vacía uno o dos años más tarde. Probablemente esta fuera una de las últimas veces que los veía juntos en esa posición ya conocida y, de súbito, todas las imágenes se desparramaron dejando solo una que atravesó la línea de su consciencia como un pájaro que se separa de la bandada. Una semana antes, al regresar del cole, se había encontrado con su madre y Ratsón sentados en el sofá, entonando suavemente una canción que desconocía: «Cántico de las ascensiones, alzaré mis ojos a las montañas. ¿De dónde provendrá mi auxilio? Mi ayuda viene del Eterno».

En cuanto lo vieron dejaron de cantar y se hizo un silencio incómodo. Ratsón se levantó del sofá y al pasar al lado de Yonatán lo abrazó muy fuerte, como solía hacer cuando era pequeño. Esa noche la madre le dijo, sin que lo preguntara, que a la abuela Sara le gustaba el Libro de los Salmos.

Examinó las huellas que habían dejado sus zapatos en el vestíbulo y supuso que si las veían se enfadarían con él. Fue a su habitación, preguntándose si había oído la voz de Christopher Walken y si estarían viendo otra vez *El cazador*, reconstruyendo la información acerca de las pruebas a las que supuestamente tenía que someterse la madre en esos días. ¿Hubo alguna hoy? Pero todas esas pruebas médicas se le mezclaban en la mente y en los últimos tiempos había dejado de hacerle preguntas al padre e intentado eludir todo contacto con él. Una noche volvió a casa y lo encontró sentado solo frente a la mesa del comedor, con pilas de documentos de trabajo. Mientras pasaba a su lado, el padre dijo sin mirarlo, en tono de reproche:

—Sabes que las cosas van mal, ¿verdad?

Y él musitó:

—Lo sé. —Y se apresuró a meterse en su habitación, aunque suponía que el padre habría preferido que se quedara con él. Pero temía el momento en que le dijera que ya no había esperanzas y sentía que, si permanecía allí un momento más, eso era lo que iba a oír. En el mundo al que se aferraba con todo su ser, a pesar de que las evidencias se acumulaban —por ejemplo, la visita prolongada de Shaúl—, mientras su padre no se lo dijera sin ambages, él podía seguir viendo el futuro de ellos en una especie de bruma. Aun cuando visualizaba la muerte de la madre, la imagen se cubría de escenas en las que se quedaba con ellos. Con el correr de los años había aprendido a cobijarse bajo las alas de la ignorancia, en un lugar en que las cosas eran vagas y los detalles podían ir en cualquier dirección. Desde ese sitio veía y no veía, entendía un poco, pero dejaba de entender antes de descifrar demasiado. Sin proponérselo, se había habituado a neutralizar su curiosidad y su tendencia, que Yoel y él compartían, a ir despegando capas de camuflaje y falsedad hasta llegar a lo que llamaban «el núcleo fundamental» —aunque lo hicieran, como Tali alegaba sardónicamente, «sobre todo si se trataba de los demás»—. En cuanto a la enfermedad de la madre temía exactamente eso: el momento de lucidez absoluta que nada podría socavar aunque lo encubrieran con rumores, esperanzas e historias de gente que había vencido aquel mal.

Se tumbó en la cama completamente vestido y se quedó muy quieto, teniendo cuidado de que los muelles del colchón no hicieran ruido. Había sido ingenuo al suponer que la madre llevaba la peluca para mejorar su aspecto; habían ido a algún sitio, probablemente al consultorio del médico, antes de volver a casa. Adivinaba que el padre, que últimamente estaba muy ocupado, había planeado ir luego a su oficina, pero si no lo había hecho era porque algo importante había sucedido. Por tanto estaban en la sala mirando una peli, hasta habían abierto una botella de vino, porque ella tenía miedo de quedarse sola. Le dolía más que cualquier otra cosa verla o imaginarla en la cama, sola o junto al padre, y en realidad solitaria y asustada.

Ocultó la cara en la almohada, intentando acallar el ruido de las suposiciones, y prestó atención al sonido de la tele. Aparentemente habían llegado a la escena de la ruleta rusa en Saigón, o tal vez esa era la que él tenía grabada en su mente. Como fuese, mientras pudiera oír las voces del filme estaba protegido. Pasaron unos minutos, esperaba que pusieran otro cuando ese terminara. Presentía que todo acabaría esa misma noche.

* * *

Yonatán pasó tres días buscando un abrigo largo de color marfil como el que había visto en la tele, pero solo los había en negro o en azul. Sin darse por vencido, visitó todas las tiendas del centro de la ciudad, fue a los grandes centros comerciales de Malja y Talpiot y a locales más pequeños en otros barrios. Llegó a un depósito escasamente iluminado en el barrio ortodoxo de Gueúla y allí, colándose entre los abrigos viejos que olían a naftalina, encontró un guardapolvo de tela fina y brillante color crema, de un corte distinto al que le había gustado en el guapo adolescente de la tele, pero que se probó igualmente, frente al espejo polvoriento cubierto de pegatinas con consignas de derecha y una que ponía en inglés: «Nobody loves us».

El vendedor, que lo vigilaba a sus espaldas, se acarició la barba gris y comentó divertido que era una prenda femenina, pero, al ver que Yonatán estaba decidido a comprarlo, le acomodó el cuello y quitó con un cepillito unas hebras de lana que se habían adherido antes de ayudarlo a quitárselo, porque le iba un poco estrecho en los hombros. Lo dobló cuidadosamente y lo puso en una caja muy ostentosa, cubierta de estrellitas, que parecía estar completamente fuera de lugar en el polvoriento local. Después le dijo que tomara asiento, porque jadeaba y había palidecido. Le preguntó si se sentía bien, a lo que Yonatán respondió que le costaba tragar y se tocó los labios resecos.

—Siéntate, chiquillo, siéntate, no te levantes —dijo el vendedor a la vez que vertía en una taza pequeña un poco de té de un termo. Era dulce y olía un poco a whisky—. ¿Estás mejor? —le preguntó al cabo de unos minutos.

—Sí —respondió Yonatán.

—Quédate todo lo que gustes, chiquillo, te conozco de los partidos de fútbol del Hapoel en la YMCA. Yo era un aficionado, antes de encontrar mi camino —dijo señalando con el dedo su amplia kipá negra.

La respuesta de Yonatán fue:

—Eso ocurrió hace mucho mucho tiempo.

La generosidad del hombre y la forma en que pronunciaba la palabra «chiquillo» le oprimían la garganta, algo que últimamente le sucedía a menudo.

El tipo se rio.

—¿Qué quiere decir «mucho mucho tiempo», amiguito? Aún llevas la leche de tu madre en los labios y una vida entera por delante, ¿cuántos años tienes, veinte?

Le sorprendió el placer que sentía por los dos años extra que le habían regalado. Durante las últimas semanas se asombraba al descubrir que algo que lo había conmovido o interesado en el pasado seguía estimulándolo. Un día su madre había circulado por las habitaciones, pasando la mano por las paredes y los cuadros, tocando las puertas de los armarios, la mesa del comedor, los libros de su estante y las tazas musicales que Yonatán le había regalado. Shaúl le ofreció apoyo cuando la abatió el cansancio y se sentó en el sofá con los pies muy juntos, inclinada hacia delante y con las manos en el regazo, y ellos tres la rodearon como guardianes silenciosos, soltando de vez en cuando algún comentario para reanimarla. Ella no respondía, solo jugaba con la cadena que llevaba al cuello y luego se quitó el reloj de oro que señalaba la hora en Jerusalén y en Nueva York (para saber siempre dónde estaba Shaúl), un reloj que Kaufman le había comprado cuando solían ir a bailar, lo dejó caer sobre el sofá y permaneció allí sentada hasta que llegó la hora de ir al hospital, y nadie dijo nada acerca de cuándo volvería a casa.

Esperaba que a partir de aquel día empezara una nueva era y que todo lo que lo había preocupado en el pasado quedara detenido en su consciencia, como prueba de un mundo que ya no existía. Pero de hecho no todo cambió. En demasiados despertares imaginaba a Lior, a quien no veía desde hacía cuatro meses, y su inventiva utilizaba los detalles que recordaba para poder seguir la pista de su rutina diaria. Últimamente se había infiltrado un elemento mecánico de todos esos rituales de memoria e imaginación, y a veces no eran la curiosidad ni la añoranza ni tampoco el dolor los que convocaban su imagen, sino el hábito. En algunas ocasiones, cuando se excitaba pensando en ella o en una de las chicas que trabajaban en los bares del

Complejo Ruso, o cuando se reía de un chascarrillo o veía una peli hasta el final, sentía que otra vez estaba traicionando a su madre.

Fue al hospital con el abrigo nuevo y encontró a Shaúl sentado en su lugar habitual frente a la cama de la madre. Sobre el taburete estaba la bandeja de plástico azul con la comida —pollo, puré de patata, ensalada—, que ella no había tocado y que, al final de cada día, alguien acababa por comerse y declarar que no estaba tan mala. Oprimió la mano de su madre, pero no se inclinó a besarla, porque el abrigo olía a tabaco y ya le habían advertido que no se acercara si había estado fumando. Se quedó en el lugar de siempre, al lado de la ventana, y ella preguntó:

—¿Te has comprado un abrigo nuevo?

—Sí —respondió.

—Muy bonito, una buena compra —dijo con el tono de admiración e ironía que él conocía tan bien.

Llegó su tía y lo abrazó, Shaúl mencionó el abrigo nuevo y ella dijo:

—Es cierto, ¡es muy bonito y te sienta fenomenal!

Shaúl estaba claramente sorprendido por la cálida recepción de la prenda, y el rostro de la madre se ensombreció. Le preguntó si estaba estudiando para los exámenes del bachillerato y cuál sería el siguiente. Respondió que el de inglés y ella dijo:

—Shaúl puede ayudarte.

Y él mintió:

—Así es, ya me está ayudando.

Shaúl asintió y dijo:

—Pregúntame lo que quieras.

—Quiero que siempre os cuidéis uno al otro —dijo ella.

—Nos cuidaremos y también te cuidaremos a ti —respondió Shaúl.

—Todo irá bien —reiteró Yonatán—, solo tenemos que sacarte de aquí.

Shaúl añadió:

—Pronto saldrás de aquí.

Ella paseó la mirada entre sus dos hijos. Yonatán no sabía si estaba tratando de extraer fuerzas de la determinación que manifestaban o si le preocupaba la posibilidad de que creyeran en lo que decían. En las últimas semanas todo comentario de la madre que aludiera a los días en que ya no estaría con ellos era rechazado, negando absolutamente que tales días pudieran existir. Excepto una vez, unos meses atrás, cuando tras una violenta discusión ella le había dicho:

—No te preocupes, pronto me iré y tú pondrás flores sobre mi tumba.

—De acuerdo —había sido su respuesta. Yonatán no esperaba que lo perdonara y a veces se preguntaba si Shaúl deseaba ser perdonado por los agravios de dos años atrás en Nueva York, cuando la acusó de ser culpable de su divorcio.

La madre se irguió en la cama. Shaúl le sostuvo la espalda y acomodó las almohadas. El pañuelo que le cubría la cabeza se deslizó, revelando unos cortos mechones. Yonatán sintió unas uñas heladas que le escarbaban el vientre y con gran esfuerzo consiguió ahogar un gemido de dolor. Se apoyó en la pared, apretando los brazos contra el cuerpo, deseoso de correr a reponer el pañuelo en su sitio, pero necesitando al mismo tiempo mirar por la ventana. Durante muchos años lo había perseguido el miedo de que ocurriera algo —una ráfaga de viento en la casa, por ejemplo— y él le viera el cráneo pelado. Sus miserables temores lo avergonzaban, exactamente como había ocurrido antes de la operación, cuando el médico les había explicado que en ciertos casos era posible reconstruir el seno en la misma intervención en la que extirparían el tumor. Esta información lo preocupaba mucho y la mencionaba a menudo, porque temía que los demás no la recordaran, y se sintió muy decepcionado cuando se enteró de que el cirujano había extraído el seno entero. Durante los meses siguientes a la operación, le preguntaba a la madre cuándo le harían la cirugía de reconstrucción, hasta que el padre le soltó bruscamente que era lo último que les preocupaba: ¿acaso no le había explicado que el cáncer había invadido doce ganglios? ¿Cómo podía pensar en hablar de eso?

La verdad es que no lo sabía, pero era incapaz de tolerar la idea de que el cuerpo de su madre quedara dañado para siempre.

Shaúl recogió la bandeja y se sentó en el borde de la cama. Le acercó a los labios una cucharada de puré, ella inclinó la cabeza hacia la cuchara e hizo una mueca sin tocar el alimento, ambos sonrieron. Apartó con un gesto la mano del hijo y por un momento pareció una niñita, como la hermana pequeña de Yoel cuando querían que comiera algo que no le gustaba.

Ocho meses antes, en la víspera de Yom Kipur, estaban bebiendo vodka en la habitación de Yonatán cuando Yoel, tendido a sus anchas en la cama, le preguntó por qué hablaba de su hermano con tanto rencor. Lior, tumbada en el suelo con la cabeza en el regazo de Yonatán mientras él la peinaba con los dedos, dijo soñolienta que tal vez estaba un poco celoso.

—¿Celoso de que esté en Nueva York?

La pellizcó con suavidad, sin entender qué quería decir. Lior soltó una risita, se retorció diciendo que le hacía cosquillas, que todavía no podía comprender que su familia ayunara en Yom Kipur, y agregó tiernamente:

—Celoso de la relación que tiene con tu madre.

Le sorprendió no haber considerado nunca esa posibilidad y Yoel, con evidente intención de fastidiarlo, exclamó:

—Es lógico, ¡el niño está celoso! —A lo que Yonatán respondió que era lo último que quería.

Lior cerró los ojos y el cabello le cubrió la cara, se puso la mano de él en el vientre, bajo la blusa, y él acarició su tibia piel imaginando cómo ella se acostaría sobre él cuando Yoel se fuera.

—Exactamente como vosotros —observó Lior—. Los dos, pero especialmente tú. Ocultáis todas vuestras pasiones bajo un manto de desdén, menospreciando todo lo que no deseáis y también todo lo que más deseáis...

Yoel rio y contestó, tartamudeando y en un tono de admiración, imitando a alguien que no consiguieron identificar:

—Gracias por ac-ac-acceder a ha-ha-hablar con nosotros. No so-so-somos más que unos po-pobres diablos y tú tan-tan-tan inteligente.

Lior preguntó:

—¿Se te ha puesto dura, Yoel? —Y los tres se quedaron dormidos.

Su madre parecía reanimada. Se irguió para sorber agua de la botella, advirtiendo con los ojos a su hermana y a Shaúl que no necesitaba ayuda.

—¿Dónde está mi marido? —preguntó en tono provocador y su hermana dijo:

—Vendrá pronto. —A lo que la madre respondió, entrecerrando los ojos:

—*No sabes lo cansado que estoy, me están matando.* —La imitación del padre estaba lejos de ser perfecta, pero todos se echaron a reír.

Shaúl, también más animado, le pasó a Yonatán la bandeja y preguntó:

—¿Has comido algo hoy? —Le dieron ganas de burlarse de la inesperada consideración, pero entendió que en esa habitación no tenía derecho a insolentarse con el hermano, que cuidaba a la madre desde las primeras horas de la mañana hasta que anochecía, leyéndole, poniéndole compresas frías en la frente, ocupándose de que las dosis de morfina fueran suficientes y abreviando las visitas de algunos que insistían en contarle sus cuitas como lo hacían antes. Había oído a Shaúl refiriéndole al padre que en el hospital era posible ver, a veces en el espacio de una hora, a la madre leal, a la amargada, a la sabia y a la traicionada. Solo cuando el padre lo sustituía, ya entrada la noche, se iba a casa a dormir.

Yonatán sabía que él no hubiera podido cuidar a la madre como lo hacía Shaúl, no solo por ser menor, sino por no tener la paciente dedicación del hermano. También sabía que en eso se parecía al padre; ninguno de ellos estaba realmente dispuesto a cuidar a nadie. La pérdida inminente golpearía más fuerte a Shaúl, tal vez fuera el único de los tres que la sentiría en cada órgano de su cuerpo. A diferencia del hermano, a Yonatán todavía le costaba resistir la llamada de su carácter irreflexivo y, apenas anochecía, se ponía a buscar a alguien que fuera con él a recorrer los pubs del Complejo Ruso. Muchas veces era Yoel, que no sabía que la madre de Yonatán estaba en el hospital, quien lo acompañaba a flirtear con la pelirroja que servía las bebidas. Es cierto que les había mostrado el anillo que recibió del novio, pero aun así consideraban un gran progreso el hecho de que conversara con ellos. Si Yoel estaba ocupado, Yonatán invitaba a Tali o a otra gente, le daba igual, y ya no le importaba haber adquirido la reputación de alguien dispuesto a invitar a cualquiera a salir con él.

La madre contó que durante la noche había soñado que lo veía allí o en algún otro lugar en el que habían estado alguna vez, no recordaba exactamente dónde. Yonatán detectó cierta añoranza en sus ojos. Luego dijo que a menudo se despertaba rezando para que la noche acabara de una vez, para que llegara la mañana, y en su voz estaba ausente esa cadencia conocida, que ya era más débil pero no se había esfumado del todo.

—Estoy cansada —dijo. Se había encogido mucho. El rostro debajo del pañuelo seguía siendo terso y sin arrugas, pero más pequeño. En sus demacradas manos sobresalían las venas. Shaúl y la tía la ayudaron a acostarse, y Yonatán recordó haber leído que la voz de los difuntos se iba borrando lentamente de la memoria de los vivos hasta tornarse inaudible. Con la voz quebrada, él dijo que también soñaba mucho con ella, pero no les contó que a veces visitaba esa habitación alrededor de medianoche. Después de beber y divertirse en el centro de la ciudad, anhelando que cada muchacha que se dignaba mirarlo aliviara su soledad, una vez que el local se había vaciado y empezaban a tocar las melodías del fin de la velada, dejaba de oír lo que pasaba y cualquier movimiento era un esfuerzo, cada vez más convencido de que mientras él seguía allí sentado la madre se estaba muriendo o tal vez ya estaba muerta. A veces combatía esa convicción hasta empequeñecerla, pero en otras ocasiones le llenaba la mente y se volvía inmutable. Era entonces cuando salía apresuradamente para ir al hospital, coger un ascensor y subir al departamento de oncología, donde se lavaba las manos y la cara con agua y jabón. Luego se acercaba lentamente a la cama de ella, examinaba en la pantalla los datos de su respiración y comprobaba que el pecho se movía. Si no veía el movimiento, le tocaba un pie, para cerciorarse de que estaba tibio, y, si la colcha se había deslizado, la estiraba enseguida para que cubriera todo su cuerpo. Después se sentaba en la silla de Shaúl, con la mirada en ella y en el cielo nocturno, para finalmente escabullirse antes de que despertara.

* * *

Bañado y perfumado, luciendo unos pantalones elegantes y una camisa negra abotonada, Yoel se burló sin malicia de la ropa de Yonatán: tejanos oscuros y camisa roja abotonada con un motivo de colores, «estilo GAP», sentenció y lanzó un escupitajo al cielo.

Caminaron del brazo por el oscuro aparcamiento cercado, en cuyo extremo había un oxidado portón de hierro que conducía al punto más alto del *vadi*. Desde cierta distancia podían oler la salinidad de la arena que habían transportado desde las playas de Tel Aviv y también pólvora y césped recién cortado. El fragor de los instrumentos de percusión les llegaba desde los altavoces, junto con el estruendo de cohetes, gritos, silbidos y alaridos de alegría mezclados en un bullente y enigmático torbellino.

Había esperado sentir el escozor de la tensión, pero reaccionó con indiferencia. Fue justamente Yoel el que, tras parlotear en el coche, se había quedado callado, alisándose la ropa y acercando la cara a uno de los espejos laterales para acomodar sus rizos y patillas a la luz de las estrellas.

Yonatán dio un puntapié al espejo en el que Yoel se miraba y tuvo la sensación de que un velo de irrealidad envolvía esa noche y todas las anteriores, en las que había un elemento anestésico, como el de los cuentos que inventaban cuando eran niños. Les encantaba idear sus relatos y embellecerlos, pero sintiéndose siempre protegidos por la certeza de que en cualquier momento podían truncar el argumento y volver a la vida normal; que podían imponer el Beit Ha-Kérem nocturno sobre los días y combatir con bayonetas en las cumbres nevadas y alrededor del abismo, porque en el fondo sabían que no iban a morir, que en realidad no los matarían, que la catástrofe de la guerra contra las torres, que los había llevado al prolongado distanciamiento entre ellos, se había producido en el mismo momento en que las fronteras cambiaban de lugar. Un tenue velo le había bloqueado la visión de ese mundo en el que su madre yacía inconsciente en un hospital y nadie decía que volvería a despertarse.

Antes, en casa, Shaúl y el padre habían regresado del hospital con caras de color ceniciento. Se sentaron en la sala a ver las noticias, comieron pollo frío y le dejaron un plato de comida antes de retirarse a sus dormitorios. Yonatán se duchó y se vistió, y solo cuando ya estaba al lado de la puerta Shaúl le preguntó adónde iba. Respondió que a la fiesta de graduación del instituto y el hermano observó que no dejaba de salir ni una noche. Como no contestaba, le preguntó:

—¿Has ido hoy al hospital?

—No, iré mañana.

—Tal vez no haya mañana. Tu madre está inconsciente en el hospital y tú te vas cada noche de parranda.

—Vete a hacer puñetas, ¿dónde has estado tú todo este tiempo? —replicó, resistiendo la tentación de recordarle al hermano las acusaciones que le había arrojado a la madre y preguntándose si era posible que ambos se torturaran rememorando sus propias transgresiones contra ella y por eso cada uno quería presentar al otro como el peor pecador.

Fue en ese momento cuando apareció el padre al final del pasillo, con el pelo revuelto y la camisa blanca manchada de amarillo.

—¡Silencio, vosotros dos! —ladró, como si estuviera utilizando lo que le quedaba de fuerza para asumir su rol parental, pero lo que vieron fue la conocida fachada, detrás de la cual no había nada.

Se alejó de ellos con pasos cortos y asiéndose a las paredes como si temiera perder el equilibrio. Yonatán pensó que tal vez estuviera enfermo, sabía que el abuelo había fallecido muy joven de un ataque cardiaco y la idea que había estado flotando más de una vez en su mente se hizo más nítida: si también el padre muriera, si todos sus miedos se hicieran realidad, él no iba a permanecer en este mundo.

Shaúl le dio la espalda, se desplomó en el sillón negro que estaba al lado del teléfono y marcó un número sin levantar el auricular. Yonatán sospechaba que había bebido. Tal vez el miedo a un desastre aún mayor era lo único que podía reconciliarlos. Pero la idea casi lo hizo reír. Pensó en preguntarle al hermano si prefería que él se quedara en casa, pero sabía que la respuesta sería negativa, que el hecho de que saliera cada noche confirmaba todo lo que de todas formas creía o, más exactamente, todo lo que la madre decía de él. Comprendió que lo que siempre lo había debilitado frente a Shaúl eran los recuerdos. No los detalles, que su hermano evocaba mucho mejor, sino la forma en que las reminiscencias podían despertar en él afecto y ternura, incluso ahora, y que aun en este momento su cuerpo podía añorar el abrazo de Shaúl, el roce de la barba incipiente contra su mejilla, mientras era evidente que, para el hermano mayor, en todos los recuerdos de los días que habían pasado juntos no quedaba ni un aleteo de vida.

Cada uno soltó el brazo del otro ante la fachada del instituto y avanzaron hacia el resplandor de las luces de colores. Restos del humo de los cohetes se mezclaban con el aire fragante. Yoel desapareció en busca de un poco de vodka y Yonatán sintió frío inmediatamente. Veía siluetas descalzas bailando en la arena y chapoteando en la piscina, chicas en pantalones cortos o en falda y sostén brincando en el agua, rodeadas de chicos en tejanos y camisetas cortas, algunos con el torso desnudo. Un chico que no conocía posaba sus dedos llenos de anillos sobre el vientre de Véred Weiss —a la que todos ellos habían deseado en uno u otro momento—, apretándose contra ella por detrás. Junto a ellos vio un torso musculoso y velludo que se adhería a unos pechos metidos en un sostén rojo ya mojado desde antes de que se zambulleran juntos en el agua. No podía sino sentirse embriagado por las señales de lujuria a la vista: caricias, miradas, frotamientos, aullidos salvajes. Grupos de chicos y chicas se pegaban unos a otros para abrazarse o bailar, se separaban y volvían a unirse a un ritmo vertiginoso. Le hubiera gustado zambullirse en el caos para aliviar la opresión que sentía desde que Yoel había desaparecido.

¿Dónde se había metido su puñetero amigo con las bebidas?

Encendió un cigarrillo y fue hacia la última hilera de tumbonas. Los chicos de un grupo se pasaban el tubo de un narguile de mano en mano.

—¿Qué me dais si toco las brasas? —dijo uno.

—¿No lo hacéis en los entrenamientos premilitares? —preguntó una chica con una pereza que parecía deleitarse en su propia apatía.

—Solo se lo hacen a los árabes —dijo otro.

—Mirad a ese marica, quiere llegar a la orquesta militar y acabará en la cantina —se burló el primero. Tenía unos granos de arena brillante en la nuca y la mano en la espalda de la muchacha.

Yonatán la reconoció, habían hablado por teléfono varias veces, solo de tonterías, rivalizando en el grado de depresión de cada uno, pero dejaron de hacerlo cuando ella se negó a ir con él a los pubs, quejándose con mal disimulado placer de que estaba siempre muy ocupada. En el césped, más allá del espacio iluminado con farolas callejeras, divisó a Yoel, que bebía vodka de una botella. Evidentemente no recordaba que había ido a buscar tragos para los dos.

Se apagaron las luces, todos rugieron, silbaron y ulularon en la oscuridad.

—¡Haced ahora las cosas malas! —gritó alguien.

Una figura se acercó a él y sintió agua fría goteándole en la cara. Lamió el agua y oyó una carcajada que por un momento le sonó conocida, pero la figura desapareció en una nube de humo del narguile. Las luces volvieron a encenderse en un blanco de neón que lo cegaba y vio siluetas que se curvaban y retorcían sin que pudiera ya identificar las partes de cuerpos que se movían entre luces y sombras. Alguien le pegó algo a la espalda y quedó empapado en agua helada. Se dio la vuelta con rabia y vio una pistola de agua con colores cambiantes en el cañón. Detrás de la pistola estaba Lior.

Cuando se alejaron de las luces se oyó una sorda explosión a la que siguieron unos gritos entusiastas. Una esquirla violeta se elevó al cielo para luego evaporarse en una delgada humareda que ondulaba sobre ellos. Giraron a la derecha, hacia el aparcamiento, que ahora estaba iluminado por la luz dorada de los faros de los coches que salían o entraban. Más lejos, al otro lado del *vadi*, centelleaban las luces de la primera hilera de casas de la calle Hashájar y por encima, con la cabeza en el cielo, se cernía el edificio inacabado. No recordaba que por las noches fuera tan negro.

La brisa agitó los cabellos de Lior, le acarició la cara y al instante sintió el aroma conocido de ella, que se disipó mientras lo inhalaba. Con el rabillo del ojo vio a una pareja que se abrazaba, sentada sobre el capó de un coche: el chico se inclinaba para besar a la chica y la escena le hizo sentir nostalgia. No quería tocar a Lior sin que ella lo tocara primero, pero no pudo resistirse más y entrelazó sus dedos con los de ella, buscando el contacto con los tres anillos, y se alegró de que aún estuvieran allí. Balancearon los brazos como solían hacerlo y sintió el deseo de hundir la mejilla en el cuello de Lior y enmarañarle el pelo con los dedos. Cuando giró la cara hacia el *vadi* para que ella no viera el rubor en su rostro, su mirada se perdió en la espesa oscuridad. Sintiéndose desolado, le soltó la mano y el alivio fue inmediato.

Se volvió para mirarla: llevaba un vestido negro que no conocía, con un fino cinturón atado como al descuido y zapatos grises de tacón. Se había puesto un maquillaje con purpurina, con destellos en plateado, dorado y violeta, y los labios le brillaban en un rojo vivo que nunca había visto en ella. Le costaba conciliar los brillantes matices con la tensión en su rostro translúcido, en el que no se movía ni un músculo, y percibió en su aspecto un toque de debilidad. Era extraño que en todos esos meses la imaginara serena y libre de toda duda, al menos en lo que a ellos se refería. No creía que ella hubiera sufrido realmente por la ruptura, o que pasara horas en la cama sin hacer nada, añorando el contacto con él y preguntándose qué estaría haciendo. Tal vez fingía —la idea maliciosa se le metió en la cabeza— para justificar que había venido con Tali a esta fiesta que nada tenía que ver con ella. Pero Tali no le haría eso a Yonatán; si había invitado a Lior, seguramente había supuesto que algo sucedería, que tal vez volvieran a estar juntos.

Empujó el portón oxidado y se dirigieron hacia un montículo de piedrecillas, sobre el que se agitaban unos jirones de lona. La cogió de la mano y avanzaron lentamente. Sus zapatos conocían cada piedra y cada fisura de ese terreno.

—¿Adónde vamos? —preguntó Lior.

—No lo sé —dijo, temiendo que ella quisiera volver a la fiesta.

Al borde del *vadi* la luna plateaba los calentadores solares de agua en el tejado de su edificio. La mirada de Yonatán se dirigió a la única ventana visible desde ese punto, la del dormitorio de sus padres, que se tornó enseguida en una mancha borrosa, y se imaginó al padre en su cama, a Shaúl en la suya y a ambos deslizándose hacia un sueño intranquilo, perturbado por bruscos despertares. Se encontrarían en medio de la noche, en la sala o en la cocina o en el cuarto de baño, y con cada despertar lo primero que se les ocurriría sería que el teléfono aún no había sonado, y que eso podría suceder en el instante en que volvieran a dormirse.

Habían pasado cuatro días desde que la madre había perdido el conocimiento y la inevitabilidad de la llamada los inquietaba durante toda la noche. Si todavía le quedara un poco de vergüenza, ahora estaría en su cama o encontrándose con ellos en las rondas nocturnas.

—¿Está bien tu madre? —preguntó Lior.

—No, no lo está.

—¿Los tratamientos no ayudan?

—Ya no hay más tratamientos.

—¿Dónde está ahora? —preguntó con la voz un poco quebrada.

—En el hospital.

No había pensado en contárselo, temeroso de despertar compasión, pero lo embargaba un extraño deseo de contar la verdad. Ella carraspeó como para decir algo pero calló, y él se sintió aliviado de que no le preguntara cuándo volvería la madre a casa. Siguieron caminando en silencio y antes de la primera bajada al *vadi* Lior se detuvo, le tendió los brazos y se apretó contra él. Le tocó la mejilla. Tenía la mano tan tibia como la recordaba y el mismo aleteo en los dedos. Atento a su respiración, se preguntó por qué la intimidad que había estado anhelando durante todo ese tiempo parecía existir a una cierta distancia de su cuerpo, como si él estuviera observando a su doble entregándose al abrazo y a las conocidas sensaciones les faltara el ritmo habitual. No sintió ningún consuelo.

La luna desapareció entre las nubes y el edificio se desvaneció en las tinieblas. Lo invadió la tristeza —porque ella solo había aparecido ahora, cuando ya todo había pasado—. Hundió la cara en el conocido hueco entre el cuello y el hombro de Lior y ella le acarició el cabello. Ahora entendía: como siempre, había subestimado a los que lo rodeaban, incluso a Yoel, por suponer que era el único capaz de tejer relatos que engañaran a todos. No se había detenido a pensar qué podrían descubrir ni a qué conclusiones podrían llegar, aun sin su ayuda. Era probable que Yoel se hubiera encontrado con Shaúl en la calle y, aunque no hubiesen hablado, tan pronto como Yoel supiera que Shaúl aún estaba en Beit Ha-Kérem empezaría a prestar atención a los detalles: que Shaúl salía cada mañana con el coche, que no veían a la madre, que Yonatán desaparecía durante muchas horas y que cada noche estaba desesperado por salir a beber. Tal vez Ratsón y algunos vecinos chismorreasen. Ahora se le había dado la vuelta a la tortilla: no era que Yoel se hubiera tragado su simulación, sino que él no había sospechado que detrás de los gestos habituales de Yoel había otra cosa. Ya no le cabía duda de que no había logrado ocultarles nada, de que Yoel y Tali estaban al tanto de todo —tal vez lo estuviera todo el mundo— y por eso habían invitado a Lior, porque era la única que podía ayudarlo.

Seguían estando cerca, pero el abrazo se había aflojado y los cuerpos se apartaban con cuidado, como si temieran ofenderse mutuamente. Sentía rígidos los músculos. Se sentó en el suelo, apoyando la espalda contra una roca grande entre dos matas grisáceas de *za'atar* y encendió un cigarrillo. Lior se sentó junto a él, con la espalda apoyada en su pecho, estiró las piernas juguetonamente sobre las suyas, que la envolvió en sus brazos y le acercó el cigarrillo a los labios.

—¿A qué has venido? —preguntó.

—Quería verte.

—No me digas.

—También dijeron que sería una fiesta estupenda.

—Ajá, ¿y tenían razón?

—Por supuesto: narguile, cohetes, sois unos desenfrenados.

Ambos rieron. Se sintió reconfortado con ese intercambio, que despertaba ecos de sus voces. Les llegaban gritos desde la parte baja del *vadi*. La débil luz de una linterna saltó entre las rocas, iluminando unos troncos quemados, pasó por encima de sus cuerpos y tembló sobre el suelo marrón. Quedaban cenizas de las fogatas de Lag Ba'Omer a ambos lados del sendero. Siguieron fascinados el rayo de luz.

—Son los *scouts* —dijo Yonatán—. Vienen a menudo por las noches. Es la década de los noventa, ya nadie le teme al *vadi*.

—Que no estemos juntos no significa que no me importes, y mucho —dijo Lior, rodeándose las rodillas con los brazos.

Le entraron ganas de reír; toda esa puesta en escena para decirle algo que él ya sabía.

—Que estemos juntos o no es lo único que importa —dijo.

Ella volvió la cara hacia él y la expresión sardónica, que siempre le había gustado y que a veces admiraba, había desaparecido. Se dio cuenta de que seguía queriéndola, y, si hubiera creído que ella estaba dispuesta a volver con él, habría accedido de inmediato, pero también entendía que su amor se había ido apagando. Se había abierto una brecha entre él y esa persona que quiso a Lior y que veía su imagen a todas horas. Fueron muchas las horas en que rogaba que llegara el momento de dejar de pensar en ella constantemente, pero ahora le alarmaba el páramo que se iba formando en su mente. Cuando estuviera completo sería capaz de dejar de quererla. Si durante todos esos meses creyó que la ausencia de Lior había abierto un espacio en su interior, ahora contemplaba la posibilidad de que se hubiera abierto un vacío mucho más grande en las últimas semanas. ¿Con qué se llenaría? Tal vez la nostalgia por Lior lo había protegido y él, como buen ingenuo que era, no lo entendió.

Tercera parte

México

Vio ortigas negras, anémonas, matas de *za'atar*, destellos de fogatas en las laderas y el perfil de las cadenas montañosas que circundan la Ciudad de México asomándose tras hileras de casas de piedra semiderruidas y carteles publicitarios en la carretera que va del aeropuerto a Polanco. Veía el cielo tachonado de estrellas, pero no era este que desaparecía tras las nubes, sino otro, tal vez el cielo de Pokhara en el viaje que hizo tras licenciarse de la mili. Iba a subir al santuario de Annapurna, una expedición para novatos, la mañana del cuarto aniversario del fallecimiento de su madre, pero despertó antes del alba, preparó la mochila y se fue mientras todos aún dormían. A veces seguía viendo ese cielo al despertar por las mañanas, arrepentido de no haberse quedado y ascendido al Annapurna. En sus cuentos sobre Nepal lo había hecho.

Estaba en un lugar alto, una azotea, y la capa de nubes parecía estar muy cerca. Si diera un salto bastante grande, sería tragado por ella. Posó las manos sobre la barandilla y la gran distancia entre él y el negro bloque de Lego que era la carretera allí abajo le dio vértigo. Dando un paso atrás se interpuso entre Carlos y la chica de las gafas, ahora sabía que se llamaba Elizabeth. Era hija de unos fanáticos religiosos y hacía ocho años que no hablaba con su madre, aunque el padre a veces la llamaba. Organizaba la serie de fiestas conocida como «El pasado está aún por llegar», y estaba escribiendo su tesis doctoral sobre filosofía política en la Universidad Iberoamericana. Carlos le había contado que últimamente habían asesinado a muchos en su pequeña ciudad natal y que él había ido a escribir un informe para una organización de derechos humanos. Carlos era también escritor, traductor y, por supuesto, poeta. Le había hablado de los asesinatos mientras desayunaban en una cantina de la Colonia Narvarte en su primera mañana en la ciudad, ante grupos de hombres sentados en las otras mesas y sumidos en un pétreo silencio: una banda había liquidado a todos los hombres apellidados «Garza» y los había sepultado cerca de la frontera con Texas.

Yonatán abrió los brazos y les cogió las manos. Los tres sudaban —cosa que le pareció encantadora— y balanceaban lentamente los brazos, atrás y adelante. Entre ellos se sentía protegido y amado. Volvía a fascinarle la apostura de Carlos, el negro cabello sobre la frente, la chispa gris que danzaba en sus ojos verdes, un poco almendrados, bajo las finas cejas, y la piel tersa y bronceada.

Miró a Elizabeth. No recordaba un mentón tan afilado, que no armonizaba con los hoyuelos de sus mejillas ni con los ojos, de un castaño claro, que irradiaban una especie de sonrisa, primero franca y luego divertida o tal vez incrédula. Ahora tenía claro por qué había querido verla durante tantos días, no por lo que le había dicho acerca de la muerte de su mejor amigo, sino gracias al recuerdo de las manos sobre su rostro cuando había posado la cabeza en su regazo aquella noche, la huella de su tierna caricia, como si se hubiera apropiado de su cuerpo, y tal vez de su mente, mientras le susurraba que sobrellevaría esa noche y también otras. La había creído entonces, pero ahora se preguntaba si alguno de sus gestos había sido irónico. Durante varios meses el abismo bajo sus pies se había ido ensanchando, abriéndose frente a él o a su lado, y él había tenido que maniobrar en una especie de cautelosa danza o permanecer totalmente inmóvil para no precipitarse al vacío. Sabía que, si le dijera la verdad a Shira, ella se asustaría y eso desestabilizaría sus vidas aún más. Incluso si se equivocaba y ella pudiera ayudarlo, era mejor no confirmarle el temor de que él no sobreviviría a la pérdida de Yoel —y que, aun si lo lograra, sería un hombre distinto, no el padre que Itamar conocía y que había prometido ser, movido más por el deber que por el amor—. ¿Cómo podía sosegarla si él mismo no lo sabía? Había soñado, aquí en México, que llegaba tarde a la guardería a recoger a Itamar y se encontraba con que el edificio entero se había esfumado, como si él se hubiera trasladado a un tiempo remoto y las palabras de Yoel en el sueño siguieran chirriando en su mente: «Tal vez todo esto no sea realmente para nosotros».

Estaban sentados sobre unos polvorientos colchones en la planta alta de un bar oscuro, bebiendo mezcal. Bebía cada vez más, quejándose de que no le hacía ningún efecto, o muy poco. Salieron a la noche. Llovía y las gafas de Elizabeth se mojaron. Yonatán le enjugó las gotas con la manga, se quitó el abrigo y le cubrió con él la cabeza. Vagaron por la Condesa, a través de callejones estrechos y oscuros y de bulliciosas avenidas. Estaba cansado y sediento, lo que le recordó que era algunos años mayor que ellos.

Llegaron a un club nocturno instalado en un patio, compró unas cervezas para Elizabeth y Carlos, y los tres se quedaron de pie con la espalda apoyada en la pared. Varias parejas jóvenes bailaban entre los charcos. Carlos desapareció por un momento y volvió con una botella de agua, de la que los tres bebieron.

—Esta es una mierda loca, ya veréis —dijo Carlos.

Fueron en el coche de Carlos al hotel, pasaron rápidamente por delante del portero y de los recepcionistas, se mojaron los pies en el agua de la piscina y se tendieron sobre el césped mojado a contar los arcoíris con las caras humedecidas por la llovizna. Elizabeth dijo que había leído *El encantador de serpientes* de Shalamov, que Yonatán le había recomendado, y añadió:

—Un cuento bonito, pero no mucho más que eso.

—No puedes hacer nada con la literatura de Shalamov, no conduce a ninguna parte —opinó Carlos imitando a Yonatán, que había citado a Primo Levi cuando le pidieron que recomendara un libro en la última velada del festival. Tras un corto silencio, Yonatán les dijo:

—Aquí he entendido que cada vez que descargas en una página una de las imágenes que han estado atacando tu consciencia durante años, un recuerdo, una fantasía, lo que sea, la estás matando un poco. Estás matando su carácter salvaje y su belleza, el potencial que tenía antes de que la escribieras. Ya nunca volverá a golpearte con la misma fuerza. Tal vez por eso no escribes lo que no estás dispuesto a perder. Y, si no quieres perder nada, no escribes nada.

Luego fueron a su habitación y bailaron al son de unos videoclips de YouTube, Yonatán desmenuzó unos cristales blancos sobre el cristal de la mesa, le dijo a Carlos que tal vez las rayas fueran muy gruesas, a lo que este le respondió riendo:

—Esta vez has invitado tú.

Vio una cabaña de bambú cuyo techo se ramificaba alrededor de unas nubes rojizas. Detrás se elevaba una torre construida con la piedra rugosa de Jerusalén; en los estantes que se veían por las ventanas de la torre había trozos de discos, afilados y estrechos como cuchillos, periódicos amarillentos, notas escritas por su padre y un calentador. Detrás de la torre no había nada, allí terminaba el mundo. Sintió escalofríos. Se estremeció despavorido, la cocaína no era bastante fuerte, todo se acabaría, ellos se irían, se quedaría solo en la azotea, ¿estarían todavía en el hotel? Pero una nueva ola de tibieza le inundó el cuerpo. Se sentó en el suelo. Cada movimiento parecía producirse dos veces, la primera en su mente y después en la realidad, como si estuviera mirando su cuerpo desde el exterior y volviendo luego a él.

Elizabeth se sentó y se apoyó en él. La rodeó con los brazos, apretándola fuerte, y acercó la mejilla al hombro de ella. Su piel era tibia, Yonatán encendió un cigarrillo y fumaron juntos. Pensó en esas mañanas en el hotel, cuando revisaba el teléfono apenas despertaba: nada había pasado, ninguna tormenta. ¿Qué noticia estaba esperando?

Ahora vio un bosque y a Burman colgado del fornido cuerpo de Michael. Sobre su espalda desnuda tenía escrito, con la letra de un antiguo videojuego: «Se ha informado que sus colegas en el Ayuntamiento de Jolón lo conocían por su nombre, A. Burman, pero en las empresas en las que promovía sus negocios privados y presuntamente ilegales se hacía llamar Y. Man». El bosque se ensanchaba y vio a Salmán que atisbaba entre los árboles. Parecía mirarlo directamente y Yonatán quiso evadirse. Sobre el cuerpo de Salmán centelleaban unas palabras: «Influencia del uso de efluentes en la proliferación de bacterias resistentes a los antibióticos en el agua y el suelo. Doctorando: Eyal Salmán. Director de la tesis: Dr. Azriel Sorokin». La búsqueda de «Hilá Baron» en Google y Facebook daba muchos resultados, había demasiadas mujeres con ese nombre en el mundo.

El Chevrolet negro del propietario de la revista esperaba fuera del hotel. La portezuela era muy pesada, le costó abrirla. Tenía las ventanillas blindadas. Ya había viajado aquí en coches parecidos. Se acomodó en el asiento tapizado en piel. Bebió un sorbo de la botella de whisky colocada en el bar frente a él y miró el cielo nocturno cubierto de nubes: no sabía adónde iban ni lo preguntó. Esa mañana había encontrado el mensaje en el hotel: «He conseguido lo que usted buscaba». Temiendo otra de sus jugarretas —como cuando le había hecho esperar a la chica de las gafas hasta la una de la madrugada— no se apresuró a contestar. Lo llamó por la tarde, tras despertarse sobre el césped fuera de su habitación, cegado por las luces del jardín y con el corazón palpitante. No recordaba haber ido allí. En su último recuerdo había estado en la cama mirando un filme en el que dos aviones chocaban en la pista de despegue del pequeño aeropuerto de Tenerife en 1977, el mayor desastre aéreo de la historia.

Se apresuró a volver a la habitación, a lavarse las briznas de césped pegadas a la cara y el cuello, se tomó un clonazepam y se miró en el espejo: tenía la frente del color de la hierba y gruesas líneas rojas en el blanco de los ojos. Se echó en la cama, se levantó, se sentó en el sofá, marcó el número de Shira pero se arrepintió, llamó a su padre y colgó. Hacía tiempo que no llamaba a Yoel. Durante los últimos dos años solía marcar su número distraídamente —era capaz de recitar todos los números telefónicos de Yoel desde que tenían ocho años—, pero se detenía a mitad del camino, hasta que logró deshabituarse.

Le costaba respirar, se palpó el pecho como para despertarlo. Incapaz de quedarse solo un momento más, salió disparado de la habitación, galopando por los pasillos hasta sentarse en el lobby iluminado, junto a unos turistas alemanes que escuchaban atentamente al guía mientras les describía la pirámide del Sol de Teotihuacán que visitarían al día siguiente.

—He estado allí, es tremendamente aburrida, hasta Frankfurt resulta más interesante —le susurró en inglés a un matrimonio mayor que estaba a su lado. Volvió a su habitación y llamó al propietario de la revista, que le dijo que pasarían a buscarlo dentro de tres horas para llevarlo al mejor bar de mezcal de la ciudad y que «allí vería a su chica de las gafas, además de otra sorpresa...».

—Será un placer volver a verlo —dijo Yonatán.

—Lamentablemente no será así. Estoy muy atareado y solo me encuentro dos veces con los escritores verdaderamente grandes.

Se rio, sintiendo por primera vez que le gustaba el editor, que también soltó un gorgorito de risa y cortó la comunicación. La certeza de que pronto se atenuaría su soledad, de que hablaría con gente, lo calmó.

Vio a Itamar correteando por el piso con una pelota. Una brisa le alborotaba el pelo y sus bracitos le parecieron muy escuálidos. El niño le lanzó la pelota, él se la devolvió y los dos siguieron corriendo juntos, riendo y gritando, hasta la puerta acristalada de la terraza, que el pequeño tocó con una sonrisa triunfante:

—¡Otra vez!

Yonatán echó una ojeada alrededor, Elizabeth y Carlos se inclinaban hacia él mirando el videoclip en el teléfono. El chiquillo era muy guapo, dijeron, muy dulce. Elizabeth preguntó si no era hora de que regresara a casa. ¿Cuánto tiempo había estado allí, dos semanas? Doce días, la corrigió; dos semanas sonaba como un exceso, casi como una crueldad.

—¿Cómo no me dijiste que todavía estabas aquí? —preguntó Carlos, poniéndole la mano en el hombro—. Te dije que siempre tendrás un amigo en Ciudad de México.

Yonatán respondió que ya no volverían a verse después de esa noche.

Carlos apoyó un pie en la barandilla y comentó:

—¿Habéis notado que todos los relatos de borrachos de novelistas mexicanos o mexicanas acaban siempre con que regresan a casa y se encuentran a su pareja follando con su mejor amigo o amiga?

En la mente de Yonatán surgió una imagen: un día volvió a casa, poco después de haber empezado a vivir juntos con Shira, y la vio sentada en el sofá con Yoel, charlando, mirando unos viejos álbumes de fotos, con botellas de cerveza en las manos y un cenicero lleno sobre la mesa. La escena no tenía nada de excepcional, sin embargo despertó en él una sensación peculiar, tal vez despreciable. No podía afirmarlo con certeza, pero en la primera mirada que le dirigieron, antes de la sonrisa de bienvenida y de la exclamación de felicidad de Yoel, le pareció ver una sombra, como si les desagradara su retorno.

Luego se habían quedado sentados los tres. Yoel le hacía preguntas a Shira sobre su viaje por Sudamérica después de la mili y le pedía que describiera detalladamente cada lugar que ella mencionaba. Después dijo, en voz muy baja, que no había ido a ninguna parte tras el servicio militar.

—Y aquí tu compañero —señaló a Yonatán con el dedo— emprendió un viaje truncado al Lejano Oriente, volvió a casa abochornado tras pasar diez días en Nepal y no llamó a nadie, para que pensaran que todavía andaba brincando por las cimas de las montañas. —Explicó que habían ido juntos a Londres, pero eso era algo que se podía hacer también a los cien años.

Súbitamente Yoel sugirió que los cuatro —Yonatán y Shira con Yoel y Anat, su pareja de entonces— pasaran ese verano viajando por Estados Unidos, al estilo de Kerouac. Pero a medida que transcurrían las horas el viaje se fue encogiendo, primero a Europa, después a Grecia, luego al Sinaí y finalmente Yoel admitió que él y Anat no estaban realmente juntos, que estaban considerando su futuro y que una excursión de esa clase podría transmitir un mensaje equivocado. Shira lo miró sorprendida y le preguntó por qué no lo había dicho antes. Yoel esbozó una sonrisa socarrona, y lo mismo hizo Yonatán, porque a menudo hacían planes que luego Yoel desbarataba al acordarse de algún detalle de su trabajo, de su compañera o de sus padres. Cada vez que eso sucedía, Yonatán suponía que Yoel estaba realmente entusiasmado, hasta que lo asaltaban dudas y cambiaba de idea.

Estuvieron un rato callados, hasta que Yoel preguntó cómo era posible que hubieran decidido ir a vivir juntos a los pocos meses de haberse conocido. Shira dijo riendo que lo habían hecho porque había sido lo más natural en ese momento y que, si las cosas no iban bien, dejarían de vivir juntos. Yoel no pareció contentarse con la despreocupada respuesta, pero dijo que ellos estaban claramente destinados a ser pareja. Cuando se despedían, Yonatán recordó algo que Tali le había dicho recientemente: Yoel pensaba que Yonatán necesitaba tener sensación de hogar, porque su familia se había desintegrado tras la muerte de la madre y por eso había estado solo muy raras veces después de mudarse a Tel Aviv. La diferencia entre ellos, le había dicho Yoel a Tali, era que Yonatán no siempre suponía que existiera algo mejor que aún no había visto y que había que buscar, que necesitaba determinadas cosas o tenía miedo de otras y lo reconocía, y basado en eso tomaba sus decisiones. Tali le había dicho entonces a Yonatán que el problema de Yoel era que no había nada que realmente necesitara.

Elizabeth le dio un beso en los labios y se apartó.

Ve un diluvio y caballos galopando sobre la hierba y el barro, se ve sentado con Yoel en la casa de apuestas William Hill, cerca de la estación del metro de Baker Street. El mostrador está sembrado de papeles arrugados, bolígrafos rojos y colillas. Cuando los caballos se acercan a la línea de llegada ellos se levantan abrazados y gritando, todo el mundo los mira y cuando el suyo es el ganador —como por ejemplo Rock'n'Roll Boy a razón de doce a uno— salen a la calle dando tumbos, sudorosos y desgreñados, cantando, bailando y agitando sus billetes de diez libras, unidos por una alegría salvaje y desenfrenada.

Ve una pequeña piscina para niños llena de un cemento espeso y una cuchara gigantesca que lo revuelve. Unas imágenes centellean a ratos dentro del cemento. En un bulevar nevado, un joven rodea con sus brazos a un hombre barbudo que tiene la cara embarrada y los dos caen sobre la nieve. Ve unos campos y céspedes verdes por los que Shira y él pasean contentos bajo un cielo azul. «Recuerdo esa escena», quería decirles a Elizabeth y a Carlos; la había soñado poco después de conocer a Shira. Ve a un niño en la calle, rodeado de gente preocupada que le habla mientras él acaricia el pedazo de madera que asoma de su garganta y sus ojos grises miran divertidos a la multitud. Ve la calle Hejalúts por la tarde, donde una pandilla ataca a un chico fornido que se parece a Michael, pero con el cabello de color violeta, y a sí mismo con una camiseta blanca, aferrado a la espalda de Michael y golpeándole repetidamente la cabeza con una pistola de agua. Ve un parque, senderos de piedra, árboles, un poste de alumbrado, nubes de polvo de color parduzco amarillento y gente que pasa al lado de Yoel y de él como si no estuvieran allí. De pronto una bola de sol viene flotando desde detrás de las casas al parque y se detiene justo encima de él, el mundo entero se torna dorado, los ojos le arden y no ve nada.

Ha visto rayos de luz sobre las blancas cumbres a la distancia. Elizabeth y Carlos estaban sentados en el suelo, reclinados contra la pared y con la mirada perdida en el espacio. No hablaban. Por primera vez percibió que el techo despedía un olor a plantas podridas. Se acercó a ellos sabiendo que se irían en unos minutos —cuando pasa el efecto uno se despide, esa es la norma—. Sintió el deseo de contarles un recuerdo que nunca había compartido con nadie ni había osado escribir. La intensidad de la emoción que despertaba en él lo había asustado siempre y era consciente de que, si esperaba un minuto más, el efecto de todo lo que había tragado y esnifado esa noche se disiparía y no tendría el coraje de hacerlo.

Se sentó muy cerca de ambos, con una rodilla tocando la de Carlos y los dedos entrelazados con los de Elizabeth. Les dijo que su madre yacía muerta en su habitación del hospital y él estaba en el vestíbulo con su padre, que ya se había despedido del cadáver. Él se encontraba allí inmóvil y finalmente se atrevió a pasar el umbral, pero se detuvo en la entrada, lejos de la cama. Su hermano estaba ahí sentado, junto a su ex, y una sábana cubría el cuerpo de la madre hasta el rostro, que se veía terso y sereno. Todavía tenía el pañuelo azul en la cabeza. Yonatán pronunció el nombre del hermano con una voz temblorosa, no muy seguro de lo que quería, tal vez sentarse a su lado. El hermano levantó la vista al techo y le murmuró algo a su ex. Yonatán les dio la espalda, salió de la habitación y se quedó junto a la pared del pasillo, sabiendo que aun cuando pasaran muchos años, incluso si algún día quisiera hacerlo, nunca perdonaría a Shaúl; que cada vez que lo viera esa imagen refulgiría en su memoria. A través de sus lágrimas —mientras algunos recitaban las oraciones matutinas en la sala de oncología a las cuatro y media, Ratsón y el padre de Yaará y Avigail hablaban en susurros con su padre, la tía le hablaba aunque él no podía oír ni una palabra de lo que decía, y la amiga de la madre se arrodillaba con la cara contra la pared— vio la figura borrosa de Yoel al fondo del pasillo. Corrió a su encuentro, incapaz de soportar la espera hasta poder sentirlo cerca, y solo cuando estuvo a su lado y sintió el calor de su cuerpo imaginó que, después de todo, tenía una familia.

Las torres
(Finales de la década de 1980)

«La niebla amarilla» la llamaban en el barrio; venía del desierto o de las montañas, o de Ramala. Por fin los adultos se habían percatado del arribo de la calima, de que era imposible ver los matices de cosas como los pétalos de los ciclámenes o las matas de *za'atar*, de que los coches se habían cubierto de tupidos gránulos amarillos, como picados de varicela, y resultaba difícil diferenciarlos, y reaccionaron como siempre ante cada nuevo fenómeno en la zona: decretando reglas, negociando castigos y advirtiendo a los chicos de que no corrieran por las calles y solo caminaran en grupos.

Algunos locales interpretaban la calamidad de otra forma. Morris Sadowsky, por ejemplo, culpaba a los padres que obtenían buenas ganancias en la bolsa gracias a sus consejos gratuitos, pero que habían provocado la expulsión de su hijo del Hashomer Hatsaír por su «ostentosa coquetería» e insistía en que se trataba del castigo que merecía esa crueldad. También estaban los crípticos carteles adheridos al tablón de anuncios frente al centro comercial: «Los niños de Gaza lo recuerdan todo —¡preguntad si no a vuestros hijos-soldados en las manifestaciones contra la ocupación! Partidarios siempre de la fuerza, de la clase gobernante—, dejad las máscaras en libertad, ¡la muerte no tiene secretos para nosotros!». Se rumoreaba que eran del instructor de ajedrez, que les guardaba rencor porque lo habían despedido. La advertencia más seria se refería al *vadi*, envuelto en una espesa e impenetrable nube amarilla: tenían prohibido acercarse a él.

A ratos, Yonatán miraba hacia el *vadi* desde su terraza, esperando en vano que surgiera de allí una figura. Finalmente se atrevió a cruzar el terreno, ebrio de orgullo por haber infringido las órdenes, y tuvo la sensación de haber caído en otro mundo. Una intensa y cegadora amarillez se refractaba en derredor, minando su certeza de tener los pies sobre la tierra, y de pronto recordó la frescura del suelo bajo las suelas de sus botas en los primeros días del invierno. Muy pronto perdió el sentido de la orientación y lo asaltó el pánico. Los ojos le ardían tanto que temió no poder mantenerlos abiertos. Cuando oyó un susurro pensó que el viento le hacía jugarretas, hasta que cayó en la cuenta de que se trataba de su propia voz y de que no sabía cómo salir de allí: podría ser devorado por el *vadi* y nadie lo encontraría.

Permaneció inmóvil, esforzándose por regularizar su respiración, como le había enseñado el instructor de ajedrez, y comenzó a desandar el camino. Giró a la derecha y, cuando ya estaba en el terreno adyacente al edificio y el mundo parecía un poco más claro, se felicitó por haber mantenido la calma. Tendría que contárselo a Yoel, aun si no lo creyera, y aunque siguieran sin hablarse. El distanciamiento no podría frustrar la escena que se dibujaba en su mente —la de correr a casa de Yoel y contarle— y que precedía a cualquier serie de acontecimientos y a cualquier toma de conciencia.

Tenían prohibido salir al patio en los recreos. Jugaban al fútbol en los pasillos y él se acongojaba cada vez que debían volver al aula. Desde que había regresado después de la enfermedad, las relaciones con sus compañeros habían mejorado, tal vez porque estuvo ausente durante diez días y había corrido el rumor de que por poco había muerto, o tal vez lo compadecían porque le habían ocultado la relación de Yoel con Tali.

Yoel y Tali no pasaban mucho tiempo juntos en el colegio. Se encontraban a la salida, después de las clases, para volver a casa juntos, pero Yonatán tenía buen cuidado de evitarlos. Por otra parte, deseaba observar mejor a ese Yoel que lucía tejanos planchados, un jersey a cuadros que le iba grande y una bufanda de lana en el cuello, con el cabello peinado «a lo Ran Joresh». Le resultaba conocido y a la vez diferente, y esto le hacía temer que, si no observaba de cerca los cambios, llegaría a no reconocerlo. Varias veces pensó en abordarlos y decirles que ya no importaba, que ya no estaba enfadado, pero nunca lo hizo y siguió volviendo solo a casa.

Desde su regreso al cole lo consumía una extraña sensación de lasitud, como si no estuviera del todo despierto, tal vez porque sus enemigos del pasado habían resultado ser unos chicos comunes y corrientes, para los que Yoel y él no eran rebeldes ni les interesaban mucho. Sus grandiosos planes ya no eran necesarios, tal vez nunca lo habían sido. Los chicos se levantaban por la mañana, cerraban las cremalleras de sus abrigos, iban a pie al colegio y regresaban a casa. A veces ansiaba ver que tras sus gestos y hábitos se ocultaba un tenebroso mundo subterráneo, pero ya era evidente que había llegado al cuartel general del enemigo y derribado la puerta, solo para comprobar que allí no había nada. Ahora podía leer libros sin marcar pasajes y tomar prestadas las aventuras de los protagonistas para el mundo de ellos dos en el *vadi*. Era una lectura ociosa, menos inquietante pero más placentera. También a veces pensaba que Yoel y él habían mantenido un taller clandestino, puramente imaginario —que había llegado a la cima de su rendimiento mientras cavaban la zanja—, en el que habían pasado horas y horas urdiendo grandes planes. El caso era que sin Yoel se había quedado solo con unos muñones de ideas carentes de imaginación. Cuando le confió a Hilá algunas de estas reflexiones, ella dijo: «Hace dos semanas que te conozco y sé que tu imaginación no depende de Yoel, solamente crees que es así. Lo entenderás cuando seas menos idiota».

Seguía bajando a veces al descampado y mirando el *vadi*, pero no se atrevía a pasar el límite. Un día se percató de que lo que esperaba era ver a Yoel y Tali, se sintió avergonzado y ya corría a casa cuando distinguió una silueta borrosa en la niebla amarilla. Al acercarse reconoció a Shimon y pensó que divisaba a Benz y a Tsivoni sentados detrás de él sobre contenedores de basura. Shimon se le puso enfrente, le arregló el cuello de la camisa, le alisó las arrugas del abrigo y sentenció:

—Ahora pareces un hombre.

Explicó que la niebla amarilla les había desbaratado los planes, las chicas de Yefé Nof no se acercarían al barrio y ellos no podían ir a visitarlas porque Tsivoni se había metido allí en líos. Shimon dobló cuidadosamente su gorro de lana negra y se alisó el mechón que le caía sobre la frente.

—Hemos oído que estabas enfermo —dijo.

—Un poco —respondió Yonatán.

—No te creerías lo aburridos que hemos estado sin ti —se rio Shimon.

—Esto es de verdad aburrido, que Dios me ayude.

—Estábamos tan aburridos que decidimos hacer realidad tu deseo. Desde el fondo de nuestros corazones, como suele decirse.

—¿Qué deseo?

—Qué deseo... —dijo Shimon, se dio la vuelta y gritó a sus amigos—: ¡El chaval quiere saber qué deseo! —No contestaron, tal vez ni siquiera estuvieran allí—. ¿No habías expresado un pequeño deseo allá en el parque o algo?

—Ah, sí —dijo, como si lo hubiera olvidado—, pero eso fue hace un siglo, ya no me interesa.

—*Ya-no-me-interesa* —lo imitó burlón—. Hemos trabajado como energúmenos y a este «aburrido que Dios me ayude» ya no le interesa.

—No habéis hecho nada, no habéis hecho nada durante semanas —dijo, incapaz de seguir ocultando su frustración—. Ahora es demasiado tarde.

—¿Te estás soliviantando o es mi delirante imaginación?

—Cómo voy a saberlo, decide tú.

A Shimon lo sorprendió la actitud desafiante.

—¿Va todo bien? —preguntó.

—Estupendo —contestó Yonatán. Si le contara todo a Shimon, tal vez se apiadaría de él y cancelaría la pelea, pero era incapaz de apelar a su compasión.

—¿Conoces a Mañana? —preguntó Shimon.

Él no respondió, dispuesto a que lo abofeteara, pero para sorpresa suya le pellizcó la mejilla con sus dedos fríos, no muy fuerte.

—Respóndeme, no estoy bromeando. ¿Conoces a Mañana?

—Sí, la conozco.

—Bueno, detrás de Mañana viene Pasado Mañana, que es viernes, y a las dos de la tarde tú y tu amigo os presentaréis en el jardín de infancia de Rivka. Los chicos de las torres estarán también allí y esperamos que los masacréis. Que nuestra calle no pase vergüenza.

—Pero es que no nos hablamos —soltó desesperado, esperando que Shimon se apiadara de él.

—Pues ahora podréis hablar mucho —prosiguió el otro, rizándose el pelo con el dedo—. Hemos trabajado duro, hemos ido a las torres en medio de la neblina, solo para hacer realidad tu sueño. —Hundió los dedos en la carne de Yonatán, que demoró un instante en sentir el dolor—. ¿Qué quieres, defraudarnos?

—No —fue su respuesta. No había otra.

—El viernes a las dos.

—Con esta niebla no los veremos ni a un metro.

—Entonces sed astutos. Aprovechadla.

—Lo haré, pero vosotros se lo diréis a Yoel.

—Ayer vi a tu amigo, salía de su edificio y juro que estaba a punto de correr hacia el *vadi*, de modo que le grité: «¡Eh, está prohibido acercarse ahí, gilipollas!». Se dio la vuelta y volvió a casa, como un robot, ni siquiera me miró. Ese chico está chalado.

—Tal vez no fuera él.

—Como sea, yo te he contado lo del viernes, así que tú se lo dices a él —resumió Shimon.

—Yo no le digo nada. —Ni a palos lo obligarían a ser el primero en hablarle a Yoel.

Shimon lo miró, desconcertado por su tozudez.

—Está bien —dijo. Parecía haber perdido interés—. Somos gente respetable, nos gusta dar buenas noticias. Pero vais a estar ahí, de lo contrario ya sabes cómo termina esto.

—Lo sé.

—¿Cómo?

—Nos mataréis.

—No exageres.

—Nos vais a masacrar.

—Qué niño tan fastidioso.

—Nos haréis papilla.

—Justo, no será gran cosa. —Shimon le soltó la mejilla—. Siempre me has gustado más que tu flaco amigo. Pero Tsivoni, ya lo conoces, ese odia a todo el mundo.

Yoel llegó a casa de Yonatán el jueves por la tarde, cerraron la puerta de la habitación y no mencionaron a Tali más que una vez, cuando Yoel recalcó que ella no sabía nada. Cubrieron el suelo con hojas de papel, cuadernos, marcadores y reglas, hurgaron en los cajones en busca de notas y mapas, examinaron sus antiguos planes y rememoraron sus libros de aventuras favoritos. Todo aparentaba ser igual, pero sin rastros del insaciable frenesí que caracterizaba sus encuentros del pasado.

Más tarde, cuando oyeron la melodía del noticiario que llegaba de la sala, elaboraron el único plan posible y lo dividieron en cuatro etapas que se aprendieron de memoria. A las diez, antes de marcharse, porque su madre ya había llamado, Yoel le preguntó a Yonatán si tenía miedo y él confesó que sí. Cuando Yoel dijo que él no lo tenía, Yonatán lo llamó mentiroso. Sonrieron y se despidieron sin tocarse.

Fueron los primeros en llegar al jardín de infancia de Rivka y esperaron a la izquierda del cajón de arena a que

Shimon, Benz y Tsivoni saltaran la cerca y se plantaran en el centro con expresiones inescrutables. Los chavales de las torres llegaron en ese momento y los rodearon formando una especie de trapezoide que se fue encogiendo hacia la derecha del cajón hasta crear un círculo, del cual dos de ellos se separaron y avanzaron. Le sacaban a Yonatán una cabeza de altura y a Yoel aún más.

Shimon los descalificó por ese motivo y los de las torres amenazaron con largarse. Shimon bramó que ni soñando pelearían corpulentos contra menudos. Se hizo un silencio, les echó un vistazo y escogió a dos: uno era delgado y de la misma altura que ellos, el otro tenía una cabeza rectangular, un cuerpo ancho y sólido y unos brazos cortos y gruesos, que tendió a los lados y hacia arriba meneando la cabeza como los luchadores de la tele.

Después de apretar la fría mano de Yoel y oírlo susurrar que todo iría bien, aunque con una mirada furiosa y penetrante, Yonatán se preguntó si de verdad tenía más miedo que Yoel. Shimon comenzó la cuenta atrás desde el centro del cajón gritando «diez-nueve-ocho...», mirando a Benz y a Tsivoni; luego miró al cielo y dio un puntapié haciendo volar arena. Cuando Shimon llegó al «tres», ellos se giraron y salieron corriendo para coger unas sillas que habían escondido entre los arbustos. Nadie se movió mientras trepaban, saltaban por encima de la cerca y corrían calle abajo. Al pasar sus edificios, Yonatán giró la cabeza y vio una multitud de siluetas de chavales cubiertos de gránulos amarillos que los perseguían al galope. Lo que más le sorprendió fue que no se oyera nada salvo el viento.

Irrumpieron en el *vadi* —que parecía estar temblando, con altos pilares de arena girando en sus profundidades—. En la espesa calima se agarraron de las manos, contaron diez pasos, giraron y esperaron muy juntos a que el primero de los chicos de las torres cruzara la línea para arrastrarlo a la zanja, ocuparse de él y hacer lo mismo con los que vinieran después. Oían gritos, silbidos y voces que los desafiaban, insultaban y amenazaban, en un coro de roncos rugidos, y de pronto se hizo el silencio. Les llegó la voz de Shimon, jurando que los mataría y diciéndoles luego que salieran: no era demasiado tarde para terminar el asunto como hombres de verdad.

Pasó un rato y les sorprendió que no apareciera nadie. Susurró al oído de Yoel que tal vez se hubieran ido y Yoel murmuró que seguro que era una trampa. Se sintieron decepcionados, porque realmente creían que los chavales de las torres vendrían a pelear con ellos en el *vadi*, exactamente como lo habían planeado. Yonatán dijo que iría a ver si estaban al acecho, pero Yoel replicó airado que no se atreviera y le agarró la mano. Él se zafó y avanzó hacia el borde del *vadi* cuando súbitamente una mano lo sujetó desde el otro lado y sintió un dolor punzante, como si una uña afilada como una aguja le hubiera perforado en el brazo. Saltó hacia atrás y, pataleando en el aire, oyó una sonora carcajada y a Yoel que repetía su nombre. Se dio la vuelta y dio diez pasos en línea recta, pero no pudo encontrar a Yoel. Empezó a girar en círculos de radio reducido, llamándolo en todas direcciones y gritando que él estaba allí. Le pareció oír unas voces burlonas que venían de la orilla del *vadi*: «¡Estoy aquí, estoy aquí!». Pero tal vez fuera solo el eco de su propia voz en el viento.

Enfiló hacia la zanja, llamando a Yoel sin obtener respuesta, pero no llegó a destino. Verdaderamente no sabía dónde estaba. Tenía sed, los ojos le ardían, estaba desorientado; de golpe el suelo se hundió y su pie derecho resbaló por una pendiente de barro, algo pesado cayó sobre él o tal vez fuera el barro, que se lo apretaba como una mordaza. Soltó un gemido y trató de levantar la pierna, pero no podía moverla. Poco después ya no la sentía. Exhausto, se quedó inmóvil.

Destellos de gránulos turbios se arremolinaban frente a él, con unas manchas oscuras que iban formando algo semejante a esqueletos de árboles carbonizados moviéndose en lo más hondo de la calima. Arriba, a lo lejos, tal vez en el cielo, un resplandor negruzco amarillento explotó esparciendo pequeños fragmentos, como los fuegos artificiales del día de la Independencia. Yonatán miraba fascinado cómo caían, se fundían y desaparecían en el páramo cuando se dio cuenta de que, cuanto más se internaba en el *vadi*, más se oscurecía la calima amarilla.

Pensó que estaba recuperando las fuerzas, extrajo la pierna a tirones y cayó de espaldas, como en aquel sueño del bosque. Entendió que tenía que salir del *vadi* cuanto antes y quiso creer que Yoel ya estaba fuera. Caminó cautelosamente hasta encontrar un montículo de piedras que no conocía. Volvió a girarse, esta vez hacia el sur, o al menos esperaba no estar equivocado y que de verdad fuera el sur, hasta que un rayo de luz lo cegó y pensó que estaba cerca de la orilla del *vadi*.

Tras enjugarse los ojos llorosos con la manga del abrigo y ver un grupo de edificios envueltos en un resplandor vidrioso, supuso que había llegado al solar aledaño a los edificios. Para sorpresa suya, no había nadie. Corrió a casa de Yoel y golpeó fuerte la puerta. Nóam, el hermano de Yoel, le abrió, sostenía un bollo dulce en la mano y dijo gruñendo:

—¿Te has vuelto loco? Es viernes.

Yonatán preguntó por Yoel, con la esperanza de que Nóam lo mandara a la habitación de su hermano, pero este lo miró muy serio y dijo que no sabía dónde estaba.

—¡Yoel está en el *vadi*! —exclamó.

Nóam lo agarró por los hombros y lo sacudió:

—¿Dónde? ¿Dónde está?

—Allí fuera —tartamudeó, recordando cómo se había soltado del brazo de Yoel mientras iba hacia el borde del *vadi*.

Casi esperaba recibir un trompazo en la cara, pero Nóam se apartó, desapareció por un minuto, volvió con su padre y ambos salieron sin mirarlo. Se quedó donde estaba hasta que vio a la madre de Yoel con el teléfono al oído —¿desde cuándo tenían un inalámbrico?— y la puerta se cerró en sus narices.

Corrió escaleras abajo, atravesó la calle, subió a casa, se metió en la cama completamente vestido y se cubrió hasta la cabeza. Cuando llegaron a sus oídos los gritos y bocinazos salió a la terraza. Ya había anochecido, el terreno estaba bañado en una luz blanca y lleno de gente, veía el centelleo de unas luces azules y los haces de las linternas, alguien gritaba por un megáfono y los perros ladraban. Vio una cadena de personas avanzando hacia el *vadi* agarradas de los brazos. Su madre salió a la terraza, lo cogió por los hombros y lo llevó de regreso a su dormitorio, donde le quitó el abrigo, los zapatos y los pantalones antes de empujarlo a la cama y cubrirlo con una frazada.

—¿Dónde está Yoel? —gritó Yonatán y ella dijo, acariciándole el cabello:

—Lo encontrarán, todo irá bien, también papá ha ido a buscarlo.

Su padre volvió tarde aquella noche, se quitó el abrigo y anunció:

—Han encontrado a Yoel, todo está bien.

—¿Dónde? —preguntó Yonatán y el padre respondió que lo importante era que lo habían encontrado.

—¿Pero dónde? —insistió a gritos.

—Escondido en un hoyo —respondió el padre, pero la madre lo corrigió:

—Tendido en un hoyo.

—¡Estaba en la zanja! —aulló Yonatán.

—Tal vez fuera una zanja, estaba mojado y embarrado, pero la zanja lo protegió contra el viento. Pronto estará bien, te lo aseguro.

—Pero ¿dónde está ahora?

Vio el intercambio de miradas entre ellos antes de que el padre dijera:

—Lo han ingresado en el hospital para hacerle algunos pequeños exámenes, pero estará bien. Te lo prometo, estará bien.

Después de todo eso se quedó en la cama, la madre se sentó a su lado y le acarició el cabello. El padre le trajo una taza de té y unas chocolatinas. De pronto se dio cuenta de que estaba tosiendo y de que la garganta le ardía. Se palpó las mejillas ásperas y despellejadas y sintió el olor de los mocos resecos. El padre dijo que los chavales hacen travesuras, que pasan cosas y que no era culpa suya, que los padres de Yoel lo entenderían, eran cosas de chicos, nadie tenía la culpa.

—¡Apagad la luz! —gritó Yonatán y se quedó tumbado en la oscuridad.

La madre le tocó la frente, le dijo al padre algo en inglés, el padre declaró que tal vez aún no lo entendiera, pero que a la mañana siguiente todo le parecería menos terrible; a veces era necesario dejar que pasara la noche. Levantó el torso y, apoyando el codo en la almohada, preguntó si mañana Yoel y él seguirían siendo amigos. El padre dijo que no lo sabía, pero que esperaba que fuera así. El futuro se definirá en el futuro, a veces solo es necesario dejar que pase una noche.

Irlanda

Yonatán soñó que su padre había muerto. Dijeron que a pesar de la lluvia el entierro tendría lugar y le preguntaron si habría dónde guarecerse —después de todo vendría mucha gente—. Pero cuando llegó a la casa vio a su padre sentado en la sala, pálido, tosiendo y con convulsiones. Cada vez que se asomaba a la sala lo veía allí, poco a poco recuperó el color, dejó de toser y siguió mirando un partido de tenis en la tele. Invitó a Yonatán a sentarse con él, parecía preocupado. Yonatán pasó la mano por el brazo del padre y se sintió feliz:

—¡Hoy es un gran día! —exclamó. Siempre se alegraba cuando pasaban cosas buenas, pero esta clase de irrefrenable deleite surgía solo cuando una desgracia que había pronosticado no se materializaba. Sin embargo, en este caso su exclamación se frustró al ver a los amigos del padre sentados muy serios en sillas blancas de plástico, colocadas alrededor de la sala para los rituales del duelo.

—¿Cómo explicaremos esto a la gente? —dijo un amigo, tocándose unas cicatrices de color mostaza en la frente.

—La gente tiene el corazón destrozado, han publicado esquelas, han escrito notas recordatorias en Facebook —dijo un tipo pelirrojo.

—Y ahora se supone que deberíamos decir: perdón, pero el difunto está mirando un partido del torneo Roland Garros —dijo otro ahogando la risa.

Yonatán pensó que era raro que esas personas, que siempre habían sido respetuosas con su padre, a veces en exceso, hablaran ahora de él como si no estuviera presente.

No se puede dar marcha atrás, decidieron. Su padre estaba muerto, ya estaba todo arreglado, se había anunciado el entierro, habían elegido a los oradores y ahora lo que pasara en la casa tendría que coincidir con la imagen que veía el mundo. De lo contrario, cuando realmente se muriera, la gente lo vería con malos ojos, le guardarían rencor y dejarían que se fuera como si nada. Uno no se muere dos veces.

—En aquellos buenos tiempos, cuando todavía podíamos morir... —observó alguien.

Su padre seguía echado en el sofá, con la cabeza hacia atrás, mirando el reflejo del partido de tenis en el techo, con la pelota amarilla yendo y viniendo ante sus ojos.

Yonatán estaba ahora en una calle muy transitada, sabiendo que el padre se suicidaría para llegar a tiempo a su entierro. Corrió a impedirlo, sin hacer caso de los transeúntes que expresaban sus condolencias, y llegó a una casa similar, pero no idéntica. Tenía las ventanas rotas y un viento helado se arremolinaba alrededor. Sobre las pinturas de paisajes colgadas en la sala se habían posado unos cuervos, parecidos a los que veía en el árbol junto a la ventana del dormitorio de Yoel. Sabía que tenía que encontrar a su padre antes de que fuera demasiado tarde y vio al grupo de amigos sentados en la terraza tomando vodka.

—¡Muéstranos una foto de tu encantadora esposa embarazada! —dijo uno—. ¡El primer hijo no es ninguna broma!

Levantaron los vasos en un brindis por su difunto padre. Cuando gritó que no estaba muerto lo miraron compasivos. Les chispeaban los ojos mientras le dedicaban unos versos: ya no eres un chaval, pronto tendrás un chaval, ninguno aquí es un chaval. Le dijeron que se comportara como un hombre de más de treinta años, a su edad Alejandro Magno había tenido tiempo de conquistar el mundo y morirse.

Yonatán agarró la botella de vodka y le quebró el cuello contra la mesa, la sangre de la mano comenzó a gotear sobre sus zapatos. El grupo se dispersó.

—¿Dónde está? —gritó, pero no hubo respuesta. Acercó el cristal roto de la botella al cuello del pelirrojo y se dio cuenta de que iba a tener que hacerlo, a pesar de que le repugnaba la idea de cortar los pliegues de esa piel pecosa. Recordó que el pelirrojo siempre había estado a su lado en los ritos fúnebres y había comprado ejemplares de sus libros para todos los conocidos. Ahora apuntó con el dedo a la escalera, Yonatán bajó y empujó una pesada puerta metálica que parecía la del sótano del viejo edificio. Allí encontró al padre tendido sobre un colchón. Tenía todo el cuerpo, de pies a cabeza, envuelto en capas de film transparente, como el que se usa para envolver los regalos frágiles. No se movía.

Yonatán lo miró, incapaz de reaccionar, pero poco después vio que el padre movía las manos dentro de la envoltura, ponía los ojos en blanco y palidecía. Gritando y maldiciendo intentó arrancarle las capas de plástico, pero estaban demasiado ajustadas. Cogió la botella rota y empezó a hacer tajos en ellas. Cayó hacia atrás sin aliento y se enjugó el sudor de la cara con la mano sangrante. El padre se sentó, con jirones de plástico pegados en la cara, lo miró furioso y le dijo:

—¡Basta! ¿Te has vuelto loco? Está a punto de empezar el quinto set.

Apoyó la espalda en el delgado colchón. Sentía el cuerpo petrificado por el frío. Le ardía la garganta, seguramente había pescado un resfriado. Se cubrió con la fina manta de lana. Detectó una línea de cielo detrás de las cortinas, que habían empezado a agitarse, rozando con sus bordes los leños húmedos de la chimenea. Fragmentos de escenas de la sala de su padre flotaban en su consciencia, aún sumida en la noche, mientras iban alejándose de la iluminada estación del sueño. Intentó desesperado asir varias de las estelas dejadas por el sueño, pero eran demasiadas y pronto se carbonizaron ante sus ojos.

Se preguntó si había caído en otro estado de somnolencia, pero sintió una presencia a sus espaldas. Se giró y vio la silueta de alguien sentado en su cama. Se frotó los ojos, parpadeó y reconoció a Yoel, con un cigarrillo entre los dedos, que lo miraba con fijeza.

¿Cuánto hacía que estaba allí?, se preguntó horrorizado. Yoel no le quitaba los ojos de encima, solo seguía sosteniendo el cigarrillo ya apagado como si no se hubiera dado cuenta de que Yonatán estaba despierto. Tal vez no era a Yonatán a quien miraba.

Hundió la cara en la almohada, se sentía débil y otra vez sediento. Solía despertarse en medio de la noche con una sed terrible y había empezado a tener a mano una botella de agua. La doctora había dicho que debía entender que ya no era tan joven, que su cuerpo tenía otras necesidades y que, además, la tensión por el nacimiento inminente del primer hijo podría afectarlo.

Repasó los sucesos del día: Yoel y él habían viajado por la parte occidental de Irlanda hacia el condado de Clare en un BMW negro alquilado, escuchando todo el tiempo las mismas canciones que les gustaban. Las carreteras eran angostas y sinuosas, y el paisaje —pueblecitos, chimeneas humeantes, vallas de madera, verdes praderas, ovejas y vacas—, de una belleza monótona y repetitiva. Algo les encantaba y un momento después veían una copia ligeramente más hermosa o un poco menos.

Salieron a las seis de la mañana y no pararon ni una vez. Fue el primer día desde que Shira había llegado a la semana treinta del embarazo que no la llamó dos veces ni mandó mensajes preguntando cómo se sentía, como si el hecho de detener el movimiento y silenciar la música fuera capaz de arrancarles las máscaras que ambos llevaban puestas, las mismas que les habían permitido emprender el viaje y fingir que seguían siendo los amigos de antes. Por la tarde el cielo se nubló, pero un canal azul seguía brillando en la carretera por la que avanzaban, lo que reanimó a Yonatán.

—Mira ese canal, ¿no es extraño? —comentó, y Yoel murmuró:

—Lo es, pero se está cerrando. ¿No lo ves?

No lo veía. Miró las manos de Yoel sujetando el volante, afeadas por las dos lesiones profundas y secas, de un tono violáceo con una película blanca. A medida que avanzaban, las nubes grises flotaban en dirección al canal, la luz se enturbiaba, las casas de madera y los árboles se habían desteñido tanto que no habrían podido jurar que estuvieran ahí. Finalmente las nubes se tragaron el canal de cielo azul y por primera vez ese día empezaron a caer suculentas gotas de lluvia como si fueran hojas, el camino se llenó de charcos y a través del cristal del parabrisas no se veía nada. Pero Yoel no desaceleró, disfrutaba con los chorros que lanzaban las ruedas y atravesaba intrépido los cráteres llenos de agua.

Yonatán insistió en coger el volante. Le dijo a Yoel que Shira jamás le perdonaría que se matara antes del nacimiento de su primer hijo.

—También ellos aprenderán a perdonar —le aseguró Yoel en tono displicente. Al sonreír le aparecían unas arrugas en la frente, ahora más alta por efecto de la incipiente calvicie. Comentó que la escasa visibilidad les impediría ver los grandes acantilados de la costa, a lo que Yonatán respondió que no había manera de saberlo, tal vez despejara. Yoel siempre soñó con visitar los acantilados, desde que Michael y él habían planeado celebrar en ellos una ceremonia del Club del Uranio. Cuando Yonatán y él vivían en Londres, después de la mili, pensaron en coger el tren a Irlanda, pero algo había surgido, no recordaba qué era, y Yoel tuvo que regresar a Israel. Tal vez se había inventado una oferta de trabajo o una amante.

Ambos reconocían que todo el episodio de Londres había sido un fiasco y tal vez por eso pasaron años hasta que volvieron a viajar juntos. Dejaron el curso de inglés de Paddington minutos antes de las celebraciones del milenio, pasaron noches enteras merodeando por el Soho, después de jugar al *black-jack* en un casino y apostar a las carreras de caballos, y dos veces les vendieron éxtasis falso, pero la mayor parte del tiempo estuvieron solos y sin conocer gente nueva. Las cosas no mejoraron ni siquiera cuando Avigail, la hermana de Yaará, llegó a la ciudad y durmió algunos días en el piso de ellos. Aparte de la cháchara sobre polvos y las borracheras nocturnas, no pasó nada interesante.

Yonatán casi no había visto a las hermanas desde la muerte de su madre. En realidad, todos los amigos de sus padres y sus vástagos desaparecieron de su vida en el transcurso de los dos años que siguieron a su fallecimiento. Al principio seguían invitándolos de vez en cuando, a él y al padre, pero siempre parecían sentirse obligados. Poco tiempo después de enrolarse en el ejército seguía aceptando las invitaciones, más que nada por su padre, hasta que cayó en la cuenta de que también él lo hacía a regañadientes —y quizás por Yonatán, para no interrumpir la continuidad de la vida y los hábitos—. Pero había sido la madre quien había alimentado todas esas relaciones y a la que los amigos habían querido. Después de un cierto tiempo los encuentros se redujeron a una vez por año, cuando se veían en el cementerio.

En cierto momento, cuando se acercaban a los treinta, Yonatán empezó a entender que Yoel realmente no sabía cómo «leer» a la gente. No captaba los gestos disimulados, tal vez porque, al contrario de lo que declaraba y sin duda creía, la gente no le interesaba. Sabía hurgar en sus intenciones y motivos, se mostraba interesado en sus historias y disfrutaba del juego humano, siempre político, que se desarrollaba allí fuera, pero era incapaz de imaginar —en la medida en que eso fuera posible— la visión del mundo de un tercero, al igual que carecía de la capacidad de identificarse con él. Ese era el espacio artificioso de Yoel, e incluso a Yonatán, que supuestamente lo conocía mejor que nadie, le había llevado años descifrarlo y todavía dudaba de sus propias conclusiones, especialmente porque el encanto de

Yoel era tan arrollador y él tan generoso y afectuoso, a la vez que carecía de envidia y mezquindad.

Si lo hubiera preguntado a cualquiera de sus conocidos, la mayoría habría respondido que les resultaba más fácil hablar con Yoel que con él, y eso era cierto. Pero Yoel comprimía lo que la gente le decía en una máquina despótica que encarnaba su visión exclusiva del mundo. Si conocía a una mujer casada que criaba dos hijos y declaraba estar contenta con su vida, no dejaba de describirle los tediosos fines de semana que daba por hecho que ella tendría que soportar con fastidiosos parientes de los suburbios, y de destacar la suerte que él tenía manteniendo relaciones libres y flexibles, en lugar de estar atrapado en ese tipo de matrimonio, justamente porque no la veía como un ser humano completo, alguien que simplemente no ha sido diseñado para servir como reflejo de sus propias elecciones.

No llegaba con frecuencia a la conclusión de que había agraviado a alguien. Después de volver a vivir con sus padres en Beit Ha-Kérem, le preguntaba una y otra vez a Yonatán si se había sentido apoyado por él tras la muerte de su madre. Yonatán respondía a regañadientes que el recuerdo de esos días era nebuloso, pero que en cada pantallazo de la memoria veía a Tali, a Lior y a Yoel, lo que querría decir que sí, que Yoel había estado a su lado. Sin embargo, Yoel expresaba remordimientos y el disgusto sin atenuantes que le causaba haber sido el que solía ser pero, por otra parte, el interés que demostraba por esa época no estaba realmente relacionado con la pérdida de la madre de Yonatán, sino con el examen de conciencia que, según él, estaba realizando.

Yoel encendió otro cigarrillo. Pese a que el humo espeso dentro del coche le daba náuseas, Yonatán no protestó. El cielo estaba cada vez más sombrío y no se veían acantilados en el horizonte, que de todas formas estaba oculto detrás de las nubes oscuras. Yonatán dijo que era hora de parar para cenar temprano y Yoel asintió, pero cada vez que se aproximaban a un restaurante o un pub peroraba largamente acerca de sus defectos y proponía cansadamente seguir adelante en busca de algo mejor. Los dos tenían hambre y Yonatán perdió la paciencia: las diatribas de Yoel lo agotaban y tenía la impresión de que estaban viajando en círculos.

Finalmente se sentaron en un pub feo y expuesto a las corrientes de aire donde les sirvieron un asado de ternera reseco, que no tocaron. Salieron y se guarecieron en un cobertizo adornado con globos para tomar unas cervezas y fumar hasta sentir náuseas. Justo cuando estaban a punto de partir, se detuvo un Range Rover rojo del que se apeó un grupo de jóvenes con chaquetas brillantes. Formando un apretado ovillo avanzaron hacia el interior del pub, sin dejar de tocarse, tironearse del pelo, pellizcarse, abrazarse y reírse a carcajadas. El aire se volvió pesado y húmedo mientras Yoel y Yonatán los miraban, sintiendo el aumento de la tensión. Cuando los chicos desaparecieron tras la puerta del pub, aplastaron sus cigarrillos y regresaron al coche.

Continuaron el viaje en silencio hasta que llegó la hora de buscar un sitio donde pasar la noche, cerca de los acantilados. Por un momento les pareció divisarlos en el horizonte, envueltos en espesas nubes grises. Pero Yoel rechazaba todos los hoteles por los que pasaban: uno era un miserable establo a cargo de un irlandés borracho, otro estaba peor iluminado que un albergue de kibutz, y aquel otro le recordaba una barraca de los primeros días en la mili. No había razón para aceptar cualquier cosa, no tenían prisa. Yonatán estaba cansado, pero se recordó a sí mismo que el objetivo del viaje era reintegrar a Yoel en el mundo que había conocido antes de renunciar a su empleo, de cortar los lazos con todas sus amistades y de quedarse en la cama de su piso de Tel Aviv hasta que su madre, que iba todos los días desde

Jerusalén a pasar la noche con él, lo convenció de que regresara a vivir con ellos en Beit Ha-Kérem.

Yonatán ya no podía contener el fastidio y dijo que todos los sitios eran iguales, unas posadas de mierda. Como si no lo hubiera oído, Yoel siguió enumerando los defectos de otro hotel al que se acercaban, probablemente con telarañas en las paredes y sin agua caliente, como la dacha de un noble ruso venido a menos en la época de la Revolución. En sus arengas asomaba esporádicamente una chispa de su antigua elocuencia. Yonatán solía deleitarse con los discursos de antaño, pero ahora no podía dejar de sentir que Yoel estaba atrapado en un torbellino insaciable y febril, y que las palabras, coherentes en apariencia, que fluían de su garganta no iban dirigidas a algo que le interesara, sino que las lanzaba como una red que por casualidad había caído sobre los hoteles. Tal vez la culpa era suya; había revoloteado alrededor de Yoel durante todo el día, incitándolo a hablar como lo hacía antes, y finalmente obtuvo lo que buscaba, solo para darse cuenta de que todo era peor.

Los frenos chirriaron cuando detuvo el coche fuera de un grupo de cabañas conectadas por senderos de grava que bordeaban unas hierbas marchitas. A diferencia de otros que habían estado con Yoel desde que regresara a Jerusalén, Yonatán sentía la necesidad de rebelarse contra sus caprichos y de imponer ciertas limitaciones. De hecho, tal vez fuera lo que todos esperaban de él, que pusiera punto final a todo el asunto.

—Dormiremos aquí —declaró.

—Mira qué aspecto miserable tienen esos aburridos granjeros, con sus rojas y gordas mejillas —comentó Yoel—. Ni siquiera la oscuridad quiere venir a este lugar. Vayamos al próximo hotel.

—No hay ningún otro, ¡cálmate! —gritó Yonatán.

—Pero no siempre tienes que rendirte, podemos encontrar algo mejor —protestó Yoel.

—¿Cómo lo sabes?

—Es obvio. No siempre hay que transigir.

Ahora sí que Yonatán se enfadó, porque sospechaba que esas últimas palabras iban dirigidas a algo mucho mayor.

—Dormiremos en este puñetero hotel —sentenció saliendo del coche y dando un portazo.

Se sentó en la cama y apoyó la espalda contra las vigas de madera, un aire frío se filtraba entre ellas y le daba escalofríos en la nuca. Trataba de desentenderse de Yoel, pero lo veía con el rabillo del ojo y no podía tolerar su mirada fija en la oscuridad.

—Enciende la luz —dijo Yonatán.

—No se puede, no hay electricidad —fue la respuesta.

Esperaba oír la satisfacción en la voz de Yoel, ahora que se habían confirmado sus predicciones, pero eso no ocurrió.

—¿Cuánto hace que estás levantado?

—No lo sé.

—¿Has dormido algo?

—Hace siglos que no duermo —dijo Yoel, y su voz sonaba como la de un extraño. Le fastidiaba que Yonatán fingiera no saberlo. La madre de Yoel decía que a veces su hijo se tumbaba en la cama desde la mañana hasta el anochecer, durante siete o nueve horas, mirando el techo. Ella le había preguntado a Yonatán si sabía qué era lo que veía allí arriba y desde entonces la pregunta lo perseguía. La oía en las canciones que escuchaba, en el murmullo del viento y a través de las palabras de la gente. A veces aullaba en su consciencia, especialmente en las noches en que, tendido junto a Shira, temía que también él estuviera pasando mucho tiempo mirando el techo. Al hacerle la pregunta, la madre de Yoel había activado ese virus que había estado latente en los dos, esperando que lo liberaran.

Sintió un temblor trepándole por las piernas hasta la ingle. Se esforzó por describir la sensación, tal vez fuera miedo. No de Yoel, claro, sino de la responsabilidad que había asumido. Lamentó haber sugerido este viaje. Yoel, de todas formas, no había querido hacerlo, los acantilados no le interesaban. «Wa'aish ana wa'ihom», había dicho riendo, y a Yonatán le sorprendió que recordara la frase en árabe que él había puesto en boca de un personaje de su primer libro: «No importa adónde vayamos, mi cabeza está siempre en el mismo lugar». Pero los padres de Yoel se entusiasmaron y también Tali se había unido al esfuerzo de persuasión. Hasta Shira decía que, si él quería ir a Irlanda para salvar a Yoel, esa era su oportunidad, antes de que naciera el bebé y todo cambiara. El plan adquirió enormes proporciones, como si la gente que estaba cerca de Yoel dividiera el tiempo entre el antes y el después del viaje. Yonatán encontró alarmante el nivel de expectativas y deseaba en secreto que Yoel siguiera negándose. Siempre que estaban solos, él mencionaba otros lugares que podrían visitar, tal vez intentando desbaratar el plan. Podrían ir a la India, a Brasil, a las Islas Vírgenes, el mundo era muy grande.

Pasaron unas semanas, Yonatán invitó a Yoel a visitarlos en la fiesta de Purim. Se quedó atónito al verlo aparecer con un pantalón gris bien planchado y una camisa celeste, una de las muchas exactamente iguales que, según sus detractores, tenía en el armario. Iba afeitado, y el cutis terso le confería un aire juvenil, aunque el rostro se le había redondeado un poco. Se había peinado los rizos grises, imitando el aspecto que tenía cuando estudiaba en la facultad de Derecho. Se le notaba un poco de barriga, tal vez por las píldoras que tomaba y de las que nunca hablaba. Pero era evidente que estaba contento de su apariencia y respondió al halago de Shira imitando la dicción de un presentador de informativos de los ochenta al exclamar:

—¡Todavía estoy en circulación, no digáis que no, buena gente!

Después dejó que Shira lo maquillara como uno de los vampiros que cazaba Buffy en la serie que solían ver en versión original en los años del instituto, y luego se marcharon a una fiesta: dos vampiros y una Cordelia.

Ya en la fiesta, Yoel se quedó con la espalda contra la pared. Su rostro era inexpresivo. Cuando algún conocido le preguntaba dónde había desaparecido o qué opinaba de los recientes acontecimientos en la política, él sonreía cálidamente —una desteñida réplica de su antigua sonrisa, que se esfumaba apenas el conocido se alejaba tras esperar en vano que Yoel lo entretuviera o demostrara algún interés—. Durante la mayor parte del tiempo, Yoel y Yonatán permanecieron junto a la pared sin decir palabra, como si nada mereciera un comentario, y a veces contemplaban a Shira, que bailaba con sus amigos. Decidido a rescatar la velada, Yonatán insistió en que fueran a su casa, donde sirvió un poco de whisky para los dos y esnifó unas rayas que habían quedado de su fiesta de cumpleaños.

Yoel lo miraba.

—¿Crees que me hará bien esnifar una? —preguntó.

—Sabes que lo tienes prohibido.

—Lo sé —gruñó. Enrolló un billete y esnifó una raya—. No puedo creer que haya esperado a convertirme en una piltrafa para probar la coca por primera vez. Qué idiota.

Yonatán estaba más animado, puso unos discos que les gustaban y acompañó las canciones a grito pelado. Yoel lo imitó y se bebieron casi toda la botella fumando un cigarrillo tras otro en la terraza —tenían prohibido fumar dentro de la casa—, y cuando Shira entró se rieron de ella porque no bebía a causa del embarazo. Yoel nunca preguntaba nada sobre el tema, y además Yonatán y Shira tenían un acuerdo tácito: jamás mencionaban el embarazo en su presencia. Ambos sudaban, se habían quitado las camisas y las agitaban como banderas mientras cantaban. A la una de la madrugada los vecinos golpearon a la puerta para quejarse.

Mirando a Yonatán, que le preparaba el sofá, Yoel dijo:

—Entonces ¿dices que vamos a viajar?

—¡Claro que vamos a viajar! —respondió. Se abrazaron, la piel de Yoel estaba tibia y la preocupación invadió a Yonatán, porque aparentemente también Yoel compartía las expectativas.

—Vistámonos y vayamos a los acantilados. Están a una hora de viaje, ¿verdad? —Yonatán trató de poner en su voz una nota de optimismo, de anticipación.

—No sé, mira el mapa.

La respuesta de Yoel fue de una brusquedad sorprendente, puesto que era la persona más cortés que conocía. Trataba a todo el mundo con deferencia, aunque fueran visitas a las que no quería ver e incluso después de su regreso a la casa de sus padres.

—Salgamos, ya veremos —dijo Yonatán—. Podemos renunciar al desayuno en este sitio.

Yoel no se rio.

—Es demasiado temprano para salir —dijo. Parecía gozar con la angustia de Yonatán, que miraba por la ventana rogando que amaneciera.

—Son solo las cuatro y media —susurró Yoel.

Yonatán se sintió súbitamente desolado. No tenía idea de cómo pasarían las horas que faltaban hasta la mañana. Iba a proponer que volvieran a dormirse, pero se dio cuenta de lo estúpida, e incluso cruel, que era esa sugerencia. No podían matar el tiempo en la ducha porque el agua salía helada. Yoel tenía razón, ese hotel era una pesadilla y no tenían adónde ir. Mientras consideraba una serie de ideas para escapar de la habitación, cayó en la cuenta de algo. Era el pavor que compartían, el miedo a quedar atrapados sin escapatoria y sin que ninguna maniobra creativa pudiera salvarlos. En los últimos años había llegado a entender que ese miedo era peor en Yoel, que nunca cultivaba el terreno bajo sus pies porque siempre había otras parcelas que podía codiciar y que ofrecían distintas vías de evasión —posibilidades que parecían más seductoras que su propia vida, en la cual todo parecía ser reemplazable—. Yoel creía ingenuamente que podría vivir sin comprometerse jamás con nada y que aquellos a quienes tenía cerca, entre los que se contaban sus novias, lo aceptarían, porque de otra manera lo perderían y él sabía que no querían perderlo.

—¿Estás escribiendo algo? —preguntó.

—Más o menos, no está todavía muy claro. —Esa era la respuesta habitual que daba a la gente a la que no quería revelar nada, por lo general tipos de los círculos literarios que no le deseaban nada bueno.

—¿Vas a incluir cosas de nuestro mundo? Espero que sea buen material.

—Siempre incluyo unas pocas, ¿no? —respondió Yonatán—. Lo sabes mejor que yo.

—Será el último libro que escribas antes de ser padre, después escribirás sobre la fatiga y los polvetes con la niñera —se burló Yoel.

—Suena bastante bien —respondió.

—El tema es que tienes ese mundo en el que puedes vivir —dijo Yoel y encendió un cigarrillo—. ¿No has dicho que sin él te volverías loco?

No era exactamente una pregunta.

—Sabes que eso es lo que digo.

—Transformar un demonio en un cuento, dices. Entonces ¿realmente crees en ese mundo, cuando escribes?

—Su totalidad me absorbe, de eso se trata, y por eso no importa si creo o no.

—Pues entonces escribe sobre mí después de que me muera, y de ese modo no moriré completamente para ti.

—¡No te vas a morir! —Se acercó a Yoel para poner más seriedad en sus palabras—. Que no se te ocurra hacer bromas con eso.

—Tal vez no. —Yoel soltó una risita seca y escupió en el cenicero—. Solo estamos parloteando.

—Entonces no parlotees de eso, ni pienses en mencionarlo.

—Pero de verdad me he estrellado, ¿eh? He caído muy fuerte.

—Ya volverás, eso está claro.

—Sí, está bien, te has convertido en un aburrido. Escribe entonces sobre los chavales de las torres, los has mencionado muy poco —masculló Yoel.

—Tienes razón, no ha sido bastante. Esos hijos de puta.

—No es seguro que fueran tan malos, fuimos nosotros los que los absorbimos en nuestro mundo, buscando esa totalidad de la que hablabas. —Había un tono burlón en el sonido de la palabra «totalidad».

—Fue bastante lo que te hicieron en el *vadi*.

—Tal vez no tanto.

—Fue mucho.

—No importa —dijo Yoel—. En realidad, siempre ha sido lo que te gustaba hacer. Escribir, dices. ¿Recuerdas que durante mi pasantía te reías de mí por ser un anciano, con las camisas abotonadas, los zapatos negros y el maletín?

—No era necesario que te vistieras como un podrido abogado.

—Es verdad, me esforzaba demasiado. Pero tú no lo hacías. Solía observarte cuando anochecía y no podía imaginar dónde habías estado durante todo el día. Eso me impresionaba.

—Solo porque no lo entendías.

Yonatán sabía que después de la mili Yoel había idealizado la vida de su amigo, percibiéndola como libre de reglas, horarios, deseos incumplidos y jefes caprichosos, pero sobre todo enaltecía el acto de escribir, de transportar los demonios, sueños y recuerdos personales a otro mundo.

—A veces es sencillamente agotador —continuó Yonatán—. Empiezas un libro con un montón de esperanzas e ideas, pero después todo se reduce y solo logras concretar unas pocas; a mitad de camino el libro deja de ser interesante y te atraen millones de ideas más fascinantes, pero tienes que terminar el trabajo. Tal vez sea como un oficio cualquiera.

—Así que finalmente los dos hemos sido parodias de adultos, eso es lo que dices.

—¿Hemos sido?

—Sí. Hemos sido.

Callaron. Yonatán miró por la ventana, pero no había señales del amanecer. Salió muy decidido de la cama, fue al cuarto de baño en la oscuridad, se lavó la cara con agua fría hasta perder toda sensibilidad en los dedos. Se sintió más animado y con el cuerpo menos tieso.

—Nos vamos —anunció.

—¿Ahora?

—Sí, ya mismo. —Encendió la linterna del teléfono para encontrar la ropa desparramada en el suelo, hizo las maletas de los dos y las arrastró hasta la puerta—. Lávate la cara y larguémonos. Llegaremos a los acantilados por la mañana.

Le dio la espalda a Yoel y se plantó junto a las maletas, frente a la puerta, como para dejar bien claro que no había nada que discutir. Se alegró al oír los pasos de Yoel sobre el suelo de madera, aunque no le llegó el ruido del agua.

El aire frío los golpeó mientras avanzaban trabajosamente por el barro. Yonatán bajó la cabeza para protegerse del viento, pero Yoel le hizo frente, intrépido, y al llegar al coche tendió la mano para que le diera las llaves, a lo que Yonatán accedió de mala gana. Se acomodaron en los asientos de piel y el motor rugió al arrancar.

—Para que los gordos granjeros se despierten —se rio Yoel, y empezó a jugar con las rejillas de la calefacción. Yonatán le desvió la mano, se apoderó del soplo de aire caliente y, tras unos rápidos manoteos, envolvió el cuello de Yoel con el brazo como para estrangularlo, mientras Yoel se reía a carcajadas y le pellizcaba la barriga. El aire se había entibiado y le pareció sentir una caricia por todo el cuerpo. Con un grito de alegría recordaron las dos botellitas de whisky reservadas en la guantera. Bebieron unos sorbos, encendieron cigarrillos y ronronearon de placer. Yoel encendió la radio y salió velozmente del aparcamiento.

—¿Conoces el camino? —preguntó Yonatán.

—Bastante bien, ajústate el cinturón, esto es peligroso por la noche —susurró Yoel.

Todavía estaba oscuro, pero a la izquierda se veían dos nubes agachadas sobre las colinas y sembradas de reflejos grisáceos que anunciaban el alba. Los faros alumbraban la estrecha carretera, no se veían coches ni gente, ni animales ni casas, como si ellos fueran los únicos en todo el condado de Clare. Algo empezó a inquietar a Yonatán. Yoel, que parecía despreocupado, puso un CD en el reproductor. Unas pocas notas bastaron para que reconociera la canción.

—¿De dónde has sacado eso? —preguntó.

—¿No te gusta? —preguntó Yoel.

—Sabes que Dire Straits son malísimos.

—Entonces ¿no eres fan de «Romeo and Juliet»?

—Ya te lo dije, no especialmente.

—Porque yo recuerdo que había un joven, o mejor dicho un adolescente un poco regordete, digamos que casi un bachiller, que escuchaba todo el tiempo esta canción.

—Jamás la escuché, tal vez era tu jodido vecino americano.

Yoel se puso poético:

—Escuchaba el atormentado adolescente su canción sin cesar y con tal volumen... que Tali y yo nos aprendimos la letra de memoria de tanto oírla desde la acera opuesta.

—¡Nunca la escuché tanto! —protestó Yonatán, tratando de contener la risa. Le enternecía que Yoel hubiera grabado la canción en un CD y le tendiera esa trampa con tanto cuidado y aguardando el momento justo. Era el tipo de jugarreta que solían hacerse el uno al otro.

Yoel apretó el acelerador y levantó las manos del volante.

—Confiesa que la escuchabas todo el tiempo.

—¿Cuándo, si se puede saber?

—El último año, cuando Lior te dejó.

—No la escuchaba.

—¡Y cómo la escuchabas!

—¡No la escuchaba! ¡Y agarra el volante!

Yoel dejó las manos en el aire y Yonatán se dio cuenta de que ya no era un juego. Tendió la mano hacia el volante, pero la retiró en el último momento, temiendo que Yoel se enfadara y perdiera el control del vehículo. Unas nubes negras y amenazantes ocultaban la línea del horizonte. ¿No había visto las señales del alba? Tal vez las hubiera imaginado, porque nuevamente reinaba la oscuridad. ¿Era eso posible?

—¿Confiesas que sí la escuchabas?

Oía la voz de Yoel como en sordina y en ese momento algo chirrió. Yonatán sabía que tenía que decir que sí, pero no podía hacerlo, ni por la canción, ni porque siempre había sido el desenfrenado que nunca se rendía. Tal vez quería poner a prueba a Yoel, llevar las cosas hasta sus últimas consecuencias para ver si era posible predecir el comportamiento de este hombre sentado a su lado.

El coche derrapó ligeramente hacia la derecha y Yonatán pensó en la posibilidad de que las ruedas estuvieran desalineadas o que la carretera estuviese torcida, como si de pronto lo agobiara constatar la gravedad de la situación.

—Confiésalo —dijo Yoel con una voz ronca. Pese al derrape, seguía sin agarrar el volante. Yonatán esperaba haber percibido una nota de temor. Vio que el coche se desviaba hacia un camino de tierra que conducía a un campo. Recordaba haber visto unos grandes bultos verdes, árboles o arbustos, y rogó que no se toparan con ninguna valla. En ese momento tuvo la visión de Shira despierta en la cama y gritó:

—¡Lo confieso!

Yoel soltó un resoplido, agarró el volante y viró bruscamente, pero el coche ya estaba resbalando por la pendiente y no logró reconducirlo a la carretera. Yonatán oyó unos crujidos sordos, como si el chasis estuviera arrastrándose sobre ramas o arbustos.

—¡Frena de una vez! —gritó poniendo la mano sobre el volante, entre las de Yoel.

Yoel frenó, el coche siguió tambaleándose y saltando sobre unas piedras, la parte delantera se hundió un poco y al cabo de un momento se detuvo con un golpe. Yonatán recordó las ovejas embarradas que habían visto el día anterior y los perros pastores corriendo alrededor del rebaño, y en medio de las tinieblas imaginó que veía los ojos amarillos de los zorros. Esperaba que no hubiera ninguna criatura sangrante debajo de las ruedas, porque si así era le haría algo a Yoel, no sería capaz de contenerse.

Con las manos sobre el pecho sudoroso, Yonatán oyó un jadeo rítmico, el mismo que sentía cuando corría, pero no podía decir si venía de su cuerpo o del de Yoel. Hubo una tos o un estallido de risa, olió hierba, estiércol y sudor. A través de la ventanilla vio un resplandor anaranjado —una linterna o una llamarada— y se lo imaginó al amparo de un tejado.

—Te dije que no quería viajar —murmuró Yoel. Cuando Yonatán miró a la derecha lo vio abatido, con el mentón sobre el volante.

Tuvo que amortiguar una sonrisa, tal vez había algo de divertido en toda la historia —en todos esos años— que estaba desaguándose en ese estúpido campo negro. Fijó la mirada en las rejillas de la calefacción del coche y dejó que su memoria galopara por una plétora de imágenes, palpando, buscando algo, y súbitamente se quedó estupefacto: ¿cómo es que en todos esos años, pese a todas las pistas, algunas de las cuales podrían haber sido dejadas por Yoel con toda intención, no había sentido la menor sospecha, ni por un segundo? La historia contada por Yoel sobre que había entrado en el *vadi* con su ropa sabática y se había topado con los chavales de las torres, tal vez diez de ellos, que lo habían tumbado y hecho rodar por el barro, las piedras y los espinos, nunca había sido verdad.

Jerusalén

Caminaban por un sendero bien cuidado, pavimentado con piedras de un color violáceo —«Dicen que el arquitecto es holandés», comentó Yoel— y bordeado por cipreses y fresnos que proyectaban su sombra en líneas rectas y le daban aspecto de raíles de ferrocarril. Entre los árboles trepaban unos arbustos cuyas hojas verdes —con los bordes curvados como gruesos labios y un espacio entre ellos como la boca de un pez— se tornaban doradas cuando el sol asomaba entre las nubes grises. Los únicos sonidos eran un zumbido profundo y conocido, el piar de los pájaros a distancia y el crujir de las hojas bajo las suelas de sus zapatos. Las franjas de césped a ambos lados del sendero estaban rodeadas por el suelo desnudo y salpicado de hierbas y piedras talladas. Entre esas franjas se bifurcaban otros senderos de asfalto gris bajo alguna que otra farola y unos ciruelos, de una variedad nunca vista antes en el barrio, cuyas ramas de hojas moradas mecía una brisa casi imperceptible. Yoel sugirió virar a la izquierda, para acercarse a unos monumentos que no podían ver desde donde estaban.

Se había rapado la cabeza, en un estilo que les recordaba los días de la mili, dejándose solo una cresta rizada. Tenía una barba gruesa y negra en las mejillas, que se tornaba gris en el mentón y alrededor del cuello. Le habían desaparecido las heridas y cicatrices del dorso de las manos, pero seguía teniendo las uñas largas y negras. Le brillaba el blanco de los ojos, que ya no estaban enrojecidos, y su mirada se había hecho más clara, sin el constante vaivén de las pupilas y sin quedarse fija y ausente en el espacio. O tal vez era solo lo que Yonatán deseaba creer; cada vez que lo visitaba trataba de ver señales de mejoría. Si no las había, las imaginaba.

Yonatán preguntó cuáles eran esos monumentos de los que hablaba.

—Por ejemplo, el que erigieron en honor del tipo que supuestamente inventó el nombre «Beit Ha-Kérem». Parece que estaba muy orgulloso de que no se construyera sobre las ruinas de una aldea árabe.

—Un logro impresionante —dijo Yonatán.

—Resulta que su nieta vive en nuestra calle —añadió Yoel—. Enseña yoga. Le diagnosticaron un cáncer cuando tenía cuarenta y cinco años y enseña yoga; supongo que hay cierta ironía. Hay muchos casos así, por ejemplo el padre de Tsivoni, y también la mujer de Ratsón.

Lo sabía, su padre se lo había dicho. Cada vez que iba a visitar a Yoel pensaba en ir a ver a Ratsón, pero siempre lo postergaba, le faltaba coraje para atravesar el nuevo portón del número 7.

—Dicen que es por la fábrica, hace un tiempo vinieron unos abogados a conversar con la gente. Cuando les pregunté si también yo podía demandarlos me dijeron: «Señor, no hay en la literatura científica ninguna correlación entre su caso y la contaminación industrial».

—Es que la gente no tiene imaginación —respondió Yonatán. Por un momento se preguntó si Yoel estaría insinuando algo relacionado con su madre, si es que le había venido a la memoria, pero decidió que no.

—¿Entonces vamos a la derecha o a la izquierda? También podemos irnos a casa, mamá ha preparado albóndigas.

—No vamos a volver ahora.

«Si sales, llegarás a lugares fascinantes». No reconoció inmediatamente de dónde le venía la frase que finalmente no dijo, pero más tarde recordó que era de un libro del Dr. Seuss que solía leerle a Itamar.

Lo último que había dicho Yoel lo fastidiaba, transmitía una resignación —ya no pronunciada con tristeza o vergüenza, sino con alegre apetito— respecto a su propio estado: el de un adulto que vive en casa de sus padres y habla de «la comida de mamá».

A veces le remordía la conciencia por no haber insistido en hacer que Yoel hablara de sus miedos, por no haber intentado paliar su dolor en las raras ocasiones en que se dejaba ver, como en aquel periodo de melancolía y de inseguridades, cuando estudiaba Derecho en la universidad, o en la época en que se lamentaba de que una novia lo había dejado tras haber decidido dos veces que irían a vivir juntos y arrepentirse en ambas ocasiones en el último minuto. Solía llamar a Yonatán en medio de la noche y hablaban hasta que amanecía, en voz baja y tono melancólico, o a veces sin decir nada, siempre dando la impresión de que acababa de despertarse. Esto entristecía a Yonatán, pero, cada vez que Yoel parecía haberse recuperado, ambos actuaban como si nada hubiese ocurrido.

Era uno de los puntos débiles de Yonatán: el dolor, los fracasos, los miedos y sobre todo el desamparo que afectaban a las pocas personas que amaba lo aterrorizaban tanto que no podía realmente ayudarlos, y así resultaba que auxiliaba más a los menos cercanos cuando estaban en aprietos. Tardó años en darse cuenta y solo lo consiguió cuando Shira empezó a hablarle de las cosas que había soñado hacer y a las que había renunciado. Cada vez que ella las mencionaba, él sentía que unas uñas se abrían paso hacia su pecho y su cuerpo se petrificaba, se le nublaba la vista y le parecía estar mirando el mundo a través de esos espejos de feria que lo desfiguran todo. Ansiaba desterrar a toda costa la desilusión del alma de Shira y por eso la colmaba de sugerencias, ideas y soluciones, pero ella las rechazaba y eso le hacía perder la paciencia. Así terminó esquivando los miedos de Yoel y asistiendo desde una prudente distancia, como lo hacían todos los demás, al espectáculo que les ofrecía, aun cuando subestimara a los otros devotos espectadores y se imaginara a sí mismo entre bambalinas, a veces sobre el escenario mismo.

—Como quieras —dijo Yoel.

Sin saber por qué, Yonatán insistió en seguir adelante y, como había hecho cada día del mes pasado, reconstruyó su último encuentro. Habían quedado en ir juntos a ver un piso en Tel Aviv, pues Yoel había cedido ante una nueva ronda de súplicas por parte de Yonatán para que volviera a la ciudad. Ya en el ascensor, Yoel clavó la mirada en los botones y declaró:

—Si uno de estos botones sirviera para matarme, lo apretaría ahora mismo.

En la mente de Yonatán centelleó una imagen: si viera la mano de Yoel tendida hacia los botones, se la cogería.

Golpeó suavemente a la puerta, las piernas todavía le temblaban y esperaba que nadie lo oyera, pero la propietaria ya los invitaba a pasar. Yoel entró primero, se plantó en medio de la sala, exclamó:

—¡Cuánta luz, le lava a uno el alma! —Y fue a recorrer las habitaciones con la propietaria y su hermana, hablándoles de su trabajo como consultor jefe en una ONG que apoyaba emprendimientos entre compañías israelíes y asiáticas y de cómo procuraban halagar a ministros israelíes y donantes americanos mientras a sus espaldas hacían ademán de degollarlos. ¿Les interesaría escuchar su teoría? Las élites de izquierda habían perdido todo el poder político en los últimos veinte años, habían renunciado a toda su influencia sobre los organismos ejecutivos —el Estado, el Gobierno, los ministerios— y se habían atrincherado en el ámbito jurídico, estableciendo una red de organizaciones sin ánimo de lucro como una nueva esfera de poder. Sin hacer ningún esfuerzo, era capaz de relacionar sus historias con sucesos de actualidad y les dijo que había venido a ver el piso durante la pausa de mediodía.

Cuando volvieron a la sala, la propietaria le preparó a Yoel un expreso, lo invitó a sentarse a su lado y le habló de su hija, la artista —de hecho, la legítima dueña del piso—, que hacía videoarte totalmente compuesto por confesiones radicales en clubes de sexo y que era muy politizado, y que en Israel no lo entendían, tal vez en el extranjero sabrían apreciarlo. Yoel inmediatamente se ofreció a «ponerla en contacto con gente de la UE» sin denotar ninguna señal de impaciencia.

La propietaria pasó luego a mostrarle a las amigas de la hija en Facebook para presentarle a alguna de ellas. Cuando Yoel dijo que estaba atravesando un periodo difícil, ella le puso una mano en el hombro, le contó que había pasado por una enfermedad, y él le dijo entrecerrando los ojos:

—La escucho. —Como si sus palabras le hicieran ver las cosas bajo otra luz.

Durante todo el intercambio, Yonatán los miraba sin decir palabra. Centró la mirada en las venas del dorso de su mano, que resaltaban en un enfermizo tono oliváceo, rodeadas de nuevos lunares y arrugas. Su piel tenía una textura irregular y le alarmó ver que sus dedos eran más cortos de lo que recordaba. La gente solía alabar las manos de Yonatán. Recordó sus recientes análisis clínicos y el miedo que le impedía mirar los resultados tras decirle a la doctora que algo no andaba bien en su organismo, parecía claro, no por nada siempre tenía los valores altos, esperaba que ella dijera que esta vez estaba todo bien, pero no lo dijo. Tuvo ganas de vomitar y, después, de defecar. El resplandor que venía de la terraza le producía náuseas y escozor, las paredes ardían. Miró a Yoel, que seguía sentado junto a la propietaria del piso adjudicando calificaciones a las mujeres de las fotos y estudiando posibles compatibilidades. Sabía que ya no podía bloquear la certeza de que estar junto a Yoel lo trastornaba. Era como si una brisa invisible emanara del cuerpo de Yoel y se mezclara con el suyo.

Pasaron al lado de unos bancos de hierro de color albaricoque que olían a pintura fresca. A su derecha, aproximadamente donde habían excavado la zanja, con el par de chimeneas de la fábrica al fondo, se veían ahora columpios y toboganes de vivos colores. Encendieron cigarrillos e hicieron anillos de humo. Un hombre joven que empujaba un cochecito de bebé los miró irritado, luego una niña delgada con pelo corto y auriculares blancos de tapón pasó deprisa, probablemente en camino al antiguo colegio de ellos. Un hombre mayor de camisa azul, con el rostro brillante y las canas bien peinadas, que ocupaba el banco detrás de ellos —tal vez médico, periodista o abogado, alguno de los padres que habitualmente se veían en los ochenta por las calles de Beit Ha-Kérem—, observaba atentamente al joven del cochecito y de vez en cuando se frotaba las manos.

—Me voy a México —dijo Yonatán.

—¿Cuándo? —preguntó Yoel, sin parecer particularmente interesado. No es que eso importara mucho, después de todo Yonatán no había aparecido ni una vez por allí en un mes y raramente se enviaban mensajes, que a veces Yoel tardaba semanas en leer.

—En dos semanas, a finales de mayo.

—México. Suena bien —dijo Yoel estirando los brazos. La camisa, abotonada y corta, arrugada y manchada de nicotina y saliva en el cuello, le iba estrecha en la barriga, que se le había hinchado desde la última vez—. Festivales, fiestas, todas esas cosas.

—Todavía no he recibido el programa.

—Los recuerdos de infancia venden libros, y en este último abundan ¿no?

—Más que de costumbre. ¿No habías dicho que en el anterior te faltaban? —dijo sonriente, porque Rajel, la hermana de Yoel, le contó que su hermano había empezado varias veces a leer el libro, pero no lo había podido terminar. Otra prueba de su decadencia.

—Lo dije por decir algo. —Yoel contemplaba los toboganes como si no tuviera ganas de mirar a Yonatán.

El sendero se empinaba y jadeaban mientras subían a un puente con barandillas de hierro rojo y placas grises a los lados. Desde lo alto veían los coches pasando veloces por la autopista de múltiples carriles construida debajo de los senderos y los árboles.

Bajaron por una estrecha escalera a la carretera recién asfaltada, cuyo revestimiento negro y aún no solidificado brillaba al sol. Nunca habían llegado a ese punto en el centro del límite superior del *vadi*, porque colindaba con una espesura de malezas altas y espinos entre las rocas. Yonatán recordaba que había una valla, pero Yoel decía que no.

Contemplaron el barrio que se extendía frente a ellos formando un arco perfecto, con el edificio alto en el medio, por encima del centro comercial, rodeado por un anillo de casas de dos plantas entre macizos de verdes árboles, otras construcciones en las que la piedra rugosa y polvorienta amarilleaba mostrando manchas de hollín y muchos tejados rojos. Las torres se habían diluido en el entorno y otros edificios mucho más altos parecían empequeñecerlas. A la izquierda, en un extremo del arco, habían construido las viviendas escalonadas del barrio nuevo, una especie de ampliación del Beit Ha-Kérem original. Comenzaba en el cardizal donde nunca había florecido nada y las fachadas lisas y blancas de las viviendas señalaban un límite muy claro entre el barrio viejo y el nuevo. Yonatán intentó divisar algún fragmento del suelo marrón amarillento del *vadi*, pero no vio ninguno. Ni siquiera podía identificar el contorno del lugar que conocía, y hasta la topografía parecía haberse alterado. La distancia desde sus casas a la Academia de Música era mucho más corta y la pendiente menos pronunciada. Tenía la impresión de que el *vadi* se había encogido como los coches en las prensas de chatarra. Casi creía estar caminando por un modelo en miniatura del viejo *vadi* y que por debajo del paisaje de antaño, a mucha profundidad, bullía ahora una red de amplias y sinuosas carreteras que cruzaban la ciudad.

El cielo estaba despejado, pero tenía un color celeste con partículas grisáceas sin el conocido resplandor estival. Cuando se detuvieron al lado de una cafetería en la planta baja de la Academia de Música, cayó en la cuenta de que nunca se había acercado tanto a ese edificio.

—Tiene gracia, eso de escribir sobre tu pasado y presentarlo todo en un festival en la otra punta del mundo, ¿no? —observó Yoel.

Yonatán sospechó que Yoel había estado sosteniendo el extremo del hilo de su conversación exactamente donde la habían dejado, esperando todo el tiempo para hacer la pregunta que no había hecho cuando la tenía en la punta de la lengua. Consideró la posibilidad de cambiar de tema, pero supuso que Yoel no iba a ceder.

—Es verdaderamente extraño a veces —respondió de forma elusiva. Durante su visita del verano anterior, la primera y última vez que Yoel había visto a Itamar, había insinuado algo relacionado con lo que Yonatán escribía, y él no lo había comprendido del todo—. Todos esos festivales se están volviendo muy comerciales —añadió muy consciente de la banalidad de sus palabras, esperando tal vez desviar la conversación hacia una diatriba contra el capitalismo y así ahogarla de aburrimiento.

—Comerciales —se burló Yoel, levantando el brazo para proteger sus ojos del resplandor del sol—. ¿Crees que eso me importa? Ya no tenemos veinte años, me he pasado la vida comercializando cosas que influyen en las vidas de personas reales. La literatura es como cualquier otra mercancía, de eso me di cuenta hace mucho tiempo.

—Bueno, antes parecías un poco ingenuo —insistió Yonatán—. A fin de cuentas, los escritores hacen lo mismo que todo el mundo, excepto que con diversos grados de hipocresía y lloriqueo. No hay alternativa, así es el mundo.

—¿Ingenuo yo? —Yoel bajó la mano, mirando a Yonatán y, de hecho, directo al sol—. El ingenuo eres tú.

¿Realmente crees que puedes sondear el mundo con algunos relatos o algunos personajes?, ¿que has tocado una pizca de lo que ha existido aquí?

Yonatán no dijo nada y sintió una suerte de apagada sorpresa. El tono de voz de Yoel estaba cargado de la misma burla que ellos dos lanzaban a los demás y que la gente les reprochaba, pero probablemente una parte de sí mismo se había estado preparando para el momento en que ese tono se volviera contra él.

—Sí, lo creo, de lo contrario no escribiría —dijo finalmente.

—Y yo te digo que es imposible. Lo único que puedes hacer es envolverlo, embalarlo. Me entiendes: matarlo. Y servir a la gente unas cuantas historias sazonadas con algunas reflexiones. No penetras en el núcleo de nada, no resucitas nada.

—¿Me estás diciendo que tú sí puedes resucitar algo?

No pudo contenerse y al instante se avergonzó de su tono desafiante. Ya debería saber cómo sacudirse los insultos, como pelusas adheridas al abrigo, Yoel siempre se lo había dicho.

—Cuando no estoy trastornado —dijo Yoel—. O tal vez es que, cuando estoy allí, no estoy trastornado, elige. Lo que sé es que no puedes tocar nada en realidad si no te entregas totalmente, y ni siquiera entonces. Pero esa es la diferencia entre nosotros: tú ya estás fuera, tienes mujer y tienes un hijo.

Yonatán no respondió. Todo lo que había dicho en la última hora había resbalado sobre Yoel, que ya estaba en otro lugar.

Yoel puso las manos en la barandilla del puente haciendo girar los dedos sobre ella e inclinando el cuerpo hacia delante. Yonatán pensó en alejarlo del borde e interponerse entre él y la barandilla. ¿Cómo había llegado a acostumbrarse a esa clase de ideas?

—Tal vez sea yo el custodio de los sellos, o como quieras llamarlo, al menos mientras esté aquí, que no será por mucho tiempo. Ya os he dicho a todos vosotros que no existe la posibilidad de que yo pase otro verano aquí —dijo Yoel con un bufido de risa.

—Queremos que salgas de aquí.

—Ya nunca saldré —respondió en un tono más conciliador, como si realmente quisiera que Yonatán lo entendiera—. Quiero decir, lo sabemos. Nunca volveré a ser el que era, en el mejor de los casos sería una fracción, tal vez un cincuenta por ciento, sería vuestro amigo raro de Jerusalén. Y eso no sucederá. Una vez que pierdes el control de tu consciencia, no lo puedes reparar. Sencillamente no puedes. Si dedicaras una hora a ver las cosas que pasan por mi campo visual durante la noche, no me hablarías de volver a ninguna parte.

—No tenemos alternativa. No sabes dónde estarás dentro de unos meses y ya hemos dicho que no les harás eso a tus padres.

—Ellos estarán muy bien —gruñó Yoel, como si tocaran un tema que ya habían resuelto y que no le concernía más. Le lanzó a Yonatán una mirada tierna, tal vez compasiva con su insensibilidad, y Yonatán se imaginó que Yoel lo había despertado de un largo sueño. Quizás había estado dormido durante los últimos dos años, creyendo que hablaban todo el tiempo con franqueza cuando de hecho el cortés Yoel, que nunca quería ser una carga para nadie, lo había estado protegiendo y, a excepción de algunos estallidos incontrolables, no había sido sincero, al menos no con esa lucidez.

Trepó cansadamente por la calle nueva que serpenteaba en dirección al viejo colegio, amparándose en la sombra de la Academia de Música. El aire polvoriento le secaba la nariz y por un momento deseó que Yoel se quedara donde estaba y se encontraran después, en la calle o en su casa; eran muy eficaces en las despedidas cortas cada vez que se encendía entre ellos una hostilidad difícil de extinguir. Pero Yoel lo seguía a pocos pasos de distancia, arrastrando los pies ruidosamente sobre el asfalto —los vecinos, especialmente Ratsón, se enfurecían cuando hacían eso—. Delante de la pista de baloncesto había un montículo de tierra seca con piedras, cardos y hierbas calcinadas. Allí se detuvo, y Yoel se paró a su lado. Tal vez los dos pensaran lo mismo: ¿estarían viendo un fragmento del antiguo *vadi*? Pero eso era imposible, ya estaban por encima del *vadi*.

Avanzaron un poco más, con la sombra trepidando sobre la calle. Hacía más calor, el sol golpeaba la azotea de la Academia de Música. Yonatán, sudoroso y sediento, lanzó una maldición, se quitó el jersey y se lo ató a la cintura.

—Solías llevar las camisas a cuadros atadas sobre los tejanos —dijo Yoel—. Al estilo grunge de Seattle, ¿no?

—Tú decías que era al estilo GAP.

—Ese fue otro esfuerzo malogrado, más tarde, el último año.

Como siempre que la atmósfera entre ellos se volvía pesada, se lanzaban insultos inofensivos relacionados con situaciones humorísticas del pasado. Cada uno procuraba decir la última palabra.

Llegaron a una curva, giraron a la izquierda y pasaron junto a un solar cercado en el que dos tractores remolcaban unos troncos. Casi iba a contarle a Yoel que Itamar adoraba los tractores, pero se contuvo.

—¿Querrías echarte debajo de la pala del tractor y que yo oprimiera el botón? —preguntó.

Yoel ladeó la cabeza y frunció las cejas exageradamente.

—Muy gracioso, enhorabuena. —Tras un corto silencio, añadió en tono socarrón—: No puedo creer que me dejaras morir allí, en aquella niebla amarilla.

—Y casi funcionó —dijo Yonatán sonriendo.

—Si no te hubieras arrepentido e ido lloriqueando a llamar a Nóam, habría funcionado.

—Deja de joder la marrana, eso no es gracioso —explotó Yonatán. Ya lamentaba sus últimos comentarios,

¿estaría haciéndole daño, tal vez precipitando algo? ¿Cómo saberlo? Hablar o no de la muerte, reconocer o no tal posibilidad: era incapaz de imaginar un mundo sin Yoel.

Detrás de los tractores, más allá de los árboles, las malezas y otro puente, divisaron el portón trasero del colegio, en el que habían colgado unos carteles: ¿PUEDE LA CIENCIA CONVIVIR CON LA RELIGIÓN? ¿DECIDIMOS POR PROPIA VOLUNTAD?

—Veo que sigue vigente el liberalismo de Beit Ha-Kérem —se rio Yonatán, atrapando la ocasión de unir sus voces—. Todo iba bien en Israel antes de la guerra de los Seis Días, no se dan por vencidos.

—Sí, bastante vomitivos esos chicos —masculló Yoel—. Unos pesados como nunca he visto. —Miró hacia arriba y escupió en un arco hacia la carretera, pero la saliva desapareció antes de caer sobre el asfalto.

Con el portón ahora a sus espaldas echaron un nuevo vistazo al barrio. Abajo en el *vadi* todo florecía, un popurrí de pétalos blancos y rosados, enclaves de hierbas verdes por los que paseaban pájaros y pasaban raudas algunas liebres, altos pinos cargados de piñas. Unas pocas nubes blancas moteadas de gris navegaban por el cielo azul. Yoel las miró y predijo que pronto llovería. Aliviado, Yonatán encendió dos cigarrillos y le tendió uno a Yoel. Por un momento revivió las mañanas en su cama de niño, despertando con una mirada al cielo sobre el *vadi* —uniformemente gris en la superficie, pero revelando ya otros matices que se mezclaban, esfumaban y amalgamaban—. Miró de reojo a Yoel, sentado en la carretera, y se dio cuenta de que la esperanza de que una buena lluvia borrara las señales del verano inminente le levantaba el ánimo, pero cómo iba a llover, ya estaban en mayo.

—No deja de tener gracia —dijo Yoel— que pensaras que me molestaba que usases nuestro mundo para escribir tus libros y venderlos aquí, en México o en Marte. Es lo último que me importa. Siempre quise que fueras feliz.

—Lo sé.

No le era fácil hablar, la ternura en la voz de Yoel le atenazaba la garganta.

—Yo también lo quise para ti.

Lo envolvió el desaliento. Yoel estaba atrapado en una burbuja impenetrable, tenía en el rostro la huella sutil de una vorágine que ya nada podría erradicar, y Yonatán se sentía impotente ante el poder de persuasión de su amigo, que lo despojaba de todas las explicaciones y vagas esperanzas, descascarando una costra detrás de otra hasta hacerle ver que no había salida.

—Pero ese cincuenta por ciento que dices que quedaría de ti no es más que una desesperada conjetura —le dijo, decidido a recuperarse—. No lo puedes saber, ¿y si volvieras a otro lugar, a uno mejor? Conozco mucha gente a la que le pasó precisamente eso.

—Solo que siempre tuve muy claro que sabías que no significaba nada —siguió Yoel, sin responder a lo último que había dicho Yonatán—. Tú sabes que no se trata de ningún exorcismo ni de otras paparruchas, incluso si cuando estás escribiendo te lo crees, piensas que estás en una especie de sesión espiritista y, si no recibes respuesta, finges que hablas con la voz de los muertos. Pero ahora lo entiendo: la ingenuidad te protege, gracias a ella has salido de aquí.

Shira le había dicho una vez que lo que los unía no eran verdaderamente los recuerdos, sino la forma en que habían descubierto el mundo y en la que seguían redactando juntos las reglas, y que dentro de ese núcleo fundamental no era mucho lo que había cambiado. Eran sus recuerdos los que cambiaban constantemente, aunque no se dieran cuenta, pero ella sí, porque a veces los escuchaba.

—¿Recuerdas eso que dijiste aquella noche cerca de Jericó?

—Fue una noche dura. —Yoel cogió una piedrecilla y la hizo saltar entre las manos—. Éramos demasiado dramáticos, especialmente tú, y lo mismo con todos los asuntos del *vadi*. Después de todo, lo que nos pasaba a nosotros le pasaba también a otra gente.

—Dijiste que no ibas a quedarte en la zanja para siempre.

—Por supuesto —resopló Yoel poniéndose de pie—. No quería, pero echa un vistazo alrededor. —Levantó el brazo y trazó un arco sobre todo Beit Ha-Kérem, desde el punto que había sido un bosque hasta la fábrica de las Industrias Militares—. Sencillamente, la verdad es que tú eres el parque y yo soy el *vadi*.

—Volverás, eso es evidente.

—¿Evidente para ti?

—Para cualquiera que te conozca.

—¿Lo juras?

—Claro, tengo la absoluta certeza.

—¿Lo juras por tu hijo? —dijo Yoel con una mirada burlona y le sujetó el brazo. El contacto horrorizó a Yonatán y tuvo que recurrir a toda su fuerza de voluntad para no quitárselo de encima—. No quise decir eso, olvídalo —dijo Yoel con el mentón caído y la barba rozando el hombro de Yonatán—. No me respondas, no digas nada, no es necesario que hablemos más.

Avanzaron por el sendero, el cielo se nubló y se fue hundiendo. El extremo superior de la calle Hagai quedó envuelto en nubes y parecía un portón oscuro que pronto cerraría el paso. Empezó a lloviznar, las gotas se acumulaban en las hojas de los arbustos. Yonatán pasó un dedo por ellas y se tocó los labios resecos. Los vivos colores del parque —los columpios, los árboles, las piedras violáceas— parecían envueltos en una cáscara desteñida. Todo aquí se afeaba tan rápido, pensó, sorprendido de que eso le gustara. Yoel se frotó los brazos desnudos y apretaron el paso. A la derecha, dos mujeres jóvenes con ceñidas ropas de deporte recogieron sus colchonetas, las

317

cuerdas para saltar y los guantes de boxeo. Yonatán dijo que eran atractivas y Yoel asintió:

—Pero demasiado jóvenes para nosotros.

La tensión entre ellos se había disipado.

Salieron del parque y se detuvieron junto al coche de Yonatán. Yoel se apoyó en la ventanilla, pero se irguió inmediatamente, dispuesto a despedirse, y dijo algo así como «Déjalos con la boca abierta, allí en México», no pudo oírlo claramente por el ruido del viento. Veía la ventana de la habitación en la que dormía de niño en casa de Ratsón. Unas ramas que entonces no existían azotaban ahora los cristales. Recordaba el zumbido de la lámpara fluorescente de esa habitación, sin el cual le costaba dormirse. Oyó su propia voz pidiendo ir a degustar las albóndigas de la madre de Yoel, pese a que Yoel parecía agotado, con los párpados muy pesados, como si estuviera a punto de caer dormido.

Conocía las triquiñuelas de Yoel cuando quería deshacerse de alguien. La gente siempre le exigía porciones de su tiempo, mucha gente, tal vez demasiada, y Yoel hacía juegos malabares, desapareciendo por un rato y volviendo a aparecer, neutralizando hábilmente toda reacción hostil que eso provocara. Poco tiempo atrás, Yonatán se había sentado en casa a leer frenéticamente los mensajes de texto, de correo electrónico y de Facebook que habían intercambiado, desesperado por encontrar el momento en que las cosas empezaron a ir mal, y le sorprendió comprobar que habían pasado largos periodos sin comunicarse. Un mensaje suyo de enero recibió la respuesta de Yoel a fines de marzo. También se percató de que aproximadamente en el ochenta por ciento de los casos se habían encontrado a instancias de Yonatán. ¿Había sido diferente alguna vez? Hacia el final releyó los detalles de un altercado más grave de lo que recordaba. Habían quedado en encontrarse en un café de Tel Aviv tras un intervalo de varios meses, pero Yoel no llegó ni respondió a sus mensajes; solo al día siguiente le escribió pidiendo disculpas, se había olvidado, estaba decaído. Yonatán lo insultó, pero envió luego un mensaje conciliador, pidiéndole un desquite, como siempre hacían. Yoel le preguntó qué sugería y él propuso encontrarse una noche y compartir un whisky; Yoel escribió primero: «Pero que sea solo Jameson», y luego añadió colérico: «¿Un desquite me pides, gilipollas?». Acusó a Yonatán de haber desaparecido durante años cuando le daba la gana, sin cumplir sus compromisos, ¿y ahora venía con reclamaciones? Yonatán se quedó atónito, releyó el mensaje buscando señales de humor, tal vez alguna imitación, y finalmente respondió: «Has aclarado tu posición». La réplica de Yoel fue: «Exactamente, te deseo lo mejor». A eso siguió un silencio que duró meses.

Aquello había ocurrido un año antes de que Yoel se encerrara en su casa. Era evidente que la furia no había sido espontánea, sino algo que se había ido acumulando. De todas formas, si Yonatán hubiera sido capaz de tragarse el orgullo y entender que la reacción de Yoel —tan fuera de lo habitual— indicaba un desequilibrio, ¿habría podido ayudarlo antes de que la situación realmente se deteriorara? La imagen que tenía de Yoel era tan estable que, aun cuando oyó a Tali decir que algo andaba mal, que Yoel se había ido a vivir con sus padres y casi no salía de la cama, no había podido concebirlo. Solo el impacto que recibió cuando él y Tali fueron a visitarlo —y Yoel los atendió con una mirada hueca, a veces aterrorizada, hablando por un momento, como siempre, de libros, de política y de polvos, y al siguiente tartamudeando, farfullando y haciendo muchas pausas, perdiendo el hilo en mitad de la frase y fumando un cigarrillo tras otro, quejándose del verano en Jerusalén y lamentando sus muchos errores, sin escuchar ni una palabra de lo que Yonatán le decía— pudo socavar la imagen de Yoel que había permanecido incólume en su mente durante todos esos años.

Se apartó de Yoel y se dirigió a su edificio. Yoel le dio alcance un momento después, encendieron la luz en las escaleras y subieron juntos. Una vez aceptada la idea de que Yonatán iría a su casa, le dijo que no se preocupara, que esta vez le servirían una buena ración, una referencia a su antigua protesta de que en casa de Yoel ponían poca comida y uno siempre tenía que pedir más. Recordaba la cafetería que no era kósher, donde servían beicon con huevos fritos y Yoel siempre pedía que en su plato, hasta en la sopa, pusieran un trozo de beicon, como si eso fuera su rebelión juvenil; a diferencia de los otros chicos, Yoel casi nunca se peleaba con sus padres.

Vio a los padres de Yoel sentados en la sala como si los estuvieran esperando. Saludaron calurosamente a Yonatán y preguntaron por Shira e Itamar. La madre quería que le mostrara una foto, «pero un poco más tarde». Sus rostros eran inexpresivos, sin la mirada esperanzada que había percibido en los primeros meses, cuando veían en cada visita una oportunidad, aunque fuera remota, para que Yoel retornara al camino que había abandonado. Siempre terminaba siendo una amarga decepción, al cabo de unas horas o unos días. Yonatán los había decepcionado y no se molestaban en ocultarlo. Aún después del viaje a Irlanda, que no había cambiado nada, seguían depositando esperanzas en él, pero estas se fueron esfumando con el tiempo y ahora estaban demasiado agotados como para agasajar a visitas que nada podían hacer para ayudar al hijo.

Yoel le rodeó los hombros con el brazo y él percibió un aroma de naranjas, cigarrillos y sudor.

—Servidle al chico un poco de comida, no tiene familia —exclamó, y todos se rieron. La madre dijo que siempre había tenido allí una casa y él recordó que, tras la muerte de su madre, se había acercado a ella o, mejor dicho, había pasado mucho tiempo en esa casa con Yoel y Tali (incluso habían dormido los tres en la habitación de Yoel durante los siete días del duelo). Seguramente había buscado su proximidad, aunque no lo admitiera, porque ese deseo le parecía bochornosamente simple. A veces Yonatán y la madre de Yoel conversaban solos, pero se percató de que él le interesaba solamente por ser el amigo de Yoel y que su actitud hacia él era meramente un reflejo de la relación de ellos dos durante esa semana o ese mes en particular. Ella no le mencionaba mucho a su madre, tal vez porque la madre de Yonatán era una de las pocas personas que no se había dejado impresionar por Yoel y eso se había agudizado durante su enfermedad. A lo largo de los años siguientes a su fallecimiento, Yoel insistía en que siempre le había gustado la madre de Yonatán, «pero supongo que no existía una conexión». Una vez que se habían emborrachado, Yonatán le dijo que sabía que a su madre Yoel no le gustaba y soltó en broma que tal vez se debiera a que ambos eran, aunque se negaran a admitirlo, judíos mizrajíes, descendientes de las etnias orientales, y que ella prefería que las amistades del hijo fueran los blancos puros del barrio, como Ran Joresh. La madre de Yoel jamás habló mal de la madre de Yonatán, pero era evidente que no le había perdonado la ofensa; creía que solo una persona con graves defectos podía ser inmune a los encantos de su hijo.

Se sentaron en la sala, junto a una larga mesa de madera cubierta con un mantel blanco con motivos florales, y momentos después se les unió Rajel, la hermana de Yoel, que poco antes había recibido el certificado que la habilitaba para la docencia. Como era habitual, hablaron de política. Yonatán y el padre de Yoel asumieron la mayor parte de la conversación, mientras Yoel cuchicheaba con su madre e intercalaba, como de costumbre, algunos comentarios para zanjar las discrepancias y demostrar que, de hecho, estaban de acuerdo en los temas importantes. El viento chirriaba contra la puerta de la sala, pero nadie se levantó para cerrarla.

Rajel, con el rizado pelo negro cautivo en una trenza ajustada, no tocó el arroz ni las albóndigas y se mantuvo al margen del debate político. Contrariando a todos, insistió en que le hablaran del paseo por el parque, del piso que habían visitado el mes pasado en Tel Aviv y de la oferta de trabajo que había interesado a Yoel hacía no mucho. La conversación fue decayendo y durante un rato permanecieron callados.

Yoel estaba vagamente enterado de que Yonatán y Rajel se comunicaban por teléfono al menos una vez al mes, porque ella supervisaba los asuntos de salud de su hermano e informaba a Yonatán acerca de los medicamentos, los terapeutas, los psiquiatras, los diagnósticos, los tratamientos con imanes y electricidad, todo lo que Yoel jamás mencionaba. Cuando lo supo se enfadó mucho, pero luego dejó de importarle. Siempre que Yonatán le hacía preguntas sobre los tratamientos respondía agriamente que eso no era interesante y que nada lo ayudaba. Rajel le hablaba también de lo que preocupaba a Yoel, como cuando decidió que era imposible expiar los grandes errores que había cometido, y en presencia de su familia sometió a todos sus amigos a juicios imaginarios, intentando evaluar su influencia en la elección de los caminos equivocados. Exponía los argumentos de la acusación y de la defensa para decidir finalmente si la sentencia debía ser severa o clemente. A continuación de los procesos se negó a ver a algunos de esos amigos, mientras que otros fueron más tarde perdonados o absueltos. Cuando Yonatán se obstinó en que Rajel le refiriera los detalles del juicio al que Yoel lo había sometido, ella admitió que había sido muy duro con él, pero que finalmente le había otorgado una absolución parcial. ¿Y a Tali? Rajel se rio y dijo que Tali no había sido juzgada; Yoel decía que no se la podía acusar de nada, que era la única que habría podido salvarlo, pero que ya era demasiado tarde.

Después de cenar salieron a fumar a la terraza. Ya había oscurecido y Yonatán contempló a través de la calle la ventana de su antigua habitación. En ella se agitaba una cortina blanca y detrás se veían una pared también blanca, un reloj y un cuadro. Habían transcurrido horas desde que miró su teléfono, seguramente tendría llamadas perdidas de Shira. Itamar ya habría regresado de la guardería y él no estaba allí para recibirlo. Pensó en todo lo que tenía que hacer, entre otras cosas leer en inglés los libros de autores que compartirían con él los actos del festival, al menos algunas páginas de cada uno, y responder a cuestionarios de la prensa mexicana, con preguntas como ¿está en contacto con autores palestinos?, ¿cuál es su escritor mexicano favorito?, ¿cuántos escritores del continente conoce? Por supuesto, tendría que dar respuestas un tanto originales, sin limitarse a mencionar a los que todo el mundo conocía, como Carlos Fuentes, Juan Rulfo o Roberto Bolaño. Una vez, un colega mexicano le había dicho que lo mejor era «citar a un autor cuyo nombre la mayoría de los intelectuales mexicanos no hubiera oído nombrar, cuyas obras no se hubieran traducido a ningún idioma, ¡y, coño, que no hubiera publicado nada! Eso es lo que realmente se aprecia aquí».

Yoel apagó la colilla en la barandilla de la terraza y la arrojó al césped, susurrándole que tenía una botella de vodka escondida en su armario, porque le habían prohibido el alcohol:

—¿Me acompañas?

Yonatán le puso la mano en el hombro:

—¡Excelente idea!

Cogidos del brazo pasaron al lado de Rajel y de los padres, que veían en la tele un espectáculo sin sonido, rumbo a la habitación. En el vestíbulo, Yoel deslizó los dedos por la pared y Yonatán imitó el gesto sobre la pared opuesta, no cabía duda de que estaban rememorando la ocasión en que el padre de Yoel los pilló jugando al póker por dinero en el noveno curso y tiró la baraja entera por la ventana. Cuando empujaron la puerta del dormitorio, que siempre se atascaba, Yoel sentenció:

—Henos aquí, desnudos, volviendo al punto cero.

Verano

A veces quiere hablarle a Itamar de los muertos. No exactamente hablarle, solo hacer que sepa que existieron. Itamar está sentado en su regazo, tocándole el brazo con los dedos mientras ambos miran las fotos en el teléfono —mamá, papá, nene— y Yonatán siente la tentación de pasar a las fotos de Yoel y de su madre, para que el pequeño las vea, aunque sea por un instante, dentro de la colección de rostros. No le parece lógico que su hijo no sepa que esas personas vivieron alguna vez en el mundo. Pero siempre desiste en el último momento. Una vez que caminaban con Itamar cuesta abajo, cerca del edificio amarillo donde Yoel había vivido antes de marcharse de Tel Aviv, empezó a cantar una canción que le gustaba: «Podrías encontrar de qué escribir», y el niño completó, farfullando, el estribillo: «Nada profundo, algo dulce, una historia de amor». Podía haber evitado pasar por esa calle, como solía hacer, pero algo lo guio hasta allí con Itamar. Echó un vistazo a la tercera planta, en la que Yoel había vivido varios años —ese lugar en el que habían pasado días y noches, donde Yoel se había derrumbado, el sitio que había dejado como un hombre cambiado para volver a casa— e intentó encontrar algo que decir. El edificio parecía de algún modo haberse vaciado, como si hubieran drenado todo su contenido y dejado solo una reproducción de la vida que una vez fue, perfecta y por ende tan dolorosa. La indiferencia de los objetos inanimados hacia la vida que se encontraba alrededor y en su interior —a eso nunca había podido acostumbrarse—. Finalmente le dijo a Itamar:

—Mira qué bonito edificio.

Un dolor sordo le recorrió el cuerpo cuando Itamar comentó:

—Casa amarilla.

Al llegar a casa, el niño le dijo a Shira:

—Papá, casa amarilla.

—¿Qué casa? —preguntó ella.

—Papá, casa amarilla amarilla —repitió él.

Shira preguntó:

—¿Papá te ha mostrado una casa amarilla?

Yonatán los miraba, arrebujado en el sofá como un chico temeroso de que lo pillaran en falta.

Las estaciones del año, los fines de semana, las festividades, las celebraciones en la guardería, las vacaciones, los rituales invariables de cada día o semana, la división del trabajo, las listas en la puerta de la nevera, el calendario de Itamar, y por tanto el de ellos dos, se iba llenando de acontecimientos y costumbres, mientras el paso del tiempo se amoldaba otra vez al contorno del lugar en el que vivían, como si hubieran vuelto a escuchar los ritmos, ceremonias y melodías de la niñez. En otoño y en invierno Yonatán imaginaba el intenso azote del sol en calles sin árboles, estrechas, sucias y resistentes al soplo de las brisas, y cómo llegaba cada mañana a la guardería de Itamar bañado en sudor. Sabía que se necesitaba paciencia, moderación y fortaleza para pasar el verano en Tel Aviv, y temía no ser capaz de resistirlo, pero el verano llegó y él se fue acostumbrando.

El cielo matinal es alto y claro, refulgente en su intenso tono azul violáceo. Lo maravilla su belleza y enseña a Itamar a maravillarse. Yonatán aprende los nombres de flores y árboles, de especies de mariposas y pájaros, el mecanismo de las mareas —nunca había imaginado cuántas cosas sencillas ignoraba—. Aprenden juntos a amar las horas de luz que se van alargando, con el susurro de las hojas de los árboles alrededor de la casa y el soplo suave de la brisa que penetra en la habitación y arremolina el aire polvoriento y sudado que estaban respirando. Aprenden a amar el cielo grisáceo y borroso que se inclina sobre el tejado y esconde aviones entre sus pliegues.

Itamar presta atención a los aviones, cercanos o lejanos. A veces señala con el dedo exclamando «¡Avión!», y Yonatán divisa algo detrás de un macizo de nubes, pero sucede que, cuando mira, el avión ya ha pasado. El interés del niño por los aviones tiene que ver con los viajes de Yonatán —en su mundo el padre siempre acaba de regresar, aunque hayan transcurrido meses desde su último viaje—. La percepción de Itamar confirma su propia sensación de que su presencia en la casa es de algún modo inestable. No su presencia física, puesto que pasa mucho tiempo con el hijo, pero aun cuando a veces está totalmente allí, jugando con él y atiborrándolo de abrazos y besos mientras lo incita a hablar, puede desaparecer en un instante, separándose de su propio cuerpo para observar desde fuera lo que ocurre en su propia casa. Sabe que Itamar percibe el momento en que su presencia se difumina, que el niño observa receloso los esfuerzos del padre por volver a su cuerpo haciendo gestos exagerados de afecto, preguntas vagas y propuestas de juego en un tono marchito.

Shira dice que solo leyendo sus libros puede entender los últimos años. Le ocurre con cada libro nuevo: de pronto interpreta muchos de los diálogos que en su momento le parecieron casuales —por qué le hacía determinadas preguntas, le interesaban ciertos temas, o la interrogaba acerca de una experiencia o la elección de un vestido— y comprende que él no había estado de veras presente. Lo que Shira no dice, aunque lo tiene en la punta de la lengua, y él también, es que al leer sus libros se siente engañada, a veces traicionada, como si moldearan momentos íntimos de su memoria en formas distintas y extrañas impidiéndole aferrarse a ellos, vigorizarse con ellos, consolarse con esas pruebas de su intimidad cuando el amor parece apagarse. Yonatán se pregunta si eso es lo que ha aprendido con los años: que puede evadirse de un lugar estando allí, que el miedo que Yoel y él compartían de terminar atrapados en una vida que no se bifurca en otras posibilidades aún anida en él, excepto que él supo construirse un refugio al que siempre puede acudir, mientras que Yoel no lo tuvo y, por tanto, miraba a Yonatán con una mezcla de admiración y desdén.

Tali dijo que con el correr de los años se había aflojado el lazo que unía los miedos de ambos, que en sus encuentros ese lazo se reforzaba, pero volvía a desatarse cuando cada uno de ellos regresaba a su mundo. También dijo que lo que Shira supuestamente había descubierto en sus libros podría conducir a una conclusión opuesta: a que ella se estaba distanciando de él y optaba por ver las cosas —aunque fueran hermosas— bajo otra luz, porque no se creía capaz de ayudarlo.

Una noche a Itamar le subió la fiebre, tenía convulsiones, la mirada perdida, no respondía cuando lo llamaban y lo llevaron a Urgencias. Durante las semanas que siguieron al incidente, Yonatán temía replegarse en sus ausencias mientras estaba en casa. Se mantenía alerta, preparado para cualquier eventualidad y examinaba cada detalle de su comportamiento durante aquella noche —cada minuto desperdiciado, cada instante de pánico, cada error o distracción—. Comprobaba que tenía los números telefónicos de compañías de taxis y ambulancias, estudiaba los trayectos más rápidos entre la casa y el hospital municipal, y revisaba antes de dormir las baterías de los móviles. Cuando era más joven, su padre le había dicho que solo cuando escribía era meticuloso y prestaba atención a los detalles, y que nadie que lo conociera podía entenderlo. Pero ahora transfería concienzudamente todos los cálculos de las novelas —el examen de cada detalle en las coyunturas del argumento, la completitud de todas las facetas del mundo ficticio y el manejo de las pequeñas contradicciones— a sus planes, en caso de que tuvieran que correr otra vez al hospital con Itamar. Le confiaba a Shira solo una pequeña parte de las situaciones hipotéticas porque temía su reacción, pero una vez, antes de irse por dos días a Jerusalén, no pudo contenerse y le entregó el cuaderno en el que lo había anotado todo. Sentada en el sofá, Shira miraba atónita cómo Yonatán iba pasando una página tras otra y finalmente le dijo:

—Han pasado cuatro meses desde que lo llevamos a Urgencias. ¿Cuál es la catástrofe para la que te estás preparando?

A veces abre los ojos por la mañana con ganas de ponerse a gritar.

Yonatán y Shira se acurrucan en el sofá una noche, a ver en el portátil el vídeo del segundo aniversario de la muerte de su madre. Pronto se cumplirán veinte años y él está haciendo planes con su padre para reunir a la familia y las amigas y mostrarles esa grabación. Esa misma semana había digitalizado la polvorienta cinta que Yoel encontró aquel día en el guardamuebles y preparado una cantidad de copias en CD para repartirlas entre los invitados. En la pantalla del ordenador aparece un joven con un abrigo largo y negro que le va grande y hace que su cuerpo parezca rectangular. Lleva melena y el cabello enmarañado, se lo ve pálido, como desteñido, tamborilea sobre los lados del podio y, sin levantar la vista hacia el público ni una vez, lee de una hoja de papel amarillo y concluye con un versículo del Libro de los Proverbios («Muchas hijas son hacendosas, pero tú las aventajas a todas») antes de bajar del estrado. Yonatán no recuerda haberlo citado, le suena demasiado rebuscado, exagerado, sin nada que ver con su madre. Una semana antes de la conmemoración había ido a ver a un soldado al que conocía, hijo del director de un seminario rabínico en un asentamiento —ya habían intercambiado todas las consabidas cornadas: arabófilos, asesinos, traidores, saqueadores, llorasteis como bebés después de la muerte de Rabin, bailasteis como cabrones—, porque había decidido que necesitaba una cita de la Biblia para concluir su discurso en honor de la difunta, en una imitación de algo, tal vez de la elocuencia de Moshé Dayán en una arenga que él y su padre habían leído. Él mismo había pedido hablar, algo que nadie se esperaba, y creyó apropiado recurrir a un fragmento de las Escrituras. Sería la primera vez que alguien, a excepción de su madre, oiría algo escrito por él. Ahora detestaba al soldado por no haberle sugerido un versículo mejor.

Cuando la pantalla se oscurece y suenan las suaves voces de un coro entonando una canción litúrgica que le gustaba a su madre, Shira le pregunta cuándo había visto el vídeo por última vez. Yonatán miente y le dice que hacía ya años, sin revelarle que aquello que lo acosaba y le impedía mirarlo era saber que su madre habría preferido que no subiera al estrado para describirla, sino para admitir sus propias debilidades y pedir perdón «a esa mujer con la que no supe cómo hablar y a la que le causé tanta pena, pero que siempre fue mi primera prioridad», o algo así.

Fueron muchas las mañanas en que veía frente a sí el rostro de la madre, algo similar a lo que hasta ahora le ocurría con Yoel; de hecho, aquello era peor. Durante meses, tal vez un año entero, el rostro del muerto estuvo siempre allí; más tarde vendrían algunos despertares en los que lograría quitárselo de encima y luego despertaría ya sin verlo, hasta llegar a que apareciera muy raramente y Yonatán pudiera pensar en él sin sentir la estocada en el pecho. Pero al cabo de unos años vería súbitamente el rostro y el dolor lo golpearía como si solo hubiera transcurrido una semana desde su muerte. No se trataba de un movimiento en sentido único —alejarse de la muerte de una persona querida—, sino de curvas, intersecciones, cambios de dirección. Y también está el desenfreno de la memoria.

* * *

Cuando despertó al anochecer en el hotel, centelleaba en su pantalla un borroso recorte de periódico. Acercó el teléfono —se le escurría de las manos y olía a cerveza y sudor—, respiró hondo y amplió la imagen: una cuadrícula blanca y negra y a su lado una columna de palabras y cifras. Lagrimeaba y tenía los ojos irritados. Sentía algo flotando en el ojo derecho, una partícula de vidrio o una migaja; podía seguirlo con la vista de derecha a izquierda, como si estuviera examinando su propio ojo. Tal vez, al desplomarse sobre la cama, tras despedirse de Carlos y Elizabeth en la azotea —se había quedado allí para verlos marcharse, dos manchas de brea a las que el resplandor de la primera luz del alba confería rasgos humanos, hasta que desaparecieron entre los árboles—, no había notado que unos restos del polvillo habían quedado sobre la almohada y las sábanas, y ahora los tenía en los ojos.

Cogió una botella de la mesilla y la inclinó para enjuagarse los ojos. El agua siguió derramándose sobre su pecho y se sintió mejor. Volvió a mirar la imagen. Era un crucigrama, y un trazo de lápiz rojo rodeaba una de las definiciones: «Cuando el chico que ha pasado por el fuego llega a la ciudad de la costa no ve el vino». Supuso que su padre había enviado el recorte y que la respuesta tendría algo que ver con su nombre o con el título de alguna de sus obras. Leyó varias veces la definición, pero no tenía idea del significado.

Se alegró de no encontrar más mensajes. Una levedad acariciaba su cuerpo, que parecía seguir atesorando el recuerdo de la tibieza que lo había envuelto la noche anterior en la azotea. Reprodujo en el portátil «The Rat» de los Walkmen y el sonido de la guitarra encendió en él una chispa salvaje. ¿En qué momento su mente se había convertido en una máquina de miedo? Volvió a mirar la imagen y la envió a un grupo de Facebook, a Tali y a Shira, a otros dos amigos, y finalmente a Yoel: le pasó por la cabeza que la clave tendría algo que ver con Beit Ha-Kérem, porque hablaba de vino y «Kérem» significa viñedo. No esperaba que

Yoel respondiera, ni siquiera que viese el mensaje; ya le había enviado unos cuantos desde México y no había recibido contestación.

Fue a fumar al lado de la piscina. Unos jóvenes que bebían cerveza y champán ocupaban casi todas las mesas. Uno de ellos le contaba con un ligero acento ruso a una chica vestida de blanco, que hacía girar una pipa plateada entre los dedos, la historia de su padre, encarcelado por haber disparado contra dos tipos en una fiesta, igual que ese rapero al que llaman 50 Cent. Dijo que ya no se hablaban y que él quería ser golfista profesional. Ella le dijo que volvía a su casa, en Houston, para abrir un negocio, tal vez un pequeño hotel o un restaurante. El viento agitaba su cabello castaño cuando levantaron las copas de champán. Después de unos sorbos, echó la cabeza hacia atrás y aspiró el humo de la pipa. Una cinta de papel de colores sobresalía de su copa.

Yonatán regresó a su habitación. La alfombra estaba sembrada de botellitas, bolsas vacías de patatas, envolturas de chocolatinas, algunas colillas, toallas húmedas y una cinta blanca para el cabello. Metió todo en el cubo de la basura, se sentó frente a la mesa, abrió con el pie la puerta que daba al jardín y saboreó la brisa.

Shira había respondido: «Es fácil, pero podéis resolverlo solos».

Tali escribió: «¿Qué coño...?».

Yoel contestó: «¿Entonces el chico no ve Beit Ha-Kérem desde Tel Aviv?».

Que Yoel respondiera lo había dejado estupefacto. Empezó a escribir mensajes que borró enseguida. Probó con una amistosa reprimenda, después palabras afectuosas y ligereza humorística. Finalmente escribió: «No sé, somos bastante malos con estas cosas, ¿no?».

Yoel respondió: «Tal vez ahora menos».

Yonatán le envió un mensaje privado: «Por fin te dejas ver. ¿Cómo estás?».

Junto a la puerta del hotel, las olas se elevaban en el estanque de mármol salpicando una espuma blanca. Por primera vez notó que el estanque se movía en un ligero vaivén y pasó un rato observándolo, mientras trataba de decidir si era una ilusión que se debía al mareante vaivén de las olas o si realmente se balanceaba. Era uno de esos asuntos que nunca ocupaban su mente, salvo cuando estaba escribiendo, y entonces prestaba atención a mínimos detalles y llenaba cuadernos enteros con sus descripciones.

El silencio del hotel lo deprimía. Regresó a su habitación y empezó a hacer la maleta, apilando la ropa sucia en bolsas de plástico que colocó en el fondo, y encima los libros que había recibido de otros autores en el festival.

Oyó que llamaban a la puerta y deseó estar soñando, pero cuando los golpes se hicieron más fuertes supuso que estaba despierto. Se sentó en la cama en medio de la oscuridad y trató de escuchar. Coloridas mariposas revoloteaban alrededor de la farola del exterior, atacando el haz de luz y retirándose inmediatamente. Se centró en ellas mientras una tenue voz le susurraba que le quedaba un guiño, un aleteo más en la borrosa sutura que separaba la consciencia de la inconsciencia hasta llegar a una resolución. Ya la conocía. Creció la intensidad de los golpes. Se levantó y se puso una toalla sobre los hombros. Al instante de tocar la puerta, el cuadro se hizo coherente.

Un empleado del hotel que no reconoció señaló el teléfono de la habitación y dijo algo en español. Buscó el móvil en el revoltijo de la ropa de cama. Agarró la cortina y oyó que sonaba el teléfono del hotel. Al coger el auricular le llegó la voz de Shira muy remota, como si lo hubiera sorprendido en medio de un sueño. Dijo que la había llamado Rajel porque no había podido comunicarse con él y que esa era la última noticia que hubiera deseado darle.

Oyó pasos en el pasillo, susurros y luego un zumbido. A veces las luces del pasillo crepitaban y runruneaban en medio de la noche, pero por la mañana todo volvía a estar en silencio. Dos grandes mariposas nocturnas flotaban alrededor de la farola del jardín, luego fueron cuatro.

—Tengo que llamar a Rajel —dijo él.

Shira dijo que no quería que estuviera sin compañía y él respondió que sí, de acuerdo, y le pidió que no se quedara sola con Itamar, que llamara a sus padres.

—Habla con ellos ahora —repitió—, llámalos ya.

Colgó y se arrodilló para buscar el móvil. Fue gateando alrededor de la cama entre toallas, camisas sudadas, calzoncillos y rollos de billetes de banco hasta que lo encontró. Apagó la lámpara, se sentó apoyando la espalda en la pared y llamó a Rajel.

—Yoel ya no está —dijo ella.

Su padre había encontrado el cuerpo exánime a las cuatro de la madrugada. Yonatán cayó en la cuenta de que ella habría avisado ya a mucha gente, en Israel eran las diez de la mañana.

—Lo hemos perdido —dijo su hermana y él murmuró:

—Sí.

—Tal vez lo hayamos perdido hace mucho —añadió ella.

—Lo has hecho todo por él —dijo Yonatán—, no podías haber hecho más.

Miraba las mariposas en el jardín, trazando coloridos bucles y arcos junto a la farola, pequeñas turbulencias danzando en el aire. No hizo preguntas, aunque tal vez ella esperaba que las hiciera, y rogó cn silencio que no le diera más detalles. Callaron. Finalmente le informó que lo enterrarían el lunes a mediodía. Oyó que movían unas sillas, que alguien hablaba. Ella le dijo que lo vería en el entierro.

Volvió a mirar la pantalla y a releer la respuesta de Yoel, enviada justo nueve horas antes. Probablemente lo tenía todo planeado en ese momento. «Escribe algo bonito sobre mí», le había dicho en una de esas conversaciones que Yonatán siempre se apresuraba a truncar. «Dale a todo el asunto un toque romántico, inspirador, no seas malo».

No sentía su cuerpo, como si se hubiera convertido en una figura etérea e ingrávida, parte de un sueño. Apoyó las manos en la pared rugosa y las frotó con fuerza hasta ver la sangre que manaba de la muñeca derecha, y en un instante se desplomó. Recordó entonces una conversación con un amigo en su terraza, en la que le había dicho que algún día, al despertarse, Yoel se habría ido. Pese a haberlo expresado claramente y declarado que así eran las cosas, en algún rincón de su corazón —si bien inestable, expandiéndose y encogiéndose, pero siempre allí— seguía creyendo que eso no sucedería. Tal vez se lo decía al amigo con la intención de engañar a la esperanza, forzarla a que se mostrara y expusiera sus argumentos.

Shira le preguntó si había llamado a alguien y él mintió respondiéndole que sí, que vendrían pronto a visitarlo. Ella observó:

—No has llamado a nadie, ¿verdad? —Y él contestó:

—No.

Cuando le pidió que le describiera la habitación del hotel, encendió la luz. Dijo que estaba a los pies de la cama y que había un escritorio con una lámpara, una pared blanca y rugosa con una fotografía de unos niños corriendo hacia el mar, que sobre la alfombra estaba su maleta y que en el exterior unas mariposas giraban en torno a la luz. Shira le preguntó si tenía ganas de tumbarse sobre la cama y conversar. No contestó. Ella dijo que una vez que pasara esa noche volverían a estar juntos los tres y él respondió que pasaría esa noche, mientras miraba las camisas colgadas en el armario examinando minuciosamente las arrugas alrededor de los cuellos.

Pasó rápidamente por los pasillos y salió del hotel. Súbitamente lo golpearon unas ráfagas de aire frío, arañándole la cara como si el viento se hubiera subdividido en pequeños y afilados soplos que se le clavaban por todos lados, y le pareció sentir que en su piel ardían diminutas hogueras. Las ramas del único árbol en la fachada del hotel azotaban la pared. Un manojo de hojas voló sobre él cuando se detuvo junto a los dos porteros uniformados que se guarecían en la garita de madera con goteras en el techo. Se dio cuenta de que llovía. Les pidió fuego y uno de ellos le tendió un mechero. Lo cogió, pero evidentemente la mano le temblaba, porque el hombre le encendió el cigarrillo y señaló un banco.

—*Tome asiento, señor* —le dijo en español, y él se oyó preguntándoles en hebreo:

—¿Ustedes oyen el repicar de las campanas?

Observó las manchas y desgarrones de sus uniformes —como el de Yoel en aquel hotel en el que había trabajado—. A primera vista estaban siempre lustrosos y perfectos, pero mirando bien se veían las hilachas, la suciedad y los botones desiguales. Yoel decía que en el mundo algunas cosas han sido hechas para verlas una sola vez.

Había espuma en el agua del estanque. Notó un sabor gomoso, seguramente del cigarrillo, que se había apagado. Relucientes automóviles negros se deslizaban silenciosos por el camino de acceso y cuando se detenían parecían enormes, como los objetos que veía en su habitación los días que tenía fiebre. Por las portezuelas salió un enjambre de hombres jóvenes y bronceados, vestidos con pantalones elegantes y camisas abotonadas, cargando la chaqueta en un brazo y remolcando maletas negras con ruedecillas. Bromeaban y se reían, anticipando los placeres de los días venideros. Los siguió con la vista hasta que se convirtieron en una gran bola de luz rodando dentro del lobby. Tal vez no había entendido todo lo que Yoel había dicho acerca del verano, no le había prestado atención, sino que se lo había tomado como un ruido que era necesario suprimir para poder seguir hablando de cosas importantes —el retorno a la vida, un piso en Tel Aviv, un empleo—. Había tratado de utilizar los recuerdos del pasado para reavivar en Yoel las ganas de vivir.

—He pasado treinta y cinco años maravillosos en el mundo —había dicho, aludiendo con toda seriedad al verano y a su propia muerte. Parecía estar pidiendo la opinión de Yonatán, como si creyera que su amigo tenía acceso a lo invisible. Incluso le preguntó cómo se sentía cuando mataba en sus libros a un personaje con el que compartía alguna afinidad, pero Yonatán siempre insistía en desviar la conversación de regreso a la vida y sus posibilidades, como habían hecho ese día en lo alto del parque, mirando hacia Beit Ha-Kérem y discurriendo sobre la muerte de Yoel. Era exactamente lo mismo que le hacían a su madre en el hospital: los que están cerca de la muerte quieren hablar de ella, pero nadie les hace caso. En apariencia deseamos darles ánimos, infundirles esperanzas, pero la verdad es que no queremos oírlo todo, preferimos que la muerte nos sorprenda un poco, pese a tener todas las pruebas en la mano. ¿Y si Yonatán hubiera escuchado con atención sus palabras acerca de la muerte y el duro verano? Todo habría sido igual, le dirían. Pero él nunca lo sabría.

A fin de cuentas, era muy sencillo: querían que Yoel —aunque fuera solo una mitad— se quedara en casa de sus padres, en su antigua habitación, incluso si se pasaba días enteros tumbado en la cama a oscuras y sin hablar con nadie, aun cuando no mostrara ningún interés por ellos, los asustara, les hiciera dudar de los fundamentos mismos de sus vidas, aun cuando supieran que a Yoel no le importaba si existían o se esfumaban para siempre. Querían que Yoel aceptara ser, y él no quería ser, porque finalmente era él quien permanecía en la cama de su niñez, mirando al techo y viendo las cosas que veía, y era él quien no deseaba verlas más.

El repicar de campanas había dado paso al goteo del agua en el estanque. «Las imágenes que estoy viendo son demasiado nítidas —pensó Yonatán—, también los recuerdos, tendría que ser distinto, yo debería sentirme anonadado. O tal vez todo se vuelve nebuloso en retrospectiva, y unos años más tarde uno dice: estábamos pasmados, no veíamos nada, todo resplandecía y se agrisaba y ardía y se carbonizaba, pero la verdad es que estábamos sumamente lúcidos cuando murieron».

Se levantó y sintió que le dolían las piernas adormecidas. Echó un vistazo a la pizarra electrónica del lobby donde ponían el programa de acontecimientos en el hotel. Pronto amanecería. Rogó que la mañana llegara deprisa. Pasó de un ala a otra —California, San Petersburgo, se perdió en El Cairo— hasta llegar a su puerta. Ya dentro, se sentó en la cama y miró alrededor. Se dirigió al armario y empezó a doblar la ropa que iba poniendo en la maleta: pantalones, camisetas, bufanda y jerséis, zapatos negros. Retiró las camisas de sus perchas, las dobló y las colocó encima de las otras prendas. Con la primera luz del día y la desaparición de la última mariposa cerró la maleta y la arrastró hasta la puerta.

* * *

En las tardes de los últimos días del verano, antes de que Itamar empezara a ir a la guardería, solían ir a la playa. A las cinco salían caminando por la calle Bograshov, cruzando de una acera a la opuesta según un orden preestablecido; las áreas sombreadas y las que calentaba el sol eran siempre las mismas. Yonatán le hablaba constantemente al niño sentado en su cochecito, haciéndole más y más preguntas para poder oír su voz cuando no le veía la cara. Cruzaban la carretera en la intersección más grande, seguían muy cerca del muro de piedra de la estrecha callejuela, bajaban unos escalones y allí estaba el mar. El momento de la revelación tenía siempre algo de inesperado y la visión le ensanchaba el corazón. Alzando a Itamar le señalaba la extensión azul y se preguntaba si también el niño sentía algo.

337

Algunas veces imaginaba que allí en la arena —con el viento en la cara y el agua lamiéndole los pies, cogiendo de la mano a Itamar, que se columpiaba en las olas— su cuerpo y su alma se ventilaban, en una especie de breve vacación de todo el espacio abrasador y achicharrante, cuyos límites se dibujaban una y otra vez a su alrededor de forma incesante. Nunca se sentía tan prisionero de los recuerdos como al final del verano. Y no eran solo los recuerdos; era ver cómo Itamar crecía y saber que en unos pocos años el pequeño dejaría de interesarse por Shira. A veces Shira afirmaba divertida que sabía que eso iba a suceder y él quería advertirle que su tono jocoso se debía a que no lo entendía; no es posible entender algo así antes de que ocurra. Allí, en la arena, un temblor recorría su cuerpo ante la visión de la traición de Itamar, al mismo tiempo que hacía brincar en sus brazos al niño de dos años. Yonatán se preguntaba si lo que le preocupaba era realmente la visión del futuro, puesto que la estúpida idea del hijo que traiciona a la madre era también un recuerdo.

—¿Cómo se llama un recuerdo que no es exactamente un recuerdo? —le preguntó a Itamar. El niño levantó una nube de arena con los pies y exclamó:

—¡Recuerdo!

A veces, cuando volvían de la playa antes del anochecer, le picaba el cuerpo, sudoroso y fatigado. Pensaba que con seguridad su aspecto era el del hombre que cumple todas las tareas de la vida, combate en todas las lides, pronuncia las palabras, carga con las preocupaciones y lleva la contabilidad, ese hombre que Yoel solía describir con tanto desprecio y que tanto temía llegar a ser —pero que ya nunca sería—. Yonatán algunas veces había compartido con él ese temor. Y, a fin de cuentas, están los que se marchan y los que se quedan, y estos no solo tienen años por delante, sino también todo el tiempo que se ha ido, cuyas imágenes aún se revelan súbitamente emergiendo de las profundidades, tan nuevas en la consciencia como la experiencia de este momento y capaces de cambiar la percepción de una época entera en un instante. Cuando el cielo de vidrio gris cobijaba a la ciudad, él empujaba el cochecito de Itamar rumbo a casa y el niño se adormecía. Entonces le palpaba el cuello para comprobar la temperatura, se inclinaba a quitarle los zapatos, los sacudía y los metía en una bolsa, desplegaba la cubierta protectora del cochecito y reanudaba el camino.

Por todas partes había mosquitos —en las paredes, en el techo, en los cuadros y en los libros— y ellos los atacaban con escobas, con libros, con zapatos y con las palmas de las manos, que ya sangraban hasta que, casi a medianoche, decidían que no había más remedio que dormir en la sala, que era más fresca gracias a la brisa que venía del *vadi*, entonces estiraban una sábana sobre la alfombra, se tendían los cuatro —papá, mamá, Shaúl y él— y se topaban los unos con los otros, doblando y estirando manos, piernas y brazos porque el espacio era insuficiente, y papá decía:

—Basta, es hora de dormir.

Pero entonces Yonatán carraspeaba, y Shaúl declaraba:

—¡Silencio, a dormir desde a-ho-ra! —Y al cabo de un minuto el padre ya roncaba y ellos se reían. Ahora era el turno de la madre:

—Todos a dormir ya mismo, no se habla más. —Su voz era como el claro sonido de las campanas. Por primera vez desde la muerte de la madre podía volver a oír el timbre de su voz, en medio del bullicio de la calle Bograshov de Tel Aviv, y a Shaúl que eructaba y se reía, y a mamá que protestaba porque la empujaban hacia la terraza, y a papá que movía el brazo para tener más espacio y los aplastaba con su cuerpo grande, provocando en Yonatán un chillido que hacía saltar a Shaúl; una suave brisa les soplaba en las caras y el calor del padre y de Shaúl fluía hacia su cuerpo desde ambos lados, y las sombras de los árboles temblaban y se arremolinaban en las paredes dentro de los parches de luz que arrojaban las farolas de la calle. Se conmovía por su belleza y más aún porque al día siguiente no iría al cole y tenía por delante todo el verano que era capaz de imaginar.

Tel Aviv, 2015-2018

Este libro se terminó
de imprimir en
Móstoles, Madrid,
en el mes de
enero de 2024